Tonia Krüger,
Leonie Lastella und Valentina Fast
Snowflakes and Heartbeats

TONIA KRÜGER
LEONIE LASTELLA
VALENTINA FAST

SNOWFLAKES & Heartbeats

ROMAN

dtv

Von Tonia Krüger, Leonie Lastella und Valentina Fast
ist bei dtv außerdem lieferbar: Kisses in the Snow

Von Tonia Krüger ist bei dtv außerdem lieferbar:
Love Songs in London – All I (don't) want for Christmas
Love Songs in London – Here comes my Sun
Love Songs in London – Dancing on Sunshine
Love Songs in London – It's raining love
Broken Heart Summer – Sunset Days
Broken Heart Summer – Deep Blue Nights

Von Leonie Lastella ist bei dtv außerdem lieferbar:
Das Licht von tausend Sternen
Wenn Liebe eine Farbe hätte
So leise wie ein Sommerregen
Carry me through the night
Seaside Hideaway – Unsafe
Seaside Hideaway – Unseen
Lake of Lies – Hidden

Von Valentina Fast ist bei dtv außerdem lieferbar:
Still missing you
Still wanting you
Still searching for you

Originalausgabe
© 2024 dtv Verlagsgesellschaft mbH & Co. KG, München
Das Werk ist urheberrechtlich geschützt. Jede Verwertung ist
nur mit Zustimmung des Verlages zulässig. Das gilt insbesondere
für Vervielfältigungen, Übersetzungen und die Einspeicherung und
Verarbeitung in elektronischen Systemen.
Umschlaggestaltung: ZERO Werbeagentur GmbH
Umschlagmotive: shutterstock.com / Oaurea, tomertu, SkillUp, Chantal
de Bruijne, MrVander, letovsegda, yuutsu, FoxGrafy, Android Boss, Ermakov
Evgeny, Di Studio; unsplash.com / brigittetohm, morgane_lb, clarissemeyer;
pexels.com / Taryn Elliott; pixabay.com / StockSnap
Gesetzt aus der Le Monde Livre
Satz: Fotosatz Amann, Memmingen
Druck und Bindung: GGP Media GmbH, Pößneck
Printed in Germany · ISBN 978-3-423-74112-5

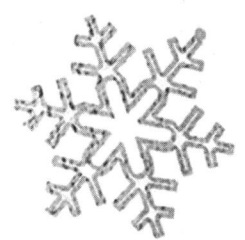

Christmas Playlist

It Doesn't Feel Like Christmas – Lucy Spraggan

Wonderful Christmastime – Paul McCartney

Santa Tell Me – Ariana Grande

Calm After The Storm – The Common Linnets

Come Together – The Beatles

Underneath The Tree – Kelly Clarkson

Santa's Coming for Us – Sia

Ding Dong, Ding Dong – George Harrison

Christmas (Baby Please Come Home) – Pentatonix

That's the Magic of Christmas – Meaghan Smith

Happy Xmas (War Is Over) – John Lennon, Yoko Ono

Have Yourself A Merry Little Christmas – Billie Eilish

We Are Family – Sister Sledge

Imagine – John Lennon

Santa Baby – Taylor Swift

22. DEZEMBER

Owen

Was für ein fucking Verkehrsdesaster!

An einem normalen Tag ohne Streik der Londoner *Tube* hätte ich eine Dreiviertelstunde von meinem Wohnheimzimmer zum Flughafen Heathrow gebraucht. Aber jetzt hat es mich bereits über das Doppelte der Zeit gekostet, um mit einer Reihe brechend voller Busse auch nur in die Nähe des Flughafens zu gelangen. Es herrscht kompletter Ausnahmezustand. Wenn ich meinen Flieger verpasse, wird das genau die Katastrophe für meine Schwestern sein, die ihnen gerade noch gefehlt hat. Emma würde mich per Kurzschluss durchs Telefon töten.

Letzte Nacht hat mich der Eingang ihrer Textnachricht geweckt: *Wenn dein Flug morgen Verspätung hat, mache ich dich persönlich dafür verantwortlich, Owen. Wag es nicht, Noras ausgefuchsten Zeitplan durcheinanderzubringen, oder sie wird unausstehlich sein und meine Rache furchtbar. Schreib uns, wenn du im Flugzeug sitzt.* Wenn ich ihr mitteile, dass mein Flug zwar pünktlich ist, ich aber leider nicht an Bord bin, wird sie mir den Grabstein-Emoji als einzige Antwort schicken. Und ich könnte nie wieder in mein Heimatland zurückkehren.

Verdammt! Ich bete zum Verkehrsgott, die Busspuren freizuräumen, und rechne mir die Zeit schön. Draußen blinken Millionen von Lichtern gegen den trüben Nieselregen an, schaffen es aber nicht, meine angespannte Stimmung zu heben. Kaum ragen die Betonwände des Flughafengeländes vor den Busfenstern auf, ziehe ich die Riemen meines Rucksacks fest und packe meinen Koffer. Es dauert noch endlose Sekunden, bis der Bus sich in seine Parkbucht manövriert hat, doch sobald sich die Türen öffnen, hechte ich mit einem Satz in die nasskühle Winterluft. Gut, dass ich regelmäßig Sport treibe, denn durch meinen Blitzstart hänge ich die anderen aus dem Bus strömenden Fahrgäste sofort ab.

Auf einer gewagten Slalombahn renne ich zwischen anderen Reisenden hindurch auf den Eingang zur Abflughalle zu und platze durch die Türen. Aus dem Augenwinkel nehme ich noch eine Art sonnenhellen Kometen wahr, der auf mich zurast, dann prallen wir zusammen. Mein Koffer gerät mir zwischen die Beine und im nächsten Moment rutsche ich der Länge nach über die Fliesen. Mein Kopf schlägt auf und ich sehe Sterne. Shit! So krass habe ich mich noch nie langgelegt – und das soll nach meinem jahrelangen Basketballtraining etwas heißen. Nach einigen Sekunden wird mir klar, dass ich nur deshalb Sterne sehe, weil die ganze Halle voll davon ist. An der Decke hängt eine Art Riesenmobile aus goldenen Glitzerobjekten, drum herum gruppieren sich an unsichtbaren Fäden schwebende silberne, rote und blaue Schnuppen. Das Blinken entsteht zu meiner Erleichterung ebenfalls nicht in meinem Kopf, sondern stammt von einer meterhohen, üppig mit Lichtern und kitschiger Weihnachtsdeko behängten Tanne.

Mühsam rappele ich mich auf. Mein Kopf brummt. Ich sehe mich nach meinem umgestürzten Koffer um und entdecke auf dem Boden daneben eine junge Frau in einem sonnengelben Parker. Das muss der Komet sein, mit dem ich kollidiert bin. Jemand hilft ihr hoch.

»Bist du okay?«, erkundige ich mich, obwohl ich keine Minute zu verschenken habe.

»Ich kann nicht atmen«, bringt sie hervor, greift aber gleichzeitig nach ihrem Koffer. Ihre Wangen sind ungefähr so knallrot wie ihr Schal. Ihre dunkelbraunen Haare umgeben wirr ihr Gesicht. »Und ich verpasse meinen Flug.«

»Ich auch«, gebe ich zu und reibe mir meine pochende Stirn. »Also, kommst du klar? Kann ich weiterrennen?«

Sie nickt und blickt suchend durch die Halle. »Auf jeden Fall. Viel Glück!«

»Dir auch«, sage ich noch, aber sie flitzt bereits mit ihrem Koffer davon.

Genau, was ich tun sollte! Mit meinem Gepäck haste ich zum Self-Check-in, wo ich einer verwirrt aussehenden älteren Dame helfe und dabei rasch auch meinen Gepäckaufkleber ausdrucke. Dann wuchte ich meinen Koffer aufs Band und rase zu den Sicherheitskontrollen. Dabei überhole ich eine mir bekannte, ebenfalls rennende Gestalt in einer sonnengelben Jacke und komme schlitternd direkt vor ihr am Ende einer viel zu langen Schlange zum Stehen.

»Hey«, beschwert sie sich atemlos. »Vordrängeln ist nicht gerade charmant.« Sie mustert mich abschätzig aus so dunklen Augen, dass sie fast schwarz wirken. Ihr Akzent fällt mir auf, der nicht so britisch versnobt klingt wie der von den meisten meiner neuen Freunde. Ich kann ihn nicht sofort zuordnen, muss mir aber eingestehen, dass ich ihn – anders als sie mich offenbar – ziemlich charmant finde.

»Entschuldige«, stoße ich hervor, »aber ich bin gerade dabei, meinen Flug zu verpassen, und es geht um Leben und Tod.«

»Wessen Tod?«

»Meinen.«

Ihr Lächeln trifft mich unerwartet. Währenddessen passiert jede Menge in ihrem Gesicht: Ihre sanft geschwungenen Lippen heben sich, ihre Wangen ebenfalls, um ihre Augenwinkel bilden sich Lachfältchen und ihre Nase kräuselt sich auf ziemlich süße Weise. »Nachdem du mir eben einen NFL-würdigen Bodycheck verpasst und dich jetzt vorgedrängelt hast, bin ich mir nicht sicher, ob ich gegen deinen Tod so viel einzuwenden hätte.«

»Was?«, gebe ich nur scheinbar entrüstet zurück. Denn sie blitzt mich zwar herausfordernd an, aber ihr Lächeln ist einfach hinreißend. »Es ist fast Weihnachten! Solltest du da nicht etwas besinnlichere Stimmung verbreiten?«

Jetzt gibt sie ein Schnaufen von sich. »Weihnachten kann mich mal. Mir ist da selten sonderlich besinnlich zumute.«

»Aha.« Neugierig mustere ich sie. »Also bist du nicht gerade auf dem Weg, um über die Feiertage deine Familie am anderen Ende der Welt zu besuchen, die du seit Monaten nicht gesehen hast – so wie ich?«

»Nee, ich bin eher auf der Flucht.«

»In dem Fall …« Grinsend hindere ich sie daran, sich in die vor mir entstandene Lücke zu schieben. »… gebührt mir die Vorfahrt. Ich habe wichtige Gründe.«

Mit dem Brustkorb stößt sie gegen meinen ausgestreckten Arm und blickt zu mir auf. Ich spüre irgendwas in mir auf sie reagieren. Ihre Augen sind keineswegs schwarz, wie ich zuerst dachte, eher von einem tiefen Mokkabraun, das mir zu Kopf steigt wie die erste Tasse Espresso am Morgen.

»Ehrlich, meine Schwester bringt mich um, wenn ich meinen Flug verpasse.«

»Bist du dir sicher, dass du deine Schwester wirklich besuchen willst?«, erkundigt sie sich mit einem unschuldigen Augenaufschlag. Ich frage mich, ob sie Irin ist. Ihre Art, beim Sprechen einige Vokale unter den Tisch fallen und ihre Rs deutlich hören zu lassen, klingt jedenfalls irgendwie cool. »Vielleicht bist du hier in London sicherer.«

Diesmal wirkt ihr Lächeln eindeutig spöttisch. Und auch damit trifft sie einen Nerv bei mir.

»Wäre ich, aber sie ist nun mal meine Familie«, erwidere ich. »Was soll ich machen?«

Sie zuckt mit den Schultern. »Wenn ich allerdings deinetwegen meinen Flug verpasse, bist du mir einen Urlaub in der Sonne schuldig.«

»Verstehe.« Das Kribbeln in meinem Bauch, das sich bis eben nach nervöser Anspannung angefühlt hat, empfinde ich plötzlich als angenehm. Also wage ich einen Vorstoß. »Vielleicht sollten wir Nummern tauschen. Wenn du deinen Flug verpasst, kannst du mich anrufen und deinen Urlaub einfordern.«

Sie hebt die Augenbrauen. »Ernsthaft? Wir kennen uns überhaupt nicht und du fragst mich nach meiner Nummer?«

»Gibst du deine Nummer grundsätzlich nur Leuten, die du kennst?«

Sie nickt. »Grundsätzlich.«

»Und was muss man tun, um dich kennenzulernen?«

Diesmal antwortet sie nicht sofort. Einen Moment lang mustert sie mich forschend, als versuche sie mich einzuschätzen. Ich hingegen bin mir längst sicher: Ich würde sie sofort auf ein Date einladen. Einfach weil sie sich wie Sonne im trüben britischen Winter anfühlt.

Zuvor muss ich allerdings Weihnachten mit Emma und Nora überstehen. Und dazu müsste ich es in dieses Flugzeug schaffen. Fuck! Die Maschine soll in fünfzehn Minuten abheben und diese Schlange fühlt sich an, als winde sie sich kilometerlang bis zum Bodyscan. Es ist definitiv an der Zeit, in Panik zu geraten.

Die Unbekannte neben mir verhindert das allerdings. Sie lässt diesen Moment hier zwischen uns bedeutungsvoller wirken als die Konsequenzen eines verpassten Flugs.

»Also?«, hake ich nach. »Wie kann ich dich kennenlernen?«

Sie hebt die Schultern, zwirbelt die Kordeln ihres Schals um ihre Finger und sagt: »Hör zu. Aus meiner Sicht sind wir einfach zwei Leute, die zufällig zusammen in der Schlange zum Securitycheck stehen. Und die vor wenigen Minuten ziemlich heftig auf den Kopf gefallen sind. Ganz zurechnungsfähig sind wir also nicht. Vielleicht passiert gleich ein Wunder und wir schaffen es noch auf unseren Flug. Spätestens wenn wir auf unseren Plätzen sitzen, werden wir einander jedenfalls schon halb vergessen haben.«

Bis hierhin war ich ganz bei ihr, aber diesem letzten Punkt kann ich nicht zustimmen. Mein Flug wird etwa acht Stunden dauern. Ich werde nicht viel anderes zu tun haben, als an sie zu denken – ihren lässigen Akzent, ihre blitzenden Augen, ihren sanft geschwungenen Mund und vor allem ihre schlagfertige Art. Dennoch lasse ich sie ausreden.

»Ich gebe keinem Mann meine Nummer, der auf genau das aus ist: eine schnelle Nummer. Ich gebe einem Mann meine Nummer, wenn er mich fasziniert und wir zusammen essen gehen wollen. Irgendwann vielleicht mal ins Kino oder in eine Cocktailbar. Ich bin nämlich nicht der Typ für schnelle Nummern, eher für langfristiges Dating. Slowburn eben.«

»Und anschließend fliegt man dann gemeinsam in den Urlaub?«, frage ich. Sie sieht mich bloß mit gerunzelter Stirn an. »Na ja, du meintest, ich schulde dir einen, wenn du deinen Flug verpasst«, erinnere ich sie.

Verlegen lacht sie auf. »Ja, von mir aus. Wenn man diese drei Dinge einige Male wiederholt hat, kann man über einen gemeinsamen Urlaub nachdenken.«

»Das braucht es also für dich? Essen, Kino und Cocktails?«

»Richtig«, bestätigt sie. »Essen, um festzustellen, wie zuvorkommend er ist und ob man zusammenpasst. Kino, um herauszufinden, ob er einen guten Geschmack hat.«

»Und Cocktails?«

Sie lächelt verschmitzt. »Die öffnen sein Herz und lösen ihm die Zunge.«

Ein bisschen ungläubig lache ich auf, doch eine Durchsage reißt mich zurück in die Realität der nicht enden wollenden Schlange vor uns und der sinkenden Wahrscheinlichkeit, dass ich gleich an Bord der Boeing nach Boston sitzen werde: »Die Passagiere Owen Westmore und Liv Bailey werden gebeten, sich an Gate 27 einzufinden. Owen Westmore und Liv Bailey, Gate 27.«

Dass es offenbar noch eine weitere Person gibt, die mein Schicksal teilt und gerade ihren Flug verpasst, kann mich jetzt überhaupt nicht trösten.

»Tut mir leid«, sage ich an die Fremde gewandt. »Aber wenn ich nicht sofort durch diesen Securitycheck komme, bringt meine Schwester mich wirklich um. Ich kann dich ehrlich nicht überreden, mir deine Nummer zu geben?«

Sie schüttelt den Kopf. »Das ist jetzt kaum der richtige Zeitpunkt.«

Damit hat sie absolut recht. Und sie wirkt so entschieden, dass ich aufgebe. »Na dann«, rufe ich ihr zu, während ich bereits rückwärts an der Schlange entlanglaufe. »Hat mich gefreut, mit dir anzustehen, Comet.«

Einige Leute beschweren sich, während ich mich an ihnen vorbeidränge, trotzdem krieche ich weiter unter den Absperrbändern hindurch. Es dauert nicht lang, bis sich mir ein Sicherheitsbeamter in den Weg stellt.

»Entschuldigung«, verteidige ich mein Verhalten. »Ich wurde ausgerufen. Ich verpasse meinen Flug.«

Grummelnd winkt er mich nach vorn. Erleichtert werfe ich meinen Rucksack in eine freie Kiste, meine Jacke und meinen Gürtel in eine zweite. Zu meiner Überraschung entdecke ich meine Gesprächspartnerin von eben direkt hinter mir. Anscheinend hat sie in meinem Kielwasser ebenfalls den Großteil der Schlange übersprungen.

»Letzter Aufruf für die Passagiere Owen Westmore und Liv Bailey«, schallt es aus den Lautsprechern. Fuck, fuck, fuck! Ich hechte in den Bodyscanner, schnappe mir dann wieder meine Sachen. Ein Blick über die Schulter verrät mir, dass die junge Frau noch dabei ist, zahlreiche Silberringe aus einer der Plastikboxen wieder einzusammeln. Leider habe ich wirklich keine Zeit, auf sie zu warten. Ein kurzer Orientierungsblick und ich sprinte los.

Der Weg zu Gate 27 ist endlos. Und aus irgendeinem Grund scheinen sich sämtliche Menschen im Krabbelalter, mit Rollatoren oder in Bummellaune direkt vor meinen Füßen zu versammeln. Erst Entschuldigungen murmelnd, schließlich nur noch Flüche rufend renne ich auf mein Gate zu, das beängstigend verlassen wirkt.

»Halt! Bitte, warten Sie! Ich bin Owen Westmore. Ich wurde ausgerufen.« Noch im vollen Lauf versuche ich die Flugbegleiterin aufzuhalten, die sich in steifer Uniform und auf Stiletto-Absätzen als Letzte von der Ticketschranke entfernt. Wahrscheinlich lässt die offenkundige Panik in meiner Stimme sie innehalten. Beinah stürze ich ihr in die Arme, komme aber noch rechtzeitig zum Stehen.

»Der Check-in ist geschlossen, fürchte ich.« Scheinbar bedauernd hebt sie die Schultern.

Ich starre sie an und kann nicht glauben, dass sie meint, was sie sagt. »Aber ... das Flugzeug steht doch noch da.« Ich deute durch die Glasscheiben hinter ihr aufs nieselgraue Rollfeld.

»Das Boarding ist als beendet gemeldet«, beharrt sie.

»Bitte, tun Sie mir das nicht an. Ich *muss* mit.«

Sie spitzt nur die Lippen. Oh, zur Hölle! Wenn ich Emma und Nora gleich beichten muss, dass sie am Flughafen in Boston umsonst auf mich warten werden, muss ich zumindest alles versucht haben.

»Ich habe zwei jüngere Schwestern. Unsere Eltern sind diesen Sommer gestorben. Es ist unser erstes Weihnachten ohne sie.« Die Lippen der Flugbegleiterin werden weicher, ihre Augen runder. Ich erkenne Mitleid, wenn ich es sehe, und schöpfe Hoffnung. »Wir haben all diese Traditionen zusammen und keine Ahnung, wie wir ohne die klarkommen sollen. Zum ersten Mal hat unser Dad nicht das ganze Haus in Lichterketten eingewickelt. Unsere Mom steht zum ersten Mal nicht den ganzen Tag in der Küche, damit der Truthahn perfekt wird. Niemand backt Kekse, niemand spielt vollkommen veraltete Weihnachtssongs, niemand lädt Nachbarn und Freunde zum Feiern ein. Es gibt einfach nur noch uns drei. Ich kann meine Schwestern nicht allein lassen. Es tut mir leid, dass ich alles aufhalte, aber bitte nehmen Sie mich mit!«

Ich versuche die Flugbegleiterin mit meinem beschwörenden Blick zu hypnotisieren, sehe sie schlucken. Dann schaut sie an mir vorbei. »Und Sie? Was ist Ihre Entschuldigung?«

Überrascht gucke ich über meine Schulter und blinzele. Sie! Kurzer Herzstoppmoment. Weil mich diese Frau offenbar wie ein Komet trifft, auch ohne mich zu rammen – mit ihren mokkafarbenen Augen und ihrem sanft geschwungenen Mund. Ihr Brustkorb hebt und senkt sich hektisch. Sie räuspert sich. »Äh ... was er gesagt hat.«

»Bitte?« Die schmalen Augenbrauen der Flugbegleiterin wölben sich fragend nach oben.

»Ich meine ...«, sagt sie rasch. »Ich gehöre zu ihm.«

Jetzt hebe auch ich die Augenbrauen, aber sie wirft mir einen so flehenden Blick zu, dass ich nichts sage.

»Na gut, dann zeigen Sie mir bitte Ihre Tickets.«

»Danke!« Mit einem Stoßseufzer zücke ich mein Telefon. Dann schlägt die Airline-Mitarbeiterin einen so raschen

Schritt den Passagiertunnel entlang an, dass wir fast joggen müssen.

»Eins muss man dir lassen«, sagt meine neue Reisebegleiterin mit gedämpfter Stimme. »Du bist echt gut. So eine Story aus dem Ärmel zu schütteln … Nicht schlecht!«

Wir werden an Bord des Flugzeugs gescheucht, entschuldigen uns bei den höflich lächelnden Flugbegleiterinnen, biegen in den hinteren Gang ein und passieren endlose Reihen von bereits sitzenden Leuten.

Meine Reisebegleiterin biegt etwa auf Höhe des Flügels in eine Zweierreihe ein und sieht sich zu mir um. »Hier sitze ich.« Sie rutscht zum Fensterplatz durch.

»Luxus«, kommentiere ich. »Ich habe meine Reservierung irgendwo ganz hinten in der Mitte einer Viererreihe.« Bedauernd hebe ich die Schultern. »Ich beeile mich wohl lieber. Aber vielleicht sehen wir uns später.«

»Hey.« Sie hält mich mit einer Hand an meinem Arm auf und lächelt mich an. »Du kannst auch bei mir sitzen. Der Platz neben mir bleibt leer.«

Überrascht halte ich inne. Weil ihre Worte trotz des Lächelns in ihrem Gesicht irgendwie traurig klingen. Und ihr Angebot verwirrt mich auch aufgrund ihres Unwillens hinsichtlich der Herausgabe ihrer Nummer. Vielleicht will sie nur vor dem Flugpersonal den Anschein wahren, nachdem sie eben behauptet hat, sie gehöre zu mir?

»Bietest du mir das an, weil du auf den Kopf gefallen und nicht zurechnungsfähig bist?«

Sie lacht hell auf. »Wahrscheinlich.«

Urplötzlich muss ich an etwas denken, das mein Dad mir immer gesagt hat: *Wenn du es schaffst, ein Mädchen zum Lachen zu bringen, kannst du sie auch dazu bringen, dich zu mögen. Lachen ist der erste Schritt.*

Sie sieht mich immer noch an, wartet auf meine Antwort.

»Das nutze ich natürlich aus.« Dieser Gangplatz ist definitiv besser als einer irgendwo in der Mitte – und ihre Gesellschaft jeder anderen vorzuziehen. Keine Ahnung, woher diese Gewissheit kommt, aber die Überzeugung hat sich mir unverrückbar in den Kopf gesetzt. »Was muss ich für den Fensterplatz tun?«

»Über Leichen gehen.« Sie grinst, während sie sich gleichzeitig von ihrer Jacke und ihrem Schal befreit. Um ihre Klamotten zu verstauen, steht sie noch mal auf und reckt sich zum Gepäckfach. Unter ihrem gelben Parker trägt sie eine eng anliegende schwarze Hose, die mir auf einen Blick verrät, dass sie trotz ihrer eher zierlichen Figur einen wohlgeformten Hintern hat. Dazu einen bunt gestreiften Pullover. Sie muss sich auf die Zehenspitzen stellen und plötzlich kommt mir ihr Gesicht näher. Ich entdecke ein winziges Muttermal direkt unter ihrem rechten Mundwinkel. Himmel, ich starre sie an. Aber sie mich auch. Und ihr Blick schießt mir wie ein doppelter Espresso ins Blut. Unwillkürlich atme ich tiefer. Sie duftet warm – nach Kakao. Aber mit einer fruchtigen Note. Vielleicht Pfirsich. Egal was, ich bin sofort süchtig.

Einen atemlosen Augenblick später lässt sie sich wieder auf ihre Normalgröße sinken und rutscht zurück auf den Fensterplatz.

Ich falle aufs Polster neben sie und fast im gleichen Moment setzt sich das Flugzeug in Bewegung. Richtung Boston. Richtung Heimat. Richtung den Überresten meiner Familie.

In meinem Kopf ziehen Gewitterwolken auf – dunkelgrau und gefährlich schwefelgelb. Fuck! In den letzten Wochen hatte ich mein inneres Sturmtief im Griff, aber jetzt befinde ich mich auf direktem Weg ins Katastrophengebiet. Die Vorboten des Unwetters legen einen Scheißgraufilter über meine Wahrnehmung – selbst über meine Reisebegleiterin. Eine Sekunde lang kneife ich die Augen zu, dann lasse ich los. Ich glätte mein Gesicht, konzentriere mich auf meine Umgebung, stopfe meinen Rucksack unter den Sitz vor mir und schließe die Gurtschnalle. Dann halte ich meiner Sitznachbarin die Hand hin. »Ich heiße übrigens Owen.«

»Ich weiß.« Ihr Lächeln breitet sich mit der Helligkeit und Wärme von Sonnenlicht über ihr Gesicht aus. Oh fuck! Ich fühle es bis tief runter in meinen Bauch durch sämtliche Nervenfasern leuchten. Es ist genau das, was ich gerade brauche.

»Woher?«, frage ich trotzdem einigermaßen verblüfft.

»Na, du wurdest mindestens zweimal mit mir zusammen ausgerufen und hast deinen Namen quer durchs Terminal gebrüllt, um das Flugzeug aufzuhalten. Ich heiße Liv.«

»Liv Bailey. Natürlich.« *Owen Westmore und Liv Bailey.* Ich schließe meine Hand um ihre. Ihre Finger sind schmal und kühl. An fast jedem trägt sie einen Silberring. Am liebsten würde ich sie mir alle einzeln ansehen, um das Gefühl ihrer zarten Haut noch ein bisschen länger zu spüren, das irgendwie meinen Blutkreislauf antreibt. Aber wenn ich mich wie der letzte Creep verhalte, wird sie mich garantiert auf meinen undankbaren Mittelplatz ganz hinten verbannen.

»Richtig«, bestätigt sie. »Und anders als du habe ich sofort gecheckt, dass wir dasselbe Flugzeug erwischen wollten.«

»Weil ich meinen Namen durchs Terminal gebrüllt habe?«

»Weil du eindeutig Amerikaner bist, aber deine Rs kaum zu hören sind. Du kommst irgendwo aus der Ecke um Boston. Habe ich recht?«

Verblüfft mustere ich sie. »Das hast du mir angehört?«

Sie zuckt mit den Schultern, als wäre es eine Kleinigkeit. »Ich habe ein Faible für Sprache.«

»Liv Bailey«, sage ich grinsend. »Ich bin beeindruckt. Ich komme aus New Hampshire – etwa eine Stunde von Boston. Und du?«

»Geboren in Ballynahinch, Nordirland. Aufgewachsen in

Saffron Walden – etwa eine Stunde von London – und in Belfast. Das hört man wahrscheinlich alles in meinem Akzent.«

»Vermutlich konnte ich den deshalb nicht gleich zuordnen«, kommentiere ich trocken.

Sie grinst. »Vermutlich.«

»Sorry.« Als das Flugzeug am Beginn der Startbahn hält, zücke ich mein Telefon. »Ich muss meinen Schwestern kurz schreiben, dass ich meinen Flug erwischt habe.«

»Alles klar.« Sie lehnt sich in ihrem Sitz zurück und sieht aus dem Fenster.

Ich nutze die Frontkamera, um ein Selfie von mir im Flugzeugsitz zu machen. Dann tippe ich hastig: *Völlig unbegründet, mir zu drohen, Keks. Natürlich bin ich an Bord.*

Erst als ich die Nachricht abgeschickt habe, stelle ich fest, dass Emmas Spitzname automatisch in den Keks-Emoji verwandelt wurde. Und dass auf dem Foto auch ein Teil von Liv zu sehen ist – ein paar lange erdbraune Haarsträhnen, ein von dunklen Wimpern umrahmtes Auge und ein sinnlich geschwungener Mundwinkel.

Diese Reise hat zwar verdammt mies begonnen, aber ich glaube, besser hätte es nicht kommen können. Erleichtert schalte ich mein Handy in den Flugmodus.

Emma

Ich sitze an unserem Frühstückstisch, vor einer gigantischen Tannengirlande, die nicht wettmachen kann, dass Dads Lichterketten dieses Jahr fehlen, genau wie Moms Kekse, und dass sie nicht in der Küche steht, um das Weihnachtsessen vorzubereiten und dazu singt. Ich fahre mit dem Finger einen Kratzer nach, den Owen als Kind in die Tischplatte geritzt hat, und fühle mich, als hätte ich einen Kater. Einen Prä-Weihnachtskater.

Meine Schwester hingegen ist ekelhaft gut gelaunt, auch wenn ich sicher bin, dass sie hinter dieser Maske total hektisch und gestresst ist, weil sie dieses Weihnachten, komme, was wolle, retten will. Von ihren Ohren baumeln Rentierohrringe. Ihr Koffer steht schon neben der Tür. Jacke, Mütze und Handschuhe liegen zum Anziehen bereit darüber. Sie zieht das echt durch und schleppt uns alle in den Arcadia Nationalpark. So wie wir es jedes Jahr zum Fest mit Mom und Dad gemacht haben. Mit dem Unterschied, dass die beiden nicht mehr da sind und dieses Weihnachten deswegen niemals so wird wie früher. Egal wie akribisch Nora alles plant. Egal wie viel erzwungene Weihnachts-Gute-Laune sie verbreitet.

Seufzend beiße ich von meinem Bagel ab, scrolle durch Instagram, als eine Nachricht von Owen im Familienchat eingeht und ich mich fast an meinem Frühstück verschlucke. Wegen des Fotos, das er mitschickt: Er hat seine 1,85 Meter in den Flugzeugsitz gefaltet, seine blonden Haare sind verwuschelt und leicht verschwitzt, seine sturmgrauen Augen, die er von Mom geerbt hat, funkeln. Er grinst, als wäre die Welt ein einziger Sonntagsspaziergang und kein Morast, seitdem Mom und Dad gestorben sind und er lieber auf einen anderen Kontinent gezogen ist, als sich dem zu stellen. Und er ist nicht allein auf dem Bild. Ein Auge, ein Mundwinkel, dunkles Haar – das sind Teile einer Frau, die genau seinem Beuteschema entspricht und zu nah an ihm dran sitzt, um eine zufällige Sitznachbarin zu sein.

Ich glaub, ich kriege einen Anfall. Ich habe absolut keinen Bock, mich auch noch mit einer Fremden abzugeben, die er zu dieser reinen Familiensache anschleppt.

»Bringt Owen etwa jemanden mit?«, brülle ich Nora zu und bin schon wieder so verdammt wütend. Auf Owen, die Welt, auf einfach alles. Auf Social Media frisst der Algorithmus die Posts meines Bruders, was echt ein Segen ist, aber im Familienchat kann ich ihn nicht ignorieren.

Nora steckt ihren Kopf zur Küchentür rein. »Keine Ahnung. Er hat nichts gesagt.« Sie verbirgt jetzt nicht länger wie gestresst sie ist. »Hast du meine Moonboots gesehen? Ich hätte schwören können, dass ich sie nach letztem Winter in den Abstellraum gestellt habe.«

Verdammt. Ihre Moonboots. »Die habe ich mir ausgeliehen und beim Lagerfeuer im Frühjahr getragen«, gebe ich zu.

»Und wo sind sie jetzt?« Nora sieht mich stirnrunzelnd an. *Geschmolzen, während ich mit Jackson rumgeknutscht habe.* Damals war noch alles gut. Besser als jetzt, leichter. »Ich … also …« Ich mache eine entschuldigende Geste und Noras Schultern sacken nach vorn.

»Sie sind nicht mehr da, oder?«

»Kaputtgegangen«, murmele ich entschuldigend. »Tut mir leid.«

»Ist okay.« Sie pustet sich die Haare aus der Stirn und seufzt. »Passiert.«

Sie klingt zwar ruhig, aber ich erkenne den Unterschied zwischen der wirklich ruhigen Nora und der mühsam beherrschten.

»Aber sag mir so was nächstes Mal. Rechtzeitig! Dann kann ich mir neue kaufen. Jetzt weiß ich nicht, was ich anziehen soll, ohne mir die Füße abzufrieren.« Nora wirkt verloren.

Das passiert, wenn jemand ihre sorgsam aufgestellten Pläne durchkreuzt. Nicht jemand – *ich*. Denn Owen tut so etwas nicht. Er ist derjenige, der immer alles richtig macht. Bis auf die Tatsache, dass er uns allein gelassen hat, um sein Scheißego zu streicheln und seinen PhD in Psychologie in England zu machen. And here we go again: Ich. Wütend. Aber das ist eben immer noch besser als traurig zu sein.

Ich zucke die Schultern. »Zieh einfach irgendwelche Schuhe an, Nora. Du läufst nicht nach Maine. Wir fliegen. Und sowohl das Flugzeug als auch die Hütte haben eine Heizung. Außerdem haben wir größere Probleme.« Ich halte ihr das Foto von Owen hin, aber sie zuckt nur die Schultern.

»Da sitzt jemand neben ihm im Flugzeug. Na und?«

Kapiert sie das nicht? »Er fotografiert doch nicht einfach so jemanden. Dass sie mit auf dem Foto ist, bedeutet unter Garantie etwas. Was, wenn er sie mitbringt?«

Nora sieht noch mal hin. »Dann freuen wir uns für ihn. Sie sieht doch nett aus.«

Nett. Ist sie verrückt geworden? Mit ihr und Owen in den Arcadia Nationalpark zu fahren und so zu tun, als wäre alles in Ordnung, ist schon abgedreht genug, aber ich werde meinem Bruder ganz bestimmt nicht dabei zusehen, wie er die ganze Zeit herumturtelt und uns unter die Nase reibt, dass er alles hinter sich gelassen und weitergemacht hat, während ich feststecke. Ich reibe über mein Brustbein, als könnte ich den Schmerz dahinter wegmassieren, und schreibe Owen: *Wer zum Henker ist das? Du kommst doch allein?*

Das Häkchen zeigt an, dass die Nachricht rausgegangen ist, aber nicht zugestellt wurde. Wahrscheinlich ist sein Handy jetzt im Flugmodus. Wunderbar. Ganz toll.

Und meine Laune sinkt noch ein Kellergeschoss tiefer, als ich durch die Fenster sehe, wie Sam in seinem GMC – von ihm liebevoll nur Ringo der Tourbus genannt – vor unserem Grundstück hält. Auf dem Armaturenbrett einen lächerlich blinkenden Mini-Weihnachtsbaum mit bunten Kugeln.

»Was will der denn jetzt hier?«, stöhne ich.

Nora lächelt. »Frühstücken. Ich habe ihn eingeladen.«

»Warum?« Ich fasse es nicht. Sie überspannt echt den Bogen.

Sie wirft mir einen strengen Blick zu. »Er ist ein Freund. Sei nett!«

Owens bester Freund, um genau zu sein. Und seit der weg ist, hängen er und Nora ständig miteinander ab, bequatschen allen möglichen Kram, den sie genauso gut mit mir besprechen könnte. Fehlt nur noch, dass sie sich gegenseitig Zöpfe flechten. Bestimmt ist er auch deshalb mit Nora befreundet, weil er weiß, dass er mich damit maßlos ärgert. Er ist so ein Idiot.

Und bringt mich trotzdem aus dem Konzept. Selbst jetzt, sechs Jahre nachdem ich aufgehört habe, ihn toll oder anziehend oder irgendetwas anderes als bescheuert zu finden. Einfach nur, weil er lässig aus dem Auto rutscht und die Beine ausschüttelt, bevor er mit einem breiten Grinsen die Auffahrt hochstapft. Er trägt nur Jeans und ein Shirt von *Slipknot*. Nackte Oberarme, obwohl es so kalt ist, dass sein Atem Wölkchen bildet, die in der Luft zerfasern. Wie sonst soll die Menschheit auch seinen Bizeps bewundern? Boah, er nervt so abgrundtief.

»Wieso?«, jammere ich. Es ist total untypisch für Nora, an einem Tag wie heute Stolpersteine einzubauen. Und Sam ist definitiv ein Riesenstolperstein. Es sei denn, er wäre Teil ihres Plans. »Was verschweigst du mir, Nora?«

»Okay, aber flipp nicht aus … Das Frühstück ist nur das Dankeschön, weil er uns gleich zum Airport fährt«, sagt sie, als wäre es nichts.

»Er tut WAS?« Ich glaube, ich habe zu oft ›Last Christmas‹ gehört. Meine Ohren müssen einen weg haben.

»Er fährt uns.« Sie zuckt mit den Schultern, als wäre das nicht verhandelbar. »Mit dem Zug bräuchten wir über zwei Stunden und verpassen am Ende unseren Flug. Wenn wir das Auto nehmen, treiben uns die Parkgebühren am Flughafen in den Bankrott. Und so kann er Owen wenigstens kurz sehen. Also ist es für alle die beste Option.«

In keinem nahen Universum wäre Sam jemals auch nur *irgendeine* Option und schon gar nicht die beste. Jedenfalls nicht für mich.

»Na, da hast du ja alles ganz großartig durchdacht«, murmele ich.

»Ja.« Sie grinst. »Sag nichts gegen meine Planung. Wenn wir uns auf dich verlassen würden, würden wir in Mexiko landen statt in Maine.«

Dann müssten diese Weihnachtsferien wenigstens nicht mit den glücklichen mit Mom und Dad im Arcadia Nationalpark konkurrieren, gegen die sie nur verlieren können. In mir flammt Vermissen auf.

»Du hättest es mir sagen müssen«, meckere ich, um das Gefühl rauszulassen.

»Damit du deine unerklärliche Fehde fortführen und unseren Airport-Shuttle hättest boykottieren können? Ganz sicher nicht.«

Sam poltert jetzt ins Haus und ich ziehe die Beine auf den Stuhl, schlinge meinen Arm darum. So als bräuchte ich eine verdammte Schutzmauer.

»Hey, Nora.« Sam zieht sie in seine Arme und ein bescheuerter Teil von mir stellt sich vor, wie es sich wohl anfühlt, ihm so nahe zu sein.

Ernsthaft? Ich zwinge mich wegzusehen. Gerade noch rechtzeitig, weil er jetzt seinen Blick auf mich richtet, zu mir rüberkommt und den Rest meines Bagels in seinen Mund stopft.

»Hey, Kampfkeks«, sagt er halb grinsend, halb kauend und verwuschelt meine Haare.

»Wenn ich jetzt Avocado in den Haaren habe, bringe ich dich um.«

Er lacht. »Du bringst mich auch ohne Avocado um. Also …« Ich weiche ihm zu spät aus und er wiederholt die Prozedur mit meinen Haaren gleich noch einmal. Dann lässt er sich auf den Stuhl rechts von mir plumpsen und nimmt sich auch noch den letzten Bagel.

»Fühl dich ruhig wie zu Hause«, brumme ich.

»Danke. So herzlich heute.« Sam grinst mich an, als hätte ich die Aufforderung tatsächlich ernst gemeint, und ich ziehe eine Grimasse, als wäre ich wieder fünf und er der achtjährige Idiotenfreund meines Bruders, der mir den Spuckefinger ins Ohr steckt.

»Wie geht's dir?« Noras Frage richtet sich an Sam und sie wirkt dabei so ernst, als gäbe es tatsächlich etwas, das Mister-ich-kann-alles-und-bin-so-unwiderstehlich aus dem Konzept bringen könnte.

Kurz verdunkelt sich sein Gesicht und er sieht auf die Tischplatte vor sich. Aber als er dann wieder Nora anschaut, ist dieses bescheuerte Hundert-Kilowatt-Grinsen zurück, das ätzenderweise die Schwerkraft in meinem Magen aufhebt. »Gut. Es geht mir gut.« Er zupft an der Tannengirlande. »Ihr habt geschmückt, obwohl ihr über Weihnachten gar nicht da seid?«, fragt er amüsiert.

Auch wenn ich selbst kein Fan des Weihnachtswahnsinns

meiner Schwester bin, hat er ganz sicher kein Recht, sich darüber lustig zu machen.

»Das ist eben, was man in der Vorweihnachtszeit so tut«, erwidere ich kampflustig. Das Haus der Greens, seiner Eltern, sieht schon einen Tag nach Thanksgiving aus wie aus einer Coca-Cola-Weihnachtswerbung. Und Sam hat mit Owen zusammen immer beim Schmücken geholfen. »Sonst immer einer von den Griswolds und plötzlich ganz Grinch?«

»Weder noch.« Er lässt sich null provozieren, beißt von dem Bagel ab und kaut genüsslich, während ich meine Reisetabletten aus einer der Küchenschubladen krame und in meine Tasche stopfe.

Mein Magen mag keine Autofahrten und beim Fliegen kapituliert er komplett, weswegen ich mich immer entscheiden muss, wann der beste Zeitpunkt für die Einnahme der Tablette ist, damit sie die schlimmste Phase des Trips abdeckt. Ich würde gern sagen, das ist die Fahrt mit Sam, aber ich fürchte, ich sollte sie doch erst vor dem Flug nehmen.

»Sag mal, weißt du, ob Owen jemanden mitbringen wollte? Eine Freundin?«

Sam sieht Nora stirnrunzelnd an. »Mir hat er nichts gesagt. Aber das kann ich mir nicht vorstellen. Ich meine, sie müsste dann ja auch ein Ticket für den Flug nach Bangor haben.«

»Tickets kann man auch kurzfristig noch kaufen«, sage ich und verdrehe die Augen, weil ich denke, dass Owen und seine Freundin genau das vorhaben könnten. Und auch wenn Sam nichts dafürkann, ist er immer eine gute Stelle, um meine Wut rauszulassen. Verdient hat er es so oder so – für all die Male, die er sich scheiße verhalten hat und noch scheiße verhalten wird.

Er sieht mich einen Augenblick an und konzentriert sich dann auf Nora. »Wie kommt ihr darauf, dass er in Begleitung ist?«

Ich halte ihm das Handy mit dem geöffneten Familienchat hin. Mitglieder: fünf. Keiner von uns hat Moms und Dads Nummern rausgelöscht. Keiner von uns hat es hinbekommen, obwohl es nötig wäre. Sonst haben wir bald einen Trucker aus Detroit mit im Chat oder eine Hippiebraut aus Illinois, weil die Nummern neu vergeben wurden.

Sam kneift die Augen zusammen, zieht das Foto mit zwei Fingern größer. »Noch nie gesehen, soweit ich das anhand eines Auges, ein paar Haaren und einem Viertelmund sagen kann«, meint er schließlich. »Und ich wüsste auch nicht, dass euer Bruder derzeit jemanden hat.« Er steht auf und klatscht in die Hände. »Wollen wir dann?«

Sofort schnappe ich mir die Schlüssel, die noch auf dem Tisch liegen.

»Nein.« Sam sieht mich warnend an.

»Doch.« Und schon flitze ich in den Flur, schnappe mir meine Tasche und sprinte weiter zum Wagen.

»Du fährst nicht!«, ruft er und jagt mir nach, während Nora im Haus zurückbleibt.

Ich erreiche Ringo – benannt nach dem alternden Mitglied der Beatles – ungefähr drei Sekunden vor Sam, schaffe es aber nicht mehr, einzusteigen und die Tür zwischen uns zuzuknallen. Sam klemmt mich zwischen sich und dem GMC ein, was mit viel zu viel Körperkontakt einhergeht. Ich versuche mich auf den erbitterten Kampf um den Autoschlüssel zu konzentrieren, nicht auf Sams Geruch – ganz frisch, nach Seife und Waschpulver. Oder auf die harten Muskeln unter seiner Kleidung – der Kerl trainiert doch gar nicht, wieso muss er sich dann so gut anfühlen und kann nicht ein winziges bisschen abstoßend sein? Ich achte auch nicht auf seinen Atem, der meine Haut streift – warm und Stromstöße durch den Körper jagend.

»Du würdest Ringo bestimmt um die Ecke bringen«, schnauft Sam, fixiert meine Arme so, dass ich eigentlich loslassen muss. Aber da hat er die Rechnung ohne meinen Sturkopf gemacht.

»Du bist so ein Macho«, keuche ich und umklammere weiter die Schlüssel.

»Weil ich mein Auto liebe?« Er hat mich in der Zange und ich kann mich nicht mehr rühren, nur hilflos zusehen, wie er die Finger meiner Hand einen nach dem anderen aufbiegt – oder alternativ die Bartstoppeln auf seinem nervig attraktiven Kinn anstarren.

»Weil du keine Frau hinters Steuer lässt«, presse ich zwischen zusammengebissenen Zähnen hervor und endlich bin ich so wütend, dass mich sein verdammt anziehender Geruch, sein blöder Killerbody oder sein Herzschluckauf-Atem nicht mehr interessieren.

Ich versuche mich aus seinem Klammergriff zu winden, aber er ist stärker, hält mich fast mühelos fest und ich beschließe in dieser Sekunde, im neuen Jahr einen Nahkampfkurs zu besuchen, um ihn irgendwann mal aufs Kreuz zu legen. Ich freue mich jetzt schon auf sein Gesicht. Aber dieses Mal gewinnt er, bringt die Schlüssel in seine Gewalt und macht damit einen albernen Siegestanz auf dem Rasen.

Meine Schwester hat das Haus inzwischen abgeschlossen und zieht ihren Koffer hinter sich her.

»Nora, willst du vielleicht fahren?«, fragt Sam sie zuckersüß und grinst mich provozierend an.

»Äh, wieso?«

Er schnalzt mit der Zunge. »Um zu beweisen, dass ich kein frauenfeindliches Arschloch bin, sondern nur gesunden Menschenverstand habe und Emma deswegen nicht hinters Steuer lasse.«

Ich fahre gut. Sehr gut. Und das weiß der Mistkerl auch.

»Haltet mich da raus.« Nora lädt ihren Koffer hinten ins Auto und kommt dann nach vorn.

»Egal«, sage ich zu Sam und zucke mit den Schultern. »Dann setze ich mich eben nach hinten und kotze dir in den Nacken.« Ich ziehe die seitliche Schiebetür auf, aber Sam stoppt die Bewegung.

»Auf keinen Fall. Niemand kotzt Ringo voll. Du sitzt vorn.«

»Sag mir nicht, was ich tun soll.«

Nora drängelt sich an mir vorbei, krabbelt auf die mittlere Rückbank, bevor ich es tun kann, und hockt wie ein schwesterlicher Türstopper im Weg. »Er hat recht«, sagt sie bestimmt. »Niemand will, dass unser Trip mit dir würgend über einer Plastiktüte beginnt.«

Sie wird nicht nachgeben. Das ist das Westmore-Gen. Mir bleibt also nur der Beifahrersitz. *Schön.* Wütend gebe ich Sam einen Schubs, klettere auf den Beifahrersitz und knalle die Tür zu. Sam umrundet den Wagen, steigt neben mir ein und ist mir jetzt deutlich zu nah. Mit ihm in einer Küche zu sitzen ist Höchststrafe, aber nur eine Handbremse voneinander entfernt, das ... Ich stöhne und schnipse den blinkenden Armaturenbrett-Weihnachtsbaum an.

»Okay, Ringo, sie meint das nicht so. In echt mag sie deine Weihnachtsdeko.« Er wirft mir einen warnenden Blick zu. »Und jetzt spring schön an.« Dann packt er ein Beatles-Zitat aus, über Selbstliebe und Stärken, die wir umarmen müssen, und versucht auf diese Weise, den Wagen zum Starten zu überreden.

»Ist das dein Ernst?« Ich wusste ja schon immer, dass er verhaltensoriginell ist, aber das ...

»Es hilft, du wirst schon sehen.«

Na, ganz bestimmt. Nicht. Denn der Motor stottert und hustet zwar, springt aber nicht an. Ich verdrehe die Augen. »Klappt ja super.«

Sam geht gar nicht auf mich ein, streichelt stattdessen andächtig das Armaturenbrett der rostigen himmelblauen Karre, als hätte der Wagen tatsächlich Gefühle. »Du hast ihn verärgert.«

»Nora?« Ich sehe mich verzweifelt nach meiner Schwester um, aber der scheint Sams Verhalten nicht befremdlich zu sein. Sie sieht null besorgt aus, obwohl unser Fahrer sich mit zweieinhalb Tonnen Blech unterhält. Sie macht eine beschwichtigende Warte-es-ab-Geste.

Er packt ein weiteres Beatles-Zitat aus, flüstert es dem Wagen zu, startet noch mal und dieses Mal heult der Motor tatsächlich auf. »Und da ist er: Ringo is in the house, Myladys.« Sam lacht. Und dieses Lachen ist so echt, dass es mir unter die Haut kriecht. Dorthin, wo Sam absolut nichts zu suchen hat. Weil ich mich in diesem Moment wieder an den Sam von früher erinnere. Den freien, wilden Sam, der Träume hatte und kreativ war und ausgelassen und in den ich mich mit vierzehn so hart verliebt habe, dass ich nicht mehr atmen konnte, als er mich deswegen ausgelacht hat. Als er mir gesagt hat, dass ich nie mehr als Owens kleine Schwester sein würde, der Kampfkeks, der nervt und perfekt zum Verarschen geeignet ist.

Ich lehne den Kopf gegen die Scheibe und mein Atem lässt das kalte Glas beschlagen. Ich wusste, dass dieser Trip keine gute Idee sein würde. Dafür gibt es rund eine Million Gründe. Und einer ist gerade noch dazugekommen und wird die komplette nächste Stunde neben mir sitzen.

Nora

Ich war sechs Jahre alt, als mir klar wurde, dass es den Weihnachtsmann nicht gibt. Meine Mutter stand in der Küche unserer kleinen Urlaubshütte, die sich mitten im Arcadia Nationalpark zwischen hohen Tannen und in Fußnähe zur Somes Sound Bucht befindet. Ihre Hände waren tief in Plätzchenteig vergraben, während in dem uralten Radio irgendein Weihnachtslied lief. Mehl klebte an ihrer Stirn und sie tat so, als würde sie nicht bemerken, dass Emma heimlich von den rohen Plätzchen naschte. Das hat Emma immer gemacht – so lange, bis sie Bauchschmerzen bekam.

Owen und Dad saßen währenddessen am Esstisch und bauten ein Legospielzeug zusammen, das Owen beim Toben runtergefallen und auseinandergebrochen war. Und ich stand am Fenster und schaute abwechselnd auf die dunkle Schneelandschaft draußen und zu meiner Familie hier drinnen.

»Und ihr seid euch absolut sicher, dass Santa weiß, dass ich kein normales Puppenhaus will, sondern das mit der Garage?«, fragte ich.

Mom lachte fröhlich, als könnte sie nichts aus der Ruhe bringen. Nicht einmal Emma, die gerade beinahe von ihrem Hocker fiel und nur in letzter Sekunde von Mom festgehalten wurde. »Das wirst du morgen früh herausfinden. Und jetzt komm und hilf uns, sonst haben wir keine Plätzchen für ihn.«

Ich gab meinen Beobachtungsposten am Fenster auf und lief zu ihr rüber. »Aber nur, weil Emma alle aufgefuttert hat.«

»Weil Owen alle Zuckerstangen verdrückt hat!«, rief Emma empört.

»Gar nicht wahr!«, erwiderte er und seine Stimme zitterte noch ein bisschen, weil er so traurig wegen der Lego-Sache war.

»Wohl wahr.« Emma streckte die Zunge in seine Richtung und kicherte, als Mom versuchte sie zu packen.

In meiner Erinnerung backten wir bis spätabends, bis Mom und Dad uns ins Bett brachten. Irgendwann in der Nacht weckte mich ein Geräusch. Sicher, dass es Santa sein musste, schlich ich auf Zehenspitzen durch die Hütte. Ich erinnere mich noch genau an den eiskalten Boden unter meinen nackten Füßen und mein hämmerndes Herz, laut in meinen Ohren. Aber wenn Santa da war, musste ich ihn unbedingt fragen, ob er meinen Korrekturbrief bekommen hatte.

Die gesamte Hütte war mit Lichterketten, Mistelzweigen und Tannengirlanden geschmückt, so wie immer. Weil Mom ein totaler Weihnachtsfan war und Dad ihr nur schwer etwas ausschlagen konnte. Doch nichts glänzte und funkelte so wunderschön wie unser Tannenbaum, den man vom Flur aus halb sehen konnte.

Ich weiß noch, wie ich mich an die Türzarge zum Wohnzimmer presste und vorsichtig um die Ecke lugte, sicher, dass dort Santa vor dem erkalteten Kamin stehen würde. Stattdessen waren da meine Eltern, die Geschenke unter den Baum drapierten. Dann nahm mein Dad einen großen Bissen von den Plätzchen und Mom bekam von der Milch einen Milchbart. Sie lachten und gaben sich einen Kuss.

Und ich stand dort wie versteinert, fühlte mich betrogen und belogen. Tränen rannen über meine Wangen, als ich mich lautlos zurück ins Bett verkroch und die Decke so hoch zog, dass nur noch meine Nasenspitze herausschaute.

Emma weckte mich am nächsten Morgen, indem sie sich

auf mich warf und mir ins Ohr brüllte. »Santa war da! Santa war da!«

Schlagartig erinnerte ich mich an die letzte Nacht und wieder waren da Tränen. Der Verrat saß so tief. Doch ich zwang mich zu lächeln und folgte Emma ins Wohnzimmer, wo unsere Eltern und Owen bereits warteten. Ich wollte weinen, schreien, toben. Stattdessen packte ich in stummer Wut mein Geschenk aus.

Es war das Puppenhaus mit Garage. Ich starrte es an. Dann meine Eltern. Dann wieder das Puppenhaus. *Sie* hatten es mir geschenkt. Nicht Santa. Es waren meine Eltern gewesen. Sie waren es immer gewesen.

Ich habe sie umarmt. Ganz fest. »Frohe Weihnachten.«

Dieses eine Weihnachtsfest hat sich fest in meinen Kopf gebrannt. Und erst Jahre später wurde mir klar, wieso. Es lag nicht daran, dass ich die große Weihnachtsmann-Lüge aufgedeckt habe, nein. Ich habe damals zum ersten Mal realisiert, dass meine Eltern diejenigen waren, die unsere Weihnachtsfeste so großartig gemacht haben.

Nur dieses Jahr werden sie es nicht tun. Dieses Weihnachten müssen wir selbst großartig machen.

Mom und Dad sind tot. Nichts wird sie jemals wieder lebendig machen. Aber wir können ihr Andenken ehren.

Und das tun wir. Deshalb sind wir jetzt auf dem Weg zum Flughafen und fliegen dann mit Owen zusammen weiter, um ein großartiges Weihnachtsfest im Arcadia Nationalpark zu feiern. In dieser besonderen Hütte, in der wir regelmäßig die tollsten Ferien überhaupt verbracht haben.

Ich weiß, dass es unsere Eltern nicht wieder lebendig werden lässt, wenn wir in unserer Hütte feiern wie in den letzten zwei Jahrzehnten. Aber es wird uns dreien helfen. Es wird Emma über ihre Wut hinweghelfen und Owen wieder das Gefühl geben, ein Teil von uns zu sein. Es wird uns alle daran erinnern, dass wir weiterhin eine Familie sind. Auch wenn von uns fünf Westmores nur noch drei übrig sind.

Meine Augen brennen und ich blinzele die Scheibe an. Mein Atem ist ein wenig zittrig, doch ich zwinge mich tief durchzuatmen und zähle innerlich bis zehn. *Es ist alles okay. Ich habe alles im Griff. Immer nur drei Schritte auf einmal, dann erscheint der Weg nicht so weit.*

Schritt eins: pünktlich losfahren. (Check!)

Schritt zwei: Emma davon abhalten, Sam umzubringen.

Schritt drei: Owen am Flughafen treffen.

Sollte doch gelacht sein, wenn wir das nicht schaffen.

Ich lasse meine Füße kreisen. Sie stecken in alten dunkelgrauen Stiefeln, die ein wenig zu eng sind und an meinen Knöcheln scheuern. Da Emma offenbar meine Moonboots verloren hat, musste ich umdisponieren.

»Wieso fährst du eigentlich so fürchterlich?«, herrscht sie gerade Sam an und presst sich die Hände an Mund und Bauch.

Sofort richte ich mich alarmiert auf und auch Sam wirft immer wieder hektische Blicke zu meiner Schwester rüber, die auf dem Beifahrersitz ganz starr geworden ist. »Wag es ja nicht, mir in den Wagen zu kotzen!«

»Das ist alles deine Schuld, weil du mich nicht fahren lassen wolltest«, stößt Emma mit einem leisen Stöhnen aus.

Sam schnaubt abfällig, aber nach wie vor mit sorgenvollem Blick. »Wir sind nicht einmal eine halbe Stunde unterwegs.«

»Du fährst halt kacke und wenn du nicht anhältst, kotze ich dir deinen wertvollen Ringo voll«, droht Emma und schluckt hörbar.

»Das wirst du nicht wagen.«

Ich liebe sie beide. Aber wenn das die gesamte Fahrt so geht, drehe ich durch. Glücklicherweise kommt eine Rettung in Sicht. »Entspannt euch. Da vorne ist eine Raststätte. Wir haben noch genug Zeit, um Wasser und vielleicht einen Schokoriegel zu kaufen und dann noch pünktlich am Flughafen anzukommen.« Zumindest hat Emma Zucker sonst ganz gut geholfen, weshalb Mom und Dad in beiden Autos immer Schokolade gehortet hatten.

Sams skeptischer Blick trifft mich im Rückspiegel und ich hebe bedeutungsvoll die Augenbrauen. Er versteht meine stumme Warnung und setzt den Blinker.

Emma wühlt sich derweil durch ihre Handtasche. »Shit, ich finde meine Reisetabletten nicht.«

»Das kann nicht dein Ernst sein. Zum Glück habe ich auch welche eingepackt.«

Sie wirft mir einen finsteren Blick über die Schulter zu, der keinerlei Wirkung auf mich hat. »Ich bin mir aber ganz sicher, dass ich sie eingepackt habe.«

»Wie du meinst. Sam geht Wasser kaufen und ich suche nach den Tabletten.«

»Lass mal. Ich muss sowieso mal kurz zur Toilette«, winkt sie ab und verlässt fluchtartig das Auto, kurz nachdem Sam den Wagen in den Haltebuchten vor der Raststätte zum Stehen gebracht hat, und auch wir anderen zwei steigen aus.

Sam stellt sich neben mich und lehnt sich gegen seinen rostigen Wagen, den er schon seit Ewigkeiten fährt. Ich finde die Tabletten sofort in unserer Reiseapotheke und stoße ein triumphierendes »Ha!« aus. »In der Erste-Hilfe-Tasche liegt immer ein Vorrat.«

Sams Schmunzeln erreicht seine Augen nicht.

Ich lehne mich neben ihn gegen den Wagen. Obwohl die Sonne scheint, ist es eiskalt heute. Selbst Sam, der eigentlich immer Hitzewallungen hat, trägt mittlerweile eine Kapuzenjacke, in deren Taschen er nun seine Hände stopft. Ernst betrachtet er die Tankstelle und schaut überallhin, nur nicht zu mir. Weil er genau weiß, dass ich all die unbequemen Fragen stellen werde.

»Hast du schon mit deinen Eltern gesprochen?«

Seine Lippen bilden eine schmale Linie aus Trotz und Bedauern. »Natürlich nicht. Sie haben ihre Meinung nicht geändert und ich meine ebenfalls nicht.«

»Und wo wohnst du jetzt?«

Sam klopft auf das Autodach und grinst schief. »In meinem Wagen ist genug Platz.« Feine Fältchen kräuseln sich um seine Augen und beinahe hätte ich ihm seine Fröhlichkeit abgenommen. Wäre da nicht die Tatsache, dass es mitten im Winter ist und es nachts selbst mit Decken im Auto schweinekalt sein muss.

»Das ist nicht dein Ernst.« Fassungslos stoße ich mich von Ringo ab und stemme die Hände in meine Seiten. »Das kann ich nicht zulassen. Du wirst bei uns im Haus wohnen, so lange wie nötig.«

Sam lacht so laut und plötzlich, dass sich ein Pärchen, das ein paar Autos weiter raucht, zu uns umwendet. »Ja sicher. Und dann riskieren, dass Emma mir im Schlaf ein Kissen aufs Gesicht drückt? Danke, aber nein danke, so lebensmüde bin ich nicht.«

Augenrollend schnalze ich mit der Zunge und ziehe meinen Hausschlüssel aus der Manteltasche, den ich ihm in die Hand drücke. »Emma wird schon klarkommen. Bitte bleib. Wenigstens über die Feiertage. Das kriegt sie doch eh nicht mit. Ich weiß, dass dein sturer Stolz dich zwingt, das Angebot ablehnen zu wollen, aber es ist eiskalt.«

Sam umfasst den Schlüssel mit einem schwer zu deutenden Gesichtsausdruck und will etwas erwidern, doch dann schaut er über meine Schulter und runzelt die Stirn. »Wer ist das denn?« Seine Stimme ist so ablehnend, wie sie nur sein kann.

Ich folge seinem Blick und entdecke Emma, die mit einem gut aussehenden Mann auf uns zukommt. Er trägt dunkle Cargohosen, braune Wanderstiefel, einen dicken hellgrauen

Mantel und eine schwarze Wollmütze. Und auf seinem Rücken balanciert er einen riesigen Wanderrucksack. Nichts an seinem Outfit passt zusammen, doch das ist nicht, was ich anstarre. Es ist sein unfassbar attraktives Gesicht: volle Lippen, eine gerade Nase, funkelnde Augen unter ausdrucksvollen Augenbrauen und ein gebräunter Teint.

Ich wende mich an meine Schwester, die aufgeregte rote Flecken auf den Wangen hat. »Alles in Ordnung?«

Sie nickt und ein Grinsen breitet sich auf ihren Lippen aus, auch wenn sie noch immer blass ist. »Ihr ahnt nicht, wer das ist!«

»Justin Bieber wohl nicht«, erwidert Sam trocken und mustert den Fremden argwöhnisch.

Sofort verdreht Emma die Augen. »Das ist Alexander Decker. Er ist ein total berühmter Reiseblogger, dem ich schon seit einem Jahr auf Instagram folge. Und er braucht eine Mitfahrgelegenheit!« Ihre Augen sind geweitet, genau wie ihr Mund, als wäre das hier die absolut beste Situation ihres Lebens.

»Das kann nicht dein Ernst sein«, stoße ich aus und lächle den Fremden entschuldigend an, bevor ich Emma am Arm packe und zu mir ranziehe. Ich zische ihr ins Ohr: »Das könnte ein verdammter Serienkiller sein und du gabelst ihn einfach am Straßenrand auf und bietest ihm an, mit uns zu kommen?«

Emma befreit sich aus meinem Griff und stöhnt genervt, während sie ihr Handy aus der Manteltasche zieht und mir kurz darauf seinen Instagram-Account vor die Nase hält. Über 200 000 Follower. *AlexTRAVELSander*.

Sam schaut mir über die Schulter. »Alex-travels-ander? Nett.«

Der Fremde streckt ihm die Hand entgegen und hat das absolut umwerfendste Lächeln, das ich jemals gesehen habe. »Hi. Ich schwöre, ich bin kein Serienkiller. Ich brauche nur jemanden, der mich zum Flughafen mitnimmt, weil ich hier dummerweise gestrandet bin. Meine andere Mitfahrgelegenheit hatte eine Panne und bis das Auto repariert ist, wird mein Flieger bereits weg sein.« Er winkt einem Pärchen zu, dessen Auto gerade am anderen Ende des Parkplatzes von einem Abschleppwagen aufgeladen wird. Sie winken zurück und wirken keineswegs so, als würden sie ihn für einen gefährlichen Straftäter halten.

»Sam, freut mich.« Er schenkt dem Fremden tatsächlich ein höfliches Lächeln.

Als Alexander sich jetzt mir zuwendet und ebenfalls die Hand entgegenstreckt, starre ich ihn an, als würde er versuchen mir eine Granate zu überreichen. »Woher sollen wir wissen, dass du kein Ersttäter bist?«

»Nora!«, zischt Emma und meine Frage ist ihr sichtlich peinlich, denn sie macht dieses Große-Augen-mit-dem-Kopfnicken-Ding, das sie immer macht, wenn sie über etwas reden will, was Anwesende nicht hören sollen. Sie hat immer noch nicht gemerkt, wie auffällig das ist. »Du bist unmöglich!«

»Ich bin nicht diejenige, die einen Fremden anschleppt.« Ein kurzer Blick auf die Uhr zeigt mir, dass wir kaum noch Zeit haben. »Außerdem ist der Puffer in unserem Zeitplan fast aufgebraucht. Sonst kommen wir niemals pünktlich in Boston an.«

»Und Alexander muss ebenfalls zum Bostoner Flughafen. Kommt schon, zeigt ein bisschen Herz. Eine gute Tat bringt uns sicher Karmapunkte. Gib dir einen Ruck. Seit –« Emma verstummt und schluckt, doch der Trotz in ihren Augen wächst. »Seit Monaten verkriechst du dich nur noch. Alles, was nicht genau nach deinem Plan läuft, ist eine Katastrophe für dich. Sei doch nur ein einziges Mal offen für ein Abenteuer.« Dann streckt sie mir wieder das Handy entgegen und Alexanders absurd hohe Followerzahl strahlt mir entgegen.

»Außerdem habe ich ihn gerade schon in einer Story verlinkt. Er kann uns nicht umbringen, wenn es Beweise gibt.«

Mit aufeinandergepressten Lippen starre ich sie an und suche innerlich nach Gegenargumenten, die sie von dieser bescheuerten Idee abbringen.

»Für mich geht das klar.« Sam, der Verräter, zuckt doch tatsächlich mit den Schultern, wirft mir aber einen kurzen, sorgenvollen Blick zu. Weil er genau weiß, wie irre mich spontane Aktionen machen. Aber das ist okay. Es ist ja keine richtige Planänderung. Statt zu dritt fahren wir nun einfach zu viert zum Flughafen. Alles okay. Ich bin okay. Also hebe ich kurz die Schultern, um ihm genau das zu signalisieren. Daraufhin mustert er Alexander ernst und fügt hinzu: »Aber solltest du irgendwas versuchen, will ich dich warnen: Ich habe eine Waffe und kein Problem damit, mich zu verteidigen.«

Während Emma nach Luft schnappt, seufze ich, weil ich das so nicht stehen lassen kann. Ich will zwar keinen Fremden mitnehmen, aber lügen finde ich fast noch schlimmer. »Er hat natürlich keine Waffe.«

Sam stöhnt. »Komm schon, das hätte ihn eingeschüchtert.«

»Hätte es wirklich«, stimmt Alexander fröhlich zu und sieht kein bisschen eingeschüchtert aus.

»Bist du sicher, dass du mit uns fahren willst?«, fragt nun Sam und lacht.

Alexander nickt und als er lächelt, leuchten seine blauen Augen. »Ich liebe es, interessante Menschen kennenzulernen, und ihr gehört bestimmt dazu.«

Wieder schaue ich auf meine Uhr und allein die Vorstellung, zu spät zu kommen, beschert mir Bauchschmerzen. Owen kommt extra nach Hause, um mit uns gemeinsam Weihnachten zu feiern. Ich will mir gar nicht ausmalen, wie es sich für ihn anfühlen würde, wenn er ganz allein am Flughafen stehen und auf uns warten müsste. »Wir müssen jetzt echt los.«

Da reißt Emma einen Blister ihrer Reisetabletten aus ihrer Tasche. »Hier, ich wusste doch, dass ich sie eingepackt habe.«

Während sie die Tablette mit Wasser herunterspült, wende ich mich an Alexander: »Und du willst auch nach Boston?«

»Genau. Mein Flug geht in ein paar Stunden.« Er nimmt seinen riesigen Reiserucksack ab und lässt ihn auf den Boden plumpsen. Das Teil ist halb so groß wie ich und vermutlich ähnlich schwer.

»Okay, von mir aus kannst du mitfahren«, gebe ich mich geschlagen. »Aber bitte lasst uns endlich weiterfahren.«

Emma macht eine Faust in die Luft und Sam wuchtet den riesigen Rucksack in den Kofferraum. Da Emma wieder auf den Beifahrersitz rutscht, mache ich es mir hinten neben dem Fremden gemütlich. Alexander. Ich sehe ihn von der Seite an, betrachte seine gepflegte Erscheinung. »Du bist also Reiseblogger?«

Alexander nickt und lehnt sich auf seinem Platz zurück. Sein fröhliches Lächeln trifft mich unvermittelt. »Ja. Ich lerne die Welt kennen.«

Er läuft also vor etwas davon. Niemand, der ein halbwegs stabiles Zuhause hat, würde nur so durch die Welt gondeln. Schon gar nicht an Weihnachten. Außer … »Und in Boston wohnt deine Familie?«

»Nein, meine Familie kommt eigentlich aus Minnesota.«

Also rennt er wirklich davon. Ich runzele die Stirn. »Hast du Vorstrafen?«

»Gott, Nora! Wird das ein Verhör?«, ruft Emma entsetzt von vorn.

Doch Alexander grinst noch immer breit. »Keine Vorstrafen. Und es ist wirklich kein Problem«, versichert er Emma. »Ich liebe es, wenn Menschen direkt sind. Das macht eine Unterhaltung nur umso spannender.« Er wendet sich wieder mir zu. »Und nein, meine Familie hat mich weder rausgeschmissen noch haben wir uns verkracht. Ich reise einfach gern und es ist vollkommen in Ordnung für sie.«

Bevor ich eine weitere für Emma unangemessene Frage stellen kann, greift sie ein und verwickelt ihn in ein Gespräch über diverse Blogger, die mir alle nichts sagen.

Währenddessen beobachte ich weiter Alexander von der Seite und frage mich, wovor er wohl wirklich davonläuft. Bloß die Vorstellung, ganz allein durch die Welt zu reisen und meine Familie hinter mir zu lassen, verursacht schon ein total unangenehmes Grummeln in meinem Magen, gegen das vermutlich nicht mal Emmas Reisetabletten etwas ausrichten könnten.

Emma hat recht. Ich verkrieche mich zu Hause. Weil ich da glücklich bin. Weil zu Hause Sicherheit bedeutet. Und weil ich diese Sicherheit um nichts in der Welt aufgeben könnte.

Owen

Irgendwo über den Wolken scheint die Sonne, heißt es immer. In den letzten Wochen habe ich das fast vergessen. Die Milliarden Lichter Londons leuchteten ohne Erfolg gegen schweren grauen Nebel an, der mir – je näher Weihnachten rückte – immer tiefer ins Hirn kroch. Daher habe ich mich in den letzten Wochen konsequent abgelenkt, wann immer die Gewitterfront in meinem Kopf aufzog. Beim Rudertraining. Bei der Planung meiner Dissertation. Auf Konferenzen. Geburtstagspartys, zu denen ich eingeladen wurde, weil es mir mittlerweile – und anders als früher – leichtfällt, Leute kennenzulernen. Als jetzt das Flugzeug durch den Dunst bricht und gleißendes Licht durch die Fenster fällt, muss ich blinzeln.

Kurz blicke ich zu Liv. Beim Start hat sie die Augen geschlossen. Vielleicht braucht sie ein paar Minuten, um sich zu sammeln. Für mich sind ein paar Minuten Ruhe allerdings zu viel. Denn die nutzt mein Gehirn, um mir vorzuführen, wie verquer Noras Plan ist. Er sieht vor, dass wir Geschwister zusammen Weihnachten feiern, als wäre alles wie immer. Als könnten wir die Tatsache ignorieren, dass zwei Menschen fehlen. Zwei Menschen, die Weihnachten bisher immer … na ja, zu *Weihnachten* gemacht haben. Alles, was wir dieses Jahr tun werden, ist vorzugeben, wir könnten irgendwas davon halbwegs so wie sie. Können wir aber nicht. Wir werden nicht Weihnachten feiern. Nur eine Imitation vergangener Feste.

Niemand wird mich fragen, wie es mir in meinem neuen Leben in London wirklich geht. Niemand wird sich für meine Forschung interessieren. Niemand wird Anteil an meinen Erfolgen und Misserfolgen nehmen. Nicht so, wie Mom das getan hätte.

Meine Schwestern habe ich im letzten halben Jahr nur in unseren Videocalls gesehen, in denen ich mich nach Noras neuem Job und Emmas Studienplänen erkundigt habe. Bis Emma nicht mal mehr zu unseren Onlinetreffen auftauchte. Nora meinte, sie habe viel zu tun. Ich weiß auch was: wütend sein. Auf mich.

Ich verstehe sie sogar. Nach Moms und Dads Tod hätte ich meine Pläne, nach London zu gehen, aufgeben müssen. Ich hätte für sie da sein sollen. Sie im Arm halten, wenn sie durchdreht, weil wir alle drei plötzlich so scheiße einsam sind. Aber ich konnte es nicht.

Ich hatte diese einmalige Chance, mit meinem Prof nach London zu gehen und an meinem PhD über die Entstehung von Emotionen zu arbeiten. Mom war unfassbar stolz auf mich. Ich habe gezögert, meine Familie und Freunde zu verlassen, aber Mom hat mir zugeredet. Und sie hat versprochen, mich zu besuchen – so oft, bis ich sie nicht mehr ertragen würde.

Ich weiß, warum sie so begeistert war. Sie hatte ihre Dissertation in Chemie abgebrochen, nachdem ich auf die Welt kam. Sie hat immer gedacht, sie würde sie irgendwann zu Ende bringen. Aber dann folgten mit jeweils zwei Jahren Abstand Nora und Emma. Schließlich war Moms Thema veraltet und sie führte ein anderes Leben. Kein schlechteres, versicherte sie mir. Aber sie war ein riesiger Fan von meinem Weg, ihrem Was-wäre-wenn-Weg. Also habe ich es durchgezogen. Auch wenn sie es jetzt nicht mehr mitkriegt. Ich bin meinem Prof nach London gefolgt und habe meine Forschung angefangen. Mein Leben ist genauso, wie Mom es zuletzt vor Augen hatte. Nur ohne Besuche von ihr.

»Hey, alles okay?« Ich zucke zusammen, als Liv meine Hand berührt – ihre hauchzart auf meiner. Ein dünner gedrehter Silberring um ihren Zeigefinger, ein etwas breiterer um ihren Daumen, zwei mit einem Flechtmuster und winzigen bunten Glassteinen an ihrem Ringfinger. »Owen?«

»Klar, alles okay. Wieso?«

Sie zieht ihre Hand zurück. Was ich bedauere. »Sorry, du sahst gerade ziemlich mitgenommen aus.«

»Ich hatte bloß einen harten Start in den Tag. Und ich habe einen Sturz auf den Kopf hinter mir. Weißt du noch?«

Besorgt mustert sie mich. »Vielleicht hast du eine Gehirnerschütterung. Wird dir schlecht oder so?«

»Nee.« Dankbar, dass Liv mich aus meinen Gedanken gerissen hat, grinse ich sie an. »In Fahrzeugen jeder Art zu kotzen ist Emmas Spezialität. Hast du Geschwister?«

Sie zuckt mit den Schultern. »Ich habe einen Haufen Halbgeschwister. Scheidungskind.«

Ich hebe die Augenbrauen. »Bist du deshalb auf der Flucht?«

»Kann man so sagen.« Sie beugt sich zu ihrem Rucksack, kramt darin herum und zieht ein Buch hervor. »Ich war fünf, als meine Eltern sich trennten. Mein Dad zog zurück nach London. Ich blieb bei meiner Mum in Ballynahinch. Aber sie verlor ihren Job. Und in einem nordirischen Kaff ist es schwer, einen neuen zu finden. Also schickte sie mich zu meinem Dad, um noch mal neu anzufangen. Ein paar Jahre habe ich bei ihm und seiner neuen Familie gelebt. Als das dritte Kind kam, zog ich mit fünfzehn zu meiner Mum nach Belfast. Sie hat vor einigen Jahren neu geheiratet und auch noch einen Sohn bekommen. Wir sind eine Patchworkfamilie. Und so cool das klingt, so uncool ist das. Vor allem an Weihnachten.«

»Warum? Du hast doch die Wahl, wo du feiern willst.« Anders als ich.

Sie verdreht die Augen. »Jedes Jahr laden meine Mum und mein Dad mich ein. Jedes Jahr gibt es Streit, wo ich welche Tage verbringe und wie viele. Jedes Jahr sitze ich am Ende unter irgendeinem Tannenbaum, unter dem ich mich nicht wirklich zu Hause fühle.« Sie wirft mir ein schiefes Lächeln zu, hebt dabei nur einen Mundwinkel. »Diesmal läuft es anders. Weihnachten findet ohne mich statt.«

»Weil du in Boston bist?«

»San Diego. Boston ist nur mein Zwischenstopp.«

»Du weißt aber schon, dass sie auch in San Diego Weihnachten feiern, oder?«

»Aber in San Diego herrschen über zwanzig Grad. Ich werde mich an den Strand setzen, den Surfern zusehen und an den Feiertagen Pizza, Burger oder Tacos essen – einfach, worauf ich Lust habe.«

Ich gebe ein Brummen von mir. Die Vorstellung, wie sie wenig bekleidete Typen in den Wellen beobachtet, die sie mit ihren Kunststücken beeindrucken, gefällt mir erstaunlich wenig. Keine Ahnung, wie streng sie noch mit ihrer Dating-Dreifaltigkeit aus Essen, Kino und Cocktails sein wird, wenn so ein Kerl mit verwuschelten Haaren und Sixpack auf sie zukommt.

»Und dann habe ich auch noch das hier«, fügt Liv zufrieden hinzu und hebt ihr Buch. Es hat einen hochwertig aussehenden mittelblauen Einband mit stilisierten weißen Blumen und Goldschrift drauf. ›Pride and Prejudice‹ von Jane Austen. »Mein Lieblingsbuch.«

Ungläubig sehe ich sie an. »Ist das nicht nur Klatsch und Tratsch übers Heiraten?«

»Was hast du gegens Heiraten?«

»Na ja … Viele Ehen werden eh geschieden. Das weißt du doch aus eigener Erfahrung.«

»Schon.« Sie zuckt mit den Schultern. »Deswegen will ich es ja auch besser machen.«

»Und hast eine ausgefuchste Dating-Strategie entwickelt, damit dir keine Fehler passieren?«

Liv nickt zustimmend. »Und du musst Jane Austen im Kontext sehen. Sie zeichnet einzigartige weibliche Perspektiven in einer im Umbruch befindlichen Gesellschaft. Junge Frauen, die selbst entscheiden, wen sie heiraten, die aktiv die Liebe suchen und finden. Sie nutzen die Möglichkeiten, die ihnen zur Verfügung stehen, um ihr Leben nach eigenen Vorstellungen zu gestalten. Das ist es, was ich auch will.« Die Leidenschaft in ihrer Stimme fasziniert mich. Ihre Wangen röten sich leicht – genug, damit auch bei mir die Hitze steigt.

»Lass mich raten. Du bist Studentin mit Schwerpunkt Englische Literatur des 18. und 19. Jahrhunderts.«

»Hm.« Sie lacht auf. »Literatur und Buchwissenschaft.« Mit einer fast andächtigen Geste streicht sie über das Cover von ›Pride and Prejudice‹. »Ich liebe Bücher. Manche sind fast so was wie mein Zuhause.«

Zwar konnte ich mich nie sonderlich für fiktive Geschichten begeistern, aber ich hatte als Kind Regale voller Sachbücher in meinem Zimmer. Ich habe es geliebt, mich nach der Schule in Texte übers Weltall, die Meere, Vulkane, Dinosaurier, die ganze Welt des Wissens zu vertiefen. Irgendwie weiß ich also, was sie meint.

»Und was machst du?«, erkundigt sie sich.

»Meinen PhD in Psychologie.«

»Echt?« Sie sieht erfreulich beeindruckt aus. »Was ist das Thema deiner Diss?«

»Wir untersuchen, wie Gefühle im Gehirn repräsentiert sind«, erkläre ich. »Derzeit geht man davon aus, dass zwei Dinge gleichzeitig passieren, wenn ein Reiz ein Gefühl in uns auslöst: Wir zeigen eine physiologische Reaktion und haben ein emotionales Erleben. Wir wollen rausfinden, wo und wie sich die beiden Faktoren gegenseitig beeinflussen.« Ich zucke mit den Schultern. »Mein Eindruck ist allerdings, dass wir unseren Gefühlen nicht zu viel Bedeutung beimessen sollten. Die sind im Endeffekt ja nur Interpretationen von Erregungsmustern.«

Liv legt den Kopf schief. »Wie meinst du das?«

»Na ja. Letztlich werden Gefühle durch biochemische Vorgänge ausgelöst – durch Hormone, Neurotransmitter – und dann durch Erregungspotenziale. Unsere Interpretation davon entspringt allein unserer Fantasie.« Ich tippe auf das Buch in ihrer Hand. »Und dann erzählen wir uns Geschichten, zum Beispiel über die Liebe. Reine Fantasie.«

Liv hebt die Augenbrauen. »Du hältst Liebe für Fantasie?«

»Was sonst?«

Wieder runzelt sie die Stirn. Ganz offensichtlich stimmt sie mir nicht zu. *Überraschung!* Das tun die wenigsten, obwohl ich sehr wahrscheinlich recht habe.

»Meine Großeltern haben sich mit Anfang zwanzig ineinander verliebt«, erzählt sie schließlich. »Sie sind zusammen alt geworden. Wenn sie spazieren gehen, halten sie sich noch immer an den Händen. Das ist keine Fantasie, das ist Liebe. Ganz real.«

»Sie haben sich daran gewöhnt, füreinander da zu sein«, widerspreche ich. »Weil wir Menschen nun mal Gewohnheitstiere sind. Ich bezweifle nicht, dass sie deshalb wichtig füreinander sind. Aber all das ...« Ich hebe die Schultern. »All das ist kein Gefühl. Eher ein Glaubenssatz, eine Entscheidung, die wir treffen. Irgendwo hier.« Ich hebe eine Hand, berühre mit meinem Zeigefinger ganz sacht ihre Stirn.

Es ist nur ein kurzer Moment – ein Tippen meiner Fingerkuppe auf ihrer Haut. Aber es fühlt sich nach mehr an. Weil ich mich ihr zuwenden muss. Weil ich ihr in die Augen sehe, mir ihr Blick ins Blut schießt. Weil ich einen Hauch ihres Geruchs einfange. Weil jede noch so kleine Berührung ein Stück der Fremdheit zwischen uns verfliegen lässt.

Liv hält ganz still. Schaut mich einfach nur an. Unwillkürlich frage ich mich, ob ihr gefällt, was sie in mir sieht. Ich weiß, ich sehe ganz gut aus. Ich bin groß, aber nicht riesig, sportlich, habe ein eher schmales Gesicht mit gerader und symmetrischer Mimik. Meine Haare sind blond, meine Augen hellgrau – ein ungewöhnlicher Farbton, den von uns Kindern nur ich von Mom geerbt habe. Aber sind das Attribute, die Liv gefallen?

Ich beobachte, wie sie leicht die Lippen öffnet, ihre Wangen sich röten, ihre Pupillen sich weiten. In ihren dunklen Augen ist es schwer zu erkennen, aber das warme dunkelbraune Schimmern ihrer Iriden verschmälert sich zu einem dünnen Band um das schwarze Zentrum.

»Wenn zwei Menschen miteinander flirten«, sage ich leise, wende keine Sekunde den Blick von ihr, »schüttet der Körper Stresshormone aus – Adrenalin zum Beispiel. Unser Herzschlag erhöht sich, ebenso der Blutdruck, deshalb rötet sich unsere Haut.« Ihr Blick huscht über mein Gesicht und ich ahne, dass sie nach dem Signal auf meinen Wangen sucht. Ich wette, sie findet es. »Unsere Atemfrequenz steigt, unsere Pupillen werden größer. Würden wir auf einer Klippe stehen, würden wir vielleicht eine ganz ähnliche Reaktion unserer Körper wahrnehmen und sie als Höhenangst interpretieren. Aber gerade …« Ich muss schlucken, registriere, wie trocken mein Mund ist. »Gerade empfinden wir keine Höhenangst, oder?«

Liv schluckt ebenfalls. »Nein«, erwidert sie leise. »Keine Höhenangst.«

»Das liegt daran«, ich tippe jetzt auf die weiche Stelle zwischen ihren Augenbrauen – wieder nur eine ganz flüchtige

Berührung, »dass beim Flirten Nervenzellen im orbitofrontalen Kortex aktiv werden. Während wir beide uns ansehen, würden unsere dortigen Gehirnareale im MRT leuchten wie zwei gleichgeschaltete Weihnachtssterne.«

Ihr Blick huscht kurz zu meinen Lippen. Und ich kann nicht anders, als auf ihre zu schauen. Das Kribbeln in meinem Bauch schwillt an – weil der Impuls so stark ist, dieses winzige Muttermal unter ihrem Mundwinkel zu berühren. Erst mit meinem Finger, dann …

Rasch senke ich den Blick. Mit dem Unterarm stützt Liv sich auf die Lehne zwischen uns. Ich schaue auf ihre halb geöffnete Hand, wage erneut eine Berührung, wieder nur eine kleine, diesmal nicht ganz so flüchtig. Mein Zeigefinger streicht über die Seite ihres Daumens, ganz sacht über ihren Ballen bis zum Handgelenk.

»Wenn ich dich berühre«, erkläre ich leise, »reagieren Millionen von Rezeptoren unter deiner Haut und senden elektrische Impulse in verschiedene Areale in deinem Gehirn.« Ich lasse meine Fingerkuppe unter den Bund ihres Pulloverärmels und über die zarte Haut ihres Handgelenks gleiten. Ich höre sie einatmen und dann die Luft anhalten. »Hinzu kommt ein weiteres schwer zu lokalisierendes Nervensystem aus C-taktilen Zellen – sogenannte Streichelfasern.« Meine Stimme ist rau geworden. Konzentriert starre ich auf ihre zarten Venen, die sich als bläuliche Linien unter ihrer Haut abzeichnen. Mein Herz schlägt hart gegen meine Rippen. »Die Impulse brauchen ein paar Sekunden, bis sie im Gehirn eintreffen. Dort entsteht ein Bewusstsein dafür, ob eine Berührung angenehm oder unangenehm ist, ob dich die richtige Person berührt oder die falsche.« Mein Blick fliegt wieder in ihr Gesicht, versenkt sich in ihren dunklen Augen, mitten in ihren schwarzen Pupillen. »Was sagen *deine* Streichelfasern? Richtig oder falsch?«

Einen Moment lang starrt sie mir reglos in die Augen. Dann stößt sie in einem langen Zug die angehaltene Luft aus. Ihr Atem trifft mein Gesicht. Meine Lippen prickeln. Aber Liv entzieht mir ihre Hand, lässt sich zurück in ihren Sitz fallen. »Wow, das muss ich erst mal verarbeiten.«

Ein Lachen entfährt mir, halb erleichtert, dass sie sich der Spannung entzogen hat – denn die ist gerade unerträglich geworden. Unerträglich schön. Und unerträglich genug, dass ich Liv jetzt sofort noch näherkommen wollte. Aber ich kann sie nicht einfach küssen, oder? Wir kennen uns seit nicht mal zwei Stunden und haben noch sieben Stunden Flug vor uns. Und bei ihren klaren Dating-Vorstellungen wird sie garantiert keinen Mann einfach so küssen.

»Na gut«, stößt Liv hervor. »Von mir aus kannst du hypergenau erklären, warum ich beim Flirten fühle, was ich fühle. Aber warum wir mit jemandem flirten, erklärt das nicht. Warum wir täglich Hunderten Menschen ins Gesicht sehen und nichts passiert, aber dann plötzlich …« Sie zögert. »Warum wir plötzlich mit jemandem zusammenkrachen und danach einfach nicht mehr bei Sinnen sind. Das ist Schicksal. Und davon handeln die Liebesgeschichten.«

»Ehrlich gesagt kann man auch das wissenschaftlich begründen«, wende ich ein. »Und – Funfact! – einer der wesentlichen Gründe, warum wir uns zu Menschen hingezogen fühlen, ist räumliche Nähe. Allein der regelmäßige Kontakt zu jemandem erhöht die Wahrscheinlichkeit, dass sich Anziehungskraft entwickelt. Stichwort Gewohnheit. Mit Schicksal hat das nichts zu tun.« Fragend sehe ich sie an. »Hast du nicht vorhin selbst gesagt, dass wir einfach zwei Menschen sind, die zufällig zusammen anstehen?«

Ihr Lächeln startet eine neue Kribbelattacke irgendwo sehr tief unten in meinem Bauch. Halleluja!

»Klar war unser Zusammenstoß Zufall«, erklärt sie. »Ob er

auch Schicksal war, wissen wir erst am Ende unseres Lebens, wenn wir zwei oder drei Kinder haben, eine unbestimmte Anzahl von Enkeln, definitiv einen Hund und am liebsten ein Häuschen mit Garten. Genau dafür braucht es eine Liebesgeschichte.« Sie wedelt mit ›Pride and Prejudice‹ vor meiner Nase herum. »Es ist die Liebesgeschichte, die aus einem Zufallszusammenstoß Schicksal macht.«

»Du meinst, das ist es, was gerade zwischen uns passiert, Comet? Als du in mich reingerannt bist, war das der Anfang einer Liebesgeschichte?«

Ihre Wangen nehmen einen so tiefen Rotton an, dass ich reinbeißen möchte. Sofort spüre ich, wie sich die Hitze auch in meinem Gesicht intensiviert, als würde ich sie spiegeln. »Das habe ich nicht gesagt«, rudert sie zurück. »Es *könnte* ein Anfang sein. Konjunktiv.«

»Darf es für Sie etwas zu essen sein?« Ich drehe mich um, als ich vom Gang aus angesprochen werde.

Die Flugbegleiterin zählt mir eine Liste warmer Mahlzeiten auf, die im Angebot sind, aber mein Gehirn ist irgendwo im Liv-Nebel abgetaucht.

»Was willst du denn?«, frage ich Liv. »Ich lade dich ein.«

»Äh ...« Sie hebt die Augenbrauen. »Du weißt schon, dass die Mahlzeiten im Flugpreis inbegriffen sind?«

»Klar, aber ohne Einladung wäre es kein Date, oder? Zumindest nicht nach deinen Vorstellungen, nehme ich an. Moment.« Ich greife in meine Hosentasche und ziehe eine Handvoll Kleingeld hervor. »Ich nehme das erste Menü«, sage ich zur Flugbegleiterin, ohne mich zu erinnern, was es überhaupt war. »Und du?«, hake ich bei Liv nach.

»Ich ... Auch das erste?«

Wir klappen unsere Tische runter, damit die Flugbegleiterin die Mahlzeiten und Getränke abstellen kann. »Das ist für Sie.« Ich drücke ihr fünf Pfund in die Hand.

Liv beobachtet mich unter erhobenen Augenbrauen. »Und damit ist das hier jetzt ein Date?«

»Moment.« Ich ziehe die Aludeckel von unserem Essen – anscheinend haben wir uns für indisches Curry mit Huhn und Reis entschieden – , dann falte ich Livs Serviette zu einem Fächer, den ich vor ihr auf dem Klapptisch drapiere. Neugierig beobachtet sie jeden meiner Handgriffe. Schließlich greife ich über sie hinweg zum Fenster und ziehe die Sonnenblende runter. »Sekunde, ich hab's gleich.« Ich wähle mein Smartphone ins Flugzeug-WLAN ein und lasse eine virtuelle Kerze auf meinem Display leuchten. Dann lehne ich es gegen den Vordersitz und sehe Liv triumphierend an. »Candle-Light-Dinner. Gilt das als erstes Date?«

Ihr Blick trifft mich mit der Hitze glühender Kohlen. »Sieht ganz so aus«, meint sie, greift nach ihrem Wasser und hält es mir zum Anstoßen hin. »Danke für die Einladung.«

Ich lasse meinen Plastikbecher gegen ihren tippen. »Gern.«

Das Essen ist zwar lecker, kann mich aber nicht davon ablenken, dass alles, was ich gerade schmecken will, Livs Lippen auf meinen sind. Okay, krass! So schnell und hart habe ich mich in meinem ganzen Leben noch in niemanden verknallt. Aber das hier …

»Wieso reist du eigentlich ganz allein nach San Diego?«, frage ich, um mich mit der Möglichkeit zu konfrontieren, dass sie vorhatte, diese Reise mit jemandem zusammen anzutreten.

Sie pustet auf ihr Curry. »Ich habe an einem Preisausschreiben in meinem Lieblingsmagazin teilgenommen«, erklärt sie. »Zum ersten Mal in meinem Leben habe ich was gewonnen. Zweiter Platz. Eine Woche San Diego für zwei.« Sie wirft mir einen kurzen Blick zu. »Ich war sofort entschlossen zu fliegen. Du weißt schon: Scheidungskind. Aber nachdem ich meinen kompletten Freundeskreis abtelefoniert hatte, war klar, dass ich allein sein würde.« Sie seufzt. »Wie es aussieht, bin ich die

Einzige, die Weihnachten nicht mit ihrer Familie verbringen will.«

»Aber dafür hast du einen Plan B«, muntere ich sie auf.

Sie nickt. »Und der ist dieses Jahr definitiv Plan A. Wer weiß … Vielleicht war ja auch das der schicksalhafte Moment: als ich mich entschieden habe, an diesem Gewinnspiel teilzunehmen.«

Ich hebe die Augenbrauen. »Sodass du mich kennenlernst? Wenn das hier alles so schicksalhaft ist … Findest du es nicht an der Zeit, mir deine Nummer zu geben?«

Sie lacht auf. »Du erinnerst dich schon, dass ein gemeinsames Dinner für mich nur der erste Schritt ist, oder?«

»Klar«, gebe ich zu, mittlerweile wild entschlossen, nicht so leicht aufzugeben. Was auch immer hier gerade passiert, Liv ist offensichtlich gut gegen meine Gewitterwolken. Und das, obwohl ich mitten ins Tiefdruckgebiet reise. Solange ich nur eine klitzekleine Chance sehe, dass sie sich auf mich einlassen könnte, werde ich nicht aufgeben. Kann ich gar nicht. Weil all die Kaskaden aus feuernden Nervenzellen in mir dann nichts mehr mit Flirten zu tun hätten, sondern mit Angst.

»Wie sieht's aus?«, erkundige ich mich bei Liv, nachdem wir unser Essen beendet und den Müll entsorgt haben. Sie hat zwar ihr Buch aufgeschlagen, schaut aber aus dem Fenster, statt zu lesen. Ich deute auf die in die Vordersitze eingelassenen Bildschirme. »Lust auf Kino?«

Sie lacht und klappt ihr Buch wieder zu. »Einverstanden.«

Wir müssen nicht lange im Bordprogramm suchen, denn Liv entdeckt ›Pride and Prejudice‹ in der Verfilmung mit Keira Knightley.

»Was für ein Zufall«, kommentiere ich.

»Das kann nur Schicksal sein«, entgegnet sie grinsend.

Zweifelnd erwidere ich ihren Blick. »Das heißt wohl, unsere Programmwahl steht fest?«

»Natürlich nicht.« Sie schenkt mir ein spöttisches Lächeln. »Aber der Film ist mehr als Klatsch darüber, wer wen heiratet. Die Figuren kapieren, wie ihre Erfahrungen ihre Sicht aufeinander beeinflussen. Und ich glaube …« Sie legt den Kopf schief. Ihre langen dunklen Haare fallen zur Seite und geben ihren schlanken Hals frei. Ich muss mich zwingen, nicht auf die zarte Senke ihrer Halsbeuge zu starren. »… das ist genau das, was wir tun müssen, wenn wir uns in jemanden verlieben. Sonst können wir den anderen gar nicht wirklich sehen. Und wie soll es dann Liebe werden?«

»Okay.« Seufzend gebe ich mich geschlagen. »Überredet. Ich schaue mir den Film an.«

Mit einem zufriedenen Lächeln steckt sie das Kabel ihrer In-Ear-Kopfhörer in den Stecker des Bordcomputers, reicht mir den einen und behält den anderen für sich. Während der nächsten zwei Stunden werde ich von ruhigen Klaviermelodien überspült, von hügeliger englischer Landschaft, ziemlich viel Klatsch darüber, wer wen heiratet, und einer wirklich einnehmenden Geschichte.

»Und das ist er«, meint Liv, als der Abspann über den Bildschirm zieht. »Mr Darcy, der Urtypus des romantischen Mr Perfect. Er ist zurückhaltend, gebildet und schlagfertig. Er sieht gut aus, hat Vermögen und ist zutiefst anständig.«

Zweifelnd mustere ich sie. »Ist es nicht ein bisschen viel verlangt, dass ein Mann das alles erfüllen soll?«

»Es geht ja nicht darum, perfekt zu sein«, meint Liv. »Es geht darum, sich Mühe zu geben.«

»Verstehe.« Kurz lasse ich diese Informationen sacken, bevor ich mich wieder meiner Mission widme. »Cocktails wird es hier wohl keine geben. Dazu müssten wir uns noch mal verabreden.«

»Willst du schon wieder meine Nummer?«

»Ich will die ganze Zeit deine Nummer.«

Sie zieht die Schultern hoch. »Vielleicht.«

»Vielleicht? Moment ...« Sie stachelt mich an. Und irgendwie will ich ihr beweisen, dass ich es wert bin, sich auf mich einzulassen. Denn selbst wenn Liebe eine Fantasie unseres Gehirns ist, Anziehung ist es nicht. Der wohlige Nervenkitzel, das Verlangen – die sind real. Vor allem zwischen uns.

Ich drücke den Knopf, um die Flugbegleiterin herbeizurufen. »Haben Sie Cocktails an Bord?«

»Leider nicht.« Sie zählt eine Liste anderer alkoholischer Getränke auf, die sie mir anbieten kann. Ich lasse mir Becher geben, bestelle eine Palette an Softdrinks, Säften und Sekt und fange an zu mischen, wobei ich alles vollkleckere.

»Owen!« Liv lacht und ich liebe es, meinen Namen aus ihrem Mund zu hören. Den darf sie öfter sagen, den darf sie mir direkt ins Ohr hauchen oder auch ... »Du bist verrückt.« Immer noch lachend greift sie nach dem Becher, den ich ihr reiche.

»Bitte schr. Der *Comet's Impact*. Das ist der neue It-Drink in den Bars New Yorks.«

Wir stoßen an, trinken beide. Liv fährt sich mit der Zunge über die Lippen und ich muss ein Keuchen unterdrücken. Fuck! Hat sie irgendeine Ahnung, wie sexy sie ist? Sie nimmt noch einen Schluck. »Boah, der schmeckt ja echt scheiße.«

Leider hat sie recht. Das Zeug, das ich gemixt habe, ist vor allem süß, ziemlich sprudelig und hat eine echte Fehlnote im Abgang. Keine Ahnung, was da so bitter ist.

»Du hattest die Qualität der Cocktails nicht näher spezifiziert«, wende ich ein.

»Ist richtig«, gibt sie zu. »In Zukunft werde ich das.«

»Eigentlich finde ich ihn irgendwie passend.« Ich leere meinen Getränkemix in einem Zug. »Genauso schmerzhaft wie ein Komet, der in einen reinrennt.«

»Seit wann rennen Kometen?«

Ich sehe ihr in die Augen – Espresso-Shot direkt in mein Hirn. »Seit heute Morgen.«

Sie lacht. »*Comet's Impact* schmeckt zu mies. Den kann ich nicht trinken. Einen Schwips werde ich davon also nicht bekommen.«

»Wenn du einen Schwips willst, brauchst du keinen Alkohol«, wende ich ein.

Sie legt den Kopf schief. »Sondern?«

»Dein Körper kann dich innerhalb von Sekunden in einen rauschhaften Zustand versetzen, wenn du ihn lässt – ganz ohne schicke Bar, in der dir jemand einen Drink mit Obst und Schirmchen reicht.«

»Wie?«, will sie wissen.

»Du kannst dir deinen eigenen Cocktail körpereigener Drogen mixen«, erkläre ich. »Hergestellt in deinem Limbischen System. Dopamin, das einen unwiderstehlichen Drang in dir auslöst, und körpereigene Opiate wie Endorphine. Dann Oxytocin und Serotonin, die Angstgefühle reduzieren und dein Vertrauen stärken. Und schließlich produzieren deine Nebennieren Adrenalin – für den absoluten Kick.«

»Und was muss ich dafür tun?« Ihr Blick fällt auf meine Lippen, als wisse sie es längst. Mein Körper reagiert umgehend. Schon wieder steigt mir Hitze ins Gesicht. Mein Atem wird flach, mein Herz schnell. Kommt sie mir näher? Oder ich ihr? Ihr Atem berührt mein Gesicht, meiner stockt. Fast spüre ich ihn schon – unseren Kuss, die Berührung unserer Lippen. Ich bin nur noch einen Gedanken weit von ihren Lippen entfernt, als sie zurückweicht.

Nicht vollständig, und sie sieht mir immer noch in die Augen, ihr Mund ganz leicht geöffnet, aber weit genug, damit ich weiß, dass aus diesem Moment kein Kuss wird, dass er für immer ein Fast-Kuss bleibt. Ein hinreißender, erregender, verheißungsvoller Fast-Kuss.

»Ich ...« Liv weicht meinem Blick aus, lächelt verlegen. »Das mit dem Drogenrausch über den Wolken lasse ich lieber.« Sie schnipst sacht gegen ihren noch zu Dreiviertel vollen Becher. »In einer schicken Bar in New York hätte ich *Comet's Impact* zurückgehen lassen. Der zählt nicht als Schritt drei.« Mit beiden Händen streicht sie sich die Haare hinter die Ohren. »Ich gehe kurz zur Toilette.«

Hastig mache ich ihr Platz, um sie rauszulassen, weil ich das Gefühl habe, dass sie gerade Abstand braucht. Von mir. Von uns. Vom Fast-Kuss-Moment. Vielleicht habe ich sie zu sehr bedrängt. Ich weiß ja, dass sie kein Typ für direkten Impact ist.

Als sie zurückkommt, lasse ich sie wieder zum Fenster durchrutschen und halte ihr mit fragendem Blick ihren Kopfhörer hin. »Willst du noch einen Film schauen?«

Sie nickt erleichtert, greift nach dem In-Ear-Piece und schiebt es sich ins Ohr. Einen Film zu schauen, scheint auch sie gerade für eine unverfängliche Option zu halten. Keine Gespräche über Dating, Küsse und die große Liebe, keine Diskussionen über Zufall oder Schicksal, keine Annäherung – weder durch Worte noch Berührungen.

»Diesmal darfst du aussuchen«, bestimmt sie.

Kurz darauf startet ›Top Gun: Maverick‹ mit der Eröffnungsszene. Aber mich kann der Film so was von nicht fesseln – Livs warmer Duft dafür umso mehr.

Für meinen Geschmack beginnt der Landeanflug viel zu früh. Wir müssen die Sonnenblende wieder öffnen und ich bemerke, dass das Wetter noch mieser ist als beim Start in London. Die Wolken sehen betongrau aus und hängen so tief, dass wir schon kurz vorm Aufsetzen sind, als wir die Erde sehen.

Gleich hat sie uns wieder – die Realität da unten. In der Liv ihren Anschlussflug nach San Diego nicht verpassen darf und ich mit Emma und Nora Familie spielen werde.

Wir reden kaum, während das Flugzeug tiefer sinkt und wir ganz schön durchgeschüttelt werden. Anscheinend wütet da draußen nicht nur Regen, sondern auch ein krasser Sturm. Als Liv ihre Hand in meine schiebt, denke ich zuerst, die unruhige Landung mache ihr Angst. Doch als ich sie ansehe, blickt sie entspannt aus dem Fenster und ihre kühlen Finger liegen ganz locker in meinen. Sacht streiche ich mit dem Daumen über ihren Zeigefinger, spiele mit ihrem Ring, genieße das Gefühl ihrer glatten Haut. Liv zieht ihre Hand nicht zurück. Sagt nichts. Lässt es einfach geschehen.

Dann treffen die Räder mit Wucht die Rollbahn. Schlingernd wird das Flugzeug langsamer. Regen klatscht mit solcher Wucht gegen die Scheiben, dass es sich anfühlt, als wären wir in einem Wasserfall gelandet. Plötzlich ist der Gedanke, einfach mit Liv nach San Diego weiterzufliegen, übermäßig verlockend.

Als das Flugzeug die Parkposition erreicht und alle aufstehen, bleiben wir noch sitzen. Ich will nicht, dass das hier endet, dass wir hier enden. Die Leichtigkeit zwischen uns ist verschwunden. Die Stille ernst und schwer.

Schließlich müssen wir das Flugzeug verlassen, halten uns aber weiter an der Hand, während wir der Beschilderung zur *Immigration* folgen. Holy fucking shit, irgendetwas in mir will Liv nicht gehen lassen. Oder einfach nicht wahrhaben, dass es nicht mehr sie ist, die zwischen mir und dem traurigsten Weihnachten meines Lebens steht, sondern nur noch ein Typ am *Immigration Desk*.

»Ich muss da lang.« Liv hält schließlich an und deutet auf das Schild über unserem Kopf, das US-Bürger wie mich in eine andere Richtung schickt als Nicht-US-Bürgerinnen wie sie.

Ich sehe sie an – nicht bereit, ihre Hand freizugeben. »Letzte Chance, mir deine Nummer zu geben.«

»Eine Sache fehlt eigentlich noch«, entgegnet sie, blickt mir in die Augen, blinzelt dabei ein bisschen zu oft. »Nach Essen, Kino und Cocktails …« Mein Griff verfestigt sich um ihre Hand. »Können wir noch mal auf die Sache mit dem Rausch zurückkommen?«

Will sie etwa, dass ich sie küsse? Hier?

Ich ziehe sacht an ihrer Hand und sie gibt sofort nach, kommt mir näher, bis sie fast gegen meinen Brustkorb stößt. Ihre Augen verschwimmen zu einem Mix aus Kaffee und Kakao. Ich verharre nur Zentimeter von ihrem Gesicht entfernt, warte. Keine Ahnung, warum ich weiß, dass sie lächelt. Es ist eher ein Gefühl, das mir sagt: Sie will das hier. Genau das. Dann ist mein Mund auf ihrem.

Meine Hormone kicken – sofort und mit Wucht. Livs Lippen sind warm und weich, nicht vorsichtig, sondern drängend. Meine Nervenzellen explodieren. Eine endlose erregende, durch meinen Körper jagende Kaskade.

Ihre Zunge stupst gegen meine und ich will sofort mehr von ihr, viel mehr. Mit der Hand fahre ich in ihre Haare, streiche dann mit dem Daumen über ihre Wange. Sie schlingt ihren Arm um meine Taille, taumelt einen Schritt rückwärts, zieht mich mit sich. Meine Lust schwillt an. Ich erkunde mit der Zunge ihren Mund, versenke mich gänzlich in diesen Kuss, bis Liv ein bebendes Seufzen ausstößt, das mich halb irre macht. Kann mir mal irgendjemand sagen, wie ich sie jetzt noch gehen lassen soll?

»Wow!«, stößt sie atemlos hervor, als wir uns schließlich voneinander lösen. »Was war das denn?«

»Biochemie. Ich hab doch gesagt, die kann großartige Dinge mit dir anstellen.« Ich bin ihr immer noch ganz nah, meine Lippen bewegen sich beim Sprechen an ihren.

»Aber würden wir uns noch mal über den Weg laufen«, meint Liv, »dann wäre es Schicksal.«

Ich bin geneigt, ihr zuzustimmen. »Wie viel Zeit hast du bis zu deinem Anschlussflug?«

»Keine«, stößt sie hervor. »Ich muss mich beeilen.«

Ich gebe ein Stöhnen von mir. »Wenn ich mir deine Nummer jetzt nicht verdient habe, weiß ich auch nicht weiter.«

»Gib du mir deine.« Sie löst sich von mir und zieht ihr Telefon aus der Tasche. »Wenn ich im neuen Jahr noch an dich denke, rufe ich dich an.«

»Ernsthaft?« Ungläubig mustere ich sie.

Sie nickt. »Du bist toll, Owen. Aber ich will nicht die Fehler meiner Eltern wiederholen. Und du bist jemand, der Liebe für ein Fantasiegespinst hält. Ich kann mir nicht vorstellen, dass du mein Mr Darcy bist.«

So recht sie damit wahrscheinlich hat, kann sie ihre Prinzipien nicht einmal kurz vergessen? In meinem Hirn hat die Sache mit dem Rausch nämlich voll funktioniert. Ich habe das Gefühl, es locker mit Mr Darcy aufnehmen zu können.

»Aber nicht schummeln«, verlange ich, nachdem ich ihr meine Nummer diktiert habe. »Sobald du im neuen Jahr an mich denkst, rufst du mich an.«

»Versprochen.« Sie lässt sich noch einmal küssen, kürzer diesmal. Eher eine Sehnsucht nach mehr als ein Kuss. »Mach's gut, Owen Westmore. Hab schöne Feiertage.«

»Pass auf, dass du dich nicht verbrennst auf deinem Flug in die Sonne, Comet«, entgegne ich.

Mit einem Lachen winkt sie mir noch mal zu, dann wendet sie sich ab und verschwindet zwischen anderen Reisenden.

Seufzend schalte ich mein Telefon wieder ein. Emma hat mir geschrieben: *Wer zum Henker ist das?*

Typisch Emma. Nur sie denkt sich sofort was dabei, wenn da ein Stück von einer fremden Frau in einem Foto von mir zu sehen ist. Keine Ahnung, was ich erwidern soll. Statt ihr schreibe ich lieber Sam, dass ich gelandet bin. Immerhin spielt er heute den Shuttle-Service für meine Schwestern.

Während ich in der Schlange zur *Immigration* vorrücke, überlege ich, wie ich Liv für Emma in Worte fassen soll. Aber ich kann es nicht. In meinem Hirn kollidieren Kometen, wenn ich es versuche. *Das ist niemand*, tippe ich schließlich. *Bin jetzt da. Bis gleich.*

Dann stecke ich mein Telefon weg. Nur wenig später liegt nicht nur Liv Bailey, sondern auch der *Immigration Officer* hinter mir. »Willkommen zu Hause, Sir«, hat er gesagt.

Genau. Willkommen zu Hause.

Emma

Stoßstange an Stoßstange reihen sich Autos bis an den verhangenen Horizont des Highways. Nichts bewegt sich. Seit über zwanzig Minuten schon nicht mehr und das Wetter wird immer schlechter. Ich habe Kopfschmerzen und bin kurz davor, den blinkenden Weihnachtsbaum, der auf Ringos Armaturenbrett klebt, aus dem Fenster zu werfen. Im Radio läuft ›Driving Home For Christmas‹.

Das war früher unser Go-to-Familiensong. Wir haben ihn alle lauthals auf dem Weg zur Hütte gesungen. Jetzt singt nur Nora, ganz leise. Alexander summt mehr oder weniger gut dazu. Aber selbst wenn Sam, unser Star-Leadsänger, beschließen würde, seine raue, dunkle Stimme zu nutzen, um das klägliche Duo auf dem Rücksitz zu unterstützen – was er nicht tut, weil er die Sache mit der Musik schon vor einer Ewigkeit aufgegeben hat –, würde das nichts daran ändern, dass diese Fahrt anders ist als früher. Dass die Hütte kein Weihnachts-Zuhause mehr ist. Denn unser Zuhause war nie die Hütte, nie unser Haus in Manchester, es waren immer Mom und Dad. Und die sind nicht mehr da. Sie fehlen. Und werden für immer fehlen, fehlen, fehlen.

Ich wechsele den Sender und ernte dafür einen bösen Blick von Nora, aber ich brauche jetzt etwas, das weniger wehtut. Dringend.

Sam sieht mich kurz an und trommelt dann zu einem weiteren Weihnachtssong auf dem Lenkrad herum.

»Wieso musstest du denn auch hier langfahren? Du hättest die drei nehmen sollen.«

»Weil die Häuser entlang der Umgehungsstraße so hübsch weihnachtlich geschmückt sind, oder warum hätte ich das tun sollen?« Sam reibt sich über die Stirn und blickt besorgt auf eine Warnleuchte, die am Armaturenbrett aufblinkt und ein Problem bei Ringo signalisiert. »Die Strecke ist viel länger«, murmelt er und klopft mehrmals hintereinander gegen das Cockpit. Als wäre es eine gängige Reparaturmethode, gegen die Motorkontrollleuchte zu klopfen. »Außerdem dürfte dort im Gegensatz zum Highway nicht gestreut sein.«

»Vielleicht, aber da würden wir wenigstens *fahren* und nicht stehen«, gebe ich genervt zurück.

»Das konnte Sam ja nun nicht ahnen«, schlichtet Nora wie immer, aber es entlockt mir nur ein Schnauben. Warum kann sie sich nicht ein Mal auf meine Seite stellen? Ich meine, ich habe schließlich recht. Natürlich hätte Sam das ahnen können. Er hätte nur ein einziges Mal auf mich und nicht auf sein übergroßes Ego hören müssen. Just saying …

»Wir werden so was von zu spät kommen«, schiebt meine Schwester in diesem kontrollierten Ton hinterher, der deutlich macht, dass sie kurz davor ist, in Panik zu verfallen. »Wahrscheinlich ist Owen schon gelandet und niemand da, um ihn abzuholen.«

Sie sieht total unglücklich aus. Und in mir nistet sich dasselbe Gefühl ein, weil ich weiß, was sie denkt: Mom wäre so was nicht passiert. Sie wäre rechtzeitig da gewesen, und wenn sie dafür das Raum-Zeit-Kontinuum hätte verschieben müssen. Sie wäre rechtzeitig am Flughafen gewesen, um Owen in die Arme zu schließen. Ihm peinliche Mom-Fragen zu stellen und ihn abzuknutschen, als wäre er fünf und nicht vierundzwanzig. Sie hätte ihm das Gefühl gegeben, zu Hause willkommen und geliebt zu sein. Nicht bloß Teil eines zerbrochenen Trios, dessen Fragmente immer mehr auseinanderdriften.

Dabei vermisse ich den Idioten doch. Egal wie wütend ich auf ihn bin. So sehr, dass mein Magen kalt und wund ist von zu viel Traurigkeit und zu viel Wut und zu viel Vermissen.

»Wie lange seid ihr eigentlich schon zusammen?«, fragt Alexander belustigt und lehnt sich zwischen den Sitzen nach vorn.

»Wie kommst du denn auf so einen Mist? Wir und ...« Ich werfe Sam einen angewiderten Seitenblick zu. »... zusammen?« Ich schnaube.

So sieht Sam mich nicht. Und ich ihn auch nicht. Schon lange nicht mehr und die meiste Zeit frage ich mich, was mich damals geritten hat, als es noch anders war. Ja, er sieht gut aus. Sehr gut. Aber verdammt, ein nettes Sixpack und ein markantes Kinn sind nun mal nicht alles. Das reicht nicht mal für guten Sex.

Alexander grinst. »War nur so eine Vermutung. Ihr streitet einfach wie ein altes Ehepaar.«

Ich versuche die Wut wegzuatmen. Schließlich ist Alexander cool. Ich mag seinen Reiseblog und ich mag ihn, obwohl ich ihn erst gefühlt drei Minuten kenne. Er ist chillig und verbreitet gute Vibes. Auch wenn der Kommentar arschig war, dürfte er es nicht böse gemeint haben, einfach ein Witz, der leider schmerzlich ins Schwarze trifft. Und auch wieder nicht. Aber das kann er nicht wissen. Also kein Grund, ihm an die Gurgel zu gehen und einen Zweifrontenkrieg im begrenzten Raum des GMC zu starten.

»Was willst du eigentlich ausgerechnet in Boston?«, frage ich deswegen so ruhig ich kann und wechsele so das Thema. »Ist ja jetzt nicht die aufregendste Stadt zum Reisebloggen.«

Er lächelt. »Boston ist total schön. Und hat tolle Spots.« Er überlegt. »Wart ihr schon mal im Athenaeum?«

Wir schütteln unisono die Köpfe und das, obwohl Boston quasi unser Vorgarten ist. Die Stadt, in der wir studieren, feiern gehen, arbeiten.

»Das ist eine der größten und ältesten Büchereien im ganzen Land und das Gebäude ist der Knaller.« Er hält uns sein Handy hin, auf dessen Display ein Foto zu sehen ist, das in etwa die schönste Bibliothek zeigt, die ich je gesehen habe. Altehrwürdig, architektonisch wunderschön, mit Büsten, schweren Läufern, weißen antiken Regalen voller Bücher und einer atemberaubenden Aussicht. Und ich frage mich, wie es sein kann, dass ich noch nie dort war.

»Alternativ kann ich euch die Gaming Arcades in den Hinterräumen des *Kings Seaport* empfehlen oder Zelten am *Long Wharf North*.«

»Da war ich schon«, werfe ich ein. »Allerdings nicht zum Zelten.«

Sam grinst. »Nee, zum Schuhe schmelzen.«

Nora gibt ein fassungsloses Geräusch von sich. »Meine Moonboots?«

Ich mache ein ganz ähnliches Geräusch. Wie kann er mich nur so verpfeifen? Wir bekriegen uns, aber so ein Verrat? Das ist ein ganz neues Level. Aber da es jetzt raus ist, nicke ich schuldbewusst.

»Was hast du denn da gemacht, dass du das nicht bemerkt hast?« Nora ist zum Glück nicht wirklich sauer, eher fassungslos und daran interessiert, das Mysterium um ihre Schuhe aufzuklären.

»Mit so einem Flachwichser rumgeknutscht«, antwortet Sam an meiner Stelle und verdreht die Augen.

Ich ziehe provokant eine Augenbraue nach oben. »Wir hatten auf jeden Fall Spaß.« Im Gegensatz zu Sam. Er hat sich an dem Abend die Kante gegeben. Keine Ahnung, warum. Vielleicht war ihm aufgefallen, zu was für einem Langweiler er sich entwickelt hat, weil er Mommy und Daddy glücklich machen wollte und sich in eine Schablone hat pressen lassen. Vielleicht hat aber auch nur eine seiner zig Ex-Freundinnen Schluss gemacht, mit denen er es nie länger als ein paar Wochen aushält – oder besser gesagt, sie nicht mit ihm.

»War nicht zu übersehen.«

»Neidisch?«

Er lacht. »Worauf? Auf 3,5 Sekunden?«

»Er konnte sehr gut küssen«, stelle ich klar und zucke die Schultern. »Und ich hatte wenigstens Spaß, während du Trübsal geblasen hast.«

»Okay, ihr zwei. Das reicht.« Nora berührt meine Schulter. »Macht mal eine Pause, okay?«

Alexander beißt sich auf die Lippen, um nicht loszulachen, und ich muss zugeben, dass Sam und ich uns gerade wirklich kindisch verhalten. Aber der Kerl triggert mich. Einfach, indem er atmet, und meistens tut er noch so viel mehr.

»Um auf deine Frage zurückzukommen und das Thema zu wechseln, bevor ihr euch noch die Augen auskratzt«, nimmt Alexander den Faden wieder auf. »Ich mag Boston, aber diesmal ist es nur ein Zwischenstopp. Eigentlich bin ich auf dem Weg nach New York. Ein Kumpel hat mich eingeladen, auf seiner Couch zu schlafen, wann immer ich es dorthin schaffe, und sollte das vor Silvester sein, die Feiertage mit ihm zu verbringen.«

Nora sieht ihn entsetzt an. »Ist das nicht alles ganz schön … na ja …« Sie kratzt sich an der Stirn. »… unsicher irgendwie?«

Alexander sieht sie verständnislos an. »Unsicher?«

Sie nickt. »Es gibt gar keinen richtigen Plan.«

»Doch.« Alexander lacht. »Der Plan ist, dass ich irgendwann bei ihm ankomme und auf seiner Couch schlafe.«

Nora nickt, streicht sich die Haare hinter die Ohren, schüttelt den Kopf und ihre Rentier-Ohrringe tanzen. Diese Ichlass-mich-treiben-Mentalität geht einfach nicht in ihren Kopf, das weiß ich. Denn das ist so gar nicht Nora.

»Aber er kann sich doch null drauf einstellen, wenn er nicht weiß, wann du kommst. Und was ist, wenn er dann keine Zeit hat oder schon jemand anderes auf der Couch schläft? Wenn dich niemand abholt? Oder du die Adresse nicht findest?«

»Er sieht, wenn ich da bin. Und wenn schon jemand anderes die Couch besetzt, hat er einen kuscheligen Fußboden. Wenn alle Stricke reißen, ergibt sich was anderes. Ich finde immer Leute, die mich aufnehmen. Ich bin schon ein großer Junge, ich komme klar und kann wunderbar allein laufen, sollte ich nicht abgeholt werden. Und ich werde eine bestehende Adresse in New York finden, wenn ich es geschafft habe, die Yanesha in Peru zu besuchen.«

Nora öffnet den Mund, um etwas zu sagen, aber klappt ihn dann unverrichteter Dinge wieder zu.

»Finde ich sehr cool.« Sam klopft jetzt zu ›Last Christmas‹ aufs Lenkrad. »Einfach mal raus, keine Verpflichtungen über die Feiertage, das wäre es.«

Ist das sein Ernst? Er sollte lieber froh sein, dass er noch eine Familie hat, die mit ihm feiern kann, und dass er nicht allein ist. Sam reibt sich über die Bartstoppeln und das kratzige Geräusch zieht heiß durch mein Inneres.

»Aber dass du fliegst, ist schon eher ungewöhnlich, oder? Ich dachte, ihr Backpacker trampt wegen der Kosten lieber«, fragt er weiter, als würde er Alexanders Lebenskonzept ernsthaft in Erwägung ziehen, und für einen kurzen Moment stelle ich mir vor, wie himmlisch es wäre, wenn er verschwindet. Aber der Gedanke ist nur für wenige Sekunden angenehm, dann fühlt es sich nach Verlust an. Nach etwas, das noch mehr Leere verursachen würde. Weil ich in diesem Jahr einfach schon genug verloren habe, sodass ich nicht mal Sam und seine nervige Art ganz loswerden will.

Alexander nickt. »Ich trampe doch gerade.«

»Auch wieder wahr.« Sam lacht. »Und wenn das so weitergeht, bist du nicht der Einzige, der bis an sein Endziel trampen muss, weil er den Flieger verpasst«, ergänzt er nach einem Blick auf die Uhr.

»Sam, sag so was nicht«, stöhnt Nora. »Es klappt einfach gar nichts. *Nichts.* Dabei ist das hier so wichtig.«

»Wir kriegen unseren Flieger«, sage ich zuversichtlich, obwohl ich langsam auch zweifele. Vor allem an Sams emotionaler Intelligenz. Er weiß doch, wie Nora ist. Wie wichtig es ihr ist, dass sie den Rest Familie, den wir noch haben, mit diesem ersten Weihnachtsfest ohne Eltern zusammenhält. Wie wichtig es ihr ist, dass alles perfekt läuft. Warum muss er ihr noch extra Stress machen, indem er so was raushaut?

»Und ansonsten nehmt ihr einfach den nächsten.« Alexander sieht das offenbar sehr gechillt. Und normalerweise wäre ich genauso drauf, aber der Flughafen von Bangor ist erheblich kleiner als der in Boston und die Fluglinie nicht hochfrequentiert. Die Wahrscheinlichkeit, dass wir vor Weihnachten keinen Flug mehr dorthin bekommen, wenn wir unseren heute verpassen, ist leider hoch.

Ein unangenehmer Druck breitet sich in meinem Magen aus. Ich wollte diese Reise nicht mal, aber sie jetzt vielleicht gar nicht erst antreten zu können, fühlt sich richtig scheiße an. Widersprüchlichkeit scheint seit Neuestem Hauptbestandteil meines Charakters zu sein. Emma Westmore – widersprüchlich, wütend, Kampfkeks.

»Für mich besteht diese Option leider nicht«, sagt Alexander. »Das bisschen, was ich mit meinen Social-Media-Accounts verdiene, reicht nicht für zwei Flugtickets an einem Tag.«

»So leben ... Puh! ... Das könnte ich nicht.« Nora schüttelt den Kopf. »Also, ohne Sicherheit.«

»Ach, natürlich muss ich sparsam leben, aber dafür bin ich reich an Momenten.«

Nora seufzt schwer und lässt keinen Zweifel, dass sie auf die meisten solcher Momente gut verzichten könnte. Dabei wollte sie früher genau wie Alexander reisen. Vielleicht nicht ganz so wie er, aber sie wollte die Welt entdecken, Dinge erleben. Jetzt arbeitet sie und ist ansonsten eigentlich nur zu Hause. Es fehlt nur noch, dass sie beginnt, remote zu arbeiten und sich in Luftpolsterfolie einzuwickeln. Jede Person geht anders mit Trauer um. Das ist Noras ungesunder Weg. Owens und meiner sind allerdings auch nicht besser.

Eine Nachricht ploppt auf Sams Handy auf und bedeckt sekundenlang die Navigationskarte. Lange genug, um zu sehen, dass sie von Owen ist. Er ist gelandet. *Bleibt es dabei? Sehen wir uns gleich?*

Ich könnte kotzen. Sam schreibt er also. Mir hat er noch immer nicht geantwortet. Wütend starre ich aus dem Fenster.

Als endlich auch bei mir eine Nachricht von Owen ein trudelt, kriechen bereits die Lichter des Flughafenzubringers vorbei. Er hat in die Familiengruppe geschrieben: *Das ist niemand. Bin jetzt da. Bis gleich.*

»Unser Bruder macht seinen PhD und hat anscheinend trotzdem die Zwei-Wort-Satz-Phase noch nicht überwunden«, stelle ich genervt fest.

Sam lacht. »Doch, guck hier.« Er tippt klugscheißerisch auf den ersten Satz auf meinem Display. »Der hat mehr.«

»Konzentrier dich lieber auf die Straße«, knurre ich. Gerade geht es wieder etwas voran und ich habe nicht vor, diesen Fortschritt einzubüßen, weil er auf das Auto vor uns auffährt. Oder ich ihn umbringe, weil er meine Nachrichten liest und Owens Art auch noch lustig findet.

»Was ist das überhaupt für eine Antwort? *Das ist niemand?*« Auf jeden Fall keine auf meine Frage, ob er sie mitbringt. Man kann auch *niemanden* mitbringen. Es wäre fast noch schlimmer, wenn er eine lose Fickbeziehung hier anschleppt, um sich mit ihr und nicht mit uns zu beschäftigen. Weil es in etwa zeigt, was für einen Wert wir und dieses Weihnachtsfest für ihn haben.

Sam stößt die Luft aus. »Ehrlich, Emma, bei dir Kampfkeks würde ich es an seiner Stelle auch für mich behalten, selbst wenn er sie bereits geheiratet hätte.«

Mein Kopf ruckt herum und ich starre Sam mit großen Augen an, versuche zu ergründen, ob das nur ein dummer Spruch war oder ob er etwas weiß, was wir nicht wissen. Weil Owen so etwas zuerst ihm erzählen würde. Lange vor uns.

Nora

Wir sollten unsere Koffer einchecken. Genau jetzt, in dem Moment, in dem wir auf den Eingang der Tiefgarage zukriechen, gefangen in einer Schlange aus Metall, deren Ende ich von meinem Platz aus nicht einmal mehr sehen kann – es verschwindet einfach am Horizont. Offenbar will heute jeder Mensch aus der Umgebung Bostons zum Flughafen.

»War es die letzten Jahre auch so voll?«, fragt Emma und trommelt ungeduldig auf ihren Oberschenkeln herum.

»Keine Ahnung«, murmele ich, obwohl ich es sehr wohl weiß. Es war jedes Jahr so überfüllt, doch weil unsere Eltern die Reisen sehr viel besser organisiert haben als ich, sind wir nie zu spät gekommen. Nicht ein einziges Mal. Bis jetzt. Bis zu dem Jahr, in dem es so sehr darauf ankommt, dass wir diesen Flug bekommen.

»Wir schaffen es schon noch rechtzeitig.« Alexander will wohl beruhigend klingen, erntet dafür jedoch nur einen bösen Blick von mir.

»Soll das eine verklärte Art von Optimismus sein?«

Er grinst fröhlich. »Pessimismus hat mich zumindest noch nie weitergebracht.«

»Ich bin nur realistisch.« Demonstrativ halte ich mein Handgelenk hoch, an dem ich meine goldene Uhr trage, die mein Vater mir vor zwei Jahren zum Geburtstag geschenkt hat. Immer wenn wir spät dran waren, habe ich demonstrativ auf mein leeres Handgelenk gezeigt. Bis er beschloss, dass der

Effekt mit einer echten Uhr besser wäre. Seitdem trage ich sie jeden Tag.«Wir sind bereits jetzt sehr viel später dran als geplant. Ich wollte mindestens fünfzehn Minuten vor Owens Landung hier sein. Jetzt wird es so knapp, dass wir froh sein können, wenn wir nach dem Einchecken noch einen Kaffee trinken können.«

»Wäre es denn eine Katastrophe, den Kaffee im Flugzeug zu trinken?«

»Natürlich nicht«, erwidere ich mit der Selbstkontrolle eines kitzeligen Vulkans mit Heuschnupfen. »Es geht nicht um den Kaffee, sondern prinzipiell um den Stress, den man offensichtlich hat, sobald man vor dem Abflug nicht einmal mehr Zeit für einen Kaffee hat.«

Alexander nickt bedächtig und endlich verschwinden diese mich ständig verhöhnenden Lachfältchen. »Also ist der Kaffee eine Metapher?«

»Nein, es geht tatsächlich um den Kaffee«, mischt sich Emma von vorne ein und dreht sich mit einem fiesen Kleine-Schwester-Grinsen zu mir um. »Der beruhigt sie.«

Ich werfe ihr einen scharfen Blick zu, denn es gibt absolut keinen Grund, warum wir diesem Fremden von meiner Flugangst erzählen sollten. Wenigstens weiß Emma nicht, wie nervös mich auch Autofahrten mittlerweile machen, sonst würde sie ihm das auch noch aufs Brot schmieren. Solange ich mich mit irgendwelchen Weihnachtsliedern ablenken kann, wird das auch niemand merken.

»Es ist eine Metapher, die für einen Moment der Auszeit steht.« Ich werfe einen weiteren Blick auf meine Uhr, bevor ich meinem Bruder ein Update schicke, damit er sich keine Sorgen macht. Er wird bereits beim vereinbarten Treffpunkt sein, während wir noch hier im Auto sitzen und absolut nichts dagegen tun können. Wenigstens haben Emma und Sam endlich aufgehört zu streiten.

Wir hätten früher losfahren müssen. Wir hätten damit rechnen müssen, dass die Menschen scharenweise Richtung Flughafen strömen und auch noch die Parkplätze besetzen.

Mein Puls ist sicher schon besorgniserregend hoch und dass ich Sams Kopfstütze mit meinen Fingern malträtiere, bemerke ich erst, als Alexander sich neben mir räuspert und einen bedeutungsvollen Blick auf meine Hände wirft.

Ich zwinge mich, meine Atmung zu regulieren, und sehe ihn mit herausfordernd hochgezogenen Augenbrauen an. »Ist was?«

Seine Mundwinkel zucken. Er hebt die Hände und schüttelt den Kopf. »Nein, alles in Ordnung.«

Offenbar weiß er, was gut für ihn ist.

Ich starre wieder zwischen den Vordersitzen hindurch, als könne allein meine Willenskraft die vorausfahrenden Autos zur Seite zwingen.

»Ihr fliegt also ebenfalls weiter?«, hakt Alexander nach, der offenbar die Anspannung durch Small Talk lösen will.

»Unsere Familie hat eine Hütte im Arcadia Nationalpark, wo wir immer Weihnachten feiern«, teilt Emma ihm mit.

»Da war ich tatsächlich noch nie, aber die Landschaft soll atemberaubend sein.«

»Dann solltest du echt mal-«

»Emma«, zische ich entsetzt, weil ich sicher bin, dass sie ihn gleich einladen wird dorthin mitzukommen. Was ist nur los mit ihr? Sie kann doch nicht einfach einen wildfremden Typen erst in unser Auto und dann zu unserem Ferienort einladen. Hat sie denn gar keinen Überlebensinstinkt?

Sam lacht vorne angesichts meines entsetzten Tonfalls, erstickt das Lachen aber, als er mein Funkeln durch den Rückspiegel sieht.

»Nora«, imitiert Emma meine Betonung ihres Namens und meine Wangen werden vor Verlegenheit rot. »Entspann dich mal. Alexander ist cool. Ich folge ihm schon ewig. Quasi seit dem Moment, als er seinen Highschool-Abschluss gemacht hat und seine erste Reise nach Südamerika angetreten ist.«

»Du klingst wie eine Stalkerin«, brummt Sam und blinkt, um in eine Lücke auf der Nebenspur einzuscheren.

»Es ist kein Stalking, wenn die andere Person alles im Internet teilt.« Emma streckt Sam die Zunge raus.

Ich reibe meine Stirn, lasse es aber unkommentiert. »Wieso tut man das überhaupt? Sein Leben so öffentlich machen?«

Alexander lächelt wieder. »Erst hat es mich weniger einsam gemacht, jetzt verdiene ich damit nebenbei Geld.«

Natürlich horcht Emma sofort auf. »Mit deinem Shop, oder? Ich habe mir auch eins deiner Shirts gekauft.«

»Cool. Ja, genau, ich habe einen Shop, wo ich meine Bilder als Poster verkaufe, oder Shirts und Pullover mit kleinen Karikaturen.« Sein Mundwinkel hebt sich auf eine Weise, die ein höchst unwillkommenes Kribbeln in meinem Unterbauch erzeugt. Vielleicht kommt es aber auch daher, dass er mich die ganze Zeit anschaut. »Sie sind grottig, aber die Leute lieben sie.«

»Weil sie lustig sind«, ruft Emma.

»Und damit kann man Geld verdienen?«

Alexander lacht angesichts meines ungläubigen Tonfalls. »Ein wenig. Ich mache auch Werbung für verschiedene Outdoor-Marken, die mir Wandersachen zuschicken. Und mit Werbeanzeigen, wo ich pro Klick bezahlt werde. Aber da entscheide ich ziemlich streng, wen ich nehme. Hab keine Lust, die Leute mit Werbung zu nerven.«

Mein Blick huscht über seine Kleidung, die mir schon in dem Moment, als wir uns trafen, viel zu sauber und hochwertig für einen Tramper vorkam. Als ich Alexander wieder in die Augen sehe, blitzt darin ein Lachen.

»Ich habe dich nicht abgecheckt«, sage ich schnell. Natürlich habe ich das nicht! Auch wenn seine breiten Schultern in dem dunklen Pullover wirklich sehr gut zur Geltung kommen.

Wieder dieses amüsierte Zucken um seine Mundwinkel. »Habe ich auch nicht gedacht.« Er legt den Kopf schief. »Ich bin einfach nur fasziniert. Mir ist schon lange niemand mehr begegnet, der so durchgeplant ist.«

»Pläne sind Noras Ding«, ruft Emma von vorne.

Kann sie sich nicht um ihren eigenen Kram kümmern? Wieso wirft sie mich die ganze Zeit diesem Fremden zum Fraß vor?

»Es beruhigt mich einfach, wenn ich weiß, was auf mich zukommt.«

Alexander nickt, als würde er das verstehen, dabei versteht er gar nichts. »Und der Plan besagt also, von Boston aus weiterzufliegen und dann mit der Familie zu feiern? Oder ist das so eine Geschwistersache?«

Plötzlich ist mein Hals ganz eng und ich habe keine einzige Silbe für eine Antwort übrig. Schweigen breitet sich zwischen uns aus, das so schwer ist, dass selbst die Musik aus dem Radio in den Hintergrund rückt.

Also zwinge ich mich, es auszusprechen. Nicht für ihn, sondern für uns. Weil er nicht der Letzte sein wird, der fragt.

»Wir sind nur noch zu dritt.« Sechs Worte, die mir die Kehle zerschneiden und mich innerlich verbluten lassen. Meine Mundwinkel scheitern, als ich sie tapfer heben will.

»Mein Beileid«, sagt Alexander. Worte, die ich schon oft gehört habe. »Dann klingt es doch ziemlich gut, einen Plan zu haben.«

Er sagt es. Einfach so. Doch mir bedeutet es alles. Nach Emmas ständigen Kämpfen dagegen. Nach Owens Zögern.

Ich lächele. Einmal, ganz kurz. Doch es gilt Alexander allein.

»Finde ich auch«, wispere ich. Dann muss ich mich abwenden, bevor er mehr in meine Freundlichkeit hineininterpretieren kann. »Und warum willst du Weihnachten auf der Couch eines Freundes feiern?«, frage ich, wenn auch mit deutlichem Zögern in meiner Stimme, nur für den Fall, auch bei ihm eine Wunde zu öffnen, die gerade am Heilen ist.

»Meine Eltern verbringen dieses Jahr Weihnachten auf Hawaii. Ihr erster Urlaub seit Ewigkeiten. Sonst wäre ich vermutlich nach Hause gefahren. Und meine Schwester feiert mit unseren Cousinen«, erklärt er.

Ich nicke, kann ihn aber immer noch nicht ansehen. Weil er trotz allem ein Fremder ist. Ein Fremder, der jetzt einen Teil meiner Geschichte kennt. Ein Fremder, der uns in wenigen Tagen sowieso wieder vergessen hat.

»Apropos – Sam, kann ich wohl mein Handy irgendwie aufladen? Mein Akku ist mal wieder leer und wenn ich mich zu lange nicht melde, macht das meine Schwester irre.«

»Sorry, Ringo hat keine Anschlüsse dafür.«

»Kein Problem, am Flughafen gibt es sicher irgendwo was.«

Alexander hat also eine Schwester. Er zeichnet hässlich, kann damit aber Geld verdienen. Und er ist irgendwie einfühlsam. Ich sammle diese Informationen über ihn wie Brotkrumen. Keine Ahnung wieso.

Als wir nach einer gefühlten Ewigkeit endlich in das zentrale Parkhaus einfahren, sind natürlich alle Kurzzeitparkplätze bereits belegt, was uns zwingt einen normalen Parkplatz zu suchen. So wie ein Dutzend andere Autos auch. Wir müssen Reihe um Reihe entlangfahren und nach einem Parkplatz Ausschau halten, der uns nicht in letzter Sekunde vor der Nase weggeschnappt wird. Es ist mittlerweile so spät, dass es bereits knapp wird, unseren Flug überhaupt noch zu erreichen. Also schreibe ich Owen, dass er sich bitte schon mal für uns an der Gepäckabgabe anstellen soll.

»Da vorne!«, ruft Emma und zeigt auf eine Lücke.

Doch Sam fährt einfach vorbei und beschert mir einen halben Herzinfarkt. »Zu eng.«

Mist. Er hat recht.

»Hätten wir uns denken können. Mit dem fetten Wagen finden wir niemals was.«

»Ringo ist nicht fett«, erwidert Sam scharf und tätschelt das Armaturenbrett. »Hör nicht auf die grässliche Emma.«

»Wie hast du mich genannt?«

»Da vorne!«, rufe nun ich und deute auf einen Parkplatz zu unserer Linken.

»Sollte passen.« Sam setzt den Blinker und aus dem Solltepassen wird ein Ganz-schön-knapp.

Ich hüpfe aus dem Wagen, noch bevor Sam ihn ganz ausgeschaltet hat, und eile zum Kofferraum. Unsere Koffer habe ich bereits alle herausgezogen, als die anderen es zu mir nach hinten schaffen. Ich schultere meine Tasche demonstrativ.

»Können wir?« Ich packe meinen Koffer und wende mich an Sam, um ihm für die Fahrt zu danken, da ertönt ein Knacken. Im selben Moment klappt mein Koffer auf und der Inhalt ergießt sich in einem Schwall aus Kleidung, Hygieneartikeln und dicken Socken auf den Boden. Mein Atem zittert, als ich auf das Durcheinander zu meinen Füßen starre.

»Shiiiit«, stößt Emma langgezogen aus. »Oh Mann.«

»Hast du was damit zu tun?« Meine Stimme ist beunruhigend leise und innerlich zähle ich langsam von zehn runter.

Zehn. Emma beißt sich auf die Unterlippe.

Neun.

»Ja. Da war doch mein Kurztrip. Und dieser kleine Unfall mit diesem Pudel.«

Acht.

»Ich habe ihn aber doch reparieren lassen«, stößt sie aus und kratzt sich am Hinterkopf. »Ich schwöre dir, als ich ihn zurückgestellt habe, war er wieder heil. Die Reparatur hat mich fünfzig Dollar gekostet.«

Sieben. Sechs. Fünf. Vier. Ich sage immer noch nichts.

»Und ich weiß doch, wie sehr du an dem Koffer hängst.«

Drei. Zwei.

»Sorry.«

Eins. Ich puste Luft aus.

»Alles gut. Du hast recht. Der Koffer war heil, als ich ihn gepackt habe. Oder zumindest sah er so aus.« Ich fange an, meine Kleidung wieder in den Koffer zu stopfen. »Dem Kerl, der das repariert hat, werde ich allerdings was erzählen, wenn wir wieder zu Hause sind.«

Alexander kniet neben mich und beginnt wahllos Klamotten aufzuheben und sie in absolut falscher Reihenfolge wieder in meinen Koffer zu stopfen. »Das bekommen wir schon hin.« Mit meinem schwarzen BH in der Hand stockt er und wird rot. »Ähm, den solltest du besser wegpacken.«

Mein Puls erhöht sich und ich nehme ihn ihm ab. »Danke.«

»Nora?«, fragt Emma leise, während sie sich neben mich hockt und mir ebenfalls beim Einpacken hilft. »Tut mir echt leid.«

»Du hast keine Schuld«, stoße ich abgehackt aus, dränge diesen dummen Gedanken von mir, dass sich irgendwas gegen uns zu verschwören scheint, und werfe das letzte Paar Socken rein. Rot mit grünen Bommeln. Ein Geschenk von Tante Caroline, so wie die anderen fünf Paar auch. Und ich liebe jedes einzelne davon. Tante Caroline, die jetzt Sundance heißt, weil sie ihr Leben noch einmal komplett umgekrempelt hat, und von der noch unbeantwortete Nachrichten auf meinem Handy warten, die ich mich nicht zu öffnen traue, weil ich es Owen überlassen habe, sich um sie zu kümmern.

Sam hilft mir, den Koffer wieder zu schließen, und packt

ihn dann kurzerhand am Tragegriff. »Ich trage ihn für dich, kein Problem.«

»Danke.« Ich lächele ihn an und klatsche dann in die Hände. »Dann mal los, wir müssen uns mit Owen treffen.« Ich gehe mit schnellen Schritten voraus. »Los geht's! Bitte nicht trödeln!«

Emma kämpft mit ihrem Rollkoffer, dessen Räder sich verhaken, während Sam meinen Koffer schleppt, und Alexander schultert seinen Rucksack.

»Du bist außergewöhnlich«, stößt Alexander aus und jede Silbe lacht. »Meinst du nicht, dass dein Bruder fünf Minuten allein am Flughafen klarkommt?«

Außergewöhnlich. Das Wort klingt mir nach. Meine Wangen werden warm, obwohl ich ziemlich sicher bin, dass er es nicht als Kompliment gemeint hat. Aber ganz sicher bin ich mir nicht. *Außergewöhnlich* ist wirklich nicht das Wort, das zu mir passt, weil ich zu versteift bin, zu durchgeplant, zu ernst. Doch ich berichtige ihn nicht.

Er lächelt, so breit, dass kleine Fältchen sich um seine Augen kräuseln, und alles an ihm wirkt so fröhlich. So offen.

Ich zwinge mich, keine Miene zu verziehen. »Es sind mehr als fünf Minuten.« Alexander lacht lauthals los und ich fahre herum. »Los! Los! Los!«

Es ist eiskalt draußen und feiner Eisregen nieselt auf uns hinab. Mein Körper ist von Gänsehaut überzogen. Wir erreichen den Shuttlebus in letzter Sekunde und zwängen uns in das Fahrzeug, während sich die Türen bereits schließen. Ein fremder Koffer drückt mir in die Seite, weil ein Mann ihn auf seinem Schoß balanciert, und ich kippe gegen Alexander, der vor mir steht.

»Sorry«, nuschele ich und ignoriere den Geruch seines frischen Shampoos, das mir in die Nase dringt.

Er ist ein Tramper, verdammt, eigentlich sollte er stinken

und nicht riechen, als käme er geradewegs aus einer heißen Männer-Shampoo-Werbung. Meine Wangen prickeln, ich schlucke und wende demonstrativ den Kopf ab. Obwohl ich nicht unbedingt klein bin, überragt er mich locker um einen halben Kopf und dummerweise bin ich somit auf Augenhöhe mit seinen vollen Lippen, die sich in diesem Moment zu einem Grinsen verziehen.

»Siehst du, wir sind angekommen.«

»Zu spät«, erwidere ich knapp und will nicht einmal mehr atmen, weil dieses gottverdammte Shampoo so gut riecht. Wie … Keine Ahnung, wie ein Mann einfach riechen sollte.

Ich erschaudere leicht, als er sich vorbeugt und mir plötzlich noch viel näher ist. Zu nah. Zuerst verstehe ich nicht, was er tut. Sein Arm streift mich. Will er mich etwa umarmen? Dann hört der Druck in meinem Rücken auf. Ich wende den Kopf und sehe, dass er jetzt den Koffer des Mannes hält, sodass er mich nicht mehr berührt.

Der Besitzer nickt ihm dankend zu und Alexander erwidert das Nicken. Was für ein verrückter Typ.

Als wir wenige Minuten später ankommen, spuckt uns der Bus mit einer Meute weiterer Reisender direkt am Eingang des Flughafens aus.

»Wir müssen zur Haupthalle«, informiere ich die anderen und dann kämpfen wir uns durch die Menschenmassen. Ellenbogen stoßen in meine Seite und ich fliege zweimal fast über ein verirrtes Kleinkind, das im letzten Moment von seinen Eltern zur Seite gezogen wird. Will denn jeder auf diesem Planeten heute von Bosten aus irgendwohin fliegen?

Überall stehen Weihnachtsbäume aus Plastik. Lichterketten blinken um die Wette und im Gedränge sehe ich mindestens drei Weihnachtsmützen. Wir erreichen die Haupthalle und das schwarze Board, auf dem alle Flüge stehen. Ich drehe mich um und bemerke, dass ich die anderen im Gedränge verloren habe. Also laufe ich weiter zu einer Stelle, an der es weniger voll ist. Was ein Ding der Unmöglichkeit ist, weil einfach überall mit großen Kugeln geschmückte Tannenbäume stehen. Keine schönen, sondern die günstigen aus Plastik. Irgendwer hat sie an die Wände der Halle aufgereiht, als wären es Truppen, die darauf warten, in den Kampf geführt zu werden.

Im selben Moment, als ich auf der Anzeigetafel nach unserem Flug suchen will, geht die Anzeige kaputt. Zumindest wirkt es erst so. Alle Felder rasseln, drehen sich, klicken, drehen durch. Genau dort, wo die An- und Abflugzeiten stehen. Und dann …

Dann steht da überall: gecancelt.

»W-Was?« Ich verstehe nicht. Mein Gehirn scheint kaputt zu sein, denn es will einfach nicht begreifen, was gerade passiert ist.

In diesem Moment tritt Mr-ich-rieche-so-fantastisch neben mich, doch ich kann den Blick nicht vom Board abwenden. Mein Atem geht abgehackt. Meine Kehle ist eng. Es fühlt sich an, als steckten Scherben in meiner Luftröhre. Meine Augen brennen.

»Hey«, sagt Alexander alarmiert und tritt vor mich. Seine besorgten Augen finden meine, als er sich ein wenig zu mir herunterbeugt. »Das ist doch kein Weltuntergang.«

»Doch«, stoße ich aus und kann nicht fassen, dass meine Stimme zittert. Vor Alexander, diesem Fremden, der viel zu gut riecht. »Doch, das ist ein Weltuntergang.«

Dass ich kurz vor einem Nervenzusammenbruch bin, merkt wohl auch Emma, die plötzlich da ist und ihre Arme um mich legt. »Alles wird gut«, sagt sie.

Ich schniefe und muss wohl so mitleiderregend aussehen, dass selbst Sam mir unbeholfen den Kopf tätschelt. In diesem Moment tapst ein lebensgroßer Lebkuchenmann an uns vorbei und ich kann nicht anders: Ich lachweine, schniefe und ziehe die Nase hoch. »Ihr habt recht. Das ist lächerlich. Wir finden schon eine Lösung.«

Alexander grinst. »So ist es gut.«

»Ich schreibe Owen«, meint Sam und ich nicke, denn das ist super, das klingt nach einem Plan und mit einem Plan können wir alles bewältigen.

Owen

Im Logan International Airport von Boston ist offensichtlich eine Horde Weihnachtswichtel Amok gelaufen. Kaum habe ich die *Immigration* hinter mir gelassen, renne ich einem riesigen aufblasbaren Lebkuchenmännchen in die Arme, das mich angrinst, als hätte es die Kräutermischung meiner Tante Caroline geraucht.

Ich trete in die Haupthalle des Flughafens. Noras exakten Instruktionen zufolge, die sie schon vor Tagen herumgeschickt hat, muss ich mich jetzt an einem Treffpunkt zwischen zwei Shops einfinden, der allerdings von einem der zahlreichen riesigen Weihnachtsbäume belegt ist. Die Teile sind aus Plastik und haben nichts mit den krummen, aber intensiv duftenden Tannen gemeinsam, die Dad immer im Arcadia besorgt hat. Diese Flughafentannen sind genauso fake wie unser Weihnachten dieses Jahr sein wird.

Ich lehne mich etwas abseits gegen eine Säule. Wenn die anderen anrücken, werde ich sie von hier aus sehen. Auf meinem Telefon hat sich in der Zwischenzeit eine ganze Reihe von Nora-Nachrichten angesammelt: minutengenaue Updates zum jeweils aktuellen Stand ihrer Verspätung.

Irgendwann ein: *Oh, Owen, erlöse mich von dem Bösen! Emma hat einen Tramp aufgesammelt und mit dem Typen stimmt irgendwas nicht. Außerdem streitet Emma mit Sam – DIE GANZE ZEIT!*

Ich frage mich, ob sie Emma mit *dem Bösen* meint. Und ob sie absichtlich »Tramp« geschrieben hat und also einen Landstreicher meint, oder ob sie eigentlich vorhatte, »Tramper« zu tippen. Sorgen mache ich mir keine. Emma traue ich zwar zu, alle möglichen suspekten Leute vom Straßenrand einzusammeln, aber Nora glaubt, mit einer Person müsse etwas nicht stimmen, sobald ihre Klamotten farblich nicht zusammenpassen, und im Notfall ist ja auch noch Sam dabei. Der wird sicher wieder behaupten, er habe eine Knarre im Auto. Das schüchtert die meisten ein.

Noras neuere Nachrichten klingen ernsthaft panisch. Die letzte weist mich an, den Treffpunkt zu verlassen und mich schon mal für sie bei der Gepäckabgabe anzustellen.

Seufzend tue ich, was Nora verlangt, obwohl ich mich wie ein Idiot fühle, als ich mich ohne Koffer zwischen mit zahlreichen Gepäckstücken schwer beladene Leute einreihe. Mindestens zweimal werde ich höflich darauf hingewiesen, dass ich bei der Gepäckabgabe stehe. Hoffentlich tauchen die anderen bald auf.

Ich scanne weitere Nachrichten in meinen Messengern. Wie viele Leute können einem während eines Acht-Stunden-Flugs schreiben? Tante Caroline natürlich.

Mein lieber Smartie, ich hoffe, du hast noch einen Weg gefunden, das Gemälde zu transportieren. Es ist integraler Bestandteil der Zeremonie. Bei der Airline sagte man mir, es gibt einen Schalter extra für Sperrgepäck. Bleib groovy, mein Lieber. Deine Sundance.

Gequält verdrehe ich die Augen. Tante Caroline ist verrückt. Das war sie schon immer und ich mochte sie schon immer dafür. Aber mit diesem Gemälde-Scheiß killt sie meine Nerven. Nora hat mich vorgeschickt, damit ich ihr klarmache, dass wir weder ein drei mal zwei Meter großes Bild auf unserem Flug mitschleppen noch an irgendwelchen pseudo-spirituellen Zeremonien teilnehmen werden, zu denen Tante Caroline uns überreden will. Ich habe es versucht. Aber wie viel Erfolg ich damit hatte, sieht man ja.

Wir hätten es Emma überlassen sollen, Tante Caroline diese Idee auszutreiben. Aber um ehrlich zu sein, habe ich beide zu gern, um sie ungebremst aufeinander loszulassen. Durch meine höflichen Erklärungen, warum Reinigungsrituale nichts für uns sind, hat sich unsere Tante allerdings offensichtlich nicht abbringen lassen.

Caroline, tippe ich, korrigiere meine Ansprache dann aber zu ihrem Hippie-Namen: *Sundance, ich komme aus London und bin raus, was den Gemäldetransport angeht. Emma und Nora können das Bild nicht zusätzlich zu ihrem Gepäck schleppen. Das habe ich dir doch schon erklärt. Lass uns erst mal ankommen, okay? Bis nachher, Owen.*

Seufzend stecke ich mein Telefon weg. Es ist, als hätte sich wieder der Graufilter über die Leute um mich herum gelegt, über die glitzernden Tannen, die endlosen Girlanden und die riesigen weißen Kugeln an der Decke, in denen ich mich spiegele. Während ich quälend langsam in der Schlange vorwärtsrücke, habe ich keine Ahnung, wie ich die Gewitterwolken jetzt noch im Zaum halten soll. Ich versuche an Liv zu denken.

Verdammt! Kann man jemanden vermissen, den man noch nicht mal neun Stunden kennt? Neun Stunden, drei Dates und einen Kuss lang. Anscheinend ist das die Gleichung, die es gerade in meinem Leben braucht. Auf der einen Seite die Gewitterwolken in Form meiner trauernden Schwestern, auf der anderen meine Liv-Fantasie. In meinem Hirn vermischen sich die Erinnerungen an ihren Kakao-Duft, das amüsierte Blitzen ihrer Augen, die Espresso-Momente und der warme Geschmack ihrer Lippen zu einem süchtig machenden Mix. Es fühlt sich mies an, so gar nicht in der Hand zu haben, ob wir uns wiedersehen. Zumal Liv mir nicht gerade Hoffnung gemacht hat, dass sie sich tatsächlich melden wird.

Mitten in meinen Gedanken merke ich, wie sich die Stimmung um mich herum ändert. In der geschäftigen Atmosphäre steigt die Hektik, Leute fangen an zu laufen, andere bleiben plötzlich stehen und zücken ihre Telefone. Ich höre Flüche. Der Mann hinter mir lässt ein gequältes Stöhnen hören.

»Was ist los?« Fragend sehe ich ihn an.

Er hat seine Brille auf die Stirn geschoben und starrt ungläubig auf sein Smartphone. »Mein Flug ist gecancelt.«

Sofort öffne auch ich die App unserer Airline und kontrolliere den Flugstatus. *Canceled*. Einfach so. Das darf ja wohl nicht wahr sein!

Trauben ratloser Reisender bilden sich. Leute um mich herum sagen, dass angeblich gerade die letzte Maschine für heute abgehoben sei. Massiver Eisregen soll den gesamten Flugverkehr von Boston und New York lahmlegen.

Entschlossen mache ich mich auf die Suche nach einem Infoschalter. Wenn unser Flug nach Bangor wirklich gecancelt ist, ist das schon eine ziemliche Katastrophe – allein, weil es Noras Zeitplan zerhackt und sie damit nicht gut wird umgehen können. Deutlich schlimmer wäre allerdings, wenn heute wirklich gar nichts mehr geht und wir nicht in den Arcadia kommen.

Es ist der Horror, mich zum Delta Desk durchzuarbeiten. Von allen Seiten strömen Leute in die Haupthalle, irgendwo schreit sich ein älteres Ehepaar an, ein Kind versucht Anschluss an seine Eltern zu behalten und merkt nicht, dass sich eine Rolle des Kinderkoffers in Form eines Pinguins im Kabel einer Lichterkette verhakt hat. Innerhalb von Sekunden hat es die halbe Deko von einer der überkandidelten Plastiktannen gerissen. Die Eltern können gerade noch verhindern, dass das Ding umkippt.

Dann stehe ich wieder an. Und diesmal rücke ich noch langsamer vor. Die Schlange ist hinter mir innerhalb von

Minuten in die Länge gewachsen. Und ganz hinten ... Mein Herz bleibt fast stehen. Eine Frau im sonnengelben Parker, mit langen dunklen Haaren, geröteten Wangen und einem Telefon am Ohr. Liv.

Sofort gebe ich meinen Platz auf und halte auf sie zu – lächelnd, als wäre das Chaos vollkommen bedeutungslos. Ich wusste es doch: Liv ist gut gegen meine Gewitterwolken. Sie muss einfach nur dastehen.

Allerdings scheint sich in ihrem Gesicht gerade auch eine Schlechtwetter-Front ausgebreitet zu haben. Sie hat ihre Augenbrauen zusammengezogen. Ihre Lippen sind zu einer schmalen Linie geworden. »Das kann nicht Ihr Ernst sein«, stößt sie gerade hervor, als ich in ihre Hörweite komme. Und ich kann nichts dagegen machen: Ich liebe, wie sie ihr R betont. »Ja, natürlich warte ich«, sagt sie. »Ich kann ja nirgendwohin. Draußen regnet es Eis.«

Dann trete ich in ihr Blickfeld und ein überraschtes Lächeln geht in ihrem Gesicht auf wie die Sonne. »Owen!«

»Hi.« Vermutlich strahle ich sie an wie einer dieser dämlichen Weihnachtsbäume. »Was für ein Zufall! Oder ist das jetzt dein Schicksalsding?«

»Das ist vor allem eine Katastrophe.« Gestresst fährt sie sich mit dem Handrücken über die Stirn. »Mein Flug wurde gecancelt.«

»Meiner auch.« Kurz fühlt es sich wie eine gute Nachricht an.

»Und ich habe keine Ahnung, was ich jetzt machen soll«, stößt sie hervor. »Wir wurden aufgefordert, uns hier nach Reisealternativen zu erkundigen, aber anscheinend wird der Flugverkehr eingestellt – wegen Eisregen.« Sie wendet den Blick ab, als sich wohl im Telefon wieder jemand meldet. »Ja, ich bin noch da ... Ja, stimmt ... Bitte? Aber ich habe die Reise doch bei Ihnen gewonnen. Wie kann jetzt niemand zuständig sein?« Sie seufzt tief. »Ja, gut. Ich warte.« Sie wendet sich an mich. »Niemand bei diesem Magazin weiß, was sie machen sollen. Die zuständige Mitarbeiterin ist schon im Urlaub.« Sie ringt nach Luft und ich kapiere, dass sie ernsthaft durch ist mit den Nerven.

»Bestimmt kann dir bei der Airline jemand helfen«, sage ich.

Fast gleichzeitig geht ein Raunen durch die gesamte Schlange. Liv und ich sehen uns suchend nach der Ursache um. Von den Informationsbildschirmen über den Köpfen der Airline-Mitarbeitenden leuchten uns vernichtende Worte entgegen: *Der gesamte Flugverkehr wird bis auf Weiteres eingestellt. Über die Möglichkeit von Stornierungen und Umbuchungen informieren Sie sich bitte online und über die App. Notunterkünfte werden bereitgestellt.*

»Sieht nicht so aus, als könnte mir bei der Airline jemand helfen«, murmelt Liv. Ihre bis eben gestresst geröteten Wangen sind jetzt blass. »Ich bin zum ersten Mal allein irgendwohin gereist. Ich kenne hier niemanden. Alles, was ich habe, ist ein Koffer voll unpassender Klamotten.« Frustriert lässt sie ihr Telefon sinken.

Eine Durchsage übertönt das aufgeregte Stimmengewirr: »Reisende, die ihr Gepäck bereits aufgegeben haben, sowie Reisende mit Zwischenstopp in Boston, deren Gepäck zur Durchleitung an ein anderes Reiseziel vorgemerkt ist, begeben sich bitte zur Gepäckausgabe im Terminal, um ihr Eigentum in Empfang zu nehmen.«

»Komm.« Ich berühre Liv am Ellenbogen. »Wir holen unsere Sachen.«

»Wozu?« Resigniert hebt sie die Schultern. »Ich habe Shorts und einen Bikini eingepackt. Die sind bei einem Eissturm zu nichts nutze.«

Ich hebe die Augenbrauen. »Und was ist mit den Büchern,

die du dabeihaben dürftest? Die willst du doch bestimmt wiederhaben, oder?«

»Hm.« Jetzt fliegt ein Lächeln über ihr Gesicht. »Wieso kennst du mich so gut?«

»Weil ich gerade das beste Acht-Stunden-Date meines Lebens mit dir hatte.«

Sie lächelt und es fühlt sich an, als wäre das alles, was gerade wichtig ist: Liv zum Lächeln bringen.

Zu unserem Gepäck zu gelangen ist eine größere Herausforderung, als es während eines *Tube*-Streiks durch den Weihnachtsverkehr nach Heathrow zu schaffen. Die in die Gepäckhalle gequetschten Menschen bilden eine kompakte Masse. Liv und ich müssen uns wie Flaschengeister hindurchwinden. Glücklicherweise fahren unsere Koffer bereits auf dem Band der Maschine aus London. Der Rückweg mit dem Gepäck ist noch mühsamer. Ich habe fast so was wie Panik, Liv im Gedränge wieder zu verlieren.

Sobald wir wieder in der Haupthalle stehen, wird mir klar, wie verzweifelt sie tatsächlich ist. Sie stellt ihr Gepäck mitten im Durcheinander ab, klammert sich an ihren Rucksack und checkt zum tausendsten Mal die Informationen in ihren Reiseunterlagen, als würde sich darin wie durch Zauberhand eine Lösung auftun.

»Komm, wir suchen uns erst mal einen ruhigen Platz«, fordere ich sie auf und verfrachte sie wenig später in den fragwürdigen Schutz einer Weihnachtstanne. Aber solange das Ding nicht von einem Kind mit Pinguinkoffer gefällt wird, dürfte Liv hier einigermaßen ihre Ruhe haben.

»Du musst dich nicht für mich verantwortlich fühlen«, protestiert sie.

»Ach, und wie war das mit deinem Schicksalsding? Wenn wir uns noch mal über den Weg laufen, ist es Schicksal, hast du gesagt.«

Ich liebe es, wieder dieses tiefe Rot in ihre Wangen fliegen zu sehen. Sind ihr die Worte jetzt peinlich? Oder denkt sie gerade an unseren Kuss – so wie ich? An unsere Atemlosigkeit, unseren Widerwillen, einander loszulassen, dieses krasse Gefühl von kollidierenden Kometen?

Sie weicht meinem Blick aus. »Schicksal ist es im Grunde erst, wenn wir uns unverhofft zum dritten Mal begegnen. Und ehrlich gesagt habe ich gerade echt keinen Kopf dafür. Ich bin irgendwo auf der Welt gestrandet und bin ganz allein.«

»Nein«, entgegne ich fest, »bist du nicht. Warte kurz, okay? Ich komme gleich wieder.«

Ich lasse meinen Koffer bei ihr stehen – auch in der Hoffnung, dass sie so nicht auf die Idee kommt, einfach zu verschwinden, und sei es nur, um mir nicht zur Last zu fallen. Dann beginne ich wieder mit meinem Slalom durchs Gedränge.

Das nächste Café erreiche ich schnell und komme sogar relativ zügig dran. Anschließend finde ich Liv unter ihrer Plastiktanne wieder und drücke ihr einen großen Becher Tee in die Hand.

»Sie hatten fast nur Sorten, die Britinnen, glaube ich, geschmacklos finden. Aber Kamille hielt ich für unverfänglich.«

»Oh.« Überrascht blickt sie auf. »Das ist echt nett von dir. Danke, Owen.« Sie lächelt, aber gerade ist die Art, wie sie in den Tee pustet, den heißen Dampf einatmet und für einen Moment genießerisch die Augen schließt, fast noch schöner.

Mein Telefon vibriert. Nachricht von Sam: *Wir sind da. Wo steckst du? Und warum herrscht hier so ein verdammtes Chaos?*

Endlich!

Wartet unter der Anzeigentafel in der Haupthalle, schreibe ich zurück, *und bewegt euch nicht vom Fleck. Fliegend verlassen wir den Flughafen heute nicht mehr, wie es aussieht.*

»Meine Schwestern sind da«, sage ich zu Liv.

»Okay.« Mit dem Becher Tee in der Hand wirkt sie tatsächlich ruhiger. Wieder lächelt sie mir zu. »Dann lass sie nicht warten.«

»Komm einfach mit«, fordere ich sie auf. »Wir haben schließlich alle dasselbe Problem.« Sie zögert und ich grinse sie herausfordernd an. »Oder fühlst du dich schon heimisch unter der Plastiktanne?«

Sie blickt an dem blinkenden Ding hoch und muss lachen. »Eher nicht«, gibt sie zu.

»Na dann.« Ich reiche ihr eine Hand und ziehe sie auf die Füße.

Wir greifen nach unseren Koffern und schieben uns durch die Menschenströme. Dabei lege ich vorsichtig meine Hand an Livs Rücken, um sie nicht doch noch zu verlieren. Ich will allerdings nicht aufdringlich sein, Kuss hin oder her – der entstand schließlich in der Annahme, dass er eine einmalige Sache war. Wir standen beide unter dem Eindruck dieser intensiven acht Stunden über den Wolken. Dass sie jetzt da ran anknüpfen will, kann ich nicht voraussetzen.

Beim Laufen stelle ich mich auf Zehenspitzen, recke meinen Kopf, halte nach Sam, Emma und Nora Ausschau. Vielleicht war es nicht das Klügste, diesen Treffpunkt vorzuschlagen. Hier ist das Gedränge besonders dicht. Allerdings hätten wir uns nie gefunden, wenn ich den dritten Tannenbaum links oder den aufblasbaren Schneemann im südwestlichen Teil der Halle vorgeschlagen hätte. Denn von den verdammten Deko-Dingern gibt es zig.

Dann plötzlich ein vertrautes Gesicht! Emma ist die Erste, die ich entdecke. Meine kleine, verletzliche, wilde, unversöhnliche und trotzdem zauberhafte Schwester. Ihr blasses Gesicht ist von rotbraunen Haarsträhnen umgeben, die besonders zerzaust abstehen, wenn sie auf hundertachtzig ist – so wie jetzt offensichtlich. Dann schiebt sich Sams Rückenansicht zwischen uns. Ungefähr so groß wie ich, aber breiter gebaut und im Gegensatz zu Liv ständig überhitzt. Auch jetzt trägt er nur ein graues T-Shirt.

»Da drüben sind sie.« Ich ziehe Liv mit mir und halte dabei nach Nora Ausschau. Meine andere Schwester, die stiller ist als Emma, rücksichtsvoller, die stark ist für uns alle zusammen, um die ich mir immer weniger Sorgen mache und die in den letzten Wochen die Einzige war, die sich zu unseren regelmäßigen Telefon-Dates eingefunden hat, jetzt aber nirgendwo zu sehen ist. Dann dränge ich mich zwischen zwei Leuten hindurch und stehe schlagartig vor Emma.

Einen Moment lang sehe ich noch Abwehr in ihr Gesicht geschrieben – ihre Anspannung, ihre Entschlossenheit, nichts und niemanden an sich ranzulassen. Aber dann wird ihre Miene im Bruchteil einer Sekunde weich. Und ich schließe sie in meine Arme – genau wie ich es seit dem Tod unserer Eltern jeden Tag hätte machen sollen.

Emma

Ich habe geahnt, dass diese Sache nicht so laufen würde, wie Nora sie geplant hat. Weil sich die Welt nun mal scheckig lacht, wenn man Pläne macht, und einfach die Spielregeln ändert. Immer. Ich wusste auch, dass es nicht einfach werden würde, einer Vorstellung von Weihnachten hinterherzurennen, die wir nicht erreichen können, weil wir zwar so tun können, als wäre alles normal, es das aber nicht ist. Nicht ohne Mom und Dad.

Doch mit dieser Vollkatastrophe habe selbst ich nicht gerechnet. Der Flughafen gleicht einem Bienenstock, den jemand vom Baum geschlagen hat. Immer wieder werden wir angerempelt, weil wir mittig in der Flughafenhalle unter der Anzeigentafel stehen, auf der alle Flüge als gecancelt angezeigt werden, und um uns Panik ausbricht. Und warum stehen wir hier so exponiert? Weil Owen das sagt. Er hat Sam geschrieben, dass wir genau hier warten und uns nicht wegbewegen sollen. Mir ist klar, dass es sinnvoll ist, weil die Anzeigentafel ein guter Treffpunkt ist und wir uns sonst in diesem Chaos niemals finden, aber mit einem Ellbogen in den Rippen und einem vor mir auf dem Boden liegenden Kleinkind, das auf meine Sneaker sabbert, kann ich Owens Plan leider nur scheiße finden.

Und als wäre das noch nicht genug der Katastrophen, entdecke ich in diesem Moment meinen Bruder in dem Gewimmel. Die Hand auf dem Rücken von Fräulein »Niemand«, ein seliges Lächeln im Gesicht, trotz Weihnachtsarmageddon.

»Du spuckst gleich Rauch«, raunt Sam mir zu und schiebt sich zwischen mich, das Bild meines Bruders und seiner Begleitung, die auf uns zusteuern.

»Feuer.« Ich funkele ihn an. »Und du stehst genau vor mir. Also ich an deiner Stelle würde lieber verschwinden«, zische ich und will ihn aus dem Weg schieben, aber er wackelt nur mit den Augenbrauen.

»Du meinst, sonst wird es heiß zwischen uns?«

Ich schnappe nach Luft, will ihm etwas an den Kopf werfen – irgendetwas, aber da ist leider nichts. Mein Kopf ist leer. Und bevor mir was einfällt, geht er plötzlich doch aus dem Weg. Und dann sehe ich auch, warum. Owen hat uns erreicht und steht jetzt unmittelbar vor mir. Mein Herz macht einen ungesunden Hüpfer, aber ich zögere, brauche zwei Sekunden zu lang, um mich zu entscheiden, ob ich ihm an die Gurgel gehen oder ihn umarmen soll, und im nächsten Moment überwindet Owen unsicher die Distanz und schlingt seine Arme um mich. So fest, dass ich kaum noch Luft bekomme. Mein großer Bruder. Der fremd und vertraut ist. Mein Lieblingsmensch und gleichzeitig der Teil der Familie, der gegangen ist, als ich ihn am meisten gebraucht hätte. »Owen«, murmele ich an seiner Brust und hier, in diesem winzigen Moment in seinen Armen, mit der Nase im Stoff seiner Jacke, kann ich zugeben, dass mir genau das gefehlt hat. Es gibt nun mal nicht viel, das mit einer Owen-Umarmung mithalten kann.

»Hey, Kampfzwerg«, flüstert er liebevoll in mein Ohr. »Ich hab dich vermisst.«

Wie kann er so was sagen, wenn er doch derjenige war, der sich ganz bewusst dafür entschieden hat, nach England zu gehen? Weg von mir und Nora und diesen Umarmungen.

Aber bevor ich noch weiter darüber nachdenken kann, stehe ich schon wieder allein da, weil er jetzt Nora begrüßt, die neben uns auftaucht.

»Und siehe da, keiner wurde verkohlt.« Sam lacht und legt mir seine Hand auf den Rücken.

Ich starre ihn an. Hat er …? Hat er diesen Schlagabtausch bewusst inszeniert, mich vorher abgeschirmt, damit ich die Begrüßung mit meinem Bruder erlebe, anstatt sie zu crashen? Das ist total manipulativ, aber irgendwie auch … krass nett. Ich runzele die Stirn und mache einen Schritt vor, damit er seine Hand da wegnimmt und um Owens Begleitung in Augenschein zu nehmen. Hübsch, ohne Frage. Owen hatte schon immer Geschmack. Der begrüßt endlich auch Sam. Sie drücken sich kurz, klopfen sich auf den Rücken und das war's.

Sie sind beste Freunde, haben sich ein halbes Jahr nicht gesehen und das war's? Andererseits bin ich seine Schwester und unsere Begrüßung war jetzt auch nicht viel länger.

Dann dreht sich Owen wieder zu uns um und sagt: »Alle, das ist Liv. Liv, das sind alle.«

»Oh, und ich dachte, das wäre *niemand*«, entgegne ich spitz.

Liv zuckt zusammen, beißt sich auf die Lippe und geht kaum merklich, aber eben doch auf Abstand. Geschieht Owen recht.

Nora stößt mir ihren Ellenbogen in die Seite. Natürlich tut mir diese Liv leid. Sie kann ja nichts dafür, dass Owen sie eingeladen hat, obwohl das total daneben ist, aber ich werde ganz sicher nicht so tun, als wäre es okay, nur damit sie sich besser fühlt.

»Ich bin Nora. Owens Schwester und im Gegensatz zu Emma nicht von Wölfen großgezogen worden. Schön, dich kennenzulernen.«

»Liv.« Sie schüttelt Noras Hand.

Sam nimmt sie einfach in den Arm. Eine große Bärenumarmung, die scheinbar jeder kriegt. Jeder außer mir, aber wer weiß, wofür es gut ist, dass er sie mir vorenthält. Vielleicht würde er mich einfach darin ersticken oder die Gelegenheit für einen Spuckefinger nutzen.

»Ich bin der beste Freund von diesem Überflieger«, sagt Sam.

»Und wer bist du?«, wendet sich Owen an Alexander.

»Alexander«, sagt der und schüttelt meinem Bruder die Hand. »Travelblogger und Teil der Schicksalsgemeinschaft, seitdem deine Schwestern und Sam mich auf einer Raststätte aufgelesen haben und das Chaos ausgebrochen ist.«

Owen lacht. »Und Liv ist dann wohl Teil meiner Schicksalsgemeinschaft.«

»Jepp, ohne euren Bruder und sein Talent, Flugbegleiterinnen mit traurigen Storys weichzukneten, hätte ich es nicht mal in den Flieger geschafft.«

Ich runzele die Stirn. Er wird doch wohl nicht unsere Familientragödie benutzt haben, um sich einen Vorteil zu verschaffen? Das hat er nicht gemacht. Sie muss mir sagen, dass er das nicht getan hat.

»Was für eine traurige Story?«

Owen wirkt angespannt, will dazwischengehen, aber ich bedeute ihm mit meiner Hand, dass er die Klappe halten soll, und anscheinend sehe ich wütend genug aus, dass er tatsächlich zurückweicht.

»Er hat eine rührselige Geschichte über angeblich verstorbene Eltern erzählt und dass er unbedingt noch in diesen Flieger muss, damit ihr das erste Weihnachten ohne sie nicht auch noch ohne ihn verbringen müsst.« Sie lächelt. »Damit hat er mir wirklich den Hintern gerettet.«

Obwohl um uns herum der Lärm des Todes herrscht, breitet sich zwischen uns eine dichte, schwere Stille aus. Und jetzt kapiert es auch Liv. Dass Owen nichts erfunden hat. Dass es die verdammte, fucking harte Wahrheit ist.

»Oh mein Gott.« Liv schlägt sich die Hand vor den Mund. »Ich wusste nicht … Deswegen feiert nur ihr Geschwister zusammen.«

Owen fährt sich mit der flachen Hand über die Augen, als müsste er Tränen zurückdrängen. »Das konntest du nicht ahnen. Woher denn auch?«, murmelt er leise.

Nora schluckt. »Schon gut. Hauptsache, du bist jetzt hier.«

»Schon gut?« Ich fasse es nicht. »Er hat Moms und Dads Tod vorgeschoben, um ein Flugzeug zu entern, weil wir ihm nicht wichtig genug sind, um pünktlich am Flughafen aufzukreuzen. Was daran ist *schon gut*?«

Sam berührt meine Schulter. »Em, komm schon.«

Ich mache mich wütend los. Sein »Komm schon« kann er sich in den Hintern schieben.

»So war es doch gar nicht«, murmelt Owen.

»Wie bitte?«

»So war es nicht«, sagt er jetzt lauter und sieht mich direkt an. »Ich hätte das Flugzeug fast verpasst, aber nicht, weil es mir nicht wichtig genug war, mit euch Weihnachten zu verbringen, sondern weil der komplette öffentliche Nahverkehr zusammengebrochen ist. In London streiken sie. Dafür kann ich nichts. Also, was hätte ich deiner Meinung nach tun sollen? Ja, ich habe Moms und Dads-« Er bricht ab. »Ich habe auf die Tränendrüse gedrückt, damit sie mich noch in den Flieger lassen. Shame on me. Aber es war mir eben wichtig genug, um vor einer wildfremden Flugbegleiterin Seelenstriptease zu machen.«

Das klingt ja fast heroisch. Aber wie passt diese Liv da rein? »Und dann hast du dir gedacht, weil das so gut geklappt hat, schleppe ich auch gleich noch eine Tussi mit der Story ab.« Ich hebe entschuldigend eine Hand in Livs Richtung. »No offense.«

Sie steht noch immer mit großen Augen und der Hand vor

dem Mund da und ihre Betroffenheit scheint nicht gespielt zu sein. Sie hat wirklich angenommen, er hätte sich die Scheiße mit Moms und Dads Tod nur ausgedacht.

»Das ist nicht wahr.« Owen hebt die Hand und lässt sie dann in einer verzweifelten Geste wieder fallen.

»Nee, ich vergaß, ihr seid ja jetzt eine *Schicksalsgemeinschaft*.« Wie bezeichnend ist es bitte, dass mein Bruder lieber eine Schicksalsgemeinschaft mit einer Wildfremden eingeht als mit uns, während ich den Ring mit Sam Green zum Schicksalsberg tragen muss.

»Den Flug nach Bangor können wir auch vergessen.« Nora tippt hysterisch auf ihrem Handy herum und zwar nicht bloß, um Owen und mich am Streiten zu hindern. Sie dreht wirklich gerade durch. »Bis auf Weiteres geht wegen des Eisregens gar nichts mehr. Wie kommen wir denn jetzt in den Arcadia?« Sie ist den Tränen nah und ich beschließe, dass auch später noch Zeit ist, Owen in den Hintern zu treten, und nehme sie erst mal in den Arm. Genau wie Owen. Unser Streit ist erst mal egal.

»Wir müssen doch gar nicht unbedingt in diesen Nationalpark, in unsere Hütte oder zu Sundance.« Wie sich Tante Caroline jetzt nennt. »Das war Moms und Dads Tradition. Dann schaffen wir uns eben unsere eigenen. Und das können wir auch zu Hause«, schlage ich vor.

»Nein, das geht nicht. Wir müssen zur Hütte«, erwidert Nora sofort.

»Warum ist dir das nur so übertrieben wichtig?« Ich verstehe es einfach nicht.

»Weil …« Sie zuckt die Schultern. »… es der Plan ist.« Wenn wir nicht aufpassen, wird Nora gleich zusammenbrechen oder ein Erdbeben erzeugen, weil ein Plan nun mal ein Plan ist und den schmeißt man in ihrer Welt nicht um. Nicht mal ein Blizzard darf das. Sie beißt sich auf die Lippen. »Und wenn wir uns an den Plan halten und alles so machen wie früher ...«

Macht das Mom und Dad auch nicht wieder lebendig. Ich verkneife mir die Worte, weil sie Nora nur wehtun würden. So wie mir der Gedanke wehtut. Und es würde nichts besser machen. Ich löse mich von ihr.

»Okay, jetzt kommen erst mal alle runter.« Sam lächelt uns aufmunternd an. »Liv macht es schon genau richtig mit ihrem Tee. Nora, du brauchst einen Kaffee. Starbucks – da drüben und vergiss nicht, zu atmen.« Er zeigt auf eine Filiale, bei der man kaum durch die Scheiben gucken kann, weil sie von etlichen Weihnachtsmotiven aus Kunstschnee bedeckt sind. »Alexander, kannst du sie begleiten und ihren Koffer mit Folie umwickeln lassen, damit nicht wieder all ihre Klamotten auf dem Boden landen?«

Sam hört sich an wie ein Krisenmanager nach einem Jahrhundertbeben und ich frage mich, wer ihn auf einmal zum Anführer dieser Weihnachtsexpedition gemacht hat. Aber alle scheinen sehr froh zu sein, dass er die Zügel in die Hand nimmt.

Alexander nickt und schiebt Nora in Richtung des Cafés, während Sam sich zu Owen, Liv und mir umdreht. »Und ich brauche einen Westmore, der mit mir die Autovermietungen abklappert und den Papierkram erledigt, wenn sie durch ein Wunder noch ein Auto für euch haben.«

Owen atmet frustriert aus. »Ich habe nur noch eine englische Kreditkarte. Die verursacht ätzende Gebühren, wenn ich damit einen Mietwagen buche.«

»Bleiben wir zwei.« Sam zwinkert mir zu.

Ein Traum. Ich kann ein Stöhnen nicht unterdrücken.

»Dann geht ihr am besten auch zu den anderen, sonst finden wir uns in diesem Gedränge nie wieder.«

Owen zögert und sieht aus, als wollte er Sam widersprechen

und uns zumindest begleiten, auch wenn er selbst kein Auto anmieten kann. Aber dann gleitet sein Blick zu Liv, die völlig fertig aussieht, und er entscheidet sich, lieber den Ritter in silberner Rüstung zu spielen und für sie da zu sein anstatt für mich. Nicht überraschend. Aber schmerzhaft.

»Die Autovermieter sind da hinten irgendwo«, sagt Sam und zeigt auf ein Schild, aber wir irren eine ganze Weile durch das Terminal, bis wir den richtigen Gang finden. Eigentlich hätten wir nur nach dem größten Menschenauflauf am gesamten Flughafen suchen müssen, dann wären wir automatisch hier gelandet.

»Puh.« Sam fährt sich durch die Haare und zeigt auf eine Schlange, die nicht ganz so lang ist. »Versuch es da. Ich stelle mich daneben an. Dann bin ich nah genug, dass du mit der Kreditkarte rüberkommen kannst, sollte ich vor dir Erfolg haben.«

Bei den ersten vier Vermietungen sind gar keine Wagen mehr zu haben und nach und nach schließt eine Vermietung nach der anderen ihre Schalter. Umso erleichterter bin ich, als ich bei einem der letzten Schalter doch Glück habe. Ich winke Sam zu mir.

»Ich kann Ihnen einen Ford Explorer Eco-Drive anbieten«, sagt der Vermieter und übertönt mit seiner Stimme die Weihnachtsmusik, die trotz der Kopfschmerz verursachenden Geräuschkulisse aus den Lautsprechern dröhnt.

Und wenn es das Batmobil wäre. »Ich nehme es«, sage ich sofort.

»Okay, wunderbar.« Der Typ tippt auf seinem Computer herum, druckt etwas aus und schiebt mir die Zettel dann über den Tresen, was einen hässlichen blinkenden Zwilling von Ringos Armaturenbrett-Weihnachtsbaum anfangen lässt zu tanzen. Das Ding scheint einen Bewegungssensor zu haben. »Die Felder füllen Sie bitte aus.« Er dreht das Papier um. Der

Baum tanzt.»Das hier wäre dann die Summe für die gesamte Mietdauer des Wagens.« Der Baum tanzt hektischer, als wollte er mich verhöhnen.

»2.500 Dollar?«, quieke ich leicht hysterisch.

Der Vermietungstyp zuckt nicht einmal mit der Wimper. Der Weihnachtsbaum auch nicht. Der steht still, weil ich nicht unterschreibe.

»Leider haben wir nur noch das Luxusmodell frei. Dann kommt ein Feiertagszuschlag obendrauf, ein Zuschlag, weil es sich um ein Elektrofahrzeug handelt, Steuern ...« Er zuckt die Schultern.»Das ist der Gesamtpreis. Möchten Sie ihn trotzdem mieten?« Er sieht hinter uns, wo genügend Menschen stehen, die mindestens so verzweifelt sind wie wir und vielleicht eher dazu bereit, ein Monatsgehalt in einen Mietwagen zu investieren.

»Haben Sie nicht vielleicht noch etwas, das keine totale Weihnachtsabzocke ist?« Sam funkelt den Kerl an.

»Ich verbitte mir so eine Unterstellung.« Er rafft die Zettel zusammen. Der Baum tanzt hektisch.»Die Preise sind regulär und fair.«

Daran ist nichts fair und das weiß der Typ auch. Sam starrt ihn gereizt an und es ist fast komisch, dass wir beide uns in unserer Wut auf diesen Hampelmann einig sind. Wir sind uns nie einig. Nie.

»Wir würden den Wagen im Nationalpark vermutlich sowieso nicht aufladen können«, sage ich niedergeschlagen und lege Sam meine Hand auf den Arm. Meine nackte Hand auf seinem nackten Arm. Denn seine Sweatshirtjacke hat er sich locker über die Schulter gelegt. Haut an Haut und das Kribbeln, das dadurch entsteht, dringt selbst durch meine Verzweiflung und Hoffnungslosigkeit.

Er zögert.»Bist du sicher, dass du gehen willst?«

Und das Angebot ablehnen. Ich nicke. Wir kommen finanziell gut klar mit den Ausbildungsfonds, die Mom und Dad uns hinterlassen haben, Owens Teilstipendium und seiner Research Assistanceship, meinem Job in der Bar neben der Uni und Noras Arbeit, aber wir können uns sicher kein Mietauto leisten, dessen Zylinder alle einzeln vergoldet sind. »Das ist einfach zu viel Geld.«

Wir machen den Platz vor dem Schalter wieder frei.

Mein Handy brummt und ich werfe einen Blick auf die eingegangene Nachricht. »Tante Caroline«, sage ich genervt und weigere mich wie immer ihren Hippienamen zu nutzen, den sie sich zugelegt hat, als sie nach dem Tod ihres Mannes beschlossen hat, ab jetzt in den goldenen 70ern zu leben und eine Kommune in ihrem Haus am Rand des Nationalparks zu gründen. Mir kommt das Ganze verdammt sektenähnlich vor, inklusive Bäume umarmen und halbnackt herumrennen, Liebe für alle und Selbstversorgung. Aber auch wenn mir das immer etwas suspekt war, liebe ich Caroline. Nicht so sehr liebe ich jedoch, dass sie uns seit Wochen damit nervt, eine Trauerzeremonie abhalten zu wollen, sobald wir sie über Weihnachten besuchen.

Hey, Keks, ich schreibe dich an, weil Nora kein Netz zu haben scheint. Sie antwortet nicht. Seid ihr gut losgekommen? Und habt ihr mein Bild dabei? Es ist ein wesentlicher Bestandteil der Zeremonie. Ich freue mich so auf euch. Kuss, Sundance.

»Was für ein Bild?«

»Hat dir nie jemand gesagt, dass es unhöflich ist, fremde Nachrichten zu lesen?«

Sam grinst. »Du bist keine Fremde, Kampfkeks.« Dann mustert er mich besorgt, weil ich die Lippen zusammenpresse und plötzlich echt gegen die Tränen kämpfe. »Kommst du zurecht?«

»Klar. Super. Peachy.« Meine Mundwinkel verziehen sich nach unten, obwohl ich sie daran hindern will, und dann tut

Sam plötzlich etwas, womit ich null rechne und ihn deswegen auch nicht mit einem Handkantenschlag in seine Schranken weisen kann: Er zieht mich in seine Arme und drückt mich fest an seine Brust.

So fühlt sie sich also an, die Sam-Green-Bärenumarmung. Erst wehre ich mich noch, aber holy shit ... Keine Ahnung, wie man sich nicht an seine harten Muskeln schmiegen soll, nicht nachgeben, wenn das bedeutet, einen Moment lang mal nicht stark sein zu müssen, weil er einen hält. Aber auch nach ein paar Sekunden lässt Sam mich nicht los und, verdammt, plötzlich nehme ich sehr bewusst seine Muskeln wahr, seinen Duft, die Tatsache, dass er warm ist, obwohl er viel zu leicht bekleidet und es in diesem Teil des Flughafengebäudes empfindlich kalt ist. Als würde er von innen heraus glühen. Und mich in Brand stecken.

»Du kannst mich loslassen«, murmele ich zittrig.

Er nickt, respektiert die Grenze, die ich ziehe, obwohl er sonst immer auf alles scheißt, was ich sage, und schiebt mich sanft von sich. Er legt den Kopf ein wenig schief, mustert mich und wischt mit seinem Daumen eine Träne unter meinem Auge weg.

»Du hast mich eingequetscht«, erkläre ich die verräterische nasse Spur auf seinem Finger.

Sam nickt. »Das passiert mir manchmal. Da quetsche ich sämtliche Flüssigkeit aus meinem Gegenüber.« Er lächelt sanft. »Also, von was für einem Bild spricht eure egozentrische Tante?«

Wir gehen langsam nebeneinanderher zurück zu dem Starbucks, in dem meine Geschwister warten, und werden dabei von einer Armada an Lichterketten begleitet, die so grell sind, dass ich denke, vielleicht haben sie einfach die Startbahnbeleuchtung zweckentfremdet. »Erinnerst du dich an dieses schreckliche, riesige Bild auf der ...«

Ich brauche das Wort *Beerdigung* nicht auszusprechen. Sam nickt. »Ein Albtraum aus Orange, Rot und Grün.«

»Sie hat da angeblich unsere Emotionen für uns kanalisiert und auf Leinwand gebracht, damit sie uns nicht länger belasten. Ich war Grün.« Dabei mag ich den Farbton gar nicht. Ich zucke die Schultern. Hätte es funktioniert, würde es vermutlich nicht immer noch so fucking schwer sein. »Sie will, dass wir es mitbringen und in einer Zeremonie verbrennen.«

Sam ist stehen geblieben. »Sie will, dass ihr an Weihnachten eine Trauerzeremonie abhaltet? Das ist nicht dein Ernst.«

Es tut gut, dass er das genauso bescheuert und abwegig findet wie Nora und ich. Owen ist auch genervt davon, aber anscheinend nicht genug, um Caroline eine deutliche Ansage zu machen, und da er der Älteste ist und zu nett, hält sie sich grundsätzlich an ihn.

Ich stoße die Tür des Starbucks auf und halte auf den Tisch zu, an dem Nora, Owen, Liv und Alexander sitzen, Kaffee trinken und Lösungsvorschläge diskutieren.

»Du hast Tante Caroline nicht gesagt, dass wir diese dämliche Zeremonie nicht machen?«, werfe ich Owen an den Kopf, sobald wir bei ihnen sind, halte ihm die Nachricht auf meinem Handy unter die Nase und es ist mir egal, dass die Leute vom Nachbartisch uns anstarren oder dass ich die Unterhaltung der vier unterbreche.

Owen hebt beschwichtigend die Hände. »Jetzt setz dich erst mal. Ich habe dir einen Pumpkin Spice Latte geholt.«

Er weiß genau, dass ich den liebe, aber ich lasse mich nicht starbucksmanipulieren.

»Nein, danke, ich stehe lieber.« Und bin sehr gespannt auf seine Erklärung.

»Ich habe ihr gesagt, dass wir das Bild auf keinen Fall mitnehmen können«, erklärt er. »Schließlich ist es viel zu groß, um es im Flugzeug zu transportieren.«

Sams Mundwinkel zucken.

»Das ist ja fast dasselbe wie zu sagen, wir werden keine verdammte Zeremonie abhalten, um unsere Eltern noch mal zu verabschieden«, stoße ich fassungslos hervor. »NICHT!«

»Sie ist alt, Em.« Owen zuckt entschuldigend die Schultern. »Und sie hat ihren einzigen Bruder und engstes Familienmitglied verloren. Ich bin eben der Meinung, dass sie genug gelitten hat, auch ohne dass ich ihr die emotionale Axt vor die Stirn haue.«

»Habt ihr denn wenigstens bei den Mietwagen Glück gehabt?«, meldet sich jetzt Nora zaghaft zu Wort.

»Nein«, brumme ich und lasse mich nun doch auf den letzten freien Stuhl plumpsen. Für Sam ist kein Platz mehr, aber es geschieht ihm recht, dass er stehen muss. Nicht ein Wort hat er gesagt, dabei hat er mir vor nicht mal fünf Minuten noch zugestimmt, dass diese Zeremonie eine Zumutung ist. »Es sei denn, wir hätten 2.500 Dollar gezahlt, aber da würde ich eher Sam bitten, uns zu fahren, als mein Geld so zu verschwenden.« Und wir wissen alle, dass das keine Option ist.

Doch Owen sieht erst mich an, dann Sam, und plötzlich verändert sich sein Blick und ein Lächeln umspielt seine Lippen.

Nora

Man kann mit ansehen, wie Emma beinahe explodiert. Sie bekommt hektische Flecken auf ihrem Dekolleté und den Wangen. Genau dann, als Sam sagt: »Klar kann ich euch fahren. Aber nur wenn ich einen Schokoweihnachtsmann dafür bekomme.«

Sofort richte ich mich etwas auf, während Hoffnung so plötzlich in mir aufwallt, dass ich ein Lächeln kaum zurückhalten kann. »Das würdest du tun?«

Bevor Sam etwas erwidern kann, schnappt Emma zu. »Ernsthaft? Wie bist du denn drauf? Du würdest deine Eltern an Weihnachten einfach allein lassen? Scheiße, Sam, ich hätte echt nicht gedacht, dass du noch tiefer sinken könntest.«

»Emma!«, stoße ich entsetzt aus.

Obwohl viel zu laut ›All I Want For Christmas‹ aus den Lautsprechern des Starbucks dröhnt, schauen sich einige neugierige Gäste zu uns um. Doch das ist es nicht, was mich so entsetzt. Eher, wie fies sie zu Sam ist, der uns mit diesem Angebot einen Riesengefallen tun würde.

Emma würde so nicht reden, wenn sie die Wahrheit über Sams Familie kennen würde. Aber es steht mir nicht zu, ihr zu erzählen, dass Sam von zu Hause rausgeflogen ist. Und so verschlossen, wie Sam gerade aussieht, wird er sie wohl auch nicht einweihen.

»Was denn?« Emmas vor Wut funkelnde Augen fixieren mich, dann Owen und dann wieder mich. »Findet ihr das etwa normal? Ich würde alles dafür geben, noch einmal mit –« Sie stockt und ein gequälter Ausdruck durchbricht ganz kurz die Wut. »Er hat Eltern, mit denen er Weihnachten verbringen kann! Wie kann man das einfach so wegwerfen?«

»Das ist nicht fair«, mischt sich nun auch Owen ein und sieht Emma an wie damals, als sie absichtlich in einem Trotzanfall seine Legoburg zerstört hat. Ernst. Enttäuscht. Unerbittlich. »Wenn Sam uns fahren möchte, ist das seine Entscheidung.«

Liv umklammert neben ihm mit beiden Händen ihren Tee und starrt den Becher an, als könne er sie aus dieser unangenehmen Unterhaltung retten. Die Ärmste ist sicher jetzt schon bedient und ich könnte echt verstehen, wenn sie die nächste Chance zur Flucht ergreift.

Ich habe mir unser Wiedersehen auch anders vorgestellt. Ohne Stau, Streik, Eisregen und gecancelte Flüge. Mehr mit Umarmungen und dem Zurückkehren des Wir-Gefühls, das uns in den letzten Monaten abhandengekommen ist. Doch jetzt müssen wir es nehmen, wie es ist.

»Und wenn er mit uns Weihnachten feiern will, ebenfalls«, füge ich in einem Tonfall hinzu, der keine Widerrede duldet.

»Das sagst du nur, weil das deinem bescheuerten Plan zugutekommt!« Emma schnauft und springt dann von ihrem Stuhl auf, um zur Theke zu gehen und mich mit diesem fiesen Vorwurf einfach so zurückzulassen, der mich mitten in die Brust trifft. Sam schaut ihr mit gerunzelter Stirn hinterher.

»Wir würden uns wirklich freuen, wenn du mit uns feierst. Nicht nur, damit du uns fährst«, beteure ich, auch wenn Emmas Worte unangenehm in mir nachhallen. Natürlich wäre es toll, wenn er uns fährt, aber es ist nicht nur das. Er ist ein Freund, auch wenn Emma – warum auch immer – ständig einen Krieg gegen ihn führen muss. Entweder werden sich die beiden irgendwann gegenseitig die Köpfe einschlagen oder sie gestehen sich nach all den Jahren endlich ein, dass sie mehr füreinander empfinden. Ich meine, nicht nur ich sehe das, sondern die ganze Welt – okay, alle bis auf Owen wahrscheinlich, der es nicht sehen will, weil es nun mal seine kleine Schwester und seinen besten Freund betrifft.

Dankbar lächelt Sam mich an. »Nur wenn ich euch wirklich nicht störe.«

»Ich dachte, du wolltest nur kurz am Flughafen Hallo sagen, und jetzt habe ich dich das komplette Weihnachten über an der Backe?« Owen hält Sam eine Hand zum Einschlagen hin. »Klar bist du dabei, wenn du willst. Wen solltest du schon stören?«

»Na ja, die Gefahr, dass Emma zur Killerin wird, ist schon nicht so klein.« Sam lächelt schief und ich sehe ihm die Erleichterung an. Mir wird bewusst, dass er Weihnachten sonst allein hätte feiern müssen. Und ich hasse mich dafür, dass ich da nicht von Anfang an dran gedacht habe.

»Dann ist es beschlossene Sache«, sagt er, gerade als Emma mit einem Muffin zurückkommt, und zieht provokant die Augenbrauen hoch. »Wir feiern zusammen Weihnachten.«

Emma funkelt ihn an und setzt sich mit einem eiskalten Gesichtsausdruck auf ihren Platz, bevor sie ihren Muffin aus dem Papier schält.

»Und ich verabschiede mich dann mal. Ich will nachsehen, wo ich unterkommen kann, bevor alles belegt ist.« Liv will sich erheben.

Sofort flackert ein Anflug von Panik über Owens Gesicht und er streckt eine Hand nach ihr aus, nur um sie im letzten Moment wieder zurückzuziehen. »Was? Nein! Ich meine …« Er räuspert sich. »Ich meine, es geht doch kein einziger Flug mehr. Wo willst du denn hin?«

»Da stand doch was von Notunterkünften«, meint Liv.

»Aber du kannst nicht wirklich hier am Flughafen schlafen wollen?«, stelle ich stirnrunzelnd fest.

Sie ist hier gestrandet, genauso wie Alexander. Der sitzt seelenruhig mit einem Kaffee am Ende der Bank und hört uns zu, als wären wir die spannendste Soap, die er seit Langem gesehen hat. Sein Handy hat er auf die in den Tisch integrierte Ladestation gelegt und er wippt leicht zu ›Rudolph The Red-Nosed Reindeer‹ mit, das nun aus den Lautsprechern plärrt. Er wirkt, als könnte ihn einfach nichts erschüttern, als wäre es in seiner Welt ganz normal, mit all den Katastrophen entspannt umzugehen, die meine Welt beinahe zum Einstürzen bringen.

»Na ja, Weihnachten am Flughafen ist doch auch ein Abenteuer. Mit Deko haben sie zumindest nicht gegeizt.« Liv deutet durch die Scheiben auf die Plastiktannen, die die Flughafenhalle schmücken. Doch es schwingt auch ein Hauch Verzweiflung in ihren betont fröhlichen Worten mit.

Owen sitzt so nah neben ihr, dass sie sich die ganze Zeit berühren. Er meinte, sie hätten sich erst auf dem Hinflug kennengelernt, was überraschend ist angesichts dessen, wie vertraut sie miteinander wirken. Ich kann mich nicht einmal an seine letzte Freundin erinnern, so kurz haben wir sie nur gekannt. Er hat ewig gebraucht, bis er sie uns überhaupt vorstellen wollte. Und doch sitzt er jetzt hier neben Liv und scheint so … glücklich. Nicht laut lachend glücklich, sondern eher hoffnungsvoll.

Und plötzlich habe ich eine Idee. »Liv, wie wäre es, wenn du uns auch begleitest?«

»Was?« Ihre Augen weiten sich und Emma schnappt neben mir nach Luft, so sehr, dass sie sich an einem Stück von ihrem Muffin verschluckt und Sam ihr auf den Rücken klopfen muss.

Ich ignoriere sie. »Ich meine das ernst. Wir können dich

doch nicht über Weihnachten hier am Flughafen zurücklassen. Komm mit uns.«

»Oh nein«, stößt Liv aus und schüttelt mehrmals den Kopf, wodurch ihre Haare hinter ihren Ohren hervorrutschen. »Das kann ich nicht annehmen.«

»Wieso nicht?«, erwidert Owen sanft. Liv scheint sich unter seinem Blick ganz kurz zu entspannen. Seine Hand zuckt, als wolle er eine Haarsträhne, die ihr hinter dem Ohr hervorgerutscht ist, zurückstreichen. Der Moment zwischen ihnen wirkt so intim, dass ich wegsehen muss.

»Owen«, wispert Liv und scheint ganz und gar nicht überzeugt zu sein. Doch sie zögert, was ein gutes Zeichen ist.

»Nun«, geht Emma dazwischen und zerknüllt das Muffinpapier mit einer Hand, wobei sie mir ein zuckersüßes Lächeln schenkt. »Wenn wir Liv und Sam zu Weihnachten einladen, werden wir Alexander natürlich nicht ausschließen.« Mein Herz sackt mir in die Hose, als sie sich an ihn wendet, und meine Kehle ist wie zugeschnürt. »Immerhin bist du auch hier am Flughafen gestrandet und wenn du keine Tausende Dollar für einen Mietwagen ausgeben willst, wirst du wohl auch nicht so schnell nach New York kommen. Und wie es klang, erwartet dein Kumpel dich sowieso nicht pünktlich, oder?«

Alexander hebt einen Mundwinkel. »Allerdings.«

»Dann feiere doch mit uns. Wir haben genug Platz in unserer Hütte und eine Familienfeier hat sich jetzt eh erledigt.« Den Seitenhieb kann sie sich offenbar nicht verkneifen.

Alexander schaut mich an und zögert. Und ich? Ich bin wie versteinert, weil ich keine Ahnung habe, was ich sagen soll.

Will ich ihn dabeihaben? Eher nicht.

Kann ich das jetzt laut sagen, nachdem ich gerade Liv eingeladen habe? Auf keinen Fall.

Und Emma weiß das. Im Gegensatz zu ihr könnte ich niemanden einfach so vor den Kopf stoßen und danach nicht an einem schlechten Gewissen ersticken. Als er noch ein völlig Fremder mit Rucksack war, wäre es nicht so schlimm gewesen. Doch jetzt weiß ich Dinge über ihn, Dinge, die ihn weniger fremd erscheinen lassen.

Verdammt sollst du sein, Mister Ich-rieche-so-gut,-habe-eine-Schwester-und-lebe-meinen-Traum.

»Wäre das denn auch okay für dich?«, fragt Alexander, als würde ihn meine Meinung tatsächlich interessieren, und manövriert meinen Widerwillen damit endgültig ins Aus.

»Klar«, stoße ich aus und presse meine Lippen zusammen. »Je mehr, umso lustiger, nicht?«

Emma grinst mich schmallippig an und ich weiß genau, dass sie das absichtlich gemacht hat. Weil sie nachtragend ist und mir ewig vorhalten wird, dass ich Sam an Weihnachten eingeladen habe, statt ihn zu zwingen mit seiner Familie zu feiern. Und dass ich Liv eingeladen habe, gegen die Emma offenbar einen Groll hegt.

Ich verstehe ja, was ihr Problem ist. Sie hat Owen vermisst und wohl auch insgeheim gehofft, sie könnten sich über Weihnachten wieder annähern, und das wird schwierig, wenn er sich auf seine neue Freundin konzentriert. Aber es ist dennoch nicht richtig, Liv so zu behandeln. Sie wirkt schließlich echt nett und kann für die ganze Situation hier nichts.

»Wenn das so ist, komme ich gern mit. Ich lasse mich am liebsten vom Wetter treiben und das hat mich eindeutig zu euch geführt«, meint Alexander grinsend.

Was ist das denn bitte für eine Einstellung? Wie kann man nur so planlos durchs Leben wandern? Unfassbar! Es würde mich wahnsinnig machen, kein Ziel zu haben und dann auch noch so lange von meiner Familie getrennt zu sein.

Owen beugt sich zu Alexander vor. »Dann muss ich an die-

ser Stelle noch einmal nachfragen: Was ist deine Geschichte?«
Offenbar wird ihm gerade bewusst, dass wir dabei sind, einen völlig fremden Mann mitzunehmen, und wenigstens er zeigt ein bisschen Überlebensinstinkt.

Alexander scheint ihm das überhaupt nicht übel zu nehmen und erzählt ihm ganz bereitwillig alles.

»Er könnte also ein Serienmörder sein«, werfe ich mit meinem unschuldigsten Lächeln ein und hoffe ein bisschen, dass Owen jetzt interveniert.

Emma kommt wieder mit ihrem Totschlagargument: seiner immensen Followerzahl und der Tatsache, dass er gerade eine Story mit ihr geteilt hat, auf der sie unter der Anzeigentafel mit den gecancelten Flügen stehen und traurige Gesichter machen. Ernsthaft?

»Okay«, sagt Owen und zuckt lächelnd die Schultern. »Klingt spannend.«

Plötzlich vibriert mein Handy vor mir auf dem Tisch. Wir starren alle gleichzeitig auf das aufploppende Bild meiner Tante im Regenbogenkleid.

Emma flucht leise. »Meint ihr, sie hat von den gestrichenen Flügen gehört?«

Owen stöhnt und fährt sich durch die Haare. »Dann wird keine Ausrede mehr reichen, um ihr zu erklären, warum wir das Bild nicht mitgenommen haben.«

»Außer, wir fahren so schnell wie möglich los«, wende ich ein und kann mich einfach nicht überwinden dranzugehen, während das Vibrieren immer durchdringender zu werden scheint.

Der Tod unseres Onkels, ihres Mannes, hat meine Tante Caroline gebrochen. Wenn es so was wie Seelenverwandtschaft gibt, dann waren die beiden das perfekte Beispiel dafür. An ihrem 25. Hochzeitstag waren sie noch immer so unfassbar verliebt, dass es fast schon peinlich war, wie innig die beiden vor versammelter Partygesellschaft rumgeknutscht haben. Als er damals seine Krebsdiagnose bekam, hat sie jeden Tag gebetet und bis zum Schluss unerschütterlich seine Hand gehalten. Bis sie es nicht mehr konnte.

Besonders mein Vater hat sich starke Sorgen um sie gemacht. Bei jedem Besuch schien Caroline dünner, ihre Wangen eingefallener und ihre Haut durchscheinender zu werden.

Bis sie eines Tages eine Frau kennenlernte, die sie in ihre Kommune einführte. Mit einem Mal trug Caroline flatternde Regenbogenkleider, zündete Räucherstäbchen an, benutzte eine Klangschale und kanalisierte ihre Gefühle durch Farben. Aber allem voran lachte sie wieder. Sie kehrte zurück ins Leben und das war das Einzige, das zählte.

Seitdem heißt sie Sundance und während Emma sich strikt weigert, sie so zu nennen, habe ich ihre Entscheidung akzeptiert.

Das Vibrieren endet und auf dem Display zurück bleibt der Hinweis auf einen verpassten Anruf.

»Was hat es mit diesem Bild auf sich?«, fragt Alexander und nippt mit einer Ruhe und Lässigkeit an seinem Kaffee, die mich einfach nur verblüffen.

»Unsere Tante meint, ein Bild zu verbrennen würde uns helfen, unsere Gefühle besser zu kanalisieren.« Emma verdreht ihre Augen. »Nur dass das Bild drei mal zwei Meter groß ist und wirklich das häss-«

»Emma!«, unterbreche ich sie entsetzt.

»Was denn? Ist doch so!«

Ja, aber muss sie das jedem erzählen? »Sundan-«

»Nenn sie bitte nicht so.«

Nun verdrehe ich die Augen. »Sundance hat sich wirklich viel Mühe damit gegeben.«

Meine Schwester kneift die Augen zusammen. »Sag mal,

hast du etwa ein schlechtes Gewissen, weil wir es nicht mitgenommen haben?«

Mein Mund klappt auf und dann wieder zu, weil sie mich so schnell durchschaut hat. »Ja, ein bisschen. Nicht, dass ich dieses Ritual für eine gute Idee halte. Aber sie ist deshalb so aufgeregt und freut sich so sehr, uns helfen zu können.«

»Shit«, wirft Owen ein. »Deshalb hast du sie auf mich gehetzt?«

»Sie ist doch kein Terrier«, erwidere ich augenrollend. »Aber ja, ich habe kurz darüber nachgedacht, das Bild als Sperrgut mitzunehmen.«

Alexanders Augen funkeln belustigt, genauso wie Sams und Owens. Liv runzelt die Stirn, während Emma mich ansieht, als wäre ich absichtlich gegen eine Wand gelaufen. Zweimal.

»Warum?«

»Weil es ihr so viel zu bedeuten scheint.« Als Emma etwas erwidern will, hebe ich beide Hände. »Was glaubst du denn, weshalb ich ihre Anrufe und Nachrichten ignoriere?«

»Und ich dachte, nur Owen wäre zu nett, um ihr etwas auszuschlagen. Offenbar sollte ich demnächst mit ihr telefonieren.« Emma verschränkt die Finger ineinander und streckt sich, als würde sie sich für einen Kampf bereit machen.

»Auf keinen Fall«, erwidern Owen und ich gleichzeitig.

»Und eure Tante wohnt also in der Nähe der Hütte?«, hakt Alexander nach, dem dieses Gespräch viel zu viel Spaß zu bereiten scheint.

»Genau. Das ist ebenfalls ein Grund, warum ich unbedingt dorthin will. Weihnachten ist für sie zwar ein Tag wie jeder andere – nur mit mehr Deko und der Erlaubnis, so viel Eierlikör zu trinken, wie sie möchte, ohne dass jemand sie schief anguckt – aber es ist auch eine Tradition, dass wir sie zu uns einladen. Sie schenkt uns selbstgestrickte Socken –«

»Aber auch nur, weil du ihr weisgemacht hast, dass sie toll sind«, wirft Emma mir vor und lehnt sich auf ihrem Stuhl zurück. »Dabei sind sie superhässlich.«

»Und superbequem!« Ich schüttele den Kopf, denn darum geht es gerade nicht. »Ist auch egal. Ich will sie an den Feiertagen einfach nicht allein lassen. Es ist auch das erste Weihnachten für sie, ohne –« Ich stocke und zwinge mich dann es auszusprechen. »Dad.«

Da kann selbst Emma nichts gegen sagen. »Tja, da wurde ich offenbar überstimmt.«

»Dann haben wir das geklärt.« Sam deutet zum Tresen. »Ich hole mir eben was zu trinken für unterwegs, dann können wir von mir aus losfahren.«

»Ähm«, stößt Liv aus und so, wie ihr Blick hin und her zuckt, scheint es ihr unangenehm zu sein, die ganze Aufmerksamkeit auf sich zu lenken. Noch bevor sie es ausspricht, weiß ich, dass sie uns nicht begleiten will.

Owen

»Es war echt nett, euch kennenzulernen«, verkündet Liv. »Und ich hoffe, ihr schafft es zu eurer Hütte. Aber für mich ist so ein Weihnachtsfest eher nichts.« Sie greift nach ihrem Rucksack. »Ich schau mal, ob ich vielleicht morgen noch nach San Diego komme. Und sonst warte ich halt, bis ich zurück nach Hause fliegen kann. Habt schöne Weihnachten.«

Ungläubig sehe ich zu, wie Liv aufsteht. Ich meine … Klar, wir sind ein ziemlicher Haufen: zwei sich ständig kabbelnde Schwestern, von denen eine Liv in regelmäßigen Abständen bitterböse Giftkeks-Blicke zuwirft, ein Typ, der einfach so Weihnachten mit seiner Familie sausen lässt, um uns in den Norden zu kutschieren, dann ich, mit dem sie nach einem überstürzten Zusammentreffen intime Über-den-Wolken-Gespräche geführt hat und mit dem sie sich zu einem Kuss hat hinreißen lassen, der ihr möglicherweise doch zu schnell ging. Und dazu kommt noch ein Kerl, von dem hier niemand so genau weiß, wer er eigentlich ist. Schicksalsgemeinschaft eben.

Kein Wunder, dass Liv überfordert ist. Das bin ich auch. Ich will nur nicht, dass es sie davon abhält, ein Teil von uns zu bleiben. Denn für mich gehört sie längst dazu.

»Bist du dir sicher?« Nora beobachtet, wie Liv ihren Rucksack schultert. »Ich meine … Wer weiß, wann es hier weitergeht. Und klar … Du kennst uns nicht. Wir könnten alle Serienmörder sein, aber … wir haben eh noch einen Platz im Auto frei. Mit uns wärst du zumindest nicht allein.«

»Danke sehr.« Um Livs Mund breitet sich dieses unwiderstehliche Lächeln aus, das alles sofort etwas heller wirken lässt. Unwillkürlich frage ich mich, ob die anderen das auch merken oder es nur mir auffällt. »Ich weiß das zu schätzen. Aber aufs Alleinsein war ich eingestellt. Und ob ich Surfern oder Eisfreikratzern zusehe, ist vielleicht auch egal. Ich habe genug zu lesen dabei, um es ein paar Tage hier auszuhalten.« Sie greift nach ihrem Koffer und blinzelt Nora zu. »Außerdem könnte ja auch *ich* die Serienmörderin sein.«

Nora lacht auf. »Ach was!«

»Hey!«, beschwert sich Alexander mit einem amüsierten Funkeln in den Augen und lehnt sich vor, um Nora ins Gesicht zu sehen. »Sie nicht, aber ich schon?«

Okay, ich sehe voll ein, dass aus Livs Perspektive alles dafürspricht, sich nicht unserer ziemlich schrägen Truppe anzuschließen. Und sich nie wieder bei mir zu melden.

Sie lächelt noch mal zum Abschied in die Runde. »Macht's gut.« Ihr Blick fällt auf mich, kurz berührt sie meine Schulter. »Danke noch mal für den Tee und ...« Die Stille hinter ihrem *und* fasst all die Herzstolper-Momente zwischen uns zusammen. Weil da auf Anhieb etwas zwischen uns war. Und ich weiß auch, was: die richtige Chemie.

Trotzdem dreht sie sich um und geht, entfernt sich von mir, mit ihrer sonnengelben Jacke, ihrem Rollkoffer und ihrer Liv-Wärme, verschwindet zwischen den Leuten.

»Stopp!« Schicksal oder Biochemie hin oder her. Gerade habe ich die klare Vorausahnung, dass ich dieses Weihnachten, diese irre Fahrt in Sams altersschwacher Karre bei Eisglätte hoch in den Arcadia Nationalpark mit dieser schrägen Chaostruppe, die hier vor mir sitzt, nicht überleben werde. Nicht ohne Liv und die Vibes zwischen uns, die alles besser machen. Weil sie Sonnenlicht erzeugen, das nun mal gut gegen meine Gewitterwolken ist. Ich springe auf und laufe ihr nach.

»Warte. Liv!« Ich winde mich zwischen den Tischen hindurch, dann zwischen den Leuten in der Halle und bekomme Liv schließlich am Arm zu fassen.

Überrascht dreht sie sich zu mir um.

»Bleib!«, stoße ich hervor, ehe mir klar wird, dass es das Gegenteil von dem ist, was ich eigentlich will. »Ich meine ... Komm mit! Mit uns.«

»Owen«, erwidert sie mit einem Seufzen. »Ich werde nicht zu euch ins Auto steigen und Weihnachten mit euch verbringen. Ich kenne euch alle überhaupt nicht.«

»Wir sind wirklich keine Serienmörder.« Ich bringe sie zum Lachen und es löst ein wohliges Kribbeln in mir aus.

»Ich halte dich nicht für einen Serienmörder. Oder irgendjemanden von den anderen. Wobei ... Emma hat so einen Blick drauf ... Die würde ich zumindest mit einem Fragezeichen versehen.«

»Emma ist einfach Emma. Sie wirkt oft abweisend, aber wenn man sie ein bisschen kennt, ist sie der loyalste, hilfsbereiteste und lustigste Mensch, den man sich vorstellen kann. Ehrlich.«

Liv zieht die Schultern hoch. »Mich findet sie offensichtlich richtig scheiße. Zu Recht.«

Ich runzele die Stirn. »Was meinst du?«

»Na, wegen der Sache mit euren Eltern.« Sacht ergreift sie meinen Arm. »Es tut mir immer noch leid, dass ich die Geschichte nicht ernst genommen habe.« Ihr schlechtes Gewissen steht ihr deutlich in den Augen. »Ich schäme mich total deshalb.«

Das muss sie nicht. Darin, die Geschichte vom Tod meiner Eltern nicht ernst zu nehmen, bin ich selbst Experte. Ich bin ein fucking Experte darin, in London zu sitzen und so zu tun, als sei alles in Ordnung.

»Das war nicht deine Schuld, Liv.«

»Natürlich war es meine Schuld. Offenbar trauert ihr und ich habe das nicht gesehen.«

»Aber ich habe mitgekriegt, dass du dachtest, ich hätte mir die Geschichte ausgedacht, und ich habe dir nicht widersprochen. Weil es mir guttut, nicht daran zu denken. *Du* hast mir gutgetan, unsere Gespräche, unser Flirt, unser –« Ich stocke. »Das ist nicht der Grund, oder? Dass wir uns geküsst haben? Willst du deshalb nicht mit? Du musst keine Angst haben, dass ich irgendwelche Erwartungen an dich habe. Ich würde nie irgendwas von dir verlangen, was du nicht willst.«

»Nein.« Sie holt tief Luft und ihr Blick trifft mich heiß wie frisch aufgebrühter Kaffee. »Es liegt nicht am Kuss.« Sie beißt sich auf die Unterlippe und ich starre auf das winzige Muttermal unter ihrem Mundwinkel. Holy shit, dass ich weiß, wie sie schmeckt, macht mir das hier gerade nicht leichter.

»Woran dann?«, will ich wissen. »Ich meine … Du weißt, was dich hier erwartet, oder? Eine unbequeme Pritsche, eine zu dünne Decke, dicht an dicht mit einer ganzen Halle voller hustender, schnarchender und streitender Leute plus die schreienden Kinder. Dazu kommen verdreckte Waschräume und zum Essen Erbsensuppe mit Brötchen. Und das an *Weihnachten*.«

Unbeeindruckt hebt sie eine Augenbraue. »Du weißt, ich mache mir nichts aus Weihnachten.«

»Aber du wolltest in die Sonne. Du magst keine Kälte. Und du kannst mir nicht erzählen, dass Eiskratzer den gleichen Appeal haben wie Surfer.«

»Gibt es denn Surfer in Maine?«

»Nein, aber fragwürdige Gesellschaft in Form meiner Familie, einen alten Bus, der wahrscheinlich aus Prinzip nur Beatles-Songs spielt, und garantiert keine Erbsensuppe.«

Liv legt den Kopf schief und lächelt mich auf ihre herausfordernde Art an. »Warum genau willst du unbedingt, dass ich mitkomme? Wie gesagt, du musst dich nicht für mich verantwortlich fühlen. Ich weiß, dass ich vorhin etwas neben der Spur war, aber wenn ich das nächste Mal die Nerven verliere, trinke ich einfach noch einen Tee.«

»Ich will, dass du mitkommst …« Ich ergreife sie an den Armen, sehe sie eindringlich an, weiß aber gar nicht, was ich sagen soll.

Weil unsere Chemie stimmt? Am Ende wird sie glauben, ich hätte es doch auf sie abgesehen.

Weil du gut gegen Gewitterwolken bist? Sie wird nicht mal kapieren, wovon ich rede.

»… weil wir jetzt eine Schicksalsgemeinschaft sind, oder? Vorhin in der Schlange, das war schon unser drittes Treffen. Es gibt kein Entkommen mehr.«

»Owen.« Kopfschüttelnd macht sie sich von mir los. »Du glaubst überhaupt nicht ans Schicksal.«

»Aber du«, halte ich dagegen. »Und das reicht doch.« Zweifelnd erwidert sie meinen Blick.

»Im Ernst«, beharre ich. »Ob Biochemie oder Schicksal, freier Wille oder Determinismus. In einer Situation wie unserer ist es doch egal, warum wir eine Entscheidung treffen. Wichtig ist, dass wir tun, womit es uns am besten geht. Und ich kann mir nicht vorstellen, dass Weihnachten am Logan International Airport besser ist als Weihnachten mit uns. Nach San Diego wirst du es erst mal nicht schaffen. Warum solltest du also nicht mitkommen?«

»Ich habe nicht genug warme Pullover für Maine.«

»Ich habe einen ganzen Koffer voll warmer Pullover und ich bin bereit, zu teilen.« Ich bringe sie zum Lachen und das reicht, um bei mir den nächsten Herzkasper zu verursachen. »Also, bist du dabei?«

»Owen …« Sie holt tief Luft. »Es gibt einen Grund, warum ich gerade weder in Saffron Walden noch in Belfast unter einem Weihnachtsbaum sitze, sondern hier unter einer echt hässlichen Plastiktanne.« Sie deutet auf das besonders gruselige Exemplar mit überdimensionierten goldenen Schleifen nur wenige Schritte von uns entfernt. »Ich habe es satt, Weihnachten mit einer Familie zu verbringen, bei der ich nicht zu Hause bin. Das fühlt sich scheiße an. Und bei euch wäre das doch nicht anders. Ich würde mir wieder wie ein Eindringling vorkommen.«

Einen Moment lang starre ich sie an. Nicht, weil mich das überrascht, eher weil mir klar ist, dass ich mich ihr öffnen muss, wenn ich wirklich will, dass sie mitkommt. Ich muss die Gewitterwolken reinlassen und Mut dafür sammeln. Ein Blick in ihre Augen – Espresso Martini auf ex.

»Ich weiß, Weihnachten mit meiner Familie ist nicht dein Plan A, aber bitte lass mich zumindest dein Plan B sein, Liv. Emma, Nora, Sam, dieser Alexander und ich – wir sind keine eingeschworene Gruppe. Alexander habe ich vor ungefähr einer Stunde zum ersten Mal gesehen. Und wir sind auch keine Familie – nicht mehr. Meine Eltern sind tot. In diesem Jahr ist sowieso nichts, wie es war. Ich bin mit dem Gefühl hierhergekommen, dass mir das traurigste Weihnachten meines Lebens bevorsteht. Und kaum bin ich gelandet, ist die komplette Hölle losgebrochen. Aber gerade ...« Ich hole tief Luft. »Ich stehe vor dir und habe das Gefühl, dass Plan B einen Versuch wert ist.«

Ein spöttisches Lächeln spielt um ihre Lippen. »Weil unsere Biochemie stimmt? Weil ich dir Adrenalinkicks verpasse und die deine Laune boosten?«

Ich muss lachen. »Du bist ein einziger Gute-Laune-Boost, Comet. Und deshalb ... Komm mit. Du erhältst auch freien Zugang zu all meinen Pullovern.«

Sie verdreht die Augen, lacht aber und hält mir schließlich eine Hand hin. »Deal. Aber hör auf, mich wie das Rentier vom Weihnachtsmann zu nennen, klar?«

»Klar!« Es hat sich noch nie so gut angefühlt, jemandem die Hand zu schütteln, wie Liv in diesem Moment. Als wäre Weihnachten eine Krankheit und sie meine Heilung.

Ehe sie es sich anders überlegen kann, ergreife ich ihren Arm und ziehe sie hinter mir her zurück zu den anderen, die immer noch im Starbucks sitzen.

»Alles klar«, verkünde ich. »Wir sind komplett.«

»Dann können wir ja los.« Nora springt auf. »Ich habe das schon mal durchgerechnet: Ohne Verkehr brauchen wir viereinhalb Stunden mit dem Auto hoch zur Hütte.«

»Auf den Straßen wird jetzt aber die Hölle los sein«, wirft Sam ein. »Draußen herrscht garantiert Chaos, nachdem hier alles gecancelt wurde.«

»Nicht den Eisregen zu vergessen«, ergänzt Nora. »Ich hoffe, Ringos Reifen haben ausreichend Profiltiefe.«

»Logisch«, meint Sam, aber ich schätze, niemand von uns glaubt ihm. Außer vielleicht Nora, die das unbedingt will. Und eventuell auch Liv, die Sams muckende Karre noch nie gesehen hat.

»Dann los zum Parkhaus«, befiehlt Nora. »Und bleibt dicht zusammen.« Es fehlt noch, dass sie uns auffordert, uns in Zweierreihen aufzustellen und an den Händen zu halten.

»Ein ganzer Bus voll potenzieller Serienmörder«, kommentiert Sam grinsend. »Das kann ja nur ein Massaker geben.«

Ich lache auf. Es fühlt sich gut an, endlich wieder über Sams Sprüche zu lachen. Noch etwas, das mir in London gefehlt hat. Denn auch das ist ein Mittel gegen Gewitterwolken. Manchmal habe ich mir vorgestellt, was Sam in einer bestimmten Situation sagen würde, bis ich mir dabei zu bemitleidenswert vorkam. Besonders in den letzten Wochen, in denen sich Sams mir eigentlich so vertraute Gesellschaft sehr weit weg anfühlte.

Wir schnappen uns das Gepäck – außer Sam, der natürlich nichts dabeihat und mir höchstwahrscheinlich auch noch an die Pullover will. Sam wirkt allerdings gänzlich unbeeindruckt von der Tatsache, dass er Weihnachten ohne Habseligkeiten verbringen wird, und nimmt Noras Verfolgung auf.

»Was ist denn mit deiner Schwester?«, fragt Alexander mich im Laufen. »Warum rennt sie immer?«

»Sie weiß einfach sehr genau, was sie will«, gebe ich zurück. »Und dann hält niemand sie davon ab, ihre Pläne in die Tat umzusetzen. Das ist sehr praktisch, wenn man sie davon überzeugen kann, dass sie Croissants zum Frühstück haben will. Oder dass sie beim Filmabend gerade richtig Lust auf Popcorn kriegt.«

Alexander lacht. »Gut zu wissen.«

Etwas später zwischen den endlosen Reihen von Fahrzeugen im zig-stöckigen Parkhaus stellen wir allerdings fest, dass sich niemand gemerkt hat, wo genau Ringo zurückgelassen wurde.

»Wie kann man sich nicht erinnern, wo man sein Auto abgestellt hat?« Wieder mal befindet sich Sam im Fadenkreuz von Emmas vernichtendem Blick.

»Ich habe eine Parklücke gesucht und dann sind wir alle hektisch losgestürmt.« Sam fährt sich mit der Hand durch die Haare. »Irgendwo hier muss er ja sein.«

»Irgendwo hier auf diesem Parkdeck?«, hake ich nach. »Oder irgendwo hier in diesem Parkhaus?«

Sam hebt die Schultern. »Parkhaus.«

Emma stöhnt auf.

»Ich saß ja nun nicht gerade allein im Auto«, bemerkt Sam. »Warum habt ihr denn nicht aufgepasst?«

»Wir sind so lange im Kreis gefahren, dass ich die Orientierung verloren habe.« Emma blitzt ihn an.

»Und ich habe auf die Uhr gesehen«, verteidigt sich Nora.

»Dein Auto kann ja nicht schwer zu finden sein«, schaltet Alexander sich ein. »Wir mussten nicht umsonst so lange nach einer ausreichend großen Lücke suchen.«

»Dann teilen wir uns auf«, schlägt Nora vor. »Wer Ringo findet, ruft die anderen an.« Im nächsten Moment sind wir in Suchtrupps von zwei Personen aufgeteilt und haben jeweils zwei Stockwerke zugewiesen bekommen.

»Keine Sorge«, sage ich zu Liv, während wir im Fahrstuhl zu Deck 6 hochfahren. »Wir sind nicht immer so.«

Lachend erwidert sie meinen Blick. »Sicher?«

»Sicher«, bestätige ich. »Das hier sind Extrembedingungen. Weihnachtskrise und so.«

Sie wirft mir ein schiefes Lächeln zu, als glaube sie mir kein Wort. »Nimm du den Gang auf der linken Seite«, schlägt sie vor, als sich im nächsten Moment die Fahrstuhltüren öffnen. »Ich gehe rechts die Reihen ab. Also hellblauer Bus, ja?«

»Genau«, rufe ich ihr hinterher. »Mit Rostflecken. Etwas eingedellt an den Ecken. Große runde Scheinwerfer wie bei einem erschrockenen Baby.«

Ich höre Liv lachen. »Haben Babys Scheinwerfer?«

»Analog dazu Augen«, korrigiere ich mich und muss grinsen, obwohl sie mich gar nicht mehr sieht. Irgendwie mag ich sogar ihre Spitzfindigkeiten. Mein Hirn badet offensichtlich wohlig in meinem Liv-induzierten Hormonrausch.

»Owen!«, schallt einige Minuten später ihre Stimme übers Parkdeck. »Owen, hier! Ist er das?«

Ich dränge mich zwischen zwei Reihen parkender Autos hindurch, um auf Livs Seite zu gelangen. Sie deutet auf einen hellblauen, klapprig aussehenden Bus, bei dem es sich unverkennbar um Ringo handelt.

»Jepp, ist er!« Erfreut ziehe ich mein Telefon hervor, um die anderen anzurufen.

Währenddessen tritt Liv dichter an die halb blinde Heckscheibe des Busses, kratzt mit dem Zeigefinger etwas Staub ab und blickt ins Innere.

»Das Teil sieht ganz schön vollgestopft aus«, bemerkt sie. »Sicher, dass wir da alle reinpassen?«

Ich trete neben sie und spähe ebenfalls in den Kofferraum. Was genau karrt Sam da bitte alles mit sich herum? Ich mache Kartons, Decken und sogar einen Kochtopf im dunklen Wageninneren aus – einen halben Hausstand also.

»Zum Glück habt ihr Ringo gefunden!« Nora kommt als Erste auf uns zugelaufen – Emma im Schlepptau. Sam und Alexander tauchen nur einen Moment später auf. Sam tätschelt erst mal liebevoll Ringos Dach, dann öffnet er die Hecktüren.

»Alter, was ist das alles für Zeug?«, beschwere ich mich, während ich versuche meinen Koffer ins Hinterteil des Autos zu stopfen und dabei fast von einem herabstürzenden Gaskocher erschlagen werde. »Du musst mal aufräumen.«

Sam zeigt mir nur den Mittelfinger.

»Ich glaube, das wird doch ein bisschen eng, oder?«, meint Liv und ich werfe mich sofort noch entschlossener gegen meinen Koffer. »Quatsch, das passt schon.«

Doch auch Nora scheinen Zweifel zu kommen. »Sind wir nicht über der Gewichtsgrenze, wenn wir alle einsteigen?«

»Ach, falls Ringo es nicht schafft, werfen wir Ballast ab«, meint Sam mit einem Schulterzucken.

»Aber nicht meinen Koffer«, sagt Liv besorgt. »Da sind meine Bücher drin.«

»Ich habe auch nicht an Koffer gedacht.« Grinsend macht Sam einen Schritt auf Emma zu und zwickt sie unter ihrer Jacke in die Seite. »Eher an schlecht gelaunte Kampfkekse.«

Aufgebracht macht sie sich los und fährt zu Sam herum, als sei der Zeitpunkt für den ersten Mord gekommen. Dann stößt sie aber nur hervor: »Können wir jetzt endlich einsteigen? Oder wollen wir Weihnachten hier im Parkhaus feiern?«

»Ich setze mich mal ganz nach hinten.« Alexander quetscht sich auf Ringos schmale und wie ich aus schlimmer Erfahrung weiß höllisch unbequeme Rückbank. »Ich muss eh noch eine Runde Schlaf nachholen. Ich hatte letzte Nacht nur knapp vier Stunden.«

»Ist es okay, wenn ich mich zu dir setze?« Liv blickt zu Alexander, der seine langen Beine gegen die Rückseite der mittleren Sitzbank klemmen muss.

»Klar«, erwidert er und klopft auf die Bank neben sich. »Mach's dir gemütlich.«

»Hey.« Ich halte Liv am Arm fest. »Du kannst auch bei mir sitzen.«

Ihr Blick fliegt jedoch zu den anderen und sie schüttelt den Kopf. Anscheinend hat sie feine Antennen. Sie registriert, dass Sam und Emma ganz vorn einsteigen und hat möglicherweise ebenso wie ich mitbekommen, dass Nora so gar nicht auf Alexander zu stehen scheint.

»Bestimmt haben du und deine Schwestern euch viel zu erzählen«, meint sie. »Ihr habt euch schließlich lange nicht gesehen.«

Damit drängt sie sich zu Alexander nach hinten, wobei sie zu meinem überraschend heftigen Missfallen ziemlich nah an ihn heranrücken muss – ihren Rucksack und ihren gelben Parker hält sie auf den Knien fest.

Fragend sehe ich Nora an. »Willst du durchrutschen?«

»Egal.« Gestresst streicht sie sich ihre Haare zurück. »Hauptsache, wir kommen endlich vorwärts.«

Wenig später rollt Ringo aus dem dunklen Parkhaus. Draußen empfängt uns strömender Regen, der auf die Windschutzscheibe prasselt, hin und wieder unterbrochen von Hagel, der auf den Straßen hüpft. Die Scheibenwischer müssen hart arbeiten und geben nervtötende quietschende Geräusche von sich. Die Scheinwerfer und Bremslichter der anderen Fahrzeuge verschwimmen zu Schlieren.

Nora seufzt tief. »Hoffentlich schaffen wir es heil zur Hütte.« Mit blassem Gesicht lehnt sie sich im Sitz zurück. Sie hat Angst. Und ich weiß auch warum.

Ich greife nach ihrer Hand. »Jetzt erzähl mal«, fordere ich sie auf. »Wie gefällt dir deine Arbeit?«

Ablenkung ist nun mal das, was bei mir immer am besten funktioniert. Vielleicht ja auch bei ihr.

Emma

Owen hockt mit Nora auf der Rückbank und sie unterhalten sich so leise, dass ich über das Röhren von Ringos Motor nichts verstehen kann. Owen versucht nicht mal, mich mit ins Gespräch einzubinden, indem er laut genug spricht. Es ist natürlich einfacher für ihn, mich unter dem Vorwand, dass mir sonst schlecht wird, neben Sam auf dem Beifahrersitz zu parken, anstatt sich unangenehme Fragen gefallen zu lassen. Zum Beispiel, warum zum Henker er nach London gegangen ist. Warum er das durchgezogen hat, obwohl er wusste, dass wir ihn hier gebraucht hätten. Warum er so verdammt egoistisch ist, obwohl er früher nie so war.

So ist das jetzt mit ihm. Er ist immer noch Owen, aber gleichzeitig fremd. Er benimmt sich die meiste Zeit wie mein großer Bruder, aber dann tut er Dinge, die alles zwischen uns niederbrennen. Es tut weh, ihn anzusehen und ihn nicht mehr richtig zu kennen. Es fühlt sich so richtig, richtig scheiße an, wie eine Außenseiterin zu lauschen und dennoch keinen Zugang zu ihrem Gespräch zu finden, weil sie mich nicht daran teilhaben lassen wollen.

Ich schließe die Augen und als ich sie wieder öffne, sehe ich im Rückspiegel bewusst nicht meinen Bruder an, sondern Alexander hinter ihm, der eingepennt ist. Er scheint keine besonders große Angst zu haben, dass er mit einer Horde potenzieller Serienmörder in einem rostigen Van hockt. Die Arme hat er vor der Brust verschränkt und schläft ganz entspannt, als würde er auf einem Kingsize-Bett im *Four Seasons* liegen und nicht auf Ringos knarzender, enger Rückbank.

Liv hat ihre Nase in einem abgenutzten Buch versenkt, das sie mit einer winzigen Leselampe beleuchtet, und scheint sich mit Alexander auf der hintersten Rückbank sehr wohlzufühlen. Wahrscheinlich, weil ich sie echt verschreckt habe und sie so maximal weit von mir entfernt sein kann.

Mein Hirn beginnt sich zu langweilen. Die beiden stellen da hinten nicht gerade einen Weihnachts-Blockbuster dar und weil ich auf keinen Fall schon wieder bei Owen und Nora landen will, konzentriere ich mich stattdessen als Nächstes auf Sam. Mit ihm zu streiten ist jetzt genau die Ablenkung, die ich brauche, und verdient hat er es quasi immer. Karma und so.

»Den hast du ja sehr Ringo-kompatibel ausgesucht«, stelle ich fest und schnipse gegen den geschmacklosen Minitannenbaum auf der Armatur. »Sind quasi hässlichkeitskompatibel die zwei, aber mit der richtigen Technik steht er zumindest hervorragend. Da kannst du glatt noch was lernen.« Ich tippe gegen den Saugnapf, aber Sam steigt nicht auf die Steilvorlage ein, brummt nur und hält den Blick starr auf die Straße gerichtet.

Wahrscheinlich sollte es mich freuen, dass er endlich mal eine Pause macht und nicht auf alles kontert, was ich sage, aber muss er ausgerechnet in dem Moment auf Frieden aus sein, in dem ich ein Wortgemetzel mit ihm dringend bräuchte? Selbst sein Waffenstillstand scheint ein ausgeklügelter Plan zu sein, mich in den Wahnsinn zu treiben.

Das Licht des Armaturenbretts beleuchtet sein Gesicht und ich kann sehen, wie seine Kiefer mahlen. Keine Ahnung, was er jetzt wieder hat.

Vielleicht hätte ich ihn wegen der Sache mit seiner Familie und Weihnachten wirklich nicht so ankacken sollen. Andererseits nimmt er sich eh nie etwas zu Herzen, was ich sage, also glaube ich nicht, dass es an meinen Bemerkungen liegt, dass er aussieht wie der Grinch in der Weihnachtsabteilung von Macy's. Außerdem denke ich immer noch, dass ich recht habe und es falsch ist, dass er mit uns und nicht mit seiner Familie feiert.

Natürlich ist es seine Sache und seine Gründe gehen mich genau genommen nichts an. Nur gibt es für mich eben keinen einzigen verdammten Grund, der einen davon abhalten sollte, Weihnachten mit seinen Eltern zu verbringen. Ich würde alles dafür tun, es nur ein Mal noch zu können. Sam könnte und tritt dieses Privileg mit Füßen. Ich meine, *what the fuck?* Das macht mich echt wütend. Aber das ist wohl unser Ding. An dem Kerl bringt mich einfach alles in Rage.

Ich erinnere mich an unsere Umarmung vorhin, daran, wie er gerochen, wie er sich angefühlt hat, wie warm und fest er war. Da hat er das Gegenteil von Wut ausgelöst. In diesem Moment, als er mir die Träne mit dem Finger weggestrichen hat, da war es anders. Okay, schön, nicht *alles* an ihm macht mich also wütend. Aber in dem Moment hat er auch mit unfairen Mitteln gespielt und seinen Killerbody eingesetzt.

Als Teenager habe ich mich allerdings nicht wegen seiner Muskeln oder seines unverschämt heißen Aussehens in ihn verliebt, nicht wegen der dunklen Augen oder des Dreitagebarts, der ihm scheiße gut steht. Ich mochte, dass er unkonventionell war, nicht so angepasst wie die meisten anderen. Er war mehr wie ich und weniger wie Nora und Owen. Ich mochte, dass er Träume hatte. Keine 08/15-Träume, sondern richtige – zu weit entfernt, um sie zu greifen, aber für ihn nah genug, um es trotzdem zu versuchen. Ich mochte seine Energie, die nie weniger wurde. Ich glaube, ich habe ihn früher nie erschöpft erlebt, obwohl er immer in Bewegung war, Auftritte gespielt, gefeiert, gelernt und trotzdem noch Zeit für seine Freunde gefunden hat. Ich mochte, dass er mit seinem Leben zufrieden war und gleichzeitig dafür gekämpft hat, es auch weiter zu bleiben. Dass er darauf geschissen hat, was andere davon hielten. Ich mochte, wie ich mich mit ihm gefühlt habe: besonders, einzigartig, als wäre ich wichtig für ihn.

Und ich habe seine Leidenschaft für die Musik geliebt, wie er aussah, wenn er bei einem Gig verschwitzt und voller Energie über die Bühne getobt ist und einfach jeden im Publikum mitgerissen hat. Wie aufgekratzt er war, wenn wir danach bei uns im Garten am Lagerfeuer saßen und das Adrenalin nach und nach aus seinem Körper wich. Wie er ruhiger wurde und ganz mit sich im Reinen war, weil er gerade getan hatte, was er liebte. Und ich habe mir nichts mehr gewünscht, als irgendwann so von ihm geliebt zu werden wie die Musik.

Aber er hat nie damit angefangen, mich zu lieben. Dafür hat er aufgehört die Musik zu lieben, hat seine Träume vergessen und ist zu diesem spießigen Durchschnittstypen geworden, der BWL studiert, Erwartungen erfüllt und so angepasst ist, dass es wehtut. Er ist so, wie er früher nie werden wollte. Es ist nichts mehr von dem Sam von damals übrig, also auch nichts, wofür mein Herz noch schneller schlagen könnte. Aber es hätte auch schon damals kapieren müssen, dass es keine Chance hatte, und dennoch habe ich ihm meine Gefühle gestanden. Hitze steigt mir in die Wangen, wenn ich an den Moment denke, als ich damals mit klopfendem Herzen vor ihm stand.

»Ich ... mag dich.«

Sam klemmt sich meinen Kopf unter den Arm und verwuschelt meine Haare. »Ich mag dich auch, Kampfkeks.« Er grinst und kaut auf einem Stück Apfel herum, pult an einem Fetzen Schale, der sich zwischen seinen Zähnen verfangen hat.

Irgendwie hatte ich mir das romantischer vorgestellt. Aber jetzt habe ich angefangen. Und wie Dad immer sagt: Wer A sagt, muss auch B sagen.

»*Ich mag dich sehr*«, *konkretisiere ich, weil ich unmöglich sagen kann, wie schlimm es wirklich ist.*

Ich-kann-nicht-atmen-so-sehr liebe ich-dich-schlimm.

Ich-denke-sogar-dann-an-dich-wenn-ich-Algebra-lerne-schlimm.

Und ich-träume-von-dir-auch-wenn-ich-gar-nicht-schlafe-schlimm.

Ich streiche mir die Haare aus der Stirn und lächele, wie ich es bei Suzie aus Owens und Sams Jahrgang gesehen habe, als sie mit Sam geflirtet hat, die blöde Kuh. Aber er fand es gut, also ...

»*Was machst du da?*« *Er sieht mich an wie ein verunglücktes Experiment.* »*Oh*«, *sagt er dann überrascht und lacht.* »*Shit, du flirtest mit mir?*« *Er schiebt die Hände in seine Hosentaschen und sieht zu Boden.* »*Mann, mach keinen Scheiß, Emma, du bist Owens kleine Schwester, der nervige Kampfkeks.*« *Er lacht und tut so, als wäre das hier alles ein Witz.* »*Fast hättest du mich gehabt.*« *Und als ich nichts sage, ergänzt er:* »*Du hast das doch nicht ernst gemeint, oder?*« *Er schüttelt den Kopf, wirkt jetzt echt aus dem Tritt gebracht.* »*Oder?*«

»*Nein*«, *sage ich, aber meine Stimme zittert und er merkt es.*

»*Fuck.*« *Er sieht sich um, ob auch niemand diese Peinlichkeit mitbekommen hat.*

»*Mann, das war ein Witz*«, *behaupte ich hastig und lache. Ein bisschen zu laut, ein bisschen zu schrill und meine feste Zahnspange pfeift dabei. Kein Wunder, dass er mich nicht will.* »*Du hättest dein Gesicht sehen sollen.*«

Und dann drehe ich mich um und laufe, renne ins Haus und auf mein Zimmer, wo ich leise in mein Kissen heule.

Er dachte, ich wäre ein Witz gewesen. Und ich habe mich viel zu lange genau so gefühlt. Erst tat es unglaublich weh, dann habe ich es weggedrückt, aber dieses Gefühl, nicht genug zu sein, war immer da. Als ich älter wurde, selbstbewusster, erfahrener, hat mich seine Reaktion dann einfach nur noch wütend gemacht. So geht man nicht mit Menschen um, die den Mut aufbringen, ihre Gefühle zu zeigen und sich verletzlich machen. Auch wenn er nicht genauso für mich empfunden hat, hätte er trotzdem anders reagieren müssen. Menschlich wäre gut gewesen. Respektvoll. Empathisch. Aber er war einfach ein Arschloch und ich so unglaublich wütend auf ihn und auf mein Herz, das diesen gravierenden Fehler gemacht hatte, sich in ihn zu verlieben.

Aber das Problem mit Gefühlen ist: Sie sind nicht rational. Sie begreifen nicht, dass sich Menschen verändern, oder akzeptieren Niederlagen, entlieben sich nicht, weil man das so will oder es sinnvoll wäre. Stattdessen klammern sie sich an einer Person fest und *zack* hat man sechs Jahre später immer noch Herzklopfen, wenn er neben einem in dem einzig unangepassten Objekt seines Lebens sitzt – Ringo –, ob man das will oder nicht.

Ich seufze und mache mich auf die Suche nach einem Taschentuch, weil meine Nase läuft. Kein Wunder, Ringos Heizung geht nur sporadisch und es ist saukalt im Auto. In meinem Rucksack werde ich nicht fündig, also versuche ich es im Handschuhfach. Ich klappe das Teil auf und um ein Haar fällt mir Sams Zahnbürste entgegen. Ein elektrisches Wunderteil, das ich überall wiedererkennen würde, weil er einen Beatles-Sticker auf den Griff geklebt hat, was mehr als kindisch ist. Ich starre die Zahnbürste an und fast bricht Sam mir die Finger, als er das Handschuhfach mit voller Wucht wieder zuschlägt.

»Lass die Finger vom Handschuhfach«, knurrt er.

»Sag mal, hast du sie noch alle?«, schimpfe ich zurück.

Ich vernehme ein Owen-Stöhnen von der Rückbank, dicht gefolgt von: »And here we go again.«

»Dasselbe könnte ich dich fragen. Wieso wühlst du in meinem Kram?« Sam wirkt echt angepisst.

Ich bin kurz davor, ihm einen Vogel zu zeigen. »Wusste nicht, dass das Handschuhfach tabu ist.«

Er kneift die Lippen fest aufeinander und seine Kiefer mahlen. »Wenn es dir dann leichter fällt, meine Privatsphäre zu wahren, ist in meinem Auto einfach mal alles tabu für dich.«

»Warum genau fährst du eine benutzte Zahnbürste spazieren?« Vielleicht, weil sein Auto generell chronisch unaufgeräumt ist und er nie irgendetwas, das er mal hier reingeschleppt hat, wieder mit rausnimmt. Ich meine, Owen wurde beim Beladen fast von einem Gaskocher erschlagen. Das ist doch nicht normal!

»Zahnbürsten hat man meistens, um sie zu benutzen.« Sam verlangsamt das Tempo, weil die Straße vor uns eine enge Kurve beschreibt und silbrig feucht schimmert. Die Wirkung meiner Tablette hat inzwischen nachgelassen, weswegen mir die Bremsung sofort auf den Magen schlägt.

Ich bemerke, wie Sam versucht die Übergänge sanft zu gestalten, die erneute Beschleunigung so angenehm wie möglich zu vollführen. Aber ich mache mir keine Illusionen. Er tut das nicht aus Freundlichkeit mir gegenüber – er hat einfach nur Angst um Ringos Stoffsitze. Ich schließe die Augen und öffne das Fenster einen winzigen Spaltbreit, was zur Folge hat, dass Owen hinter mir fast die Haare wegfliegen und er erschrocken von der eiskalten Winddusche aufkeucht.

»Emma«, ruft er. »Wenn du nicht vorhast, ein Permafrost-Fossil aus mir zu machen, schließ das Fenster.«

Ich ergebe mich in mein Schicksal und lasse die Scheibe wieder zugleiten. Der Luftstrom reißt ab und Owen atmet erleichtert auf.

»Um deine Frage zu beantworten, Kampfkeks, obwohl es

dich eigentlich nichts angeht: Manchmal bin ich ein paar Tage unterwegs. Spontantrip. Und dann habe ich alles dabei. So wie jetzt. Das hier war ja auch nicht geplant und stell dir vor, ich hätte jetzt keine Zahnbürste.«

»Das wäre natürlich fatal, wenn die Frauenwelt für eine Nacht auf dieses wunderschön makellose Zahnpastalächeln verzichten müsste«, murmele ich sarkastisch. Und frage mich erstens, ob er echt immer bereit ist, um eine aufzureißen, oder ob es in seiner Welt auch einen Abend mit schlechtem Atem gibt, an dem ›Stranger Things‹ als Serienmarathon ansteht, die Körperhygiene mal einen Tag Urlaub hat und er einfach vor dem Fernseher einschläft, ohne sich vorher die Zähne zu putzen.

Meine zweite Frage wäre, wieso er in dem unwahrscheinlichen Fall, dass er woanders übernachtet, nicht einfach den nächsten Walmart anfährt und sich eine No-Hightech-Einweg-Zahnbürste kauft, anstatt ständig seinen halben Hausstand rumzukutschieren.

»Und warum weihst du mich in diesen ultrageheimen Plan zur Eroberung der Frauenwelt ein, wenn es mich nichts angeht?«, spreche ich Frage Nummer drei laut aus. Weil ich auf die ersten beiden im Grunde keine Antworten haben will. Weil sie zu eklig und zu nerdig ausfallen könnten.

Sam grinst. »Ganz einfach: Wenn du dich mit mir streitest, vergisst du hoffentlich, Ringo vollzukotzen. Fuck.« Sam bremst abrupt und Ringo gerät ziemlich ins Schlingern, was Nora einen entsetzten Aufschrei entlockt.

Selbst Alexander ist durch das Manöver wach geworden und schaut sich nun völlig verwirrt um. »Alles in Ordnung?«

Nora nickt knapp. »Die Straßenverhältnisse machen mich nur nervös.«

»Leute«, sagt Sam so laut, dass alle es über den Motorenlärm mitkriegen. »Wir sollten echt sehen, dass wir ein Hotel anfahren. Die Straßen sind sauglatt und die Sicht wird immer schlechter.«

»Du könntest mich fahren lassen, wenn dich ein bisschen Eis überfordert«, schlage ich vor.

»Nein.« Nora hat untertellergroße Augen.

Seit Moms und Dads Tod war genau das hier der Albtraum, der sie davon abhält, zu verreisen: Katastrophen, die Katastrophen jagen, eine spiegelglatte Straße, die uns nach dem Leben trachtet, und ein rostiger Wagen, der den Sicherheitsstandards der 90er-Jahre entspricht.

»Ich finde Sams Idee sehr gut. Ringo hat ja nicht mal eine beheizbare Windschutzscheibe. Du siehst bald gar nichts mehr, Sam.« Und da ist diese Wir-werden-alle-draufgehen-genau-wie-Mom-und-Dad-Panik in Noras Blick.

Owen nickt. »Die Temperaturen sollen noch mal fallen und dann könnte das echt zum Problem werden. Der Regen gefriert ja jetzt schon an den Rändern der Scheibe. Laut Handy sollte in gut einer Meile ein B&B kommen.«

Bleibt zu hoffen, dass sie noch Zimmer frei haben. »Das sind Kosten, die wir nicht eingeplant haben«, gebe ich zu bedenken, obwohl mir klar ist, dass Sam, Owen und Nora recht haben. Wir können unmöglich die ganze Strecke durchfahren. Nicht bei der Wetterlage. Und vor allem nicht in diesem Auto.

»Das passt schon irgendwie.« Owen lächelt, als hätten die Flüge nicht schon ein halbes Vermögen gekostet und ein tiefes Loch in unsere Ersparnisse gerissen. »Wir sind alle ziemlich müde. Die Nacht über auszuruhen und morgen früh weiterzufahren, wenn das Wetter sich etwas beruhigt hat, ist sinnvoll.«

»Und wer soll bitte mit wem zusammen schlafen?«

Alexander lehnt sich vor. »Ein Profi-Tipp: Wenn wir zwei Doppelzimmer mit Kingsize-Betten nehmen, passen locker drei Personen in ein Zimmer, eigentlich sogar vier. Es müssten sich nur je zwei Jungs und zwei Mädchen bereit erklären, sich ein Bett zu teilen, aber die Teile sind megabreit. Sollte also kein Problem sein.« Er zuckt die Schultern.

»Da geht ja ein Traum für dich in Erfüllung, Sam. Du kannst endlich mal das kleine Löffelchen spielen.« Ich male mir aus, wie er und Owen sich in ein Bett quetschen und es sehr unmännlich und peinlich finden, was mich zum Grinsen bringt. Dann stelle ich mir für eine Herzschlagsekunde vor, wie es wäre, wenn ich mir dieses Bett mit Sam teilen würde. Wie es wäre, wenn er sich von hinten an mich schmiegt, wie sich seine Lippen in meinen Nacken pressen würden ... und verscheuche das Bild, das Kribbeln, den bloßen Gedanken mit einem Schnauben.

»Ich weiß ja nicht, was du gegen Übernachtungspartys unter Männern hast, aber ich liebe deinen Bruder und hab ihn so lange nicht gesehen, dass ich jederzeit mit ihm kuscheln würde.« Sam hält Owen seine Faust hin und lässt sie gegen die meines Bruders knallen. »Großer Löffel, kleiner Löffel, Kissenschlacht inklusive – egal.«

Als ob ihm das wirklich so egal wäre.

Owen lacht. »Tja, Keks, so sieht es aus, wenn sich jemand seiner Männlichkeit sicher ist. Keine Chance, ihn da zu treffen, Schwesterherz. Lieb dich übrigens auch, Idiot.«

»Also dann.« Alexander nickt. »Ich werde eurer Bromance nicht im Weg stehen und nehme das andere Bett. Wie sieht es bei euch aus, Mädels?«

Nora und ich haben unzählige Nächte zusammen in einem Bett geschlafen, um uns aneinander festzuhalten und nicht das Verlorensein, die Einsamkeit oder Traurigkeit umarmen zu müssen, nachdem Mom und Dad gestorben waren und Owen sich verpisst hatte.

»Kein Problem«, murmele ich und schlucke hart gegen das dumpfe Gefühl im Bauch an.

Nora nickt. »Das wird lustig. Und Liv, du kannst das andere Bett für dich haben, wenn es dir recht ist, dass wir uns ein Zimmer teilen.«

»Klar«, sagt Liv und wirft mir einen unsicheren Blick im Rückspiegel zu.

Ich habe ihr bisher nicht gerade das Gefühl gegeben, willkommen zu sein. Das war nicht besonders nett oder fair von mir und ich schäme mich etwas dafür. Owen hatte meine abweisende Reaktion vielleicht verdient, sie nicht. Aber ich kann eben nicht einfach so tun, als wäre es normal, dass er seinen Flugzeugflirt zum Weihnachtsfest mitnimmt.

In der Ferne tauchen jetzt die Lichter des kleinen Städtchens im Eisregen auf, in dem das B&B liegt, werden klarer und zwei Minuten später lässt Sam seinen Wagen vor dem Hotel ausrollen. Wir parken direkt vor einem Schild, das diesen Parkplatz als den von Santa und Rudolph ausweist.

Nora

»Mein Gott. So ein Scheißwetter«, stößt Emma aus, als wir aus dem eiskalten Regen heraus in das B&B treten, in dem, ähnlich wie am Flughafen, alles nur so vor Weihnachtsdekoration blinkt. Ein lebensgroßer Zinnsoldat steht neben dem Tresen und scheint den Treppenaufgang zu bewachen.

Ich laufe auf die Rezeption und die dahinterstehende Rezeptionistin zu, während ich zeitgleich die Holzbalken unter der Decke, die gemütliche Einrichtung und den großen Kamin mit prasselndem Feuer registriere.

Wir haben Glück: Es gibt zwei Doppelzimmer, mit jeweils zwei Kingsize-Betten, genau wie wir es geplant haben, und meiner Kreditkarte tut es nur ein bisschen weh, als ich für eine Nacht inklusive Frühstück bezahle, bevor mir zwei Schlüsselkarten überreicht werden. Glücklicherweise haben die anderen sofort vorgeschlagen, dass wir am Ende des Trips die Kosten einfach durch uns alle teilen.

Im Gänsemarsch laufen wir die knarzende Holztreppe hoch. »Wir treffen uns in dreißig Minuten wieder unten«, bestimme ich.

»Wozu denn das?«, fragt Emma und stöhnt unter dem Gewicht ihres Koffers. »Boah, Sam, wie wäre es, wenn du mal einen auf Gentleman machst und mein Gepäck ebenfalls trägst?«

Sam, der netterweise wieder meinen mit Folie umwickelten Koffer trägt, lacht leise. »Wer behauptet denn, dass ich ein Gentleman bin?«

Emma schnaubt und ich sage schnell: »Ich weiß ja nicht, wie es dir geht, aber ich persönlich verhungere gleich.«

»Gegenüber habe ich ein *Five Guys* gesehen«, meint Owen.

»Perfekt.« Ich würde jetzt echt alles essen, selbst wenn es vor Fett triefende Burger sind.

Wir verabschieden uns von den Jungs und verschwinden in unseren Zimmern. Unseres hat dunkelgrüne Wände und zwei große Fenster, die auf den Parkplatz hinaus zeigen. Darunter stehen zwei Kingsize-Betten mit weißer Bettwäsche, von zwei Nachtschränkchen und darüber hängenden Lampen getrennt. Eine schmale Tür führt zum Badezimmer. Emma lässt ihren Koffer mitten im Weg stehen und verschwindet sofort im Bad.

Mit einem resignierten Seufzen schiebe ich ihren Koffer bis nach hinten in die Ecke, bevor ich meinen eigenen auf eines der Betten wuchte. Die Folie knistert, als ich langsam beginne sie vom Koffer zu wickeln.

Liv hebt derweil ihr eigenes Gepäck auf das andere Bett und hat die Schultern so weit hochgezogen, dass ich allein vom Zuschauen schon Nackenschmerzen bekomme. Ich kann total verstehen, dass sie sich unwohl fühlt. Ich an ihrer Stelle wäre vermutlich gar nicht erst mit wildfremden Leuten mitgefahren.

»Ist es sehr seltsam für dich, hier zu sein?«, frage ich sie.

Liv dreht sich zu mir um und versucht sich an einem Lächeln. »Ein bisschen. Und ehrlich gesagt bin ich mir immer noch nicht sicher, ob das hier eine gute Idee war.« Nervös drückt sie die Jacke in ihrer Hand zu einem Knäuel zusammen. »Das ist nichts gegen euch. Es ist nur …« Sie verstummt und zieht ihre Nase kraus.

Ich lächele sanft. »Ich verstehe schon, wir haben nicht unbedingt den besten ersten Eindruck gemacht.«

»Nein, es ist nur, dass es sich mutig angefühlt hat, als ich diese Reise allein angetreten bin. Sie mit fünf völlig Fremden weiterzuführen geht eher in Richtung leichtsinnig.« Sie lacht ein bisschen. »Wie der Beginn einer True-Crime-Serie.«

»Ich sag's dir«, stoße ich aus und zeige mit dem Finger auf sie. »Dasselbe denke ich auch die ganze Zeit, aber mir will ja keiner zuhören.«

Als sie jetzt lacht, entspannen sich ihre Schultern ein wenig, was ich als gutes Zeichen auffasse.

»Ich finde es jedenfalls toll, dass du dabei bist«, sage ich und mache mich weiter daran, meinen Koffer auszuwickeln. Alexander hat damit wirklich ganze Arbeit geleistet. »Sechs ist eine schöne gerade Zahl.«

Liv beißt sich auf die Unterlippe und lässt sich aufs Bett fallen, das so weich ist, dass sie ein *Huch!* von sich gibt, als sie fast darin versinkt. Wir lachen, während sie sich wieder hochkämpft, und ich merke ihr an, dass sie sich langsam entspannt.

»Mir tut es echt leid, dass ich Owens – eure – Geschichte mitbenutzt habe, um auch in den Flieger zu kommen. Das war taktlos. Ich hätte wissen müssen, dass sich niemand so was einfach ausdenkt.«

»Woher hättest du das denn wissen sollen?« Ich ziehe den Rest der Folie ab und lege sie ordentlich zusammen, damit ich meinen Koffer morgen früh wieder darin einwickeln kann. »Ich mache dir keinen Vorwurf deswegen, wirklich nicht.«

»Dafür hasst mich eure Schwester umso mehr«, murmelt Liv und zuckt ein wenig zusammen, als in diesem Moment die Badezimmertür aufgeht.

»Ich bin jedenfalls froh, dass du dabei bist und so unsere Frauenquote aufrechterhältst«, lächele ich sie aufmunternd an.

Emma geht auf ihre Seite des Bettes und schnaubt leise und irgendwie abfällig, während auch sie ihren Koffer öffnet.

»Ich bin dann schon mal unten.« Liv verlässt das Zimmer so schnell, dass ich keine Möglichkeit habe, sie aufzuhalten.

Vorwurfsvoll hebe ich meine Augenbrauen. »Würde es dir wehtun, wenn du ein wenig netter zu ihr wärst?«, sage ich an Emma gewandt.

Verständnislos schaut sie mich an, bevor sie mit dem Daumen in Richtung Tür zeigt, durch die Liv gerade verschwunden ist. »Darf man nicht einmal mehr atmen, oder was? Ich hasse Miss Niemand nicht. Was aber nicht bedeutet, dass ich mich so exorbitant über ihre Anwesenheit freuen muss wie du.«

»Emma«, erwidere ich bittend. »Sei einfach nett zu ihr. Sie sitzt im selben Boot wie wir. Beziehungsweise Auto.« Ich schnappe mir meine Handtasche und den Mantel, nachdem ich einen kurzen Blick auf meine Armbanduhr geworfen habe. »Wir sehen uns gleich unten.«

Sie grummelt noch etwas, doch das höre ich schon nicht mehr, denn gleichzeitig ziehe ich die Tür hinter mir zu.

Emma gehörte schon immer zu den Menschen, die mit vor Sarkasmus triefenden Kommentaren um sich werfen. Doch bis zum Tod unserer Eltern waren diese mit einem frechen Grinsen untermalt. Letzteres hat sie seitdem irgendwie verloren. Und ich weiß, dass sie viele Dinge nicht so böse meint, wie es manchmal rüberkommt. Ich weiß, dass Emmas Verhalten von ihrer Trauer kommt, aber Liv hat das nicht verdient.

Als ich unten in der Lobby ankomme, entdecke ich Liv draußen vor der Tür mit dem Handy am Ohr. Ihre Augenbrauen sind zusammengekniffen und sie gestikuliert beim Sprechen, als würde sie sich mit jemandem streiten.

Also ziehe ich mir eine Wasserflasche aus einem Automaten in der Ecke, bevor ich mich damit auf das Chesterfield-Sofa setze, das vor dem prasselnden Kamin steht. Nach einem großen Schluck ringe ich mich dazu durch, meine eingegangenen Nachrichten zu öffnen, die ich schon den halben Tag ignoriere. Einerseits wegen Sundance, andererseits wegen Mark.

Ich öffne unseren Chat und überfliege seine gestrigen Nachrichten. Mark erzählt von seinem Tag mit vielen Details, angefangen von seiner verzweifelten Suche nach seiner Bürokaffeetasse bis hin zu einer Serie, die er auf meine Empfehlung hin begonnen hat.

Wir schreiben uns seit zwei Wochen und alles an Mark scheint perfekt zu sein: Er arbeitet als Architekt im Unternehmen seiner Familie, hat einen Hund und viele Freunde. Wie ich ist er ein Familienmensch, hält viel von Traditionen und Routinen … Dennoch kann ich ihm nicht mehr antworten. Nicht nach seiner letzten Nachricht, die erst heute Morgen bei mir eingetroffen ist: *Wir sollten uns treffen.*

Vier Worte, die einen so herrlich unbeschwerten und unverfänglichen Chat in eine Katastrophe verwandelt haben. Denn mit einem Mal verpuffte all die Leichtigkeit und zurück blieb ein Druck auf meiner Brust, gegen den ich kaum anatmen kann, sobald ich die Nachricht lese.

»Das sieht ganz nach einem armen Tropf aus, der bald abserviert wird.« Alexander beugt sich so nah über meine Schulter, dass ich einen leisen Schrei ausstoße und hochfahre.

»Was soll das?«

»Entschuldige. Dein Bildschirm sprang mich förmlich an. Es ist ziemlich offensichtlich, dass dir jemand viel zu sagen hat, und du wirkst, als würdest du diesen Jemand gleich ghosten.« Er deutet an mir hoch und runter. »Zumindest sieht dein Nasekräuseln so aus, als hättest du ein furchtbar schlechtes Gewissen.«

»So was würde ich niemals tun«, sage ich empört und sperre meinen Bildschirm, bevor ich mich wieder auf meinen Platz setze und herausfordernd mein Kinn hebe. Dabei achte ich darauf, dass kein Kräuseln meine Nase verrät. »Außerdem ist es unhöflich, auf fremde Handys zu schauen.«

Wieder blitzt dieses entwaffnende Lächeln auf, mit dessen Hilfe Alexander vermutlich immer bekommt, was er möchte. »Sorry, das war wirklich nicht nett.«

Er gibt es zu. Einfach so. Und ich weiß nicht, was ich darauf erwidern soll. Ein »Ist schon okay« liegt mir auf der Zunge, doch ich verbeiße es mir.

»Ich ghoste ihn nicht. Ich plane nur meine nächsten Schritte.« Wieso klingt das wie eine Rechtfertigung? Ich habe es doch gar nicht nötig, mich vor ihm zu erklären.

Alexander nickt langsam, während er den Blick unverwandt auf mir ruhen lässt. »Magst du ihn denn?«

»Würde ich sonst mit ihm schreiben?«, erwidere ich bloß.

»Beantwortest du meine Frage mit einer Gegenfrage, weil du Zeit gewinnen willst oder weil du mir das Gefühl geben möchtest, dass meine Frage dumm ist?«

»Was?«, stoße ich aus und meine Wangen brennen vor Verlegenheit. »So war das natürlich nicht gemeint!«

Alexander legt schweigend den Kopf schief und wartet. Er wartet so lange, bis ich einfach damit herausplatze: »Er ist toll, aber ich weiß nicht, ob ich für ein persönliches Treffen bereit bin.«

Seine Augenbrauen springen hoch. »Warum nicht?«

»Weil er quasi noch ein Fremder ist.«

»Aber hast du nicht mit ihm geschrieben, um ihn kennenzulernen?« Er deutet auf meinen schwarzen Bildschirm. »Du wirst ihn niemals nicht als fremd bezeichnen können, wenn du ihn nicht triffst.«

Er hat recht. Er hat so, so recht. Doch Alexander versteht mich nicht. Er hat absolut keine Ahnung, wie es ist, wenn selbst das Herunterladen dieser blöden Dating-App eine Überwindung ist. Er weiß nichts über mich oder die Hürden, die ich tagtäglich überwinde, nur um ein normales Leben zu führen. So normal, wie es eben sein kann, wenn einem die zwei wichtigsten Menschen der Welt entrissen wurden und man nun versucht wieder klarzukommen.

»Tja, manche Menschen rennen nicht rum und freunden sich einfach so mit wildfremden Leuten an.«

Gott sei Dank kommen in diesem Moment Owen, Emma und Sam nach unten, sodass ich dieses Gespräch nicht weiterführen muss. Ich springe vom Sofa auf und rufe: »Lasst uns gehen! Ich verhungere sonst noch.«

Ich spüre, wie sich Alexanders Blick in meinen Nacken bohrt. Ich hasse es, dass ich meine sozialen Schwächen vor ihm offenbart habe. Nicht einmal Emma weiß, dass ich mich in die Dating-Welt hinausgewagt habe und jetzt auch noch so grandios gescheitert bin.

Als wir aus der Tür treten, fährt Liv erschrocken zu uns herum, während sie weiterhin in ihr Handy spricht. »Ich muss Schluss machen … Ich weiß … Natürlich passe ich auf mich auf, Dad. Wenn es dich beruhigt, schicke ich dir gleich meinen Standort … Nein, du bekommst kein Foto von ihnen! Ich melde mich später … Nein, nicht jede Stunde!«, zischt sie dann und dreht sich mit flammenden Wangen von uns weg.

Ich verbeiße mir ein Lachen und vor Rührung geht mir das Herz auf. Als Liv aufgelegt hat, dreht sie sich mit einem verlegenen Lächeln wieder zu uns um. »Sorry, mein Dad hält euch auch für Serienkiller.«

»Du kannst ihm ruhig ein Foto schicken«, sagt Emma. Wenn sie dabei wenigstens lächeln könnte, würden ihre Worte nicht wie eine Drohung klingen.

»Oh nein«, wehrt Liv schnell ab. »Ich will ihm doch keine Angst machen.« Sie grinst schief und deutet mit dem Daumen hinter sich. »Wollen wir dort essen?«

Geschlossen marschieren wir auf die gegenüberliegende Straßenseite zu einer *Five-Guys*-Filiale. Wir haben Glück, denn obwohl der Laden rappelvoll ist, bekommen wir noch einen Tisch für uns sechs. Ich blockiere ihn, während die anderen am Tresen bestellen, und ich kann einfach nicht aufhören, Alexander dabei unverwandt anzustarren. Er steht mit den anderen zusammen vor der weißen Theke mit roten Quadraten und lacht herzlich über irgendetwas, das Emma gerade gesagt hat.

In meinen Fingern kribbelt es und bevor ich groß darüber nachdenke, habe ich mein Handy in der Hand und Instagram geöffnet. Mein Daumen schwebt über dem Suchfeld, bevor ich mir einen Ruck gebe und seinen Namen eingebe. *AlexTRAVELSander.*

Sofort wird mir ganz oben sein Profil angezeigt, doch ich zögere. Zählt das jetzt als Stalking? Oder ist das normale Neugierde? Wieso mache ich mir überhaupt so viele Gedanken?

Jemand kommt in mein Sichtfeld und ich zucke zusammen, während ich gleichzeitig meinen Bildschirm sperre. Emma setzt sich mit wissend hochgezogenen Augenbrauen auf den Platz am Kopfende des Tisches.

»Sag nichts«, zische ich ihr zu, während ich eine Portion Pommes und ein Käsesandwich von ihrem Tablett nehme.

»Ich kann schweigen«, erwidert sie grinsend und schiebt sich eine ihrer Pommes in den Mund.

Die anderen gesellen sich mit ihren Tabletts voll Essen in den Händen zu uns.

»Wir sollten morgen ganz früh aufbrechen.« Ich entsperre wieder mein Handy und schließe schnell Instagram, bevor ich

Maps öffne.»Von hier sind es noch knapp drei Stunden Fahrt, bei den Straßenverhältnissen eher fünf, aber dann könnten wir es immer noch vor dem Mittag zur Hütte schaffen.«

»Ich werde auf keinen Fall um sechs Uhr losfahren«, erwidert Emma mit vollem Mund.»Außerdem gibt es Frühstück eh erst ab sechs.«

»Wir könnten uns einfach unterwegs was holen.«

»Das ist so übertrieben, Nora!«

Ich kann mir ein Augenrollen einfach nicht verkneifen. »Du wirst in den nächsten Tagen so viel und lange schlafen, wie du möchtest. Aber wir haben morgen so viel zu tun: einkaufen, schmücken, kochen, auspacken …« Ich wedele mit einer Pommes.»Das wird Zeit kosten.«

»Jetzt helft mir doch mal, Leute.« Emma zieht das letzte Wort lang und schaut sich flehend am Tisch um.»Sie ist wahnsinnig geworden.« Alexander lacht, worauf sie auf ihn deutet. »Du stimmst mir doch zu?«

Sofort hebt er beide Hände.»Da werde ich mich auf keinen Fall einmischen. Ich bin sowieso früh wach. Ich passe mich an, was auch immer ihr entscheidet.«

»Feigling«, knurrt Emma.

»Ich habe mir vorhin mal kurz dein Profil angeschaut. Warst du ernsthaft vor ein paar Tagen in Montevideo?«, fragt Sam Alexander und wechselt damit das Thema. Offenbar hatte er im Gegensatz zu mir kein Problem damit, sich *AlexTRAVELSander* genauer anzusehen.

»Ja. Freunde von mir haben geheiratet. Es war großartig. Strahlender Sonnenschein, wunderschöne Architektur und die Menschen dort sind herrlich entspannt.«

»Montevideo? Klingt ausgedacht. Wo liegt das denn?« Neugierig beugt Emma sich vor.

»Das ist die Hauptstadt von Uruguay und liegt quasi gegenüber von Buenos Aires.«

»Freunde von dir? Hast du die auf deinen Reisen kennengelernt?«, fragt Sam weiter, worauf Alexander zu erzählen beginnt und natürlich sofort alle an seinen Lippen hängen. Als wäre er nicht quasi ein Landstreicher, der durch die Welt tingelt und nicht erwachsen genug ist, um sich ein richtiges Leben aufzubauen.

Ernsthaft. Er hat keinen richtigen Job. Er lässt seine Familie zurück. Er lässt sich wortwörtlich »vom Wetter treiben«. Was ist das für ein Leben?

Ein leises Klingeln reißt mich aus meinen Gedanken und ich schaue Liv zu, wie sie ihr Handy aus der Tasche zieht und mit einem leichten Stirnrunzeln drangeht.

»Hi, Mom.« Sie stöhnt. »Das habe ich nie gesagt. Wieso behauptet Dad das?« Sie reibt sich die Stirn und kneift dann in ihre Nasenwurzel. »Es ist definitiv besser als allein am Flughafen zu sitzen.« Sie stockt und senkt die Stimme. »Warum wollt ihr denn alle ein Foto haben?« Ihre Stuhlbeine schaben über den Boden, als sie aufsteht und mit ihrem Parker in der Hand nach draußen geht.

Owen schaut ihr besorgt hinterher, greift dann ebenfalls nach seinem Handy und stöhnt laut, bevor er mich flehentlich fixiert. »Ich gebe dir hundert Mäuse, wenn du drangehst.«

Bevor ich reagieren kann, drückt er auf *Anruf annehmen* und schiebt mir sein Handy auf dem Tisch rüber.

Sundance. Na, super!

»Hallo? Smartie, mein Junge, bist du da?«, ertönt es gedämpft aus dem Handy, das direkt vor mir auf dem Tisch liegt wie eine Bombe, die jeden Moment hochgehen könnte.

Emma schiebt es mit spitzen Fingern weiter, als könnte allein die Berührung reichen, um unsere Tante auf sie aufmerksam zu machen. Ich muss mich geschlagen geben.

»Hi, Tan– Sundance. Wie geht's dir?«

»Nora, Liebes, bist du das? Wie wundervoll, deine Stimme zu hören! Dein Telefon scheint kaputt zu sein. Ich versuche schon den ganzen Tag dich zu erreichen.«

Meine Augen schießen Dolche auf Owen ab, der nur entschuldigend den Mund verzieht, um dann genüsslich in seinen Burger zu beißen.

»Das tut mir leid. Ich wollte dir wirklich keine Umstände bereiten«, sage ich ins Telefon.

»Schon in Ordnung. Ich habe gehört, dass in Boston alle Flüge ausfallen. Was macht ihr denn nun?«

»Oh«, stoße ich aus und sofort habe ich ein schlechtes Gewissen, weil niemand ihr Bescheid gesagt hat. »Das stimmt. Sam – du kennst ihn sicher noch, Owens bester Freund – hat sich dazu bereit erklärt, uns zu fahren. Wir haben auch noch ein paar mehr Leute mitgenommen. Aber leider ist das Wetter so schlecht, dass wir heute in einem B&B übernachten müssen und dann hoffentlich morgen gegen Mittag ankommen.«

»Natürlich kenne ich Sam noch. So ein großer, hübscher junger Mann … Brünett? Blond? … Egal, richte ihm Grüße aus. Und schön, dass ihr Freunde mitbringt. Das wird die Zeremonie noch besonderer machen. Und wenn ihr jetzt eh mit dem Auto unterwegs seid, könnt ihr doch das Bild noch abholen. Es wäre wirklich wichtig.«

Ich unterdrücke ein Seufzen. »Das schaffen wir leider nicht mehr. Die Straßenverhältnisse sind eine Katastrophe und wenn wir jetzt zurückfahren würden, wären wir schlimmstenfalls bis Weihnachten nicht an der Hütte. Tut mir leid.«

»Hmm«, macht sie nach einer langen Pause, in der ich auf meiner Unterlippe herumkaue. »Dann müssen wir wohl improvisieren. Ich werde mich sofort an ein neues Bild machen. Keine Sorge, ihr bekommt eine Zeremonie, wie ihr sie verdient habt. Passt gut auf euch auf.« Dann legt sie einfach auf.

Ich starre das Handy an.

»Und?«, fragt Owen, als ich ihm sein Telefon zurückgebe. »Lässt sie uns endlich in Ruhe?«

»Nein.« Stöhnend vergrabe ich mein Gesicht in beiden Händen. »Sie malt ein neues Bild.«

»So ein Mist«, stößt Emma neben mir aus, während Owen den Kopf in den Nacken legt und geschlagen an die Decke starrt.

Sam lacht auf meiner anderen Seite. »Die Frau hat anscheinend eine Mission.«

»Offenbar bekommt ihr es beide einfach nicht hin, Tante Caroline den Quatsch aus dem Kopf zu schlagen.« Emma rollt mit den Augen.

Ich hebe die Augenbrauen. »Wenn du das so gut kannst, dann geh doch nächstes Mal dran, statt mir das Handy einfach weiterzuschieben.«

Da kommt Liv zurück an unseren Tisch. Sofort wendet Owen sich ihr zu. Emma, die gerade etwas auf meine Worte erwidern wollte, klappt den Mund zu und schaut stattdessen Owen an, als wäre sie kurz davor, ihm an die Gurgel zu gehen.

Und plötzlich wird es mir klar: Sie will gesehen werden. Von Owen, ihrem großen Bruder, der jedoch nur Augen für Liv hat. Ich ertrage das nicht und schiebe mich von der Bank, weil ich ihre Probleme sonst zu meinen mache. Das tue ich immer. Weil ich einfach nicht anders kann. Und schlimmstenfalls stehe ich dann zwischen ihnen. Etwas, das ich definitiv vermeiden will.

»Ich hole mir noch einen Milchshake«, sage ich, doch leider folgt mir Alexander auf den Fuß.

»Da bin ich dabei«, meint er.

Wir stellen uns am Ende der Schlange an und peinliches Schweigen setzt ein, bis er es mit den Worten »Ich finde so eine Zeremonie eigentlich gar nicht so übel, wenn du mich fragst« durchbricht.

»Ich habe dich aber nicht gefragt«, erwidere ich mit zusammengekniffenen Augen, bevor ich an den Tresen trete und mir einen Schokomilchshake bestelle, obwohl mir der Appetit vergangen ist.

Diese Reise sollte doch dazu dienen, uns drei wieder näher zusammenzubringen. Wieso fühlt es sich dann an, als würden wir nur noch weiter auseinanderdriften?

»Tut mir leid. Ich wollte mich nicht einmischen«, sagt Alexander beschwichtigend.

Na toll, und schon fühle ich mich wieder beschissen. »Entschuldige, war nicht so gemeint. Ich hätte gerade wirklich nicht so ruppig sein sollen«, murmele ich.

»Du brauchst dich nicht zu entschuldigen. Mich hat tatsächlich niemand gefragt«, gibt er zu, so ernst, dass ich ihn einen Moment lang anstarre, weil es so ungewohnt ist, ihn ohne sein Dauerlächeln zu sehen.

»Wieso findest du denn, dass es eine gute Idee ist?«, frage ich Alexander versöhnlich, nachdem er seinen Erdbeershake bestellt hat. Wieso passt diese Einstellung nur so gut zu ihm?

»Solche Trauerzeremonien sind in vielen Kulturkreisen gar nicht so ungewöhnlich. In China werden beispielsweise Nachbildungen aus Papier verbrannt, um sie den Toten ins Jenseits zu schicken.«

»Was denn für Nachbildungen?« Ich merke, wie ich auf dem Rückweg zum Tisch und zu den anderen langsamer werde. Vielleicht weil ich weiß, dass Emma über solche Dinge nur lachen wird. Vielleicht auch, weil ich mich wegen meiner ruppigen Antwort noch immer schlecht fühle. Ganz sicher nicht, weil ich unbedingt mehr Zeit als nötig mit Alexander verbringen will!

»Alles Mögliche: Staubsauger, Kleidung oder Lebensmittel. Es gibt sogar speziell gedrucktes Totengeld, das verbrannt werden kann. Es sind symbolische Opfergaben.« Bei meinem ungläubigen Gesichtsausdruck lacht Alexander. »Es ist wahr. Ob man dran glaubt oder nicht, es scheint den Angehörigen zu helfen.«

»Das ist so verrückt. Aber doch etwas ganz anderes als ein Bild, das unsere Gefühle darstellen soll.«

»Ihr müsst es ja nicht machen, wenn ihr nicht wollt. Ich wollte nur mal einen anderen Blickwinkel einbringen.«

Wir haben den Tisch fast erreicht. Emma streitet schon wieder mit Sam, während Owen zwischendurch zu schlichten versucht, aber immer wieder von Livs Anblick abgelenkt wird, die in aller Seelenruhe ihren Milchshake trinkt und aus dem Fenster schaut. Ihn hat es anscheinend echt erwischt.

Ich bleibe noch kurz stehen. »Ich weiß«, sage ich an Alexander gerichtet. »Aber danke. Jetzt fühlt sich diese ganze Idee von meiner Tante nicht mehr ganz so seltsam an. Ich meine, hey, es gibt Menschen auf der Welt, die Staubsauger aus Papier verbrennen, um sie ihren toten Verwandten zu schicken.«

Alexander und ich grinsen uns an. Nur ganz kurz, bevor ich mich wieder wegdrehe und an den Tisch trete. »Okay, Leute, wenn ihr fertig seid, sollten wir gleich gehen. Wir müssen früh aufstehen. Sechs Uhr, dann können wir noch was frühstücken.«

Emma stöhnt, aber das habe ich erwartet. »Steh früher auf oder lass es sein«, erwidere ich achselzuckend.

Sie verdreht ihre Augen. »Du bist echt eine Sklaventreiberin.« Wieder fliegt ihr Blick zu Owen. »Oder?«

»Ist so«, stimmt er ihr zu und ganz kurz lächelt sie, bevor sie wieder ihre Mauern hochzieht und eine gelangweilte Miene aufsetzt.

Ich seufze innerlich, doch zugleich weiß ich mit absoluter Sicherheit, dass alles gut werden wird. Sobald wir die Hütte erreicht haben und uns daran erinnern, dass wir eine Familie sind.

Denn das sind wir, selbst wenn Mom und Dad nun fehlen.

Owen

Es ist kein Problem für mich, mit Sam ein Bett zu teilen. Das haben wir schon öfter getan. Wir haben sogar schon mal zusammen in einer Badewanne gepennt, aber daran denke ich nicht gern zurück. Vor allem nicht an den Morgen danach. Und Alexander hatte vollkommen recht mit den Kingsize-Betten. Die sind deutlich komfortabler, als es zwei besoffene Typen in einer Badewanne je haben könnten.

Vor ungefähr zwei Stunden sind wir alle aus dem *Five Guys* zurückgekommen. Sam, Alexander und ich haben noch eine Weile gepokert. Da wir alle müde vom Tag waren, haben wir uns aber schließlich hingehauen. Schlafen kann ich jedoch nicht. Und Sam beschwert sich über jede Bewegung, die ich mache.

»Boah, Alter! Bist du immer so anstrengend im Bett?«, frage ich ihn irgendwann, als ich mich umdrehe und er mir seinen Ellenbogen in den Rücken rammt. »Kein Wunder, dass es keine Frau mit dir aushält.«

»Wenn sich eine Frau neben mir umdreht, wackelt wenigstens nicht das ganze Bett«, kontert Sam. »Du wirfst dich hin und her wie ein Hampelmann.«

Ich schnappe mein Kissen und schleudere es ihm auf den Kopf.

»Lieg. Endlich. Still. Mann!«, kommt es nur dumpf darunter hervor. »Ich muss morgen fahren.«

Seufzend lege ich mich auf den Rücken und starre – jetzt

ohne Kissen – an die dunkle Zimmerdecke. An den Vorhängen vorbei fällt vom Parkplatz ein Schimmer orangefarbenes Licht herein. Aber auch das ist nicht das Problem.

Das Problem ist, dass ich Liv nicht aus dem Kopf kriege. Mein Hormonrausch, der den ganzen Tag über ein Segen war, erweist sich jetzt als Höllenqual. Jedes Mal, wenn ich halb wegdämmere, blinken die Erinnerungen an unseren Kuss in meinem Gedächtnis auf wie ein Weihnachtsbaum mit Wackelkontakt.

Ich weiß ja, dass alles, was gerade in mir passiert, auf meinen hormonellen Ausnahmezustand zurückzuführen ist. Und ich weiß, dass der nicht von Dauer sein wird. Nach spätestens drei bis sechs Monaten ist der Spuk vorbei. Aber jetzt gerade dreht meine Fantasie völlig frei. Zumal Liv beim Abendessen sehr still war und ich mir Sorgen mache, dass sie sich nicht wohlfühlt.

Der Typ, der ihr einen Veggieburger und Schokomilchshake überreichte, fragte sie, woher sie komme, weil er ihren Akzent nicht zuordnen konnte.

»Nordirland«, sagte sie.

»Nordirland? Gibt's auch Südirland?«, wollte er wissen.

Liv musterte ihn ungläubig, aber es wurde nicht besser, weil er als Nächstes sagte, ihr Englisch sei der Hammer.

Ich glaube, sie fühlt sich sehr fremd – in diesem Land, vielleicht aber auch mit uns. Jedenfalls aß sie nur stumm ihren Burger, trank ihren Milchshake und telefonierte zwischendurch mit ihrer Mom, die uns offenbar für eine Truppe Irrer hält. Danach hätte ich sie gern in Ruhe gefragt, wie es ihr geht, aber Nora führte uns in geschlossener Reihe zurück ins B&B und Liv verschwand mit Emma und ihr im Mädelszimmer.

Vielleicht kann sie ja auch nicht schlafen. Vielleicht liegt sie genauso im Bett und starrt an die Decke wie ich. Und wenn es so wäre ... Vorsichtig, um nicht schon wieder Ärger mit Sam zu kriegen, richte ich mich auf. Aber er scheint endlich eingepennt zu sein. Statt mir länger mein Hirn zu zermartern, steige ich aus dem Bett.

Ich werde nur einen kurzen Blick ins Zimmer der Mädchen werfen. Falls Liv noch wach ist, werde ich die Chance nutzen und fragen, ob alles okay ist. Und ich werde ihr sagen, dass ich froh bin, weil sie da ist.

Eine Weile taste ich nach meiner Hose, finde sie schließlich und falle im nächsten Moment über irgendein Gepäckstück. Fluchend verlasse ich das Zimmer, ehe Sam sich auf mich stürzen kann, weil ich ihn wieder geweckt habe.

Im Flur geht eine ganze Reihe in die Decke gelassener Lämpchen an. An den holzverkleideten Wänden hängen Bilder der zerklüfteten Küste Maines mit ihren Fjorden und Halbinseln. Kurz überlege ich, ob es zu gewagt ist, mitten in der Nacht an eine Tür zu klopfen, hinter der vermutlich nicht nur meine Schwestern, sondern auch Liv tief und fest schlafen. Allerdings ist an diesem Trip so ziemlich alles gewagt, insofern klopfe ich trotzdem.

Keine Antwort. Ich drücke die Klinke.

»Liv?«, frage ich leise. Aber das vom Flur einfallende Licht beleuchtet ein leeres Bett. In dem weiter links liegen Emma und Nora aneinandergeklammert in der Bettmitte. Mindestens eine von beiden regt sich, also schließe ich die Tür rasch wieder.

Wo ist Liv bitte mitten in der Nacht abgeblieben?

Ich beschließe unten nach ihr zu sehen, und schleiche die knarzenden Treppenstufen in die Lobby runter. Dort sorgen nur vereinzelt Lampen mit bunten Schirmen für Helligkeitsinseln. Am Tresen neben dem Treppenaufgang ist alles dunkel, aber auf der rechten Seite ist ein Kamin in eine Wand aus Sichtsteinen eingelassen. Davor steht ein altes Chesterfield-

Sofa auf einem dunkelblauen Teppich. Und auf dem Sofa sitzt Liv.

Sie hat die Beine angezogen, trägt zu ihrem dünnen Pullover eine weiche bunt gemusterte Hose und dicke Socken an den Füßen. Sie wirkt vollkommen in ihr Buch versunken. Der Feuerschein haucht ein tiefes Dunkelrot auf ihre Haare. Sie bewegt ein wenig ihre Lippen, als würde sie die Dialoge mitsprechen.

Eigentlich sieht sie nicht so aus, als wolle sie gestört werden. Halb will ich mich schon wieder abwenden, erinnere mich aber daran, was sie im Flugzeug gesagt hat: dass ihre Bücher ihr Zuhause sind. Und plötzlich frage ich mich, ob sie sich mit ihrem Buch hierher verzogen hat, weil sie Heimweh hat.

»Hey«, sage ich leise.

Liv schreckt heftig zusammen. »Owen! Was machst du denn hier?«

»Kann ich mich zu dir setzen oder willst du lieber deine Ruhe haben?«

Kurz gleitet ihr Blick an mir abwärts. Über mein ausgeleiertes weißes T-Shirt, meine Jeans, bei der ich nicht mal den Gürtel geschlossen habe, meine bloßen Füße. Verdammt, allein ihr Blick fühlt sich an wie eine Berührung. Wie unersättlich viele Berührungen. Wie ausziehen. Wie … Oh fuck! Diese Richtung sollten meine Gedanken auf keinen Fall einschlagen.

»Hältst du das für einen angemessenen Aufzug in einer Hotel-Lobby?«

»Außer uns ist doch niemand hier.« Meine Antwort verklingt zwischen uns. Das Knacken der Holzreste in den Flammen ist plötzlich übermäßig laut. Liv schluckt schwer und mein Bedürfnis, ihr ganz nahe zu kommen, nahe genug, um ihren Kakao-Duft einzuatmen und ihren Hals mit meinen

Lippen zu berühren, wird fast übermächtig. Mir muss gerade eine ganze Dopamin-Flutwelle ins Blut gerauscht sein.

»Dann setz dich ruhig«, sagt sie endlich. »Nach dem Gespräch mit dem Typen vom *Five Guys* wundert mich ehrlich gesagt gar nichts mehr bei euch Amis.«

»Du meinst, wir sind alle ungehobelte Vollidioten?« Ich lasse mich neben sie aufs Sofa fallen. Die Hitze aus dem Kamin trifft mich mit ganzer Wucht. Oder vielleicht ist es eher Livs, denn das Feuer ist ja fast runtergebrannt.

Ich weiß, das hier ist keine gute Idee. Liv muss mich ja nur ansehen und mein Herz treibt mir das Blut mit doppelter Geschwindigkeit durch den Körper – auch in die gerade sehr erwartungsvollen Zonen. Ich kann mich ihr jetzt jedoch unmöglich aufdrängen. Denn ich habe ja behauptet, ich würde nichts von ihr verlangen, wenn sie mitkommt. Und sie hat einen echt harten Tag hinter sich. Eigentlich sollte sie gerade einen Cocktail an einer Strandbar in San Diego schlürfen. Irgendwas Besseres als einen *Comet's Impact*. Obwohl ich mir für meinen Teil gerade nichts Besseres vorstellen kann. Nichts Besseres als Liv.

Zur Hölle! Ich bin voll im Drogenrausch. Und je länger ich hier tatenlos rumsitze, desto mehr Hormone schießen mir ins Blut, als wüsste ich nicht längst, was Sache ist: Ich will Liv. Ich wollte sie schon den ganzen Tag, aber jetzt umso mehr. Ich will sie hier auf dem Sofa, irgendwo auf dem Boden. Irgendwo und irgendwie. Einfach nur sie.

»Und dann klaut ihr Amis auch noch all unsere Ortsnamen«, bemerkt sie und reißt mich aus meinen unangemessenen Gedanken. »Hartford, Cambridge, Manchester, Portland … Ich meine, konntet ihr euch keine eigenen ausdenken?«

»Willkommen im Herzen New Englands, Comet«, entgegne ich. »Die Ortsnamen haben deine Vorfahren mit hierhergebracht.«

»Und ihr habt eure Revolution mittendrin abgebrochen und euch gedacht: Die Briten sind wir los, aber die haben sich echt süße Namen für unsere Städte ausgedacht, die behalten wir als Andenken?«

Ich muss lachen. »Ja, ich wette, das ist genau, was den Leuten damals durch den Kopf ging.«

»Hm ...« Wenn sie so lächelt wie jetzt, wenn das winzige Muttermal unter ihrem Mundwinkel deutlicher hervortritt, kann ich mich kaum noch halten vor Verlangen.

»Das alles schreit nicht gerade Mr Darcy, oder?« Sie sagt das, als wolle sie sich selbst erinnern, dass ich nicht der Richtige für sie bin. Dass ich aus einem Land komme, in dem die Leute keine Ahnung von der Welt haben. Dass sie sich nicht auf mich einlassen kann, weil ich nicht ans Schicksal glaube, nicht mal wirklich an die Liebe – jedenfalls nicht so wie sie. Dass ich ein Fehler wäre.

Ich setze mich auf meine Hände, um keine verräterische Bewegung in ihre Richtung zu machen.

»Wie geht's dir?«, bringe ich nicht sehr geistreich hervor, nachdem ich mich dazu gezwungen habe, wieder daran zu denken, weshalb ich Liv eigentlich gesucht habe. Wobei ... Ist das nicht genau das, was Süchtige tun? Sich einreden, sie hätten einen guten Grund, nach ihrer Droge zu greifen, aber eigentlich wollen sie nur den Kick? Ich bin ein verdammter Idiot. »Du warst ziemlich still auf der Fahrt und beim Essen.«

»Na ja ...« Wieder ihr spöttisches Lächeln. Ich muss wegsehen. »Mein Sitznachbar hat geschlafen, oder? Und später hatte er viel mehr zu erzählen als ich. Alexander war schon auf allen Kontinenten der Erde. Er hat mich nur verständnislos angesehen, als ich sagte, dass ich eigentlich nach San Diego wollte und mich noch nicht an den Gedanken gewöhnt habe, jetzt nach Norden statt Süden zu reisen.« Sie lacht leise. »Er meinte nur: *Wieso? Maine ist doch auch schön.*«

Ich habe überhaupt keine Lust, jetzt über Alexander zu reden. »Tut mir leid, dass dein erster Trip allein ins Ausland so anders läuft als erwartet.«

Sie nickt. »Ich bin noch etwas überwältigt davon. Ich …« Einen Moment lang schweigt sie. »Ich denke darüber nach, hierzubleiben und nicht weiter mitzufahren. Hier ist es ja wirklich ganz nett.«

Ich starre sie an, aber sie hält ihren Blick auf die glimmenden Holzstücke im Kamin geheftet.

»Wieso das?«

»Ich glaube …« Sie wirft mir nur einen ganz kurzen Blick zu. »Emma hat echt ein Problem mit mir, Owen. Und ich verstehe sie auch. Ich habe sie total verletzt mit meiner Falschannahme über den Tod eurer Eltern. Man muss sie ja nur ansehen, um zu erkennen, wie sehr sie leidet. Ich weiß, wie das ist, wenn man sich wie der einsamste Mensch auf der Welt vorkommt. Meine Eltern leben noch, also ist das nicht vergleichbar, aber seit der Scheidung habe ich mich oft allein gefühlt. Ich glaube, Emma tut das auch.«

Ich kann sie nur weiter anstarren, aber nichts sagen. Jedes ihrer Worte tut weh – weil sie genau in die Wunde treffen, die mein schlechtes Gewissen in monatelanger Arbeit genagt hat. Ich weiß, dass Emma einsam ist. Weil Mom und Dad tot sind. Und ich weg. Nora allein kann das nicht auffangen. Ich wusste das. Und ich bin trotzdem gegangen.

Schwarze Gewitterwolken lassen die gemütliche Kaminatmosphäre hinter einem Grauschleier verschwinden.

»Liv, glaub mir.« Meine Stimme klingt rau. Ich räuspere mich, aber das macht nichts besser. »Emma hat in keiner Weise ein Problem mit dir. Sie hat ausschließlich ein Problem mit mir.«

»Warum?« Fragend sieht Liv mich an und ich seufze.

»Ich habe meinen Umzug nach London geplant, bevor unsere Eltern gestorben sind. Mein Prof hat mir angeboten, mich mitzunehmen, damit ich meine Diss bei ihm schreiben kann. Aber dann ...« Ich ziehe die Schultern hoch. »Ich hätte natürlich bleiben müssen.«

»Du meinst, nach dem Tod eurer Eltern?«

Ich nicke. »Emma und Nora sind meine kleinen Schwestern. Ich hätte für sie da sein müssen. Aber ... ich konnte nicht.« In meinem Kopf ballen sich Wolken, schwarz wie die Nacht, und ich kneife die Augen zusammen – nur kurz. Dann sehe ich wieder Liv an. Ich betrachte ihre schimmernden dunklen Augen, ihre feine Nase, ihre von Rosé überhauchten Wangen, ihren sinnlich geschwungenen Mund. »Für mich war es das Einfachste. Ich bin dem Plan gefolgt, hab diesen ganzen Scheiß hier hinter mir gelassen. Ich war feige. Deshalb hasst Emma mich.«

Einen Moment lang erwidert Liv stumm meinen Blick. Und ich wünschte ... Ich wünschte, dieses Gewitter in meinem Kopf würde aufhören. Ich wünschte, ich hätte nicht bei jedem Schlag meines Herzens diesen dumpfen Schmerz in meinem Brustkorb. Ich wünschte, ich könnte alles, was war, einfach wieder vergessen – so wie ich es das letzte halbe Jahr über fast vergessen habe.

»Du weißt, dass sie dich im Grunde liebt und nicht hasst, oder?«, sagt Liv schließlich leise.

»Klar«, stoße ich hervor, starre hoch an die Decke, als wären die Holzbalken da oben ein Wunderwerk architektonischer Schaffenskraft. »Was immer das heißt.«

»Und ... wirst du nach Weihnachten trotzdem zurück nach London gehen?«, fragt sie vorsichtig.

»Ja«, sage ich fest, »werde ich. Meine Forschungsstelle ist eine einmalige Chance – eine wie die, die meine Mom für mich aufgegeben hat und die sie sich umso mehr für mich gewünscht hat. Deshalb werde ich das durchziehen. Und irgendwie versuchen, Emma davon zu überzeugen, dass es keine Sekunde lang bedeutet, ich wäre nicht für sie da. Dass ich sie zwar nicht in den Arm nehmen, aber ihr jederzeit zuhören kann. Und dass ich das auch will. Dass sie uns beiden wehtut, wenn sie mich weiter hasst.«

»Verstehe«, sagt Liv leise.

Ich spüre plötzlich ihre Hand an meinem Arm und sehe sie an. Sie hat ihr Buch zugeklappt und ist näher an mich rangerutscht. Auch jetzt trägt sie ihre Ringe an den Fingern. Sie kratzen leicht über meine bloße Haut, als sie über meinen Arm streicht. Sämtliche meiner Härchen stellen sich auf.

»Aber was hat das alles mit mir zu tun?«, will sie wissen. »Warum ist Emma so genervt von mir?«

»Ach …« Ich schüttele den Kopf. »Sie hat das alles völlig falsch verstanden. Sie dachte zuerst, ich hätte eine feste Freundin angeschleppt, von der ich ihr nichts erzählt habe. Und dann hat sie, glaube ich, gemerkt, dass ich …« Ich verstumme.

Dass ich auf dich stehe? Zu forsch.

Dass ich dich brauche, weil du gut gegen Gewitterwolken bist? Übertrieben nach nur einem Tag.

»Dass du was?«, hakt Liv nach.

Ich sehe sie an und sie lässt die Wolkenbänke in meinem Kopf so schnell zerfasern wie ein Sturm. »Dass ich dich mag, Comet.«

Ihre Lippen öffnen sich leicht. Oh Mann!

»Hatten wir uns nicht darauf geeinigt, dass du mich nicht mehr wie das Rentier vom Weihnachtsmann nennst?«, fragt sie.

»Ich nenne dich nicht wie das Rentier. Sondern wie den Himmelskörper, mit dem ich heute Morgen zusammengestoßen bin. Und ich kann nicht anders.«

»Wieso?«

»Weil es das verdammt noch mal Beste war, das mir seit Monaten passiert ist.«

Liv küsst mich. Ihre Lippen sind so plötzlich auf meinen, dass die Lust, die Hitze, das Verlangen eine Sekunde brauchen, um meine Überraschung zu verdrängen. Dann wallen sie umso heftiger in mir auf. Beinahe sofort nehme ich das brennende Gefühl irgendwo sehr tief in meinem Bauch wahr, spüre den Druck, als die Lust in mir anschwillt.

Ich erwidere ihren Kuss gierig, lasse ihre Zunge zwischen meine Lippen dringen. Mit beiden Händen umfasse ich ihr Gesicht, halte sie ganz fest, schmecke die süße Wärme ihres Kusses, sauge an ihren Lippen, kriege nicht genug von ihrer Nähe.

Ich halte die Luft an, als ihre Hände den Weg unter mein Shirt finden. Meine Nervenfasern senden unter ihren Berührungen ganze Salven von Signalen. In einem schwindelerregenden Feuerwerk melden sie Livs Nähe an mein Hirn. Und von dort flutet ein ganzer Dopamin-Tsunami mein Blut.

Ich dränge mich Liv weiter entgegen – ohne jeden Verstand, ohne jeden Gedanken, einfach blindlings auf der Suche nach mehr von ihr. Ich küsse mich über ihr Kinn zu ihrem Hals, fahre mit den Lippen über ihre himmlisch zarte, nach warmem Kakao duftende Haut. Ihre Finger streichen unter meinem Shirt meine Wirbelsäule entlang und meine Muskeln kontrahieren mit wohligem Zittern – weil noch mehr Nervenimpulse Richtung Kopf strömen und mein Hirn überschwemmen. Zur Hölle! Liv ist pures Sonnenlicht für mich.

Sie keucht leise, während ich einen weichen Punkt unter ihrem Ohr mit meinen Lippen erkunde. Ich will mehr von ihr. Nur für eine Sekunde lasse ich sie los, um mir mein Shirt über den Kopf zu ziehen, werfe es achtlos zur Seite, schiebe Liv auf dem Sofa weiter nach hinten, küsse wieder ihre Lippen, ihren Hals, ziehe den Ausschnitt ihres Pullovers tiefer, küsse ihre Schlüsselbeine.

Oh fuck! Ich glaube, ich könnte jetzt sofort kommen, wenn das hier nicht viel zu gut wäre. So gut, dass ich für den Rest meines Lebens genau das hier machen will.

Nur dieser Pullover muss weg. Ich schiebe den Saum hoch und Liv richtet sich halb auf, damit ich ihn ihr über den Kopf ziehen kann. Unter dem Pullover trägt sie nur ein dünnes hellblaues Top, das sie wahrscheinlich schon zum Schlafen angezogen hat. Es endet irgendwo auf halbem Weg zwischen ihrem Bauchnabel und dem Saum ihrer Hose. Der freiliegende Streifen Haut ist nahezu unwiderstehlich. Ebenso wie ihre erregten Brustwarzen, die sich durch den dünnen Stoff abzeichnen.

Mit einem unterdrückten Laut küsse ich Liv erneut, lasse mich diesmal schwerer auf sie sinken.

»Stopp«, stößt sie plötzlich hervor.

Ich halte inne, richte mich über ihr auf. »Alles okay?« Liv atmet schnell. Ihre Augen sind komplett schwarz geworden. »War das zu viel?« Besorgt mustere ich sie.

Sie schüttelt den Kopf. »Aber das hier geht trotzdem nicht.«

»Wieso?«

»Wir haben nichts zum Verhüten.«

Das ist ein sinnvoller Gedanke, der mir in meinem Hormon-Flush bisher noch nicht kam. Rasch taste ich nach meiner hinteren Hosentasche und nehme zu meiner Erleichterung die Kanten meines Portemonnaies wahr. »Ich habe ein Kondom dabei.«

Sie hebt die Brauen. »Allzeit bereit?«

Ich sehe ein, dass diese Tatsache gerade in ihren Augen nicht unbedingt für mich sprechen dürfte. »Mein Dad hat mir gesagt, ich solle für den Fall der Fälle immer eins dabeihaben. Das habe ich schon ewig«, erkläre ich.

»Ist es dann überhaupt noch haltbar?«

Ich ziehe mein Portemonnaie hervor, fische das Kondom aus dem hintersten Fach und wir stecken über der Folie die Köpfe zusammen, um das Ablaufdatum zu checken.

»Noch ein paar Wochen«, stelle ich fest, sehe sie mit einem Grinsen an. »Ich würde das ungern verschwenden. Oder spricht für dich noch irgendwas anderes gegen uns?«

Sie zögert. Ich will so sehr, dass sie mich einfach weiter küsst und den ganzen verdammten Rest vergisst. Aber ich dränge sie nicht.

Liv wirft einen kurzen Blick durch den Raum. »Das ist immer noch eine Lobby. Selbst wenn es unwahrscheinlich ist, hier könnte jederzeit jemand reinkommen. Und auf dem Sofa …« Sie schüttelt den Kopf. »Das geht irgendwie nicht, oder?«

Ihr *oder?* klingt, als hoffe sie, ich hätte ein jegliche Bedenken entkräftendes Gegenargument am Start. Habe ich aber nicht. Denn entweder sind einem das Sofa und die Gefahr, erwischt zu werden, egal. Oder eben nicht. Ihr ist es nicht egal. Und das muss ich akzeptieren.

Ich rutsche von ihr runter, setze mich ans Ende des Sofas, blicke wieder zum Kamin und versuche ruhiger zu atmen. Funktioniert nur nicht. Weil ich sie auch noch immer schwer atmen höre. Weil ich weiß, dass ihre Brustwarzen sich noch immer durch ihr Top abzeichnen, auch wenn ich nicht hinschaue. Weil dieser enorme Druck in meinem Unterleib nicht nachlässt.

»Ich glaube …« Etwas mühsam stehe ich auf, bücke mich nach meinem Shirt. »Ich glaube, ich gehe mal kurz vor die Tür.«

»Draußen regnet es Eis vom Himmel«, wendet sie ein.

»Eisregen ist gerade genau das, was ich brauche«, entgegne ich mit einem halb gequälten Lächeln.

»Owen«, hält sie mich zurück. Im nächsten Moment ist sie auf den Füßen und geht entschlossen an mir vorbei. »Dass wir *hier* keinen Sex haben können, heißt nicht, dass wir gar keinen Sex haben können.«

»Wohin gehst du?« Automatisch lasse ich mein Shirt wieder fallen und folge ihr. Sie biegt vor der Treppe in einen dunklen Gang ein und öffnet die erste Tür.

»Komm mit.« Sie zieht mich ins Innere. Warme, feuchte Luft und intensiver Waschpulvergeruch schlagen mir entgegen. Liv betätigt den Lichtschalter. Die Deckenspots tauchen Holzwände, jeweils zwei Waschmaschinen und Trockner sowie Regale voller Waschmittel und Rollwagen mit Wäsche in erstaunlich warmes Licht. Der *Laundry Room*.

»Ich habe vorhin eine Toilette gesucht«, erklärt Liv, zieht mich nach drinnen und schiebt einen der Rollwagen vor die Tür. Dann drückt sie mich rückwärts gegen die Wand, kommt mir auf Zehenspitzen ganz nah.

»Ein Glück, dass dieses Kondom noch nicht abgelaufen ist«, flüstert sie mit ihren Lippen an meinen.

Ich küsse sie. Ich küsse ihr Lächeln. Ich küsse Liv, weil sie mich heute umgehauen hat wie ein Komet. Und zur Hölle! Nicht nur ein Mal. Ich spüre ihre Finger am Reißverschluss meiner Hose, die Hitze in meinem Unterleib, dann gleitet ihre Hand unter den Saum meiner Boxershorts. Im nächsten Moment hält sie mich so fest, dass ich aufkeuche und gar nicht anders kann, als in ihre Hand zu stoßen.

»Vorsicht!«, bringe ich hervor, als ihr Daumen über das empfindlichste Nervengeflecht an meiner Spitze streicht und sich endgültig alle meine Muskeln anspannen. Ich dränge Liv rückwärts gegen einen der Trockner und hebe sie darauf.

Sie sitzt jetzt vor mir, ihre Beine rechts und links von mir, sieht mir in die Augen, atemlos. Und dann tut sie etwas, das noch nie irgendjemand beim Sex mit mir gemacht hat. Das nichts zu meiner Erregung beiträgt, aber sich aus Gründen, die ich nicht verstehe und gerade auch nicht verstehen will, genau deshalb umso schöner anfühlt: Sie legt eine Hand an meine Wange. Ihr Daumen streicht über meine Haut. Dann zieht sie mein Gesicht noch dichter zu sich und küsst mich auf die Stirn. Einen Moment lang verharre ich genau so bei ihr. Spüre diesem Moment zwischen uns nach. Nehme einfach ihre Nähe wahr. Sie streichelt meinen Nacken. Dann gleitet ihre Hand tiefer über meine nackte Haut. Und danach …

Danach ist alles ein bisschen anders. Meine ungeduldigen, drängenden Bewegungen werden langsamer. Ich will sie nicht mehr einfach nur haben. Ich will sie spüren. Jeden Zentimeter von ihr. Jeden Millimeter. Ganz langsam folge ich mit meinen Lippen der Kurve ihres Halses, schiebe den Träger ihres Tops beiseite, während meine Lippen über ihre Schulter wandern. Langsam ziehe ich auch den anderen Träger runter und rolle ihr Top abwärts, lege erst die obere Wölbung ihrer Brüste frei, dann ihre Knospen, erkunde mit meiner Zunge ihre Härte und das zarte Gewebe drum herum.

Liv hält meinen Nacken umfasst, während ich ihren Körper erforsche – ein Stückchen duftende, zarte Haut nach dem anderen, bis das Top schließlich um ihre Taille zusammengerollt ist. Mit dem Bund ihrer weichen Hose schiebe ich es tiefer, sehe Liv in die Augen, während ich beide Kleidungsstücke über ihre Hüften ziehe. Sie stützt sich leicht hoch und ich befreie sie zusammen mit ihrem Slip daraus.

Wieder halten wir beide kurz inne. Sie ist vollkommen nackt. Und das unfassbar Schönste, was ich je erlebt habe: ihre geröteten Wangen, ihre fast schwarzen Augen, ihre schmalen Konturen, ihre kleinen, festen Brüste, ihre glatte Haut.

Blind greife ich nach einem Stapel sauberer Handtücher, lege ihn auf den Trockner, damit sie es bequemer hat. Liv lässt sich darauf zurücksinken, als ich sie erneut küsse. Mit den Beinen um meine Hüfte und den Armen um meine Taille zieht sie mich mit sich. Ich küsse sie tief, versunken, irgendwie selbstvergessen, lasse meine Hand über die Innenseite ihres Schenkels wandern und sie schließt die Augen, beißt sich auf die Unterlippe, als ich mit einem Finger durch ihre feuchte Hitze gleite. Und gibt einen Laut von sich – irgendwo hinten in ihrer Kehle, irgendwas zwischen Keuchen, Stöhnen und Wimmern. Ein Laut, der meinen bereits elektrisierten Körper weiter anheizt. Das Pochen in meinem Unterleib wird unerträglich. Ein Zittern überläuft ihren Körper, springt auf mich über. Oh, zur Hölle, Liv!

»Owen«, seufzt sie in meinen Mund. Sie zittert heftig, wölbt sich meiner Hand entgegen, keucht leise. »Höchste Zeit, dass dieses Kondom seinen Zweck erfüllt.«

Sie fängt mein leises Lachen mit einem Kuss ein, gibt mich dann frei, damit ich mich meiner Hose entledigen und das Kondom überstreifen kann. Sie dirigiert mich sacht, als ich in sie eindringe – vorsichtig, aber tief. Wieder dieses Keuchen von ihr. Ich spüre die Spannung in ihrem Körper.

»Alles gut?«, frage ich sie leise.

»Alles gut«, antwortet sie atemlos, zieht mich fest an sich. »Aber ich wette, es wird noch besser.«

Das wette ich auch. In mir ist alles aufgeladen mit der Erwartung von *noch besser*. Ich stütze meine Hände rechts und links von ihrer Hüfte ab und Liv klammert sich an mich, nimmt mich immer tiefer in sich auf, keucht in mein Ohr. Brennende Hitze verdichtet sich in meinem Bauch. Unwillkürlich werden meine Bewegungen schneller. Liv schiebt mir ihr Becken entgegen und grellweißes Licht explodiert in meinem Kopf.

»Owen«, stößt sie hervor – auf genau die Weise, die ich mir schon heute Mittag nach der Landung ausgemalt habe. Und ich bin verloren. Mein ganzer Körper versteift sich, unaufhaltsam spüre ich mein Pulsieren in ihr. Ihr Atem stockt. Dann zieht sie sich um mich zusammen, drückt sich bebend an mich. Und ich kann nicht atmen. Kann nur fühlen, wie unser Verlangen zu einem wird, wie wir endlich erlöst werden. Kann nur mich fühlen. Und Liv. Liv.

Liv …

23. DEZEMBER

Emma

Ich liege im Bett und kann nicht schlafen, obwohl es schon mitten in der Nacht ist. Nicht weil Nora mir ihren Atem in den Nacken bläst wie ein T-Rex auf Futtersuche. Es ist einfach zu viel in meinem Hirn. Zu viele Erinnerungen. Zu viel Owen. Zu viel What-the-fuck-ist-diese-Gefahrengemeinschaft. Und zu viel Sam. Sam. Sam.

Ich halte die Luft an, als die Tür geöffnet wird und Liv ins Zimmer schleicht. Sie stiehlt sich wie ein Dieb unter ihre Bettdecke, aber nicht wie jemand, der schlafen will. Mit angehaltenem Atem liegt sie dort, so als hätte sie Sorge, dass ich ihr doch noch in echter Serienmörderinnen-Manier ein Kissen auf das Gesicht drücken könnte.

Genervt schlage ich meine Decke zurück und rutsche vorsichtig unter Noras Arm heraus.

»Emma?«, fragt Liv leise in das Dunkel des Zimmers. »Hab ich dich geweckt?« Ich schüttele den Kopf, was sie natürlich nicht sehen kann. »Tut mir leid, ich habe versucht leise zu sein.«

»Alles gut, ich war schon wach«, flüstere ich zurück. »Ich geh mir nur was zu trinken holen.«

Und vielleicht kuschele ich mich dann vor diesen schicken Kamin in der Lobby und warte, dass die Nacht vorbeigeht. Denn alles ist besser, als weiter hier rumzuliegen und traurig zu sein. Oder mich über Owen zu ärgern. Oder merkwürdige Sam-Gedanken zu wälzen. Und auch besser als Noras T-Rex-Atem.

Ich schiebe mich aus der Zimmertür, schließe sie leise hinter mir und husche die Treppe runter. In der Lobby stehen zwei gläserne Wasserspender. Einer mit Gurkenscheiben darin, einer mit Orangenscheiben und Zimtstange.

Aber ich komme gar nicht bis zu den antiken Glasdingern, weil mein Blick an Owen hängen bleibt, der vor dem Sofa steht und sich gerade sein Shirt überzieht. Mit völlig zerwühlten Haaren und einem so postkoital-euphorischen Gesichtsausdruck, dass mir spontan das Abendessen wieder hochkommt.

»Das ist jetzt nicht dein Ernst!«

Owen zuckt ertappt zusammen, lächelt dann aber. »Keks, verdammt, du hast mich erschreckt.«

»Na, was ein Glück, dass ich nicht zwei Minuten früher runtergekommen bin.« Ich schnaube. »Und dass dein Schreck deswegen unser einziges Problem ist. Nicht meine spontane Erblindung, weil ich meinen Bruder mit Fräulein Niemand beim Sex erwischt habe.«

Owen hebt beschwichtigend die Hand und bedeutet mir, leiser zu reden, wobei er fast die Tannengirlande vom Kaminsims fegt. »Könntest du vielleicht nicht gleich das ganze Haus in Kenntnis setzen?«

Er streitet es nicht mal ab.

»Du bist echt nur wegen ihr hier, oder?«

Owen stöhnt. »Ich hatte das Flugticket doch schon längst, bevor ich sie überhaupt kennengelernt habe – am Flughafen! Was du mir da unterstellst, ist also nicht nur falsch, sondern auch total unlogisch.«

Am liebsten würde ich ihm die Zunge rausstrecken und »Ist mir egal!« brüllen. Logisch oder nicht, so fühlt es sich nun mal an. Als wäre er nur hier, um mit Liv zu vögeln und sich abzulenken, bevor er endlich wieder in sein neues Leben zurück – und uns vergessen kann.

Owen setzt sich auf die Couch. Im Kamin glimmt noch Glut und malt goldene Schatten auf sein Gesicht. »Ich bin natürlich wegen euch gekommen. Aber es ist eben schwer für mich, wieder hier zu sein und mich den Erinnerungen zu stellen.«

»Wenn es so schrecklich ist, hättest du vielleicht in England bleiben sollen«, entgegne ich spitz, weil ich in diesem Moment fast ein wenig neidisch auf Owen bin. Auf die Möglichkeit, die er hat, der Trauer einfach so zu entkommen.

Ich zögere, als Owen neben sich auf das Sofa zeigt.

»Du glaubst doch nicht, dass ich mich da hinsetze, wo du eben noch deinen Import gevögelt hast.«

Er schüttelt den Kopf und lacht. »Em, sie hat einen Namen und ich habe sie nicht gevögelt, sondern Sex mit ihr gehabt, und das auch nicht hier, also setz dich!«

Misstrauisch beäuge ich das Sofa. Keine verräterischen Flecken und je länger ich darüber nachdenke, desto eher bin ich gewillt, Owen zu glauben. Er ist einfach nicht der Typ, der das Risiko eingeht, mitten in einer Hotellobby Sex zu haben.

Seufzend lasse ich mich neben ihn fallen. »Schön, ich sitze.«

Er legt mir eine Hand auf den Arm und sie ist so schwer, wie ich mich fühle. So schwer wie der Ausdruck in seinen Augen, als er weiterspricht. »An Weihnachten hier bei euch zu sein, ist mir wichtig genug, dass ich auf jeden Fall kommen wollte, egal wie hart es für mich ist. In London zu bleiben war nie eine Option. Und Liv …« Er fährt sich durch die Haare, dann über das Kinn und schüttelt schließlich den Kopf. »Ich weiß nicht, was das zwischen uns ist, aber sie schafft es einfach, mich abzulenken. Wir finden uns körperlich sehr anziehend. Du weißt, dass ich da keinen tieferen romantischen Sinn hinter sehe. Nur Chemie, die es mir leichter macht, Em. Also, warum bitte, soll das falsch sein?

»Ich habe dich vermisst«, sage ich leise. »So richtig hart vermisst und ich habe mich auf dich gefreut.«

Er schmunzelt. »Das hast du sehr erfolgreich verborgen, Kampfkeks.«

Ich zucke mit den Schultern. »Ich habe mich auf dich gefreut«, wiederhole ich, weil es wahr ist und ich will, dass er das in seinen Schädel kriegt. »Aber jetzt ist sie da und ich muss dich immer noch vermissen.«

»Ich bin doch hier, Em.«

Ich schüttele den Kopf. »Nein, du hast Sex mit ihr. Du redest mit ihr. Du sitzt beim Essen neben ihr. Du bist zwar hier, aber nicht *bei uns*.« Ich blinzele gegen die Tränen an. »Und das, nachdem du über ein halbes Jahr MIA warst.« *Missing in action* – das ist genau, was Owen war. Einfach weg aus meinem Leben.

»Das ist nicht fair. Ich bin ja nicht abgetaucht oder spurlos verschwunden. Ich tue alles, was ich kann, für euch. Habe ich immer.«

»Das reicht nicht.« Tut es einfach nicht.

»Ich kümmere mich. Jetzt, hier. Und von England aus. Ich meine, gibt es Probleme mit der Stromrechnung, telefoniere ich mit denen. Die Versicherung braucht Unterlagen? – Ich maile sie ihnen. Nora hat Probleme mit ihrem Crush und ruft mich mitten in der Nacht an? – Ich bin da. Ich melde mich regelmäßig. Aber du nicht bei mir, obwohl das keine Einbahnstraße ist, Em. Du kommst nicht mal mehr zu den Videocalls, wenn wir einen Termin ausmachen. Also sag mir verdammt noch mal nicht, dass *ich* derjenige bin, der euch im Stich lässt.«

»*Du* bist gegangen.« Und das ist das mammutgroße Problem, das zwischen uns steht.

»Was hätte ich denn tun sollen? Mom wollte mehr als alles andere, dass ich den PhD drüben mache. Es war alles arrangiert und es ist eine Megachance für mich. Hätte ich echt nicht gehen sollen und Mom enttäuschen?«

»Du bist nicht wegen Mom weg. Also benutz sie gefälligst

nicht als Ausrede. Du bist aus rein egoistischen Gründen vor all den Erinnerungen und der Trauer hier weggerannt.«

Stille, nur durchbrochen vom gelegentlichen Knacken des erkaltenden Kamins, Owens Atem und meinem.

»Und wenn es so ist?« Er sieht mich jetzt ganz direkt an. »Wenn wir ehrlich sind, kommt doch keiner von uns mit Moms und Dads Tod klar. Ich bin weggegangen, Nora hat sich zurückgezogen und würde ihr Leben lieber in Luftpolsterfolie eingewickelt verbringen, als die Welt zu sehen, wie sie es sich früher immer erträumt hat. Und du? Du beißt nur noch um dich.«

Das Leder des Sofas knarzt, als ich mich vorbeuge und müde das Gesicht auf meinen angezogenen Knien ablege. »Tue ich gar nicht.«

»Natürlich tust du das. Das hier gerade, dieser Streit, ist das beste Beispiel dafür. Ich meine, du machst ein Riesenfass auf, weil bei Liv und mir die Chemie stimmt und wir uns körperlich anziehend finden. Es ist ja nicht so, dass ich in einer Beziehung mit ihr wäre. Wir hatten Sex, das war's. In welcher Parallelwelt wäre es in Ordnung, dass du da ein Mitspracherecht hast? Und ich bin ja nicht der Einzige – auch Sam kratzt du bei jeder Gelegenheit die Augen aus. Wenn das kein um dich Beißen ist, weiß ich auch nicht.«

Wütend starre ich ihn an. »Sam ist …« Ich ringe um erklärende Worte, aber da sind keine. »Er ist eben Sam«, stoße ich hervor, auch wenn ich zugeben muss, dass Owen nicht ganz unrecht hat. Sam und ich kabbeln uns seit seiner Abfuhr damals ständig, aber das war alles harmlos, bis das mit Mom und Dad passiert ist. Seitdem missbrauche ich ihn ziemlich drastisch als Projektionsfläche für meine Wut und meine Frustration. Ich stöhne und stehe vom Sofa auf.

»Entschuldigt, ich wollte nicht stören.« Liv taucht wie aus dem Nichts an der Treppe auf. Ihre Wangen sind tiefrot. Sie huscht die letzten Stufen hinunter. »Ich wollte nur eben meinen Pullover und mein Buch holen.« Sie schnappt sich einen zerlesenen Wälzer vom Boden neben dem Sofa, den sie sicher auch prima als Mordwaffe nutzen könnte. Dann angelt sie an mir vorbei nach ihrem Pullover, der über der Lehne hängt. Nicht ordentlich hingelegt, sondern zerknüllt hingefeuert. Wahrscheinlich im Eifer des Gefechts. Ich glaube, mir wird wieder schlecht.

Owen steht auch auf, lächelt Liv an und sein Gesicht wird ganz weich und offen, sein Blick liebevoll. Fast so, als hätte Liv die Dunkelheit weggeschoben, die sonst immer hinter seinen grauen Augen tobt. Er mag ja an diesen ganzen unromantischen Chemische-Abläufe-im-Gehirn-Scheiß glauben, aber ich sehe, wenn mein Bruder verknallt ist und er ist so was von bis über beide Ohren in Liv verschossen.

Wäre die Situation nicht so einmalig beschissen, würde ich mich für ihn freuen. Weil er in einer besseren Version dieser Welt noch bei uns in New Hampshire leben würde und ich ausschließlich auf Sam sauer sein müsste, weil mein Bruder für mich da gewesen wäre, als ich ihn so dringend brauchte, anstatt mich zu verlassen. Weil ich dann nicht mit Liv in Konkurrenz um die paar Tage mit Owen treten müsste.

Aber wir sind wir. Wir sind jetzt. Und hier und jetzt will ich mich freuen und gebe dennoch nur ein leises Würgegeräusch von mir, weil er sie zärtlich am Arm berührt und Liv einen Eins-a-Pride-and-Prejudice-Augenaufschlag macht, bevor sie sich von ihm zurückzieht, »Gute Nacht, ihr zwei« flüstert und wieder nach oben geht.

Owen starrt ihr nach und ich bin versucht, meine Hände vor seinem Gesicht zusammenzuklatschen.

»Meinst du, sie hat gehört, was ich über sie, über uns gesagt habe?«, fragt er, ohne seinen Blick von dem Punkt zu lösen, an dem Liv in der Dunkelheit des Flurs verschwunden ist.

Mit einem Zischen stoße ich die Luft aus. Das ist ihm ernsthaft wichtiger als das, worüber wir gerade gesprochen haben? Dieses Mädchen, das angeblich niemand ist, nicht mehr als Chemie, ist ihm wichtiger als wir? Und ja, vielleicht hat er gute Gründe. Aber das ist mir egal. Ich drehe mich auf dem Absatz um und renne zur Haustür.

»Em, wo willst du denn hin?«, ruft Owen mir nach. »Da draußen tobt ein Eissturm.«

»Perfekt«, knurre ich. »Ich brauche dringend frische Luft.« Sonst platze ich.

Ohne zu stoppen, haue ich die Tür auf, lege all meine Wut und Frustration in die Bewegung und wundere mich, wieso sie sich trotzdem nur halb öffnet. Und wieso sie ein beleidigtes *Aua* von sich gibt.

Ich schiebe mich durch den Spalt nach draußen, um nachzusehen, ob ich jetzt durchdrehe, die Tür plötzlich reden kann oder vielleicht doch wieder mal nur so ein sprechendes Weihnachtsdekoteil mit Bewegungssensor schuld ist. Weder noch.

Sam steht auf der Veranda, direkt hinter der Tür, und reibt sich die Schulter. »War das etwa ein Versuch, mich zu töten, Kampfkeks? In dem Fall wüsste ich jetzt, wer von uns der Serienmörder ist.«

»Ich kann ja nicht ahnen, dass mitten in der Nacht jemand direkt vor der Tür rumlungert«, erwidere ich. Aber ein bisschen leid tut es mir schon. Dürfte echt wehgetan haben, bei so viel Kawumms, mit der ich die Tür aufgeschmissen habe.

»Und ich kann nicht ahnen, dass mitten in der Nacht jemand wie eine Furie durch die Tür sprengt.«

Ich zeige auf seine Schulter. »Geht's?«

Er nickt. »Ich werd's überleben. Wenn du also nachlegen und das ändern willst, wäre jetzt die Gelegenheit.«

»Was machst du überhaupt hier draußen?«, frage ich stattdessen und sehe mich nach etwas um, das er hier, nur im

T-Shirt, getan haben könnte. Es gibt nicht mal eine Sitzgelegenheit. »Oder bist du hier draußen, weil Owen jemand anderen gefunden hat, der ihm das Bett wärmt?«

Sam sieht mich nachdenklich an. »Owen und Liv hatten nicht bei Alexander im Zimmer Sex, das weißt du schon, oder? Muss unten passiert sein. Ich tippe auf die Besenkammer, denn in der Lobby habe ich sie nicht gesehen, als ich runterkam.« Er grinst.

Wie kann er das lustig finden? Oder auch nur in Ordnung? Ich stupse einen blassen Plastikschneemann mit dem Fuß an, der mehr gruselig als festlich anmutet und neben der Tür Wache hält. Oder Dämonen verschreckt.

»Lass den Schneemann leben«, sagt er sanft, nicht kampflustig, und dass kein Gegendruck kommt, bringt mich aus dem Gleichgewicht. Ich streiche mir die Haare aus dem Gesicht, sehe Sam an, erkenne jetzt Sorge in seinem Blick und verstehe es nicht. Seit wann sorgt sich Sam Green um mich?

»Wenn du mir jetzt erzählen willst, dass ich mich für Owen freuen sollte: Weiß ich. Kann ich aber nicht.« Ich schnaube. »Ich hasse einfach alles hieran.«

Sam macht einen Schritt auf mich zu. »Kann es sein, dass du einfach mal eine Umarmung brauchst?«

Unbedingt. Ganz sicher nicht. Ich schüttele den Kopf, die Lippen fest aufeinandergepresst. Ich würde jetzt gern wieder reingehen, kriege es aber einfach nicht hin.

»Em«, murmelt Sam ein bisschen rau und ein bisschen atemlos. »Jetzt komm schon her.«

Und dann schließt er mich einfach in seine perfekten Sam-Arme. Und genau wie in der Flughafenhalle fühlt es sich wie alles an, was ich damals wollte. Und wie etwas, das ich vor zu langer Zeit aufgegeben habe, als dass ich jetzt noch Hoffnungen darauf verschwenden dürfte.

Sams Körper ist fest und warm genug, dass ich aufhöre zu zittern, obwohl das unmöglich sein müsste bei den Minustemperaturen. Sein Atem streift mein Ohr und sendet ein Starkstrom-Prickeln durch meinen Körper. Ich beiße mir auf die Lippen, um kein verräterisches Seufzen auszustoßen. Die Genugtuung werde ich ihm ganz sicher nicht bereiten, dass mir das hier etwas bedeutet, während es für ihn sicher nicht mehr ist als reines Weihnachtsroadtrip-Krisenmanagement. Er versucht genau wie am Flughafen alles zusammenzuhalten. Für Owen. Für Nora. Ganz sicher nicht für mich. Aber in seinen Augen bin ich bestimmt die instabile Bombe, die alles hochgehen lassen könnte. Kein Wunder also, dass er sich mit seinem Körper auf mich wirft, um seine Freunde zu beschützen.

So ist Sam – loyal, wenn man es einmal in sein Herz geschafft hat. Und gerade wünschte ich mir schmerzlich, dass ich wenigstens einmal auf Besuch darin hätte vorbeischauen dürfen. Mich in seinem Herzen umsehen und erfahren, wie es ist, von Sam geliebt zu werden. Ich wette, es ist wunderschön. Und saugefährlich, weil die meisten Menschen ein nur sehr, sehr kurzes Visum bekommen und dann wieder rausfliegen.

Ich lege meine Hände auf seine Brust, um ihn von mir zu schieben, kriege es aber nicht hin. Ich muss dringend die Oberfläche verringern, auf die sein Körper an meinem Einfluss nimmt. Also balle ich die Hände zu Fäusten. Es hilft allerdings null. Ich bin mir seiner Nähe so bewusst, dass ich gerade drei Paar Moonboots abfackeln könnte, ohne es zu merken.

Sam gibt mich frei, ohne auf Abstand zu gehen, als er jetzt die Haarsträhne löst, die sich auf meiner Wange verfangen hat. Sanft streicht er sie hinter mein Ohr.

»Besser?«

Um Lichtjahre, aber das kann ich ihm unmöglich sagen. Vielleicht muss ich das auch gar nicht. Vielleicht sage ich schon mehr als genug, weil ich noch immer an demselben Fleck stehe und nicht zurückweiche, nichts sage, ihn nur ansehe. Nicht so, wie man normalerweise jemanden anguckt. Ich erkenne die feinen dunkleren Sprenkel in seinen Augen, die wie flüssige Schokolade glänzen.

Wieso komme ich ihm denn jetzt näher? Was tue ich hier? Und holy shit, warum schluckt er nur schwer, anstatt etwas zu sagen, das den gewohnten Canyon zwischen uns schlägt? Er, der heiße Musiker, der seine Träume aufgegeben hat, auf der einen Seite. Ich, die nervige, kleine Schwester seines besten Freundes, auf der anderen und dazwischen Abstand. Tiefer, unüberwindbarer Abstand, der uns jetzt fehlt.

Sein Atem brennt auf meinen Lippen und dieselbe Luft wie er zu atmen ist total irre. Abgespaced. Falsch. So richtig hart falsch. Und gleichzeitig süchtig machend gut. Die Muskeln an seinem Kiefer zucken, als könnte er sich nicht entscheiden, ob er seine Lippen auf meine pressen soll. Und allein die Vorstellung, dass er darüber nachdenken könnte, lässt meine Knie ganz weich werden. Ich mache noch einen Viertelschritt vor, lege meine Hand an seine Seite, umfasse das Shirt und Sam schließt die Augen. Gänsehaut überzieht seinen Körper, obwohl seine Haut fiebrig heiß ist.

»Em«, flüstert er.

Meine Hand rutscht tiefer, bleibt an etwas hängen – ein Heft, das er zusammengerollt hinten in seine Jeans gestopft hat.

»Wir ... Das ...« Er fährt sich durch die Haare.

»... ist keine gute Idee«, beende ich den Satz, schnappe mir was auch immer er da in seiner Hose versteckt und bringe mit meiner Beute endlich wieder Abstand zwischen uns. »Was ist das?«

Nicht, dass es mich gerade wirklich brennend interessieren würde, aber das Heft in den Händen zu halten bedeutet, Sam nicht zu berühren. Es vor ihm in Sicherheit zu bringen bedeutet Abstand. Es anzusehen bedeutet, nicht *ihn* anzusehen. Also ist es genau das, was ich jetzt tun muss.

»Gib das wieder her«, sagt Sam genervt.

Ich denke gar nicht dran. Es ist ein schwarz-weißes Notizbuch. Wie eins von denen, in die er früher immer seine Ideen für Songtexte gekritzelt hat. Er hatte immer eins dabei. Ich schlage es auf, blättere die Seiten durch.

»Du schreibst noch?«, frage ich ehrlich verwundert und will nichts mehr, als mich mit diesem Buch vor den Kamin setzen, die Texte lesen und kopfüber in Sams Seele springen. Früher hat er all seine guten Teile in die Zeilen gelegt, die weirden, aber auch die schlechten, all seine Wünsche, Träume und Hoffnungen, seinen Schmerz. Und er hat mich Teil davon sein lassen, wenn er sie mir zu lesen gegeben hat.

Sam kratzt sich unsicher an der Stirn. »Nein. Kannst du es mir jetzt bitte wiedergeben?«

Ich schüttele den Kopf.

»Dein Ernst?«, fragt er und streckt blitzschnell die Hand danach aus. Aber ich bin schneller, tausche hinterm Rücken die Hände, gehe ein paar Schritte rückwärts.

»Wenn mich jemand zum Serienmörder machen kann, dann du, Kampfkeks. Gib mir das verdammte Buch.«

Ich rempele gegen die Hauswand und verdammt, jeder Boxer lernt als Erstes, sich nicht in die Seile drängen zu lassen, weil es dann keinen Ausweg mehr gibt. Tja, so geht es mir jetzt. Ich bin zwischen der Wand und Sam eingeklemmt und es dauert nicht lang, bis er mir das Notizbuch wieder entwendet hat.

»Ich wollte es nur lesen, nicht auf Instagram veröffentlichen«, sage ich atemlos und ordne meine Klamotten, die bei unserem Gerangel verrutscht sind. Leider funktioniert das mit meinem Herzen nicht halb so gut.

Er schüttelt den Kopf und will gehen, doch meine Frage, warum ich es nicht lesen darf, lässt ihn stehen bleiben.

Sam dreht sich zu mir um und stopft das Notizbuch zurück in seine Gesäßtasche, dann kommt er mir wieder genauso nah wie vorhin, als wir uns … Ja, was haben wir da eigentlich getan? Uns fast geküsst? Fast den Verstand verloren? Fast etwas Dummes getan?

Er fährt sich durch die Haare. »Weil deine Hand an meinem Arsch nun mal nichts zu suchen hatte, Emma Westmore.«

Nora

Ich. Kann. Es. Nicht. Fassen.

Natürlich ist noch niemand wach, nachdem ich am nächsten Morgen aufgestanden und duschen gegangen bin. Obwohl es bereits kurz nach sechs Uhr ist. Dabei sind wir doch gestern alle einigermaßen früh ins Bett gegangen. Warum sind die dann nicht ausgeruht genug?

Selbst als ich meine Haare nach der Dusche trocken föhne, dreht sich Liv nur kurz träge um und Emma regt sich gar nicht. Als wäre sie ein verdammter Stein. Bei den Jungs öffne ich die Tür einen Spaltbreit. Ich entdecke Owen und Sam miteinander verkeilt in dem einen Bett, doch Alexander scheint sich so sehr unter seiner Decke vergraben zu haben, dass ich ihn nicht mal sehen kann.

Da ich nicht den Eindruck habe, dass die anderen so bald aufstehen werden, und das Essen im Frühstücksraum gerade erst vorbereitet wird, entscheide ich mich für einen kleinen Morgenspaziergang. Auf dem Hinweg ist mir ein Dunkin' Donuts aufgefallen, nur wenige Minuten von hier, und so ein Caramel Macchiato klingt nach einem perfekten Start in den Tag.

Als ich aus der Tür des B&Bs trete, schlägt mir klirrende Kälte entgegen. Ich ziehe mir meine Mütze tiefer ins Gesicht, schiebe meinen Schal bis unter meine Nasenspitze und meine Hände in die Manteltaschen. Nach der Hälfte des Weges bereue ich meinen Spaziergang bereits, denn es rieseln nicht nur feine Schneeflocken vom Himmel, es ist auch verdammt glatt auf den Wegen und ich muss aufpassen, wo ich hintrete.

Hier hat es bereits ein wenig mehr geschneit als bei uns zu Hause, und neben dem Bürgersteig türmen sich hin und wieder kleine Schneehaufen. Wie die kläglichen Vorboten eines Winters, der einfach noch nicht bei uns eintreffen will. Dennoch ist es noch sehr viel weniger Schnee, als zu dieser Zeit in Maine üblich wäre. Hoffentlich bekommen wir noch mehr Schnee zu Weihnachten. Das würde unsere Katastrophen-Reise vielleicht zumindest ein bisschen retten.

Normalerweise würden wir für den heutigen Weg in den Arcadia knapp dreieinhalb Stunden brauchen, doch bei den Wetterverhältnissen rechne ich doch lieber mit fünf Stunden. Tendenz steigend. Wir müssen definitiv aufbrechen, sobald ich wieder zurück im B&B bin – und die anderen hoffentlich aufgestanden sind.

Im Dunkin' Donuts kaufe ich einen großen Caramel Macchiato sowie einen Donut mit Erdbeerglasur, dem ich einfach nicht widerstehen kann. Bei der Fahrt, die noch vor uns liegt, werde ich definitiv Nervennahrung brauchen.

Auf dem Rückweg bewege ich mich so vorsichtig, als wäre ich ein neugeborenes Fohlen, weil ich keine Lust habe, der Länge nach auf dem Gehweg zu landen. Nur wenige Autos rauschen an mir vorbei. Nach drei Schlucken vom heißen Kaffee wird mir zumindest im Bauch wärmer, auch wenn meine Beine so langsam vor Kälte kribbeln. Der süße Karamell-Kaffee-Geschmack löst ein leises Knurren in meinem Magen aus und kurz überlege ich, mir doch schon mal meinen Donut zu genehmigen.

In diesem Moment höre ich hinter mir heranjoggende Schritte. Welcher Irre geht denn bitte bei diesen Wetterverhältnissen joggen?

Ich mache etwas Platz auf dem Gehweg, achte jedoch nicht

auf den Jogger, bis dieser plötzlich neben mir stehen bleibt und »Guten Morgen« sagt.

Erschrocken reiße ich meinen Kopf hoch und verschütte beinahe etwas vom Kaffee. Was macht denn Alexander hier?

»Guten Morgen?«, erwidere ich verwirrt.

Er grinst von einem Ohr zum anderen. Seine Wangen sind von der Kälte gerötet und Schneeflocken haben sich in seinen Augenbrauen und auf seiner knallroten Mütze verfangen. Er trägt eine schwarze Laufjacke sowie Thermoleggings und darüber eine kurze Trainingshose. Und knallrote Schuhe, was ich aber nur am Rande mitbekomme, weil meine Augen sich einfach nicht von seinen durchtrainierten Waden losreißen wollen, die in der engen Hose besonders betont werden. Das sind wirklich ganz besonders knackige Waden.

»Du bist ja früh wach«, stellt Alexander fest.

Oh mein Gott. Schnell schaue ich wieder auf, direkt in seine wissenden Augen.

»Du offenbar auch. Ist irgendwie überraschend.«

»Wieso?« Sein Lächeln verrutscht nicht einmal.

»Keine Ahnung. Ich dachte einfach, du wärst der Letzte, der es aus dem Bett schafft.« Zum Glück sind meine Wangen schon rot vor Kälte, als mir voll Scham klar wird, wie viele Vorurteile ich ihm entgegenschleudere. Nicht nur jetzt, sondern eigentlich ständig.

Ich setze meinen Weg fort und hoffe, dass er einfach weiterjoggen wird. Doch natürlich tut er das nicht.

»Darf ich dich ein bisschen begleiten? Ich muss eh noch runterkommen.«

»Klar«, sage ich sofort, während in mir alles *Himmel, nein!* schreit. »Du gehst also morgens joggen?« Ich hasse Small Talk, aber ich ringe mich dazu durch, denn wenn ich etwas noch mehr hasse als Small Talk, ist es Schweigen.

»Ich stehe am liebsten so früh wie möglich auf.«

»Hmm«, mache ich nur und umklammere meinen Kaffeebecher noch fester.

»Was«, fragt Alexander spöttisch. »Bist du überrascht? Weil du dachtest, ich wäre ein Nichtsnutz, der einfach in den Tag hineinlebt?«

»So habe ich das nie gesagt.« Ich starre zu Boden, der an dieser Stelle wieder etwas rutschiger wird.

Alexander lässt wieder sein fröhliches Lachen erklingen, als könnte ihm nichts etwas anhaben. Oder ihn kränken. »Aber gedacht.« Ich schweige und er lacht ein wenig lauter. »Weißt du, ich will einfach die Welt sehen. Mit jeder Faser meines Körpers. Und das kann ich nicht, wenn ich den Tag verschlafe.«

»Das klingt wie ein Spruch aus einem Glückskeks.«

»Es war ein leckerer Glückskeks.« Strahlend sieht er mich an und ich habe keine Ahnung, ob er es ernst meint oder mich bloß aufzieht. »Ich liebe es so sehr, zu reisen. Du solltest es wirklich auch mal probieren. Einfach mal losfahren. Irgendwohin.«

»Ich habe einen Job.«

»Magst du deinen Job?«

Obwohl er damit einen wunden Punkt trifft, hebe ich trotzig mein Kinn. »Er bezahlt meine Rechnungen. Wenn ich nicht arbeiten würde, müssten Emma und ich auf der Straße leben.«

Innerlich wappne ich mich gegen eine Rede über Freiheit, Selbstständigkeit und all die Dinge, die ich mir einfach nicht leisten kann. Nicht mehr. Doch Alexander überrascht mich, als er mit sanfter Stimme weiterspricht.

»Es ist bewundernswert von dir, dass du für deine Familie so viel tust.«

Etwas in mir bröckelt bei seinen Worten. Da ist ein altes Gefühl, das sich langsam durch meine Mauern bohren will, doch ich halte es zurück. Denn es hat hier nichts zu suchen.

Nicht mehr in diesem Leben, das wir jetzt führen. Weil wir keine Alternative dazu haben. Weil es nun mal so ist, wie es ist, und wir damit klarkommen müssen. Aber eigentlich will ich gerade weder darüber nachdenken, geschweige denn mit Alexander darüber sprechen.

»So was tut man eben, wenn man jemanden liebt«, erwidere ich daher schnell. »Wir sollten jetzt aber zurück zu den anderen und losfahren.«

Der Gehweg wird enger, als wir auf eine Brücke kommen, und ich lasse Alexander vorausgehen, damit niemand auf die Straße ausweichen muss. Rechts von uns rauscht das Wasser eines schmalen Flusses unter der Brücke hindurch.

Ich werde langsamer, auch weil es plötzlich so glatt ist, dass ich mich an der niedrigen Brüstung festhalten muss, die uns von einem Fall ins kalte Nass trennt.

Alexander will mir helfen, streckt seine Hand aus, um mich zu halten, und ein heißes Prickeln fährt durch meine Fingerspitzen bis zu meinem Rückgrat. Mein Mund öffnet sich. Ich will etwas sagen. Doch dann rutscht Alexander aus.

Meine andere Hand schießt vor, ich mache einen Schritt auf ihn zu, weil ich ihn festhalten will, doch dann verlieren meine Füße den Halt. Mit einem Ruck knallen wir gemeinsam gegen die niedrige Brüstung und fallen von der Brücke.

Es sind höchstens zwei Meter, doch ich schreie, als würde ich vom Mount Everest stürzen. Im nächsten Moment schlägt eiskaltes Wasser über mir zusammen und meine Schreie werden zu Blasen. Sofort saugt sich meine Kleidung voll und wird bleischwer. Meine Füße treffen auf etwas Hartes und ich stoße mich davon ab, nach oben, während ich weiter Luft ausstoße, um kein Wasser einzuatmen.

Ich durchbreche endlich die Oberfläche und schnappe nach Luft. Neben mir kommt auch Alexander hoch, sucht mich und schiebt mich, ohne zu zögern, Richtung Ufer. Mein Kaffeebecher und mein Donut treiben in der Strömung davon, aber ich kann nichts daran ändern.

Wir krabbeln das Ufer hoch. Triefend nass bei knapp unter null Grad im tiefsten Winter – und was macht Alexander?

Er lacht!

»Das ist mir ja noch nie passiert! Meine Mutter wird mich umbringen, wenn sie erfährt, dass ich von einer Brücke gefallen bin«, prustet er.

Als ich Halt auf der dünnen Schneedecke finde, die den Boden bedeckt, fahre ich zu ihm herum. »Das ist nicht witzig!«

Doch da rutsche ich erneut. Und schlittere direkt in seine Arme, die mich auffangen, bevor ich wieder in den Fluss fallen kann. Meine Lippen zittern, doch überall, wo wir uns berühren, schießt Hitze durch mich hindurch.

»Stimmt, aber ich genieße die Welt am liebsten mit allen Sinnen«, erwidert Alexander leise.

Wir sind uns so nah, dass ich zu ihm aufschauen muss und mir zum ersten Mal bewusst wird, wie groß er eigentlich ist. Und jetzt verblasst sein Lächeln. Stattdessen ist sein Blick von einer Intensität, die mich auf eine andere Weise erzittern lässt als die eisige Kälte. Seine Hand hebt sich und er schiebt sanft eine nasse Haarsträhne aus meinem Gesicht. Unser Atem vermischt sich und plötzlich scheint er mir noch näher zu sein. So nah, dass mir nichts mehr an ihm verborgen bleibt. Nicht die kleine Narbe an seiner Oberlippe. Und auch nicht die vielen winzigen Sommersprossen auf seinen Wangen.

Seine Lippen öffnen sich und plötzlich kann ich nur noch sie sehen. Weiche, geschwungene Lippen, die trotz der Kälte wirken, als wären sie warm.

»Hallo? Alles in Ordnung?«, ertönt hinter uns ein Ruf.

Ich fahre zurück und mein Herz pocht unendlich schnell, als ich mich dem Mann zuwende, der auf der Brücke steht. »Alles in Ordnung bei euch? Ihr holt euch da unten noch den Tod!«

Er hat recht. Plötzlich spüre ich wieder die Kälte, die sich durch meine nassen Sachen und bis in meine Knochen hineinfrisst. Ich zittere so sehr, dass ich nur knapp nicken kann.

Alexander stellt sich noch dichter neben mich und legt seinen Arm fest um mich. »Können Sie uns vielleicht ein Stück mitnehmen? Wir hatten einen kleinen Unfall.«

Der Mann, vielleicht ein Mittfünfziger, nickt skeptisch und als wir die Brücke erreichen, hat er schon Decken auf den Beifahrersitzen seines Trucks ausgelegt. »Das sollte für den Moment reichen. Ihr müsst aber so schnell wie möglich aus den nassen Sachen raus.«

»D-D-Danke.« Meine Zähne klappern mittlerweile so laut aufeinander, dass ich das Wort kaum rauskriege. Alexander setzt sich ganz dicht neben mich und der Fremde dreht seine Autoheizung voll auf.

»Wir wohnen in dem B&B die Straße runter«, bringt Alexander raus und drückt sich noch näher an mich. Ich würde abrücken, wenn ich nicht kurz davor wäre zu erfrieren. Davon muss auch dieses blöde Prickeln kommen, das nun meine gesamte Seite hochfährt.

Wir brauchen zwei Minuten mit dem Auto und ich bekomme gerade so ein gestottertes *Danke* heraus, bevor ich ins B&B laufe, die Treppe zum Zimmer hoch und geradewegs unter die heiße Dusche.

Natürlich liegt Emma noch immer im Bett, als ich mir nach der Dusche frische, sehr viel dickere Klamotten aus dem Koffer ziehe. Doch Liv ist auf und schlüpft schnell an mir vorbei. »Bekomme ich für's früher wach Sein Punkte?«

Ich strecke meinen Daumen nach oben. »Ich hätte dir was von meinem Donut angeboten, aber der ist leider weggeschwommen.«

Ihre Augenbrauen springen hoch. »Weggeschwommen?«

Ich winke ab. »Frag besser nicht.« Dann trommele ich mit der flachen Hand auf meinem Koffer herum und rufe in Emmas Ohr: »Aufstehen!«

Emma fährt hoch. »Was zur Hölle? Nora!«

»Dir auch einen wunderschönen guten Morgen! Die Wetterverhältnisse sind scheußlich und wir müssen dringend weiter.«

Mit extraviel Lärm wickele ich meinen Koffer wieder in die Folie ein. Dann bringe ich ihn schon mal runter und bitte an der Rezeption darum, unser Frühstück für den Weg einpacken zu lassen. Glücklicherweise versichert mir die ältere Dame, dass dies gar kein Problem ist.

Als ich aus dem Fenster der Lobby schaue, entdecke ich Sam, der gerade Ringos Scheiben freikratzt, weshalb ich mitsamt Koffer zu ihm rausgehe. Obwohl meine Haare erneut trocken geföhnt sind und ich eine Leggings plus Jogginghose trage und über meinem Pullover noch eine pinke Kapuzenjacke, erschaudere ich sofort wieder in der Kälte. Meine nassen Klamotten und Schuhe schleppe ich in einer Plastiktüte mit mir herum, um sie später dann in der Hütte vor dem Kamin trocknen zu lassen. Da meine Stiefel nicht mehr zu gebrauchen sind, habe ich nun meine Sneaker an, die ich vorsichtshalber mitgenommen hatte.

Die Kälte des Wassers steckt mir noch in den Knochen. Dazu schwirrt die ganze Zeit die Erinnerung des Prickelns zwischen Alexander und mir durch meinen Kopf.

Was höchst unwillkommen ist. Wahrscheinlich denkt mein Körper jetzt, dass er ihn toll finden muss, weil wir beinahe gestorben wären. Owen hat mir mal von so was erzählt, auch wenn ich es nicht mehr ganz zusammenbekomme. Dabei sind wir nicht mal tief gefallen.

Körper, reiß dich mal zusammen!

Sam hängt halb im Kofferraum und schiebt gerade sein Gepäck rein, als er mich kommen hört und sich zu mir umdreht.

»Guten Morgen! War ja klar, dass du als eine der Ersten wach und abfahrbereit bist.«

»So wie du.« Mir fallen die dunklen Ringe unter Sams Augen auf, zusammen mit der Tatsache, dass dieser Irre bei der Kälte nur eine offene Kapuzenjacke über seinem Shirt trägt.

»Du siehst echt fertig aus. Alles okay bei dir?« Sam zieht die Nase kraus und nimmt mir mein Gepäck ab, um es ebenfalls in den Kofferraum zu schieben.

»Nee, ich habe nicht gut geschlafen. Deine Schwester ist mir an die Gurgel gegangen oder besser gesagt: an den Arsch.«

»Was? Wann?«

Ich lag neben Emma im Bett, als sie gestern Abend einschlief, und ich war diejenige, die sie gerade eben erst unsanft geweckt hat. Also war sie heute Nacht irgendwann unterwegs? Kein Wunder, dass sie so schwer aus den Federn kommt.

»Ach, vergiss es. Ist nicht so wichtig.« Das behauptet er jetzt. Aber seine Augenringe sagen etwas anderes.

Ich lehne mich gegen die Seite von Ringo, die Arme vor der Brust gekreuzt. Sam nimmt die Tüte mit den nassen Klamotten an sich und wirft mir einen fragenden Blick zu, doch ich winke schnell ab.

»Komm schon, du weißt doch, dass wir über alles sprechen können«, versuche ich das Gespräch weiterhin auf ihn zu lenken.

Sam zögert, schaut mich unsicher an und gibt dann doch mit einem schweren Seufzen nach. »Ich habe gestern mit meinen Eltern telefoniert.« Er sagt es so, als hätte er lieber Säure getrunken. »Sie appellieren an meine Vernunft und haben natürlich wieder davon angefangen, dass meine Pläne alle Unsinn seien.«

Ich kann nicht fassen, dass sie noch immer so engstirnig sind. »Nichts gegen deine Eltern, aber gucken die auch mal

Fernsehen? Leute wie du, Leute mit solchem Talent – die erobern die Welt.«

Ein kleines Lächeln zuckt um seinen Mundwinkel und kurz steht neben mir der achtjährige Sam, der allen erzählt, dass er später Musiker werden will. »Du übertreibst.«

»Du hast dir viel zu lange sagen lassen, dass aus dir und deiner Musik niemals was wird. Aber das stimmt nicht. Du bist der beste Sänger, den ich kenne.«

»Wie viele kennst du denn?«

»Du weißt, wie ich das meine«, erwidere ich mit einem Augenrollen. »Außerdem ist es ein gutes Zeichen, dass sie angerufen haben, oder? Das bedeutet doch, dass sie sich Sorgen um dich machen.«

Sofort verschwindet das Schmunzeln wieder aus Sams Gesicht und er schmeißt den Kofferraum zu, um sich gegen dessen Tür zu lehnen. »Dachte ich auch. Bis sie damit anfingen, was die Leute denn denken sollen, wenn ich an Weihnachten nicht zu Hause bin.«

Der Pfeil trifft selbst mich mitten ins Herz. »Und dann?«

»Dann habe ich sie daran erinnert, dass *sie* diejenigen waren, die mich rausgeschmissen haben. Und weißt du, was sie darauf erwidert haben?« Ich schüttele angespannt den Kopf. »Sie haben offenbar gehofft, dass ich meine Flausen bis Weihnachten losgeworden bin und endlich wieder Vernunft angenommen habe.«

»Ernsthaft?« Groll, so heiß wie Lava, steigt in mir hoch und am liebsten würde ich sofort nach Hause fahren, nur um den Greens höchstpersönlich zu sagen, was für Idioten sie sind. Stattdessen trete ich näher an Sam heran und umarme ihn. Weil ich befürchte, dass er schon seit einer Weile nicht mehr richtig in den Arm genommen wurde. »Das tut mir so leid. Und ich bin froh, dass du bei uns bist.«

Er erwidert meine Umarmung und legt sein Kinn auf meinem Kopf ab. »Ihr seid eh mehr meine Familie. Außer vielleicht Emma. Ohne dich als Aufpasserin, würde sie mich wahrscheinlich während des Trips irgendwo am Straßenrand verscharren.«

»Quatsch! Emma braucht einfach jemanden, dem sie an die Gurgel gehen kann, während Owen nicht da ist. Das ist alles.«

»Das ist wohl wahr.« Ich kann sein Gesicht nicht sehen, aber als Sam lacht, ist da ein zärtlicher Unterton in seiner Stimme. Wir lösen uns wieder aus der Umarmung, doch dabei bleibt mein Ohrring an meinem Schal hängen, und ich keuche leise beim zuckenden Schmerz.

»Warte.« Sam macht sich sofort daran zu schaffen. »Wie geht es *dir* eigentlich?«

Ich seufze schwer und halte ganz still, während er meinen Ohrring befreit. »Ich bin in den Fluss gefallen, aber ansonsten schlage ich mich ganz gut.«

»Was?« Er lacht, weil er mir natürlich nicht glaubt. »Warte. Deshalb die nassen Klamotten?«

Bevor ich ihm antworten kann, wird die Tür zum B&B aufgestoßen und Liv kommt heraus. Obwohl sie zu lächeln versucht, wirkt sie nicht so glücklich. Emma und Owen kann ich durch die Scheiben an der Rezeption sehen. Fehlt nur noch –

»Guten Morgen.«

Erschrocken fahre ich herum, als Alexander plötzlich hinter uns auftaucht. Mit einem breiten Grinsen und sechs To-go-Bechern. Einen davon zieht er aus der Tragevorrichtung und überreicht ihn mir. Genauso wie eine Donut-Tüte, die zuvor in seiner Jackentasche versteckt gewesen ist.

»Der Verkäufer meinte, die hübsche Blondine hätte einen Caramel Macchiato und einen Erdbeerdonut bestellt. War das richtig?«

»Äh. Ja, aber ... Wieso?«

Er zuckt mit einer Schulter und sein Lächeln wird etwas verlegen. Er trägt jetzt eine dunkle Jogginghose sowie eine weiche Jacke im Holzfällerstil. Es hätte albern aussehen müssen. Aber ihm steht sie.

»Na ja, unser kleiner Tauchgang war ja meine Schuld. Tut mir leid.«

»Warte«, grätscht Sam dazwischen. »Seid ihr etwa zusammen in einen Fluss gefallen?«

Ich nicke und kann nur daran denken, dass Alexander mich eben *hübsch* genannt hat. Hübsch. Er hat gesagt, dass ich *hübsch* bin. Oder hat er nur wiederholt, was der Verkäufer sagte? Und wieso enttäuscht mich diese Vorstellung plötzlich?

»Nicht der Rede wert«, versichere ich Sam und nippe an meinem Caramel Macchiato, während Alexander ihm den anderen Kaffeebecher in die Hand drückt. Für Liv hat er sogar Tee besorgt.

Währenddessen steht er so nah neben mir, dass wir uns flüchtig berühren, wenn wir uns bewegen. Mein Ellenbogen prickelt, als ich seinen Unterarm streife, und ich beiße meine Zähne zusammen. Wir stehen viel zu nah zusammen. So nah, dass es sicher seltsam aussieht. Ich warte nur auf ein Stirnrunzeln von Sam wegen Alexanders Arm, der meinen streift und Stromstöße durch mich hindurch jagt, doch es fällt ihm nicht einmal auf.

In dem Moment kommen auch Emma und Owen aus dem Hotel.

»Na endlich«, sage ich, doch denke nur an verbranntes Totengeld, Sommersprossen und das Prickeln in meiner Seite, das jetzt definitiv nicht mehr von der Kälte kommt.

Owen

Sosehr ich gehofft hatte, der Sex mit Liv würde die Spannung zwischen uns beiden rausnehmen, dass er meinen Drang, ihr nahe zu sein, erst mal befriedigen würde – so wenig ist das passiert. Zur Hölle! Ich bin sogar mit dem Gedanken an sie aufgewacht.

Aber der tonnenschwere Arm quer über meinem Brustkorb ist Sams. Und das Knie in meiner Hüfte auch. Mit dem kickt er mich fast aus dem Bett.

Ich befreie mich von seinem Arm und rolle mich von der Matratze. Wenig später klopfe ich wie der letzte glücksbesoffenste Idiot an die Tür vom Mädelszimmer, um Liv wie versprochen einen meiner Pullover zu geben.

Sie packt gerade ihren Koffer und trägt offensichtlich einen ganzen Stapel Shirts übereinander. Das verraten die vielfarbigen Säume an ihrem Halsausschnitt. Mir wirft sie nur einen kurzen Blick zu und lehnt dankend ab.

Perplex will ich sie daran erinnern, dass meine Pullover zu teilen, einer der Gründe war, warum sie überhaupt mitgekommen ist. Ich höre jedoch Nora aus dem Badezimmer rufen, ob ich schon fertig bin, während unter Emmas Decke ein ärgerliches Brummen hervordringt, sodass ich beschließe, unter diesen Umständen keine Diskussion mit Liv anzufangen.

Stattdessen trete ich den Rückzug an, dusche eilig, packe und muss schließlich, als ich die Treppe runter in die Lobby komme, doch einsehen, dass ich ein Problem habe: Liv steht gerade an der Rezeption und fragt die ältere Dame, der das B&B gehört, ob sie das Zimmer noch für ein paar Tage behalten kann.

Die Inhaberin erklärt ihr, dass sie es leider für neue Gäste braucht, und Liv wendet sich mit einem enttäuschten Seufzen ab. Zwar bringt sie ein halbes Lächeln in meine Richtung zustande, als sie mich bemerkt, macht sich dann aber mit ihrem Koffer auf den Weg nach draußen, ohne auf mich zu warten.

Ich bleibe stehen – kein glücksbesoffener Idiot mehr, sondern ein komplett verwirrter. Bereut sie etwa, dass wir Sex hatten? Oder hat sie mehr von meinem Gespräch mit Emma mitbekommen, als sie sollte? Ich kann sie nicht fragen, weil Emma in diesem Moment am Fuß der Treppe auftaucht und sich mit ihrer schlecht gelaunten Miene als mein Problem Nummer zwei entpuppt.

»Ich habe Hunger«, informiert sie mich, was grundsätzlich ein gefährlicher Zustand bei ihr ist. »Ich hatte nicht mal Kaffee.«

»Wir verstauen nur schnell unser Zeug«, versuche ich sie zu beruhigen. »Dann können wir frühstücken und losfahren.«

Emma schiebt sich an mir vorbei, bleibt aber schlagartig wieder stehen, noch ehe sie die Tür erreicht hat.

»Was ist?« Ich trete neben sie und spähe wie Emma aus dem Fenster über den Parkplatz. Zuerst entdecke ich Liv, die ihren Koffer die Stufen der Veranda hinabbugsiert, dann Nora und Sam. Sie stehen eindeutig zu nah beieinander. Sam fummelt an Noras Gesicht herum – keine Ahnung, was er da treibt. Dann sieht er ihr in die Augen und legt ihr sogar kurz seinen Finger unters Kinn. Ich nehme stark an, dass die beiden über irgendein wichtiges Thema sprechen – so was wie Sams Zukunftspläne. Oder die Beziehung zu seinen Eltern. Oder whatever gerade in seinem Leben los ist.

Früher hat er solche Dinge mit mir bequatscht. Ohne Finger am Kinn wohlgemerkt, aber trotzdem ... Früher hat er *mich* statt Nora gefragt, wie es läuft. Früher war er *mein* bester Kumpel, nicht ihrer.

What the fuck! Klinge ich wie ein beleidigtes Grundschulkind? Wie ein getretener Welpe? Wie einer, der aus Eifersucht und Rache gleich zum Serienmörder mutiert? Wahrscheinlich. Aber es ist halt scheiße, dass Sam und ich nicht mehr sind, was wir mal waren – ein eingeschworenes Team nämlich.

Sam war schon immer in seine Musik vernarrt. Ich in mein Nerd-Wissen. In der Schule bekam ich zu spüren, dass Musik cool war und Nerd-Wissen uncool. Aber Sam hat nie – keine Sekunde lang – einen Zweifel daran gelassen, dass wir zusammengehören. Er hatte Freunde und er hatte mich – seinen besten Kumpel. Und ich ... ich hatte ihn.

Irgendwann in der Highschool stellte sich heraus, dass ich verdammt gut im Basketball war, und plötzlich fanden mich erst die Mädchen toll und dann wollten auch die Jungs mit mir befreundet sein. Trotzdem habe ich nie vergessen, dass Sam schon mein Freund war, als es niemand sonst sein wollte.

Nur jetzt, seit ich in London lebe, ist das anscheinend anders. Ich meine ... Mir ist klar, dass da irgendwas los ist in seinem Leben. Der Kerl stopft Ringo nicht umsonst mit seinem halben Hausstand voll. Und nach allem, was ich über ihn weiß, kann ich mir in etwa vorstellen, was Sache ist. Aber ... warum erzählt er mir nichts davon?

Weil ich gegangen bin. Und weil das anscheinend alles geändert hat. Fuck, Sam! Problem Nummer drei. Offenbar bin ich von Problemen umzingelt.

Neben mir stößt Emma so etwas wie einen leisen Knurrlaut aus. Sie starrt immer noch zu Sam und Nora rüber. Die beiden fahren ziemlich ertappt auseinander, als Alexander sich von hinten nähert. Liv macht sich mit ihrem Gepäck an Ringos Kofferraum zu schaffen, während Alexander eine Palette voll Kaffeebecher schwenkt.

»Koffein«, stelle ich dankbar fest. »Los, wir holen uns eine Portion.«

Emma rührt sich noch immer nicht. Ihre losen Haarsträhnen stehen ihr statisch vom Kopf ab. Ich bin mir nicht sicher, was sie jetzt schon wieder hat, aber dass sich Sam und Nora so gut verstehen, scheint ihr genauso wenig zu gefallen wie mir. Ich lege ihr einen Arm um die Schultern und zu meiner Überraschung stößt sie mich nicht weg.

»Was ist Sache, Keks?«, frage ich sie leise.

Sie sieht mich nur kurz an, aber das reicht für mich, um zu verstehen. Dieses schmerzliche Schimmern in ihren Augen kenne ich. Sam! Immer noch? Ihr Ernst? Ich weiß, dass sie mal einen Crush auf ihn hatte. Als Sam mir damals davon erzählte, war mein erster Impuls, Emma damit aufzuziehen. Aber die völlig untypische Stille, mit der sie auf seine Abfuhr reagierte, ließ mich kapieren, dass es ihr absolut ernst war mit ihm. Todernst. Ich war jedoch davon ausgegangen, ihre Schwärmerei hätte sich mittlerweile längst verwachsen. Aber jetzt ... Ihr Blick gerade hat mich an ihre schlimmste Liebeskummerphase erinnert. Und das nur, weil Sam und Nora ... Moment! Verpasse ich hier gerade irgendwas?

»Hier, junger Mann! Nehmen Sie das mit?« Die Besitzerin des B&Bs kommt mit riesigen Tüten auf uns zu, die sie allesamt mir in die Arme drückt, statt sie gleichmäßig auf Emma und mich zu verteilen.

»Was ist das?« Irritiert versuche ich einen Blick hineinzuwerfen.

»Ihr Frühstück. Ich sollte das doch für Sie einpacken.« Emma und ich stöhnen unisono auf. »Ihre Schwester hat gesagt, Sie hätten es eilig.«

»Ja«, knurrt Emma. »Zumindest eine von uns hat es sehr eilig.«

Seufzend bedanke ich mich bei unserer Gastgeberin. Dann stoße ich Emma an. »Komm, Keks. Mach mir die Tür auf. Lass uns was vom Koffein abgreifen, solange es heiß ist.«

Die Luft ist klirrend kalt. Wo sie meine Haut trifft, sticht sie durch wie mit feinen Nadeln. Immerhin hat es endlich aufgehört zu regnen. Der Himmel ist von hellen Wolken verhangen, die Sonne ein milchiger Fleck dahinter. Ihr Licht spiegelt sich auf der vereisten Straße. Super Voraussetzung für die Fortsetzung unserer Reise.

Nora ist sichtlich erleichtert, als Emma und ich uns bei Ringo einfinden, und scheucht uns alle in den Bus.

»Wäre nicht wenigstens für ein gemütliches Frühstück Zeit gewesen?«, beschwere ich mich, während Nora mir die Tüten mit dem eingepackten Essen abnimmt.

»Dafür habt ihr zu lange gepennt«, entgegnet sie. »Auf geht's!«

Obwohl der Platz auf der Bank neben mir noch frei ist, als Liv einsteigt, quetscht sie sich wieder nach ganz hinten.

»Setz du dich ruhig in die Mitte«, wendet Nora sich an Alexander und gesellt sich zu Liv. »Dann kannst du auch mal deine Beine ausstrecken und das Gefühl mit allen Sinnen genießen.«

Ihr neckendes Grinsen fällt mir auf. Keine Ahnung, worauf sie anspielt, aber dass sie einen Witz gemacht hat, ist lange nicht mehr vorgekommen.

»Danke.« Alexander lächelt sie an. »Das werde ich.« Er lässt sich neben mich fallen und reicht mir den letzten Kaffeebecher.

»Wenn ihr mir da hinten die Sitze vollsaut, fliegt ihr raus«, droht Sam von vorn, während er sich hinters Steuer schwingt.

»Kaffeeflecken gehören garantiert zu den harmlosen Dingen, mit denen diese Polster schon bekleckert wurden«, gebe ich zurück.

»Lass uns das nicht vertiefen«, entgegnet Sam grinsend, worauf Emma und Nora aufkreischen, weil sie offensichtlich eine vollkommen falsche Vorstellung davon haben, worauf wir anspielen.

Ich muss lachen, bis mir einfällt, dass auch Liv eine vollkommen falsche Vorstellung von mir bekommen könnte. Rasch werfe ich ihr zwischen den Sitzen hindurch einen Blick zu, aber sie starrt aus dem Fenster.

Ringos Motor erwacht stotternd zum Leben. Vorsichtig lässt Sam den Bus vom vereisten Parkplatz rutschen und ich greife mir irgendeine der Sandwich-Tüten, die Nora mir reicht, ohne den Inhalt zu checken. Den Rest gebe ich an Alexander weiter.

Fakt ist: Heute Morgen wäre ich gern neben Liv aufgewacht, dabei ist mit einer Frau einzuschlafen normalerweise ein No-Go für mich. Das setzt nur jede Menge Bindungshormone frei – Oxytocin und Vasopressin. Daran habe ich kein Interesse. Aber Fakt ist auch: Sam war kein adäquater Liv-Ersatz. Gerade glaube ich, dass niemand ein adäquater Liv-Ersatz sein kann. Ich will definitiv eine Wiederholung von gestern Nacht – zumindest dem Teil, den ich mit Liv verbracht habe. Nur scheint sie weitaus weniger an einer Fortsetzung interessiert zu sein als ich. Fühlt sie sich nicht gut, weil sie meinetwegen ihren Prinzipien in den Arsch getreten hat?

»Wie machst du das eigentlich?«, erkundige ich mich bei Alexander. »Mit deinen Freunden, meine ich. Die siehst du ja wahrscheinlich nicht allzu oft, oder?«

Alexander schält gerade eine Mandarine aus seiner Lunch-Tüte und zuckt mit den Schultern. »Nette Leute lerne ich überall auf der Welt kennen. Aber ich sehe das so: Sich mit Leuten anzufreunden, die in deiner Nachbarschaft wohnen oder in der Schule, im Studium oder im Job täglich neben dir sitzen, ist einfach. Kontakt zu Menschen zu halten, die du womöglich nur ein- oder zweimal im Jahr siehst, weil dich ansonsten Tausende Kilometer trennen, ist sehr schwer. Die Leute, die trotz der Entfernung bleiben – das sind die echten Freunde.«

Er grinst mich an, doch ich kann nur nicken. Ist das nicht genau, woran Sam und ich gerade scheitern? Sind wir diese Art von Freunden, die nur zusammenhalten, solange sie sich täglich sehen? Und die sich aufgeben, sobald die Entfernung zu groß wird?

Ich blicke aus dem Fenster und kaue auf meinem Sandwich herum, ohne überhaupt zu bemerken, mit was es belegt ist. Die Landschaft wirkt nach dem gestrigen Sturm seltsam erstarrt. Die kahlen Büsche und Bäume am Straßenrand sind gespenstisch weiß von Frost. Nur hin und wieder durchbrechen ein paar Sonnenstrahlen die Wolkendecke am Himmel und lassen das Eis an den Zweigen blitzen. Von Zeit zu Zeit ziehen Outlets, Autowerkstätten und die Parkplätze irgendwelcher Stores an den Fenstern vorbei. Manchmal ist ein B&B oder Hotel dabei, dann wieder nur endlose Abschnitte von Buschwerk.

Neben mir nimmt Alexander Videos für seine Social-Media-Kanäle auf. Emma ist begeistert, in seinem Feed aufzutauchen, und winkt in seine Kamera. Nora versteckt sich protestierend hinter ihren Händen. Sie nimmt ihr Gespräch mit Liv über ihre liebsten Jane-Austen-Filme erst wieder auf, als sie sicher ist, dass die Kamera nicht mehr läuft. Ich lehne den Kopf zurück und höre Liv zu, die über weibliche Strategien zur Selbstbestimmung um 1800 spricht. Ich lausche ihrer sich zu den Satzenden hebenden Sprachmelodie, ihren kurzen Vokalen und ihrem hörbaren R und merke irgendwann, dass ich lächele wie ein Volltrottel. Himmelherrgott! Hätte ich gewusst, dass ich auf nordirische Akzente stehe, hätte ich mir längst ein ganzes Album davon zum Einschlafen runtergeladen.

Liv lacht über Noras Erzählungen von Tante Caroline aka Sundance und ihren Vorstellungen von weiblicher Selbstbestimmung. In meinem Bauch setzt wieder dieses Kribbeln ein, als würden irgendwelche verdammten Spiegelneuronen in meinem frontalen Kortex Livs Gefühle auf mich übertragen. Als müsse ich lachen, nur weil sie es tut. Oh, Merry Christmas!

»Kannst du nicht ein bisschen schneller fahren?«, nörgelt Emma vorn.

»Damit du mir in den Bus kotzt?«, gibt Sam zurück.

»Ich habe längst meine Tablette intus und ich würde sogar eine ganze Packung nehmen, wenn du dafür schneller fährst.«

»Aber das mit dem Eisregen gestern hast du mitbekommen, oder? Ringo schlingert doch eh schon in jeder Kurve.«

»Wahrscheinlich hast du vergessen, Winterreifen draufzuziehen.«

»Könnt ihr da vorne mal eine andere Platte auflegen?«, gehe ich dazwischen. »Diese haben wir gestern schon ununterbrochen gehört.«

Emma schießt mir einen giftigen Blick zu. »Das Autoradio ist kaputt. Irgendwer hat diese Kassette mit den scheußlichsten Weihnachtshits aller Zeiten reingeschoben und Ringo rückt sie nicht wieder raus.«

»Irgendwer namens Emma?«, wirft Sam ein.

»Gar nicht. Ich würde tausendmal lieber die Beatles hören.«

»Besser als das Sam-und-Emma-Gepöbel in Dauerschleife ist beides«, bemerke ich.

Emma stößt ein Schnaufen aus, drückt aber auf den Tasten am Armaturenbrett herum. Während dann die etwas verrauscht klingende Melodie von ›Deck The Halls‹ aus dem Autoradio knarzt, breitet sich draußen so eine Art Marschland aus. Vor den Fenstern durchziehen hellblaue Wasseradern von Frost und Schnee bedeckte Wiesen. Nach und nach wird Ringo langsamer.

»Warum hältst du an?«, will Emma wissen. »Musst du etwa jetzt schon pinkeln? Hast du die Blase von einem Baby?« Alarmiert späht sie aus dem Fenster. »Hier gibt es nicht mal Bäume.«

»Keine Panik, ich muss nicht pinkeln.« Sam tippt mit dem Zeigefinger gegen eine Anzeige hinterm Lenkrad. »Die Öllampe leuchtet.«

»Was ist mit dem Öl?« Alarmiert richtet Nora sich in ihrem Sitz auf.

»Alles gut«, meint Sam. »Ich hab das im Griff. Die Öllampe leuchtet öfter.«

Emma lässt ein genervtes Schnauben hören. »Das klingt nicht gerade, als hättest du irgendwas im Griff. Das klingt, als würde dir deine Schrottkiste unterm Hintern wegrosten.«

»Was heißt es denn genau, wenn die leuchtet?«, will Nora wissen.

»Dass ich Öl nachfüllen muss. Wartet eine Minute.« Sam steigt aus, geht nach hinten, öffnet die Hecktüren und schockfrostet uns alle mit der kalten Luft, die hereinströmt. Dann kramt er in seinem Zeug.

»Brauchst du Hilfe?«, rufe ich ihm zu.

»Nee, passt schon«, kommt zur Antwort. Klar, er hat sicher kein Interesse, dass ich sehe, was er da alles so spazieren fährt.

Einen Moment später taucht Sam wieder an der Fahrertür auf. »Sorry, Leute, wir haben doch ein Problem.«

Das Wievielte ist das jetzt? Nummer vier? Nummer fünf? Ich komme nicht mehr mit.

»Was denn?«, fragt Nora besorgt.

»Das Öl ist leer.« Sam zieht sich seine Jacke über. »Laut

Navi ist es nicht weit bis Scarborough. Ich gehe schnell zu Fuß zur nächsten Tankstelle und besorge neues Öl.«

»Was?!« So schnell kann Sam gar nicht aufbrechen, da hat Nora auch schon die Seitentür geöffnet und springt nach draußen. »Du gehst auf keinen Fall allein. Das ist viel zu gefährlich.« Sie hält ihn am Ärmel fest.

»Was soll daran gefährlich sein? Es ist ja nicht weit – höchstens eine halbe Stunde, schätze ich.«

»Keiner geht allein«, bestimmt Nora. »Hier in der Gegend gibt es Schwarzbären.«

Sam lacht auf und tippt Nora in einer liebevoll neckenden Geste auf die Stirn, was einen Emma-Knurrlaut vom Beifahrersitz erklingen lässt. »Und was machen Bären im Winter?«

»Keinen Winterschlaf jedenfalls«, erklärt Nora. »Die halten Winterruhe. Das heißt, die stehen auch mal auf und laufen rum. Und dann haben die Hunger. Wir haben Bärenspray dabei. In meiner Tasche.«

Sie will schon zum Kofferraum laufen, aber in diesem Moment stößt Emma die Beifahrertür auf und springt ebenfalls aus dem Auto. »Ihr beiden geht nirgendwo zusammen hin. Das hat mir gerade noch gefehlt.«

Irritiert sieht Nora sie an. »Wieso?«

Emma verschränkt die Arme vor der Brust. »Eine Sexgeschichte reicht mir.«

»Sexgeschichte?« Verständnislos schüttelt Nora den Kopf. »Wovon redest du?«

»Hmm.« Nachdenklich beobachte ich das Gezanke vorm Auto. »Wenn ich das nicht für komplett absurd halten müsste, würde ich sagen, meine Schwestern streiten sich um Sam.«

»Ich dachte, Nora und Sam sind nur Freunde.« Alexander wirft mir einen fragenden Blick zu, den ich grinsend erwidere.

»Das würde ich unterschreiben. Nur Emma anscheinend

nicht … Hey!« Ich steige über Alexanders lange Beine hinweg und beuge mich aus der Seitentür. »Lasst Sam bloß nicht allein gehen. Der hat doch keinen Orientierungssinn. Am Ende erfriert der irgendwo und wir sitzen hier fest.«

»Ich habe längst gesagt, ich gehe mit«, meint Nora.

»*Ich* gehe mit«, betont Emma. »Ich weiß zwar nicht, wie er sich verlaufen sollte, weil er einfach nur geradeaus die Straße lang muss, aber bitte …«

»Sehr gut«, erwidere ich trocken. »Dann braucht ihr auch kein Bärenspray. Kampfkekse sind gut gegen Schwarzbären.«

»Haha!«

Nora schüttelt entschieden den Kopf. »Ihr nehmt das Bärenspray mit. Wartet!« Sie durchforstet ihr Gepäck hinten im Bus und drückt Sam schließlich die Dose mit dem Bärenspray in die Hand. »Das ist gegen *Bären*, klar? Ich will später keinen von euch im Krankenhaus besuchen, weil ihr das gegeneinander eingesetzt habt.«

»Natürlich!«, meint Sam.

»Logisch«, murmelt auch Emma – allerdings erst auf Noras strengen Blick hin.

»Geht von mir aus zusammen«, bestimmt Nora. »Aber ihr habt Redeverbot. Es gibt ungefähr 30.000 Bären hier in Maine. Die hören euch, wenn ihr die ganze Zeit quatscht. Dann kommen die und fressen euch. Verstanden?«

Sam und Emma starren sie einen Moment lang ungläubig an. »Du glaubst nicht im Ernst, dass du uns damit Angst machen kannst, oder?«, fragt Sam.

Auch Emma gibt ein Schnaufen von sich. »Für wie blöd hältst du uns?«

»Einen Versuch war es wert«, gibt Nora seufzend zurück. »Und immerhin habt ihr *wir* gesagt. Das dürfte seit Jahren nicht vorgekommen sein. Seid vorsichtig. Okay?«

»Beim Geradeauslaufen?« Emma zieht sich ihre Mütze tiefer in die Stirn, dreht sich um und marschiert los. Sam strafft die Schultern, dann folgt er ihr.

Nora sieht ihnen nach, während sie fröstelnd ihre Arme um sich schlingt. »Verdammt, ist das kalt!«

»Hier.« Ich suche auf der Rückbank ihren Mantel, finde aber nur ihre pinke Kapuzenjacke, die ich ihr reiche. »Ist das alles, was du mithast?«

Rasch zieht Nora das Kleidungsstück an und den Reißverschluss bis unters Kinn. »Lange Geschichte«, brummt sie. »Gibst du mir mein Handy, Owen?« Sie späht an mir vorbei in den Bus. »Das muss auch irgendwo da hinten liegen. Ich passe unseren Zeitplan an. Ruf du bitte Sundance an. Sie sollte wissen, dass wir mindestens eine Stunde später kommen.«

»Kein Stress«, entgegne ich. »Ich bündele einfach die Kraft meiner Gedanken und nutze unsere telepathische Verbindung.«

»Kannst du ein Mal ernst bleiben, Owen?« Als ich ihr das Telefon reiche, ist Noras Blick so vernichtend wie sonst nur Emmas.

»Wisst ihr was?« Auch Alexander steigt jetzt aus. »Ich habe mir die Karte angeschaut. Das hier vor uns ist schönstes Marschland. Ein Stück weiter gibt es einen Wanderweg. Ich werde mir das mal genauer ansehen.«

»Tu das«, brummt Nora mit dem Blick auf ihrem Smartphone.

»Komm doch mit.« Die Hände in seinen Jackentaschen vergraben sieht Alexander Nora an, bis sie zu ihm aufschaut.

»Wer? Ich?«

»Ja. Du.« Alexander nickt. »Du weißt schon: die Welt mit allen Sinnen wahrnehmen und so. Lass uns ein paar Schritte gehen und hör einfach mal auf zu denken. Das fühlt sich super an, glaub mir.«

»Vielleicht tut dir das wirklich mal ganz gut, Nora«, unterstütze ich seinen Vorschlag. »Gegen unsere Verspätung kannst du sowieso nichts ausrichten. Also gönn dir eine Pause.«

Sie seufzt tief, blickt unschlüssig über das sich vor uns ausbreitende Marschland. »Ist das nicht gefährlich? Kann man da nicht ertrinken?«

»Ich wollte eigentlich auf den Wegen bleiben«, entgegnet Alexander. »Und warst du es nicht, die eben noch meinte, niemand solle allein gehen?«

»Ähm ...« Nora windet sich ein bisschen. »Wir haben aber kein zweites Bärenspray.«

»Doch, klar. Ich habe auch eins dabei.« Alexander macht sich ebenfalls auf den Weg zu Ringos Rückseite.

»Owen ...« Nora sieht mich bittend an.

»Was? Dass ein Typ, der ständig am Ende der Welt unterwegs ist, Bärenspray dabeihat, ist doch naheliegend.«

»Das hilft mir jetzt nicht.«

»Okay.« Fragend erwidere ich ihren Blick. »Willst du, dass ich dich rette? Oder willst du diese Sache mit all deinen Sinnen ausprobieren?«

Sie seufzt und blickt zu Alexander, der mit dem Pfefferspray winkend zurückkommt.

»Also ...« Fragend sieht er sie an. »Kommst du?«

»Wenn du meinst ...« Nora wirft mir noch einen unsicheren Blick zu, folgt Alexander aber.

»Wenn uns mitten im Winter draußen im Marschland ein Schwarzbär begegnet, muss mit dem irgendwas falsch sein«, sagt Alexander im Weggehen. »Falls wir den mit Pfefferspray besprühen, rennt der noch ins Meer. Das wäre irgendwie fies, oder?«

»Äh ... Ich weiß nicht. Wo genau ist denn jetzt dieser Weg?«, höre ich Nora noch sagen.

Dann drehe ich mich zu Liv um.

Mittlerweile hat sie ihren Parker angezogen, ihren Schal mehrfach um ihren Hals gewickelt und eine farblich dazu passende Wollmütze tief über ihre Ohren gezogen.

Und plötzlich wird mir klar, dass der Moment gekommen ist: Liv und ich sind allein. Sam und Emma werden mindestens eine Stunde unterwegs sein. Alexander und Nora sind auch erst mal damit beschäftigt, im Marschland keinem verwirrten Bären zu begegnen. Eine Stunde nur für Liv und mich. Eine Stunde, in der ich herausfinden kann, was mit ihr los ist und was zum Teufel ich falsch gemacht habe. Denn ehrlich gesagt macht mich allein diese Vorstellung krank. Wenn ich Liv irgendwie wehgetan oder sie überrumpelt habe, wenn ich irgendwas getan habe, was sie nicht wollte, dann muss ich das wissen. Dann muss ich das wiedergutmachen. Irgendwie. Weil ich noch nie so sehr alles richtig machen wollte wie mit Liv.

Emma

Wir rennen schon gut eine halbe Meile über die vereiste Fahrbahn, ohne dass Sam etwas gesagt hat. Die paar Bäume links und rechts von uns sind weiß, aber es ist kein Schnee, sondern Frost, der die Äste überzieht. Mein Atem bildet kleine Wölkchen, die sich mit Sams vermischen und dann in der eiskalten Luft zerfasern. Sam hat die Hände tief in seinen Jackentaschen vergraben. Dass Sam überhaupt Pullover und Jacke trägt, bedeutet, jeder Normalsterbliche läuft bei den Temperaturen Gefahr zu erfrieren. *Ich* erfriere. Mein Körper zittert unaufhörlich und meine Zähne klappern, sobald ich die Kiefer nicht fest genug aufeinanderpresse.

»Wieso guckst du mich schon wieder an, als würdest du mich am liebsten töten?«, fragt mich Sam.

Ich schlinge die Arme fester um mich. »Mal sehen ... Da wäre zunächst mal dein total unzuverlässiges Auto, das du aus irgendwelchen unerfindlichen Gründen abgöttisch liebst und nicht gegen ein funktionierendes austauschst, welches nicht mitten in der verdammten Antarktis liegen bleiben würde. Dann wusstest du anscheinend zwar, dass Ringo exorbitant viel Öl säuft, aber hast für dein Alkoholiker-Auto trotzdem keinen Stoff mitgenommen, weswegen ich jetzt auf dem Weg zur nächsten Tankstelle erfrieren werde.«

»Dieser Trip war ja wohl eher spontan«, verteidigt er sich und schält sich aus seiner Jacke. »Hier.« Er legt mir den von seinem Körper angewärmten Canvas-Stoff um die Schultern.

»Wenn *du* erfrierst, ist das nicht besser«, brumme ich, schließe aber für einen kurzen Moment die Augen. Weil die Wärme guttut und mir Sams Geruch, der in dem Stoff hängt, in die Nase steigt.

»Ich erfriere nicht«, sagt er belustigt. »Du weißt, dass mir immer warm ist, und solange wir uns bewegen, reicht mir der Pullover. Jetzt zieh die verdammte Jacke schon richtig an, sonst mache ich das.«

Er will mich anziehen? Ein viel zu großer Teil von mir würde gern von ihm *ausgezogen* werden und ich lache leicht hysterisch, weil ich denke, dass das Schicksal echt einen miesen Sinn für Humor hat. Trotzdem stecke ich meine Arme in die Ärmel. Seine Jacke ist mir viel zu groß, sodass ich trotz meines Mantels drunter ohne Probleme reinpasse.

»Besser?«, fragt Sam.

Ich nicke. »Danke. Aber das heißt nicht, dass ich jetzt weniger wütend auf dich bin.«

Er wirft die Hände in einer fassungslosen Geste hoch. »Ringo ist eigen, dafür kann ich nichts. Und was habe ich bitte sonst noch verbrochen?«

»Wie wäre es mit deinem fehlenden Orientierungssinn?« Ich ziehe die Augenbrauen hoch. »Der es notwendig macht, dass ich mit dir durch diese Eiswüste renne.« Ich blitze ihn wütend an. »Und den letzten und schwerwiegendsten Punkt kannst du dir sicher denken.«

Er schüttelt den Kopf. »Wenn ich wüsste, was dich so unsagbar wütend macht, kleiner Rachekeks, würde ich nicht fragen.«

Es macht mich rasend, dass er immer hervorheben muss, dass ich die Kleine bin. Zu klein, um für ihn interessant zu sein. Es sei denn, ich stehe wie gestern Abend als einziges weibliches Wesen zwischen ihm und einer Hauswand.

»Du machst dich an Nora ran«, helfe ich ihm auf die

Sprünge. Und das tut richtig weh. Weil er anscheinend in ihr etwas sieht, was ich so lange gern für ihn gewesen wäre. Und wenn ich das verräterische Klopfen meines Herzens richtig deute, ist die Vergangenheitsform in diesen Gedanken zwar sehr schmeichelhaft, aber eigentlich nicht richtig. Verdammt, ich wünschte immer noch, er würde mehr in mir sehen als Owens Katastrophenschwester. Zu sehr, um nicht davon getroffen zu sein, dass er Nora angräbt. »Das ist so unterirdisch«, gifte ich.

Er lacht. »Ich und Nora?« Jetzt lacht er noch ein bisschen lauter. »Ganz bestimmt nicht. Sie ist meine beste Freundin. Aber abgesehen davon, was juckt es dich überhaupt, wen ich angrabe oder nicht angrabe?«

»Es juckt mich, weil du ein egoistischer Player bist, der immer nur an sich denkt, sich null auf Menschen einlässt und alle um sich herum verletzt. Als wärst du eine Scheiß-Abrissbirne oder so was und wenn es mich nicht schon per se ankotzen würde, dann auf jeden Fall, wenn es um meine Schwester geht.«

»Ach ja?« Sam zieht die Augenbrauen hoch. »Wen verletze ich denn zum Beispiel?«

Die Frauen, die sich auf ihn einlassen, kann ich nicht zählen. Er ist ehrlich. Immer. Und sagt ihnen direkt, dass er nicht an mehr als nur ein bisschen Spaß interessiert ist. Was seine Erfolgsquote umso erstaunlicher macht.

»Deine Familie«, stoße ich deswegen hervor. »Du feierst Weihnachten mit uns und hast keine zwei Sekunden gezögert. Es war dir einfach egal, was das für sie bedeutet.« Ich hole Luft. »Du hast Lust, über die Feiertage mit deinem Kumpel abzuhängen, und nach dir die Sintflut. Ich wette, du hast deine Eltern noch nicht mal angerufen und ihnen Bescheid gesagt, dass du ihr Lieblingsfest ohne sie feierst.«

»Du hast keine Ahnung.« Sam sieht verkniffen aus. Klar,

ich dürfte den Nagel auf den Kopf getroffen haben und wahrscheinlich fühlt es sich nicht gut an, mit seinem Scheißverhalten konfrontiert zu werden.

»Ach ja?« Mein Herz klopft vor Wut, vor Schmerz. »Zufällig weiß ich ziemlich genau, wie es ist, ohne seine Eltern feiern zu müssen. Nie wieder mit ihnen feiern zu können.« Ich blinzele Tränen weg. »Du hast die Möglichkeit, *ich* nicht, aber du scheißt darauf.«

Er sagt eine ganze Weile nichts, starrt nur die sich durch die Eiswüste windende Straße hinab, an deren Ende vereinzelte Lichter ankündigen, dass wir der nächsten Stadt näher kommen, und bläst sich warmen Atem in die kaltroten Hände.

»Weißt du, Em?«, fängt er nach einer Weile an, bleibt stehen und sieht mich jetzt direkt an. »Manchmal müssen Eltern nicht tot sein, um kein Teil deines Lebens mehr zu sein.«

»Was soll das jetzt wieder heißen?«

Er läuft langsam weiter und zuckt die Schultern. »Dass meine Eltern mich rausgeschmissen haben.«

»Sie haben *was*?« Ich kann nicht fassen, wie er das einfach so sagt, wie eine Information darüber, dass die Milch leer ist oder heute keine Post im Briefkasten war. Einfach so. Hier, mitten auf einer bescheuerten Landstraße im Nirgendwo. Und dass er es *mir* sagt. Ich laufe schneller, um zu ihm aufzuschließen, und halte ihn am Arm zurück, sorge dafür, dass er stehen bleibt. »Wann?«

»Einen Monat nach meinem Abschluss.« Er läuft mit gesenktem Blick weiter, so als könnte er das Gespräch nur führen, wenn er sich dabei bewegt.

Sein College-Abschluss war vor fast vier Monaten. »Wo bist du seitdem untergekommen?« Wieso hat er nicht Nora und mich gefragt? Er hätte in Owens Zimmer wohnen können. Das wäre kein Problem gewesen. Na ja, vermutlich hätten wir uns schon am Frühstückstisch die Augen ausgekratzt, aber wir hätten zumindest genug Platz im Haus gehabt, um uns nicht umzubringen.

»Na ja, die Zahnbürste, die du in Ringos Handschuhfach gefunden hast, liegt da nicht zufällig drin.«

Und ich verstehe – der ganze Kram, den er in Ringos Heck gestopft hat, den hat er nicht aus Unordentlichkeit oder Faulheit da drin gelagert. Das ist alles, was er besitzt. Er *lebt* in seinem Auto. Ich mag mir gar nicht ausmalen, wie kalt es zu dieser Jahreszeit nachts darin sein muss. Trotz des Outdoor-Schlafsacks, den ich in seinem Kofferraum entdeckt und für ein Überbleibsel von einem der Festivalbesuche im Sommer gehalten habe.

»Weiß Owen davon?«

Sam schüttelt den Kopf. »Nora aber.«

Und wieder ist da dieser feine Stich von Eifersucht, weil er sich ihr anvertraut hat, mir aber nicht. Nicht mal Owen.

»Dein Bruder hat genug eigenen Kram um die Ohren. Ihr alle. Ich hätte es auch Nora nicht gesagt, aber sie hat es rausgefunden. Mich, Ringo und die Zahnbürste quasi in flagranti auf dem Walmart-Parkplatz erwischt.«

Mir wird klar, dass er dieses Auto nicht ohne Grund so unverhältnismäßig liebt. Es ist sein Zuhause. Das einzige, das er noch hat. Und er hat seine Eltern nicht verlassen. Sie haben *ihn* verlassen, was irgendwie noch viel schlimmer ist. Mom und Dad sind nicht freiwillig gegangen, sie wurden aus unseren Leben gerissen. Die Greens entscheiden sich hingegen ganz bewusst dafür, nicht mehr an Sams Leben teilzuhaben, obwohl es so einfach wäre, es doch zu tun. Sie sammeln keine gemeinsamen Momente mehr, die so wichtig wären. Denn niemand weiß, wie lange sie einander noch haben werden. Das ist die ätzende, dunkle Erkenntnis, die ich nach Moms und Dads Tod gewonnen habe: Das Leben kann schnell vorbei sein, also tu, was dich glücklich macht. Und ihren einzigen

Sohn rauszuschmeißen kann Sams Eltern nicht glücklich machen.

»Wieso?«, frage ich leise. Wieso tun die Greens so etwas? »Was ist passiert?«

Sam lässt die Schultern kreisen, als würde die Frage einen Teil von ihm berühren, mit dem er sich zutiefst unwohl fühlt, der Gefühle heraufbeschwört, die er hasst und weder zeigen noch fühlen will.

»Du verachtest mich, weil ich meine Musik aufgegeben habe, um zu studieren.« Ich will etwas erwidern, aber er winkt ab. »Schon gut, Kampfkeks. Ist nicht so, dass ich dich nicht verstehen würde. Ich habe mich nie wirklich wohlgefühlt als Student in diesen steifen Strukturen, mit den Zahlen und dem ganzen Scheiß. Ist nicht mein Ding. Aber das Studium war ein Zugeständnis an meine Eltern und ich fand es auch nicht schlecht, einen Abschluss und damit einen Plan B zu haben. Also habe ich es durchgezogen.« Er zuckt die Schultern. »Aber jetzt will ich rausfinden, wie weit ich mit meiner Musik komme. Das ist, was mich glücklich macht, und solange ich mit der Gage meiner Auftritte irgendwie über die Runden komme, werde ich das nicht gegen einen spießigen Job als Sachbearbeiter bei irgendeinem Wirtschaftsgiganten eintauschen. Man hat nur ein Leben, nur diese eine Chance, sich seine Träume zu erfüllen.«

»Und deine Eltern unterstützen das nicht?«

Er lacht dumpf. »Du kennst sie. Also, nein. Sie finden es ungefähr so scheiße wie du mein Wirtschaftsstudium scheiße fandest. Es ist ziemlich eskaliert zwischen uns. Jetzt steht die Wohnung über der Garage leer und ich wohne in Ringo und wir haben so gut wie keinen Kontakt mehr.«

»Aber du ziehst es trotzdem durch.«

Sam ist wieder stehen geblieben. »Ich ziehe es durch«, bestätigt er leise und lächelt. »Selbst wenn es mich zu einem wandelnden Klischee macht: der erfolglose Musiker, der in seinem Auto lebt und hauptsächlich von der Erfüllung in seiner Kunst zehrt, nicht von Lebensmitteln.« Er verzieht sarkastisch das Gesicht.

Und mir wird klar, dass alles, was mich die letzten Jahre gegen ihn aufgebracht hat, entweder nicht stimmt oder andere Gründe hatte als gedacht, die sein Verhalten total nachvollziehbar machen. Und dann denke ich, dass ich vielleicht auch das zwischen uns damals falsch gedeutet habe. Ich meine, gestern hätte er mich fast geküsst. Heute hat er mir seine Jacke gegeben, obwohl selbst er mit seinem integrierten Wärmekraftwerk in der Brust friert.

Ich mache einen Schritt auf ihn zu. Dann noch einen.

»Em? Was wird das?«, flüstert er rau.

Ich schlucke, weiß es selbst nicht genau. Ich weiß nur, was mein Körper will und mein Herz schon so viel länger. Ich stelle mich auf die Zehenspitzen und dieses Mal ist nicht die Kälte der Grund für mein Zittern, denn mir ist heiß vor lauter Sehnsucht und Verlangen und Liebe. Denn ja, hier, irgendwo auf einer verlassenen Landstraße im Nirgendwo lasse ich den Gedanken zu, dass ich Sam schon immer geliebt habe und auch immer lieben werde. Selbst wenn er mich nicht zurückliebt, wird dieses Gefühl nie ganz verschwinden. Das haben die letzten sechs Jahre deutlich gezeigt.

Adrenalin pulsiert durch meine Adern und sammelt sich als heißes Ziehen zwischen meinen Beinen, als ich meine Hand auf seine Brust lege, die sich unter dem Hoodie schnell hebt und senkt. Seine Gesichtszüge sind ganz warm und zerknittert, jetzt, wo er seine Schutzmauern eingerissen hat.

»Em«, wiederholt er und die Art, wie er diese zwei Buchstaben ausspricht, lässt keinen Platz für Zweifel. Ich presse meine Lippen auf seine, spüre, wie er kurz innehält, überrascht oder was weiß ich, und mein Herz wie wild klopft, weil ich Angst habe, ich könnte das hier alles fehlinterpretiert haben. Wenn er mich jetzt abweist, ein zweites Mal, werde ich auf der Stelle im Erdboden versinken.

Aber dann atmet er tief durch die Nase ein, seufzt, stöhnt an meinen Lippen und irgendwas ändert sich. Sein Körper spannt sich an, seine warmen, starken Hände umfassen mein Gesicht. Ich spüre die rauen Stellen, die die Gitarrensaiten an seinen Fingern hinterlassen haben, und jede einzelne davon lässt mein Herz hüpfen. Aber vielleicht ist es auch die hungrige Art, mit der er den Kuss erwidert.

Es fühlt sich genauso an, wie ich es mir immer erträumt habe. Nur besser. Sehr viel besser. Sehr viel heißer, während um uns herum die Welt in einem Eissturm erstarrt. Holy shit. Seine Zunge teilt meine Lippen, schwere Atemzüge, die heiß über meine Haut streichen. Seine Zunge an meiner. Und ich brauche mehr. Mehr von diesem Kuss. Mehr von diesem Gefühl, das in mir brandrodet. Mehr Sam.

Seine Hand rutscht in mein Haar, wühlt es auf genau die richtige Art durch, die sich in meinem Inneren fortsetzt, und wie automatisch finden meine Hände ihren Weg unter sein Oberteil, treffen auf harte Muskeln, glatte, kühle Haut. Sam zieht zischend die Luft ein und hält meine Handgelenke fest.

»Nicht«, flüstert er rau, löst seinen Mund von meinem und hinterlässt Kälte, wo eben noch Hitze war, zieht meine Arme unter seinem Shirt hervor und lässt sie wieder los. Nur seine Stirn lehnt noch an meiner.

»Nicht, Emma Westmore.« Er schüttelt leicht den Kopf, zieht sich mit einem Ruck ganz von mir zurück, fährt sich über die Lippen, die noch feucht von unserem Kuss glänzen. »Ich verstehe dich nicht, werde ich nie. Aber eins kapiere ich: Das hier ist nicht gut. In keiner Hinsicht.«

Und dann dreht Sam sich um und geht mit langen Schritten auf die Lichter des nahen Städtchens zu.

Nora

Als Emma mir gestanden hat, dass sie meine Moonboots geschmort hat, fand ich es noch nicht so schlimm. Doch nun habe ich durch unseren Sturz in den Fluss nicht einmal mehr die anderen Stiefel, sondern nur noch diese dünnen Sneaker. Meine Zehen sind innerhalb kürzester Zeit eiskalt und wegen des fehlenden Profils rutsche ich mehr, als dass ich gehe, während ich Alexander folge. Kalter Wind streift über meine Wangen und obwohl der Kiesweg unter uns nicht von Frost und Reif überzogen ist wie die Halme um uns herum, spüre ich die Kälte durch meine viel zu dünnen Sohlen bereits nach wenigen Minuten.

Ich betrachte für einen Moment die Wasserlinien, die sich vom Rand des Weges bis zum Horizont entlangziehen, über dem ein heller Dunst liegt. Dann beobachte ich Alexander, der schon den ganzen Morgen über kurze Videos dreht. Glücklicherweise hat er meine ablehnende Körperhaltung richtig interpretiert und hält die Kamera nun schön von mir weg.

Auf unserem Weg heute Morgen ist mir zum ersten Mal so richtig bewusst geworden, dass wir Weihnachten mit anderen Leuten feiern werden und keine Geschenke für sie haben. Deshalb habe ich mich von Alexander abgesetzt und laufe jetzt in einigem Abstand hinter ihm, während ich mein Handy ans Ohr drücke. Emma braucht ewig, bis sie endlich rangeht.

»Was ist los?«, fragt sie und klingt dabei seltsam atemlos.

»Ist alles okay bei euch? Du klingst so komisch. Bitte sag mir, dass du Sam keinem Bären vor die Füße geworfen hast.«

Sie schnalzt mit der Zunge. »Nee, der ist noch da. Alles wie immer«, fügt sie in bitterem Tonfall hinzu. Ich ziehe meine Augenbrauen zusammen und will nachhaken, doch da redet sie weiter: »Und bei euch?«

»Ich bin mit Alexander spazieren.«

»Ernsthaft?« Sie lacht leise. »Wie kam es denn dazu?«

»Weil ich doch gesagt habe, dass keiner allein losgehen darf«, erwidere ich. »Außerdem hatte er noch ein Bärenspray. Egal, ich rufe dich wegen der Geschenke an.«

»Nora, ernsthaft? Erinnerst du dich noch an diesen Test aus dem Internet zu Zwangsstörungen? Vielleicht sollten wir den doch noch mal wiederholen.«

Ich atme bemüht beherrscht ein und aus. »Nicht *unsere* Geschenke! Für die anderen drei. Wir feiern gemeinsam Weihnachten, also sollten wir ihnen auch was schenken. Kannst du an der Tankstelle nach etwas Passendem Ausschau halten?«

»Ich?«, fragt sie entsetzt. »Und nach was?«

»Da ich nicht da bin, kann ich dir nicht helfen. Aber schick mir ruhig Fotos, sobald du was entdeckst.«

Emma seufzt leise und ich rechne damit, dass sie Nein sagt. Stattdessen kommt ein »Na gut«.

»Perfekt. Halt mich auf dem Laufenden.« Fröhlich lege ich auf und hole zu Alexander auf, der mittlerweile sein Handy weggesteckt hat und mit einem Lächeln die Umgebung betrachtet.

»Was ist diese Scarborough Marsh eigentlich genau?«, frage ich.

»Das ist ein Salzwassersumpfgebiet.« Alexander sagt es so, als würde das zur Allgemeinbildung gehören.

»Und ist das hier nicht im Gegensatz zu deinen sonstigen Zielen recht langweilig?«

Er grinst. »Ich liebe es, neue Orte zu entdecken und Landschaften zu genießen. Ich könnte hier genauso lange sitzen wie auf der Chinesischen Mauer und würde mich nicht langweilen. Bei meinen Reisen geht es nicht darum, die tollsten Bilder zu machen und dann weiterzuziehen. Ich will die ganze Welt sehen, mit all ihren Facetten.«

Mit Frost überzogene Halme rascheln im eisigen Wind und ein Vogel krächzt. Es ist so friedlich hier.

»Und was ist mit deiner Familie? Vermisst du sie nicht?«, frage ich weiter.

»Nein, wir facetimen, so oft wir können.« Ein Klingeln ertönt aus Alexanders Jackentasche und er lacht, während er sein Handy wieder rauszieht. »Wie aufs Stichwort.« Auf seinem Display ist das Foto einer älteren Frau zu sehen. »Ist es okay, wenn ich kurz drangehe?«

»Sicher.« Ich nicke schnell und trete einen Schritt zurück, um ihm ein wenig Privatsphäre zu geben.

»Alexander!«, dröhnt die strenge Stimme einer Frau durch das Telefon, in einem Tonfall ähnlich dem, den meine Mutter manchmal draufhatte, wenn ich mich zu lange nicht gemeldet habe. Meine Kehle wird kurz eng und ich blinzele ein paarmal schnell, während ich mich blicklos der Marsch entgegendrehe. »Grandpa meinte, ihr hättet gestern noch telefoniert und ich bekomme dann nur eine kurze Nachricht von dir? Und wer ist das da hinter dir?«

Sofort versteife ich mich, während Alexander sich schon neben mich stellt und sein Display so vor uns hält, dass wir gemeinsam in der Kamera zu sehen sind.

»Das ist Nora.«

»Nora, Schätzchen«, ruft seine Mutter hörbar begeistert, eine Frau in den späten Fünfzigern mit dunklen Haaren und denselben Augen wie Alexanders. »Danke, dass ihr meinen Sohn über Weihnachten aufnehmt. Das ist wirklich großzügig von euch. Und sollte er sich nicht benehmen, schmeißt ihn einfach raus. Er hat Erfahrung damit, in der freien Wildnis zu überleben.«

Alexander schnappt neben mir gespielt nach Luft. Ich pruste los, überwältigt von ihrer charmanten Offenheit. »Keine Sorge, Mrs Decker, bisher hat er sich gut benommen.«

Er hat für alle Heißgetränke gekauft, nachdem wir in einen Fluss gefallen sind. Und er hat mich hübsch genannt. Glücklicherweise sind meine Wangen schon rot von der Kälte.

»Das höre ich gern.« Sie lächelt mich warm an und erhebt sich von ihrem Platz, bevor sie in ein anderes Zimmer geht. »Wartet kurz, ich –«

Der Bildschirm wird schwarz.

»Mist«, murmelt Alexander und versucht das Handy wieder zu starten. »Schon wieder kein Akku mehr. Sie wird mich irgendwann noch umbringen.«

»Passiert dir das etwa öfter?«

Ich glaube, er wird ein bisschen rot, und schiebt das Handy in die Hosentasche. »Ständig. Unterwegs kann ich es nicht immer aufladen und sobald ich in einer Unterkunft bin, passt es oft wegen der Zeitverschiebung mit dem Facetimen nicht mehr.«

»Du kannst mein Handy benutzen«, biete ich an und ziehe es hervor. Schnell schreibe ich Emma eine Geschenkidee für Alexander, die mir in diesem Moment gekommen ist.

»Danke, aber auf keinen Fall«, erwidert er. »Sobald sie deine Nummer hat, würde meine Mom dich nicht mehr in Ruhe lassen. Das ist mir mal mit einem Kumpel aus Tunesien passiert. Sie hat ihn drei Wochen nach meiner Abreise gefragt, wo ich bin, obwohl sie eigentlich wusste, dass ich gerade auf einer Tour durch die Sahara war.« Ein liebevolles Lächeln schleicht sich auf seine Lippen und er schlendert weiter.

»Eine Wüstentour«, murmele ich und ein Teil von mir

wünscht sich für einen Moment, die Sandkörner und die Hitze auf meiner Haut zu spüren. Ich stelle mir flirrende Luft vor, das Rauschen des heißen Windes und lockere Kleidung, die meine warme Haut vor der Sonne schützt.

»Das wäre sicher nichts für dich«, meint Alexander.

»Wieso nicht?«

»Du wirkst einfach wie jemand, der Sicherheit bevorzugt und niemals einen Schreibtisch für eine Reise durch ein fremdes Land eintauschen würde.«

»Du weißt gar nichts über mich«, platzt es aus mir heraus und an seinen erhobenen Augenbrauen erkenne ich, dass er eine solche Reaktion provozieren wollte.

»Nein? Dann erzähl mir doch mehr über dich.«

»Ich bin eben nicht wie du. Dieses Zwanglose, ohne irgendwelche Bindungen einzugehen – das würde mich einsam machen.«

»Wieso glaubst du eigentlich die ganze Zeit, dass ich keine Bindungen eingehe? Ich habe überall auf der Welt Freundinnen und Freunde, die ich teilweise öfter sehe als andere ihre Familien, die nur einen Ort weiter leben. Natürlich habe ich zu einigen weniger Kontakt als zu anderen. Aber das kann mir auch in einer Kleinstadt passieren.« Er lacht und ist keineswegs beleidigt, sondern wirkt eher so, als würde er mich gern überzeugen wollen. Von sich und seinem Lebensstil.

Ich denke an all meine Freundinnen zu Hause, bei denen ich mich viel zu selten melde, und habe prompt ein schlechtes Gewissen, weil Alexander sein Leben mit einem Mal besser im Griff zu haben scheint als ich. Aber weil ich ein Dickkopf bin, schweige ich, statt ihm recht zu geben. Ich stopfe meine Fäuste in die Taschen meiner Kapuzenjacke und bewege meine eiskalten Zehen in den Sneakern. Ich verfluche diese dünnen Schuhe.

»Wieso hast du so ein Problem mit meinem Lebensstil?«

Alexanders Frage trifft mich mitten in die Brust, weil ich die Antwort nicht aussprechen kann. Nicht aussprechen will. Weil ich sie dennoch fühle, ganz tief in mir drin, dort, wo ein fetter Riegel vorgeschoben wurde, als meine Welt sich aufhörte zu drehen. »Oder hast du eher ein Problem mit mir?«

»Nein«, antworte ich schnell. Nach all meinen Vorurteilen, die ich ihm an den Kopf geworfen habe, ist es nicht verwunderlich, dass er das glaubt. »Es ist nur ...« Ich atme schwer aus. »Vielleicht spricht da auch der Neid aus mir.« Die Worte sind wie harte Klumpen in meiner Brust. Ich muss jedes einzelne hochwürgen, nachdem ich sie viel zu lange für mich behalten habe.

Alexander lacht ungläubig. »Was?«

Meine Schultern heben sich so weit, dass sie beinahe meine Ohren berühren. »Früher bin ich auch gern gereist. Mein Plan war mal, dass ich nach dem Abschluss ein Jahr Auszeit mache. Work and Travel.« Ein Teil von mir will gar nicht weitererzählen, weil er ein Quasi-Fremder ist und ich schon zu viel gesagt habe. Doch irgendwie fühlt er sich gar nicht mehr so fremd an. Ernsthaft, wer so eine sympathische Mutter hat, kann doch gar kein Serienmörder sein. Nicht, dass ich das noch immer vermuten würde.

»Doch dann sind unsere Eltern gestorben und es war klar, dass irgendwer Geld verdienen muss. Owen ist gegangen und dann waren da nur noch Emma und ich. Zum Glück habe ich schnell einen Job gefunden, der uns halbwegs gut über die Runden bringt. Im Vertrieb. Angebote schreiben, mit Kunden telefonieren. Es ist wirklich okay. Vor allem meine Kollegen sind toll.« Sie gehören mit Emma momentan zu meinen einzigen sozialen Kontakten, was eigentlich total traurig ist, weil ich außerhalb des Büros nichts mit ihnen zu tun habe. Wir würden einander vielleicht noch *Frohe Weihnachten* schreiben, aber das war es auch schon.

»Hatte Owen denn mehr Anrecht zu gehen als du?« In Alexanders Frage liegt keine Wertung, was es mir leichter macht, einen Moment lang ernsthaft darüber nachzudenken.

»Hatte er nicht«, gebe ich zu und schaue in den Himmel, an dem die Sonne sich kläglich gegen den Frostnebel zu behaupten versucht. »Aber er hatte bereits alles arrangiert. Den PhD zu machen war sein und Moms Ding. Sie haben gemeinsam dafür gebrannt. Es war sein Plan und ich bin ein Fan davon, Pläne durchzuziehen.«

»Und *dein* Plan? Dein Jahr, war das etwa kein Plan?«

»Ich reise nicht mehr so gern seitdem. Selbst diese Autofahrt ist eine Überwindung für mich.«

Mein Herz drückt in meiner Brust, weil ich es hasse, das vor ihm einzugestehen. Dennoch soll Alexander nicht denken, dass ich Owen nur deshalb den Vortritt gelassen habe. Der Hauptgrund ist diese fürchterliche Angst, die mich seit dem Unfall unserer Eltern jedes Mal quält, wenn ich auch nur daran denke, irgendwo anders hinzufahren als zur Arbeit. Diese beschissene lähmende Angst, die ich nur für Weihnachten überwinde. Weil das hier wichtig ist.

»Zudem gibt es Pläne, die wichtiger sind als andere.«

Ich schaue zu ihm herüber, nur ganz kurz, bemerke aber diesen intensiven Blick, der mitten in meine Seele hineinzusehen scheint. Schnell wende ich mich wieder ab und wappne mich für die nächste Frage, die vermutlich wieder genau ins Schwarze zielen wird. Dennoch entziehe ich mich dieser Unterhaltung nicht. Offenbar stehe ich neuerdings darauf, mich selbst zu quälen.

»Wie der Plan, Weihnachten in eurer Hütte zu feiern?«, kommt die Frage auch prompt.

»Es gab nie einen alternativen Plan«, erwidere ich.

»Nun, ihr hättet einfach umdrehen und in eurem Haus feiern können.«

Ich blinzele, erst zum Boden, dann zu Alexander und dann lache ich, weil das wohl das Absurdeste ist, was ich heute gehört habe – direkt nach Emmas verrückter Annahme, dass sie noch frühstücken kann, nachdem sie so ewig lange geschlafen hat. »Nein, auf keinen Fall.«

»Wieso nicht?«

»Weil wir *immer* im Arcadia gefeiert haben. Dad hat immer diese perfekten Pancakes mit Gesichtern gemacht. Mom hat die gesamte Hütte geschmückt. Wir alle haben Plätzchen gebacken und gemeinsam das Weihnachtsessen zubereitet. Dieses Jahr müssen wir das zu dritt machen. Mehr Abweichung vom Plan ertrage ich nicht.«

Alexander sieht mich an, als gäbe es da noch mehr zu sagen, als wäre diese unumstößliche Aussage nicht schon ausreichend, um unseren Trip zu erklären.

Ich seufze, weil ich nicht begreife, warum keiner es verstehen will. »Wir haben immer dort gefeiert. Immer. Jedes Jahr. Wenn wir es dieses Jahr, gerade in diesem beschissenen Jahr, nicht tun, habe ich das Gefühl, alles zu verlieren. Wir sind nicht nur Geschwister, sondern der Rest einer Familie. Wenn wir es nicht einmal mehr schaffen, diese eine Tradition aufrechtzuerhalten, wer kann garantieren, dass wir nicht ganz auseinanderdriften?«

»Ihr könnt euch nicht verlieren, wenn ihr es nicht zulasst.«

Alexander versteht mich offenbar nicht. So wie Emma und Owen mich nicht verstehen. Sie glauben, ich halte an einer blöden Idee fest. Aber es ist mehr als das. Wir drei haben uns jetzt schon verändert. Wer weiß, ob wir überhaupt noch wieder richtig zusammenfinden können? Und wenn es einen Ort gibt, der sich nicht verändert hat, ist es unsere Hütte im Arcadia.

In meiner Brust baut sich ein unendlicher Schmerz auf, so drückend, dass mein Atem zittrig wird.

»Tut mir leid«, sagt Alexander und räuspert sich leise. »Ich kann das alles eigentlich gar nicht nachvollziehen. Du weißt, was du tust.« Er sagt das mit einer Sicherheit, von der ich wünschte, ich würde sie selbst empfinden. »Okay, und du magst also auch Reisen? Ich bin positiv überrascht, dass wir eine Gemeinsamkeit teilen. Wenn du heute losreisen könntest, was wäre dann dein Ziel?«

Ich brauche einen Moment, um zu begreifen, was er da gerade tut. Dass er das Thema wechselt, damit ich mich dem anderen nicht weiter zu stellen brauche. Dass er so tut, als wäre alles okay – und dass es dadurch plötzlich auch okay ist und ich wieder atmen kann. Aber natürlich wählt Alexander genau das Thema, mit dem ich mich am zweitwenigsten beschäftigen will.

»Oh nein, das mit dem Reisen ist ... Es ist vorbei.«

Er sieht mich an, als hätte ich behauptet, dass ich in meiner Freizeit gern Kaninchen überfahre. »Du willst also nie wieder reisen? Und zu Weihnachten? Ist das hier etwa keine Reise?«

»Doch, aber es ist eben die Ausnahme.« Auch deshalb, weil mich Ringos Geschlinger auf der Straße fürchterlich nervös macht und ich jetzt schon all meine Konzentration dafür aufwende, dass niemand das bemerkt. Es wäre nur ein weiterer Grund für Emma und Owen, diese Reise aufzugeben, weil sie einfach nicht sehen wollen, wie dringend wir dieses Weihnachten brauchen. Das werde ich nicht zulassen. Egal wie viele Herzaussetzer ich noch habe, während wir die Straße entlangrutschen.

»Und könnte es dann nicht auch eine Ausnahme für Paris, Madrid, New York oder Kairo geben?«, bohrt Alexander weiter.

»Nein.« Allein die Vorstellung lässt fette Klumpen in meinem Magen wachsen. Ich blinzele gegen das plötzliche Brennen in meiner Brust an und werfe demonstrativ einen Blick auf meine Uhr. »Wir sollten uns auf den Rückweg machen.«

»Warum nicht?«

»Sam und Emma kehren sicher gleich mit dem Öl zum Wagen zurück. Wenn sie nicht doch noch einen Bären angelockt haben«, versuche ich, die Frage zu übergehen und einen halbherzigen Witz zu machen, aber Alexander geht nicht darauf ein.

»Warum gibt es keine Ausnahmen, Nora?«, bleibt Alexander hartnäckig und ich spüre seinen ernsten Blick auf mir.

Ich atme einmal tief ein und wieder aus, kann ihn aber nicht ansehen, als ich sage: »Unsere Eltern sind auf einer ihrer Reisen gestorben.«

Die darauffolgende Stille ist tonnenschwer, dennoch überwinde ich mich weiterzusprechen. Denn am Ende wird Alexander nie mehr sein als ein Fremder, der zu viel über mich weiß. Er wird weiterziehen und all meinen Ballast mitnehmen. Und wer weiß – vielleicht liegt der dann nicht mehr so schwer auf meiner Brust.

»Ich fühle mich nur noch zu Hause und im Arcadia sicher.«

Alexander denkt einen Moment über meine Worte nach, dann sagt er: »Die Welt ist genauso sicher wie ein Zuhause. Überall kann uns etwas passieren, doch nur draußen in der Welt können wir Dinge erleben, die uns zu Hause verwehrt bleiben.« Er räuspert sich, noch immer ganz ernst, aber ich höre dennoch dieses feine Lächeln in seiner Stimme. Ich höre es, weil ich mich noch nicht dazu durchringen kann, ihn anzusehen. »Die Frage ist doch eher, ob du wirklich die Sicherheit deines Zuhauses brauchst oder doch die von den Orten, die deine Eltern mit Erinnerungen und Liebe gefüllt haben.«

Ich neige den Kopf zur Seite, unsicher, was ich darauf erwidern soll. »Wie meinst du das?«

»Nun, du sagtest, dass nur dein Zuhause und der Arcadia für dich Sicherheit bedeuten. Die Orte, mit denen du offenbar die schönsten Erinnerungen mit deinen Eltern verbindest. Zudem habe ich das Gefühl, dass du denkst, für das Glück deiner Geschwister verantwortlich zu sein. Aber sie sind erwachsen. Vielleicht würdest du nicht so einen Druck empfinden, dass alles nach Plan laufen muss, wenn sie dir einen Teil der Arbeit und der Sorgen abnehmen könnten.«

»Die beiden haben ihre eigenen Probleme. Sie trauern auf ihre Weisen. Aber ich ... ich kann nur glücklich sein, wenn wir zusammenbleiben und nicht auseinanderdriften.«

»Aber bist du denn glücklich?«

Ich schlucke, doch da ist keine Luft mehr, die ich atmen kann. Denn diese Frage habe ich mir selbst schon lange nicht mehr gestellt. Weil ich funktionieren muss. Weil ich Pläne habe, die die Welt am Laufen halten. Und ohne diese Pläne und all meine Sicherheiten, was bleibt dann noch?

Ich beschleunige meine Schritte und Alexander lässt sich schweigend hinter mir zurückfallen.

Ich zerre mein Handy aus der Tasche, um auf die Uhr zu schauen. Wir waren viel zu lange unterwegs! Emma hat mir vor zwanzig Minuten Fotos mit Geschenkvorschlägen geschickt und ich antworte nachträglich mit einem Daumen hoch und hoffe, dass sie die Sachen gekauft hat.

Ich habe mit Alexander ganz die Zeit vergessen. Wie konnte das nur passieren? Meine Hände zittern, als ich das Handy in die Tasche zurückschiebe und erhobenen Hauptes weitergehe, mit all diesen Gedanken in meinem Kopf, die da nicht hingehören.

Natürlich bin ich früher gern gereist, auch mit meinen Eltern, Owen und Emma. Wir haben ständig Touren mit dem Auto gemacht oder sind irgendwo hingeflogen. Ich habe es geliebt und hätte damals nicht gedacht, dass irgendetwas das ändern könnte. Doch dann sind Mom und Dad gestorben und *alles* hat sich verändert. Ich habe mich nirgends mehr sicher gefühlt. Nur noch zu Hause – und unsere Hütte im Arcadia ist sozusagen eine Erweiterung unseres Zuhauses. Alexander behauptet zwar, dass die Welt genauso sicher sei wie mein Zuhause. Aber da hat er unrecht. Das beweist das Schicksal meiner Eltern.

Ich arbeite hart daran, so glücklich wie nur eben möglich zu sein. Glücklicher muss ich nicht werden, wenn ich dafür sicher sein kann.

Owen

»Warum gibt es Kaffee hier bei euch in Tall, Grande und Venti zu kaufen, aber nur winzige Mengen Tee?«, fragt Liv, während sie ihren Pappbecher in unserer Mülltüte versenkt und an mir vorbei aus dem Bus steigt. Frierend schlingt sie ihre Arme um den Körper. »Ich brauche dringend Tee. Heißen. Viel. Und am besten ohne seltsames Fruchtaroma.«

Mit erhobenen Augenbrauen mustere ich sie. »Warum hast du nicht früher was gesagt? Ich hätte dir noch anständigen Tee im B&B besorgen können, bevor wir gestartet sind.«

»Na ja …« Sie hebt die Schultern. »Einzelkind, Scheidungskind … Ich wollte Alexander nicht vor den Kopf stoßen, weil es echt nett war, dass er überhaupt an Tee für mich gedacht hat. Und ich mache mich nicht gern unbeliebt, indem ich alles aufhalte. Schließlich …« Sie kehrt mir den Rücken zu, blickt über die Salzmarsch. »Schließlich bin ich ja ein eher zufälliges Add-on eurer Reisegruppe.«

Ich ziehe meine karierte Flanell-Winterjacke über und klappe den Kragen hoch. Dann trete ich neben Liv. Kalter Wind bläst uns entgegen. Die langen, von Frost und Reif überzogenen Halme der Marsch rascheln hörbar und die Wasserarme, die von der Straße aus zu sehen sind, schimmern eisblau.

»Ein Add-on wider Willen, wie es aussieht«, sage ich.

»Hm?« Liv schaut mich fragend an.

»Anscheinend nehmen wir dich gegen deinen Willen mit.« Ich bin mir nicht sicher, ob sich ihre Wangen röten, weil der eisige Wind sie beißt oder weil ihr unangenehm ist, dass ich ihren Versuch, sich abzusetzen, mitbekommen habe.

»Ihr habt mich nicht gerade entführt«, gibt sie zu. »Ich bin nur nicht da, wo ich sein wollte. Mir ist arschkalt. Und ihr wollt unbedingt, dass es so richtig weihnachtet, während ich lieber drauf verzichten möchte. Das hier hätte ich auch zu Hause haben können.«

Mit dem Daumen deute ich über die Schulter auf Ringo. »Du meinst, einen Bus mit kaputtem Autoradio? Vollbesetzt mit potenziellen Killern? Eine Tante, die Trauer mit Reinigungsritualen behandeln will? Eine Tüte mit Sandwiches und Mandarinen zum Frühstück? Mich?«

Liv wirft mir ein Lächeln zu. »Okay, das alles nicht, aber den Teil mit Weihnachten. Und wie gesagt ... Damit habe ich es nicht so.« Sie seufzt – und die Kälte malt ihren Frust als Gespinst in die Luft.

Wieder richtet Liv den Blick über die Marsch. Am Horizont verschwimmen Frostweiß und Wolkenweiß zu einem hellen Nebelweiß. Der milchige Sonnenfleck am Himmel wird intensiver, nimmt einen hellgoldenen Pastellton an, der sich auch im Wasser spiegelt – ein eindeutiges Zeichen, dass sich die Wolkendecke aufzulösen beginnt.

»Liv?«

Sie antwortet nicht. Und wahrscheinlich müsste ich die Grenze, die sie damit zieht, respektieren. Aber ich kann nicht. Weil ich keine Sekunde lang vergessen kann, wie sie sich anfühlt, wie sie schmeckt, wie sie riecht, wie sie klingt, wenn sie mich will. Weil mit ihr geschlafen zu haben keine Sekunde lang die Spannung rausnimmt, sondern sie weiter verstärkt.

»Was ist los?«, frage ich sie. »Mit dir und mir, meine ich.«

»Nichts«, sagt sie mit einem Schulterzucken.

»Ach, komm, Liv. Ich merke, dass irgendwas nicht stimmt. Du weichst mir aus. Also, was ist los?«

Sie schlingt ihre Arme noch fester um sich. »Nichts«, beharrt sie. »Denn genau das ist das zwischen uns deiner Meinung nach doch, oder?« Sie wirft mir einen schnellen Blick zu, wendet sich aber rasch wieder ab.

Schlagartig fühle ich mich, als hätten Livs Worte ein Vakuum zwischen uns verursacht – genau dieses Nichts, von dem sie gerade gesprochen hat. Die vollkommene Abwesenheit von Geräuschen, von Gerüchen, von Empfindungen und leider auch von Sauerstoff.

»Du hast gestern gehört, was ich zu Emma gesagt habe«, stelle ich fest. Sie muss nicht mal nicken, um es zu bestätigen. Was sie auch nicht tut. »Mein Spruch war scheiße. Das weiß ich.«

»Aber auch wahr, oder?« Jetzt sieht Liv mich doch an und jagt mir einen hitzigen Schluck Espresso durch den Körper. Was mich angeht, hätte ich keinen Grande Kaffee gebraucht. Was mich angeht, sind Livs Blicke besser als literweise Koffein direkt in meine Blutbahn injiziert. »Erst hast du deiner Familie erzählt, ich sei *niemand*. Und jetzt hatten wir komplett bedeutungslosen Sex.«

»So war das nicht.«

»So hast du es Emma erzählt.«

»Weil sie durch den Wind war. Und weil …« Ich verstumme. *Weil ich das gerne glauben würde.* Fuck!

»Ich weiß.« Liv nickt. »Das seid ihr alle. Und ich verstehe, warum. Das tut mir von Herzen leid. Durch euch wird mir klar, dass ich mich wegen meiner Familie nicht so anstellen sollte. Was Emma zu Sam gesagt hat … Dass sie nicht kapiert, wieso er nicht mit seinen Eltern Weihnachten feiert, obwohl er die Chance dazu hat – das trifft auf mich genauso zu.«

»Emma hat das nicht –«

»Ich weiß, wie Emma das gemeint hat«, unterbricht Liv mich. »Und es ist okay. Weil sie absolut recht hat. Und gleichzeitig überhaupt nicht. Ich verstehe ihre Gefühle, aber ich habe auch den Eindruck, dass ihr drei Weihnachten vollkommen überhöht. Im Endeffekt kommt es doch überhaupt nicht darauf an, unbedingt an Weihnachten eine Familie zu haben. Es kommt darauf an, generell eine Familie zu haben, auf die du dich verlassen kannst. Hast du das an den anderen Tagen im Jahr nicht, täuscht dich auch ein gemeinsames Weihnachten keine Sekunde darüber hinweg. Im Gegenteil. Dann führt so ein Fest dir das erst so richtig vor Augen.«

Mir ist sofort klar, dass sie recht hat. »Weihnachten war in unserer Familie immer was Besonderes«, erkläre ich trotzdem. »Und Nora glaubt, wir werden diesen Tag nicht überleben, wenn wir nicht alles genauso machen wie früher. Emma zieht dabei mit, weil sie sich selbst vollkommen verloren hat und denkt, dass ich ohne Weihnachten überhaupt nicht nach Hause gekommen wäre. Ich weiß, das ist alles Quatsch. Aber da es für die beiden so wichtig ist, unterstütze ich sie.«

»Nein, Owen!« Vehement schüttelt Liv den Kopf. »Du bist da nicht anders als deine Schwestern. Du überhöhst dieses Fest genauso wie sie. Nur dass du das Schlechteste für diesen Tag erwartest. Du denkst, dass er der schlimmste deines Lebens wird.«

Ich starre sie an. Das ist genau, was ich tue. Mir war nur nicht klar, dass es so offensichtlich ist – zumindest für Liv.

»Nee«, sage ich trotzdem – vor allem, um mich selbst daran zu erinnern. Da Ringos Seitentür offen steht, lasse ich mich einfach auf den Boden sinken. »Der schlimmste Tag war schon.«

Das war der, an dem die Polizeibeamten bei mir an der Uni auftauchten. Als sie mir sagten, dass Mom und Dad einen Unfall hatten. Als ich meinen jüngeren Schwestern erklären musste, dass sie tot sind – beide. Als ich Emma und Nora im

Arm hielt, irgendwie ihre Verständnislosigkeit, ihren Schmerz, ihre Wut, ihre Trauer auffangen musste. Als ich begriff, dass nicht auch noch ich die Nerven verlieren konnte. Als ich mir einredete, dass ich alles aushalten könne, solange mir klar sei, dass jedes einzelne aufgewühlte Gefühl nur auf die Biochemie in meinem Gehirn zurückzuführen ist. Dass es gar nicht real ist. Und so fing ich an, jede Empfindung wegzurationalisieren.

Liv setzt sich neben mich. »Es tut mir leid. Das war übergriffig von mir. Ich weiß ja eigentlich nichts über dich oder deine Familie.«

Ich schüttele den Kopf. »Du hast recht.«

Sie legt eine Hand auf mein Knie. Die schmalen Silberringe blitzen hell an ihren Fingern. Ihre Haut wirkt fast bläulich vor Kälte. »Es war trotzdem nicht richtig von mir. Jeder Mensch trauert anders und mich geht das alles überhaupt nichts an.«

Sie zieht ihre Hand zurück, vergräbt sie in ihrer Jackentasche. Ihre Knie hat sie angezogen und ihre Füße auf dem unteren Holm der Türöffnung abgestützt. Sie sieht so verfroren aus, dass ich sie fest in den Arm nehmen und wärmen will. Oder vielleicht will *ich* mich *an ihr* wärmen. Vielleicht will ich auch einfach mal festgehalten werden. Fucking hell! Ich reibe mir mit der Hand übers Gesicht, blicke in den mittlerweile grellen Winterhimmel, genau auf den Sonnenfleck, obwohl es wehtut – einfach, weil das besser ist als die schwarzen Gewitterwolken in meinem Kopf.

»Du bist mir einfach nicht egal, Owen«, höre ich Liv leise sagen und zucke zusammen, als hätte sie mich angeschrien. Dabei tut sie etwas viel Schlimmeres: Sie dringt ganz langsam durch den Panzer meiner Überzeugungen, hinter dem die Gewitterwolken wallen.

»Du kennst mich doch kaum. Wie kann ich dir da nicht egal sein?«, frage ich sie.

»Bin *ich* dir denn egal?« Sie erwidert meinen Blick – ruhig. Als sei sie bereit, meine Antwort anzunehmen, egal wie sie ausfällt. »Gestern hatte ich nämlich nicht das Gefühl. Ich dachte, du würdest etwas für mich empfinden. Sonst hätte ich nicht mit dir geschlafen.«

»Ich habe dir von Anfang an gesagt, wie das für mich ist. Dass körperliche Anziehung zwischen zwei Menschen auf wissenschaftlich erklärbare Vorgänge im Körper und im Gehirn zurückzuführen ist.«

»Das stimmt«, gibt sie zu.

»Und ich habe nie was anderes behauptet, oder? Ich habe dir nichts vorgemacht.«

»Vielleicht nicht«, bestätigt sie. »Aber du hast mich trotzdem was anderes glauben lassen. Durch die Art, wie du mich angesehen hast. Wie du mit mir geredet hast. Wie du mich berührt hast.«

Die Ruhe, mit der sie das sagt, macht etwas mit mir. Vorwürfe habe ich mir schon öfter anhören müssen. Da ist es leicht dichtzumachen. Aber Liv ... Sie sieht mich an mit ihren schimmernden dunklen Augen, ihren geröteten Wangen, beißt sich auf die Lippe ... Sie zittert ein wenig, aber ich glaube, das liegt an der Kälte. Die ich auch fühlen müsste, die jedoch irgendwie nicht an mich rankommt.

Liv kommt jedoch an mich ran. Ihre Art, mir so direkt zu sagen, was sie denkt und fühlt, ist fast verstörend. Es hat etwas Schönes, etwas sehr Selbstbewusstes und gleichzeitig Verletzliches. Etwas in mir antwortet darauf. Ich kann es nur nicht laut tun und bleibe daher stumm.

Liv zieht die Schultern hoch. »Ich war mal mit jemandem zusammen – ungefähr seit ich achtzehn war. Eine Zeit lang dachte ich, er wäre der Richtige. Aber das Ding ist ...« Ihre Zähne graben sich tiefer in ihre Unterlippe. »Ich habe mich ihm nie so verbunden gefühlt wie dir gestern. Und ... das ist doch verrückt, oder? Aus meiner Sicht muss das was zu bedeuten haben, weil ich ihn schließlich ewig kannte und dich im Vergleich dazu nur einen Herzschlag lang.«

Das lag am Hormonrausch, will ich ihr sagen. *Anfangs hast du das bestimmt auch mit ihm empfunden und hast es nur vergessen. Bestimmt wirst du das bald auch mit einem anderen haben, der es durch deine drei Dates schafft.*

Ich bringe jedoch nichts davon heraus. Weil meine Einwände von einem neuen Gedanken überlagert werden: *Ich will nicht, dass es irgendeinen anderen in ihrem Leben gibt.*

»Hast du gar nichts davon gefühlt?«, will Liv wissen. »War das wirklich nur meine Einbildung?«

Ich kann nicht antworten. In mir kollidieren Sonnenlicht und Gewitterwolken und ich kann das eine nicht ohne das andere wahrnehmen. Lasse ich Gefühle für Liv rein, kommen die anderen mit – die dunklen und schwefelgelben. Die, die ich zwar analysieren, erforschen, verstehen will, aber ganz bestimmt nicht fühlen.

Ich sehe Liv in die Augen. Wir sind uns ganz nah. Zwischen uns verwirbeln sich unsere Atemwolken zu einer. Ich weiß, wie sich ihre Lippen auf meinen anfühlen würden. Livs Kuss würde die Dunkelheit in mir verdrängen wie der Moment direkt nach einer verdammten Sonnenfinsternis. Und ich will das. Ich will das viel zu sehr.

Ich hebe eine Hand, berühre ihre Wange. Sie ist eisig. Trotzdem erschaudert Liv, als ich meine Finger weiter unter ihren Schal wandern lasse. Sie weicht nicht zurück, als ich sachte ihre kühle Haut streichele. Mehr Atemluft entweicht ihr. Dann sind meine Lippen auf ihren.

Auch die sind einen Moment lang eiskalt. Doch dann treffen unsere Zungen aufeinander und es ist das vielleicht Erregendste überhaupt, wie schnell sich unser Kuss aufheizt, wie schnell ihre Lippen voll und warm werden unter meinen.

Ich greife mit der zweiten Hand nach ihr, will mehr von ihr spüren. Viel mehr. Und sie kommt mir entgegen. Als würde sich zwischen uns etwas einfach so verselbstständigen, gegen das wir gar nichts machen können. Pure körperliche Anziehung – das ist das hier, rede ich mir ein. Denn die funktioniert auch ohne ganz große Gefühle. Das ist einfach für sich genommen schön.

Ich dränge mich gegen Liv, bis sie rücklings gegen einen der Sitze sinkt, halte sie im Nacken fest, vergrabe meine Finger in ihren Haaren, als ihr die Mütze herunterrutscht.

Ich sauge an ihren Lippen, reibe meine Zunge an ihrer, nehme das in mir anschwellende Brennen wahr, den Druck in meinem Unterleib. Und dann lässt Liv wieder diesen besonderen Laut hören – irgendwo tief in ihrer Kehle. Ich ringe nach Atem, ziehe vollkommen frei von Verstand am Reißverschluss ihrer Jacke.

Und sie ... stoppt mich.

»Owen.« Sie legt ihre Hand auf meine und ich verharre direkt vor ihr. Ihr Atem trifft stoßweise mein Gesicht, ihre Augen sind fast schwarz. »Ich kann das nicht. Ich kann nicht von Mr Darcy geküsst werden, wenn er gar nichts für mich empfindet.«

»Aber ...« Ich komme nicht mit. Bin ich auf so einem anderen Level als sie? Oder ist nur in ihrem Kopf viel mehr los als in meinem? »Für mich hat das Feuerwerk an Nervenimpulsen in unseren Körpern, das Gemeinsam-erregt-Sein einen ganz eigenen Zauber. Braucht es unbedingt so viel mehr als das?«

Ein Lächeln fliegt über ihr Gesicht – zu kurz, um ihre Augen zu erreichen. »Du hast recht. Das hat einen ganz eigenen Zauber.« Diesmal streichen ihre Finger über meine Wange. Sie sind noch immer eisig, trotzdem brennt ihre Berührung auf meiner Haut. Meine Streichelfasern sagen *richtig*. »Aber wir sind nicht umsonst Menschen, Owen. Wir haben nicht umsonst einen Neokortex, der sich schnell langweilt und dann seine Fantasie einsetzt. Was in meinem Körper passiert, kann noch so zauberhaft sein, es ist nicht die ganze Geschichte. Jedenfalls nicht für mich.«

Sie drückt leicht gegen meine Schulter und ich gebe sie frei. Nur einen Moment später sitzen wir wieder nebeneinander in der offenen Bustür. Zwischen uns viel zu viel frostige Winterluft. Liv setzt ihre Mütze auf, zieht den Reißverschluss ihrer Jacke hoch. Doch nach ein paar Augenblicken beginnt sie wieder zu zittern.

»Sam hat garantiert eine Decke oder einen Schlafsack hinten im Auto. Ich sehe mal nach.« Ich muss auf Abstand zu ihr gehen. Ich kann nicht einfach so neben ihr sitzen. Denn mit jedem Herzschlag wird mir klarer, dass eine andere Frau nie so viel in mir auslösen könnte wie Liv. Ich könnte sie noch so anziehend finden, sie würde mich nicht halb so sehr aufwühlen. Mit Liv ist alles intensiver. Wahrhaftiger. Aber bin ich bereit für diesen Gedanken? Hell, no!

Sam hat wirklich alles dabei, was man zum Leben braucht, auch einen Schlafsack und zwei Wolldecken. Eine davon bringe ich Liv.

»Danke«, murmelt sie nur, wickelt sich darin ein und schnappt sich ihr Buch von der Rückbank. Dann setzt sie sich in die Mitte, wo es bequemer ist als hinten. Zwar schlägt sie ›Pride and Prejudice‹ auf, aber ich glaube nicht, dass sie liest. Umblättern sehe ich sie nämlich nicht.

Nach einer Weile stehe ich auf, stampfe ein bisschen mit den Füßen. Ich spüre nicht nur die Kälte des Winters. Auch die irgendwo tief in mir drin.

Stöhnend drehe ich mich einmal um meine eigene Achse. Und entdecke auf der Straße eine Gestalt. Dann eine zweite. Im ersten Moment bin ich erleichtert, dass Emma und Sam zurückkommen. Dann fällt mir Emmas Stechschritt auf, mit dem sie sogar Sam abgehängt hat. Ich seufze. Garantiert haben sich die beiden den ganzen Weg über gefetzt. Hoffentlich hat es sie müde gemacht. Und hoffentlich sind sie endlich mal still, wenn wir wieder einsteigen.

Dann bemerke ich, dass irgendwas nicht stimmt. Bei Emmas Tempo hätte ich erwartet, dass sie aufgeladen vor Wut mit allem herausbricht, was Sam in ihren Augen verbrochen hat, sobald sie beim Wagen ankommt. Stattdessen hält sie den Kopf gesenkt. Sie ist ganz blass, nur ihre Wangen sind gerötet. Ihre Nase läuft und sie hat ihre Arme fest um ihre Mitte geschlungen. Dazwischen klemmt eine Papiertüte.

»Em?« Als sie an mir vorbeistürmen will, halte ich sie mit ausgestrecktem Arm auf. »Hey, alles okay?«

Sie presst nur die Lippen zusammen. Bei Emma ein ganz schlechtes Zeichen. Sacht ziehe ich sie an mich und sie schlingt sofort ihre Arme um meine Taille, vergräbt ihr Gesicht am Kragen meiner Jacke. Die ominöse Papiertüte raschelt an meinem Rücken.

»Was ist passiert, Keks?«

Sie antwortet nicht, lässt sich einfach nur halten. Ich lege mein Kinn auf ihrem Kopf ab. Sam nähert sich jetzt auch und ich hebe die Augenbrauen in seine Richtung. Er weicht meinem Blick jedoch aus und macht sich an der Motorhaube zu schaffen.

Ich bemerke, dass Emma in meinen Armen zittert. Besorgt schiebe ich sie ein Stück von mir, um sie anzusehen. »Seid ihr doch einem Schwarzbären begegnet?«

»So ähnlich«, murmelt sie. Ich weiß genau, dass es keinen Sinn hat nachzubohren. Emma wird nicht reden. Nicht, solange sie es nicht von sich aus will. Aber ich kann für sie da sein – so wie ein großer Bruder das immer sein sollte. Nicht nur an Weihnachten.

»Komm, wir wärmen dich erst mal auf.« Ich schiebe Emma zur Seitentür des Busses. »Liv? Kannst du deine Decke teilen? Emma ist ziemlich durchgefroren.«

Wahrscheinlich kommt die Kälte, die Emma gerade empfindet – ähnlich wie bei mir –, eher von innen als von außen. Eine warme Decke wird ihr trotzdem guttun. Und vielleicht hilft Liv ja auch gegen ihre Gewitterwolken.

»Ja, klar.« Mit besorgtem Blick steckt Liv ihr Buch weg. »Alles in Ordnung, Emma?«

»Passt schon«, erwidert Emma bibbernd, lässt sich aber ohne Widerworte auf das Polster neben Liv verfrachten. Dabei schleudert sie die Papiertüte ziemlich achtlos unter ihren Sitz. Liv wirft die Decke über sie.

»Du siehst aus, als bräuchtest du einen Tee«, bemerkt sie.

»Eigentlich hasse ich Tee«, murmelt Emma. »Aber gerade hätte ich echt gern einen. Immerhin hast du diese Decke halbwegs angewärmt.«

Ich glaube, ich kann die beiden kurz allein lassen. Sam steht noch an der geöffneten Motorhaube und ich gehe zu ihm.

»Hey!« Angesichts meines ziemlich scharfen Tons blickt Sam überrascht auf. »Was hast du mit Emma gemacht?«

Er zuckt mit den Schultern und wischt den Ölmessstab an einem alten Lappen ab. »Was soll ich gemacht haben? Du weißt doch, wie sie ist.«

»Ja, und zwar ganz genau. Sie beißt und schlägt bei jeder Gelegenheit um sich. Aber gerade ist sie einfach nur unglücklich. Und ich will wissen, was du damit zu tun hast.«

»Wie kommst du darauf, dass ich damit was zu tun habe?« Sam lässt dickliche Flüssigkeit aus der Ölkanne fließen.

»Sie war mit dir unterwegs. Wer soll sonst was damit zu tun haben? Also, was hast du gemacht?«

»Gar nichts«, fährt er endlich auf. »Ich habe gar nichts gemacht, okay? Sie ist mich zum tausendsten Mal angegangen –

wegen Weihnachten. Und meinen Eltern. Da habe ich ihr gesagt, dass meine Eltern mich rausgeschmissen haben. Weil ich zwar studiert habe, was sie wollten, aber jetzt endlich meiner Musik eine Chance geben will. Seitdem ist Ringo mein Zuhause. Und was macht sie?« Aufgebracht starrt Sam mich an, als wäre ich schuld an allem, was jetzt kommt. »Sie küsst mich einfach.«

Okay, das ist unerwartet. Nicht die Sache mit seinen Eltern. Ich kenne die Greens, ich kenne Sam. Ich kannte seine Pläne, als er die noch mit mir gemacht hat. Aber ... Fuck! Emma hat ihn geküsst? Nach all den Jahren?

»Scheiße«, sage ich nur.

»Ja«, bestätigt Sam. Mit ruckartigen Bewegungen schraubt er zuerst den Ölbehälter zu, dann die Kanne.

»Und wie hast du reagiert?«

»Wie soll ich reagiert haben? Ich habe das natürlich abgebrochen.«

Natürlich. Ich habe keine Ahnung, ob Emmas Gefühle Sam gegenüber nach all der Zeit noch die gleichen sind wie damals und sie mit ihrem ständigen Gezanke nur versucht hat, sie zu verbergen. Oder ob sie vorhin einfach einen Flashback erlebt hat. Dass Sam sie noch immer so gar nicht in Erwägung zieht, scheint sie jedenfalls ziemlich aus der Bahn geworfen zu haben.

Ich verschränke die Arme vor der Brust. »Und wie genau hast du den Kuss abgebrochen? Ich hoffe, du warst nett zu ihr. Oder hast du dich wieder über sie lustig gemacht?«

Sam runzelt die Stirn. »Wieso wieder?«

Seine Ahnungslosigkeit macht mich wütend. Klar, damals hat er garantiert nicht kapiert, wie ernst es Emma war. Und ich habe es ihm auch ganz bestimmt nicht gesagt. Sie wäre gestorben vor Scham. Oder hätte uns beide gekillt. Aber inzwischen sollte Sam ein bisschen sensibler sein.

»Wie planlos kann man eigentlich sein?«, fahre ich ihn an. »Nach allem, was früher war.«

Wieder sein verwirrtes Stirnrunzeln. »Was früher war?«

»Mann, sie war hart verknallt in dich. Damals hast du offensichtlich schon nichts gecheckt. Und jetzt wieder?«

Vollkommen entgeistert starrt Sam mich an. Ich würde lachen, wenn es nicht um Emma ginge. Kampfkeks hin oder her, sie ist meine kleine Schwester. Ich würde sie gegen jeden Scheiß der Welt beschützen. Im Zweifel sogar gegen Sam.

»Du bist so ein Idiot!«

»Wieso bin *ich* der Idiot?« Ärgerlich runzelt Sam die Stirn. »Ich wusste das doch nicht mal.«

»Ja, weil du ein Idiot bist.« Ich gebe ein Schnauben von mir.

»Du meinst ...« Sam starrt auf die Ölkanne in seiner Hand. »Du meinst, sie hat das gar nicht aus Mitleid gemacht?«

»Was?«

»Na, mich geküsst.«

»Aus Mitleid?«

»Na ja, du weißt schon ... Sie ist die ganze Zeit scheiße zu mir und dann kapiert sie, dass es gerade echt mies bei mir läuft und ich in Aussicht hatte, Weihnachten in meiner Karre zu verbringen – mit einem McDonald's Happy Meal zur Feier des Tages. Ich dachte, sie hatte ein schlechtes Gewissen.«

»Und deshalb küsst sie dich dann? Als so eine Art Mitleidsnummer?« Verständnislos schüttele ich den Kopf. »Hast du unseren Kampfkeks jemals *irgendwas* aus Mitleid tun sehen?«

Sam antwortet nicht sofort. »Nee«, brummt er endlich.

»Du hättest schon damals mit ihr reden sollen«, bemerke ich.

»Du meinst damals, als ich nicht wusste, dass sie auf mich steht?«

Ich hebe die Augenbrauen. »Hast du ehrlich nichts davon gewusst? Oder hast du sie nur nicht ernst genommen? Vielleicht hättest du dir einiges ersparen können in den letzten Jahren. Denn so wie ich Emma kenne, hätte sie *für* dich gekämpft, wenn du etwas netter zu ihr gewesen wärst. Nicht immer gegen dich.«

»Na ja …« Sam kratzt sich im Nacken. »Vielleicht sollte ich das mal nachholen. Das mit dem Reden.«

Er will an mir vorbei, aber ich halte ihn am Arm fest. »Reden kann man übrigens auch über ein paar Tausend Kilometer Entfernung. Moderne Technik macht's möglich.«

»Hä?« Ratlos sieht er mich an.

»Die Sache mit deinen Eltern?«, helfe ich ihm auf die Sprünge. »Du hast Nora davon erzählt. Und sogar Emma, mit der du eigentlich einen Privatkrieg führst. Nur mit mir konntest du nicht reden?«

»Ihr seid ja schon wieder da!«, hören wir in dem Moment einen Ruf hinter uns. Nora kommt die Straße entlang auf uns zugelaufen. Auch sie wirkt, als könnte sie eine Umarmung gebrauchen. Jedenfalls sind ihre Augen gerötet, als hätte sie geweint.

Was ist nur mit uns los? Warum sind wir alle so kaputt?

»Hat mit dem Öl alles geklappt?«, erkundigt sie sich.

Sam dreht sich zu ihr um. »Ja. Ist nachgefüllt.«

»Super! Dann können wir ja weiterfahren.« Nora hält bereits auf Ringos Seitentür zu. »Wer ruft Sundance an?«

»Und gefragt, wie es mir geht, hast du mich übrigens auch nie«, füge ich an Sam gewandt hinzu, greife an ihm vorbei und knalle Ringos Motorhaube zu. »Nicer Zug. Echt.«

Damit lasse ich ihn stehen.

»Geht's dir besser?«, erkundige ich mich leise bei Emma, als sie Liv die Decke zurückgibt und an mir vorbeigeht, um ihren Platz vorne wieder einzunehmen.

Sie nickt. »Liv ist echt in Ordnung«, murmelt sie mir zu. »Sorry, dass ich so biestig war.«

Ich nicke nur, weil Alexander sich gerade an mir vorbeidrängt, um sich neben Nora auf die Rückbank zu setzen. Dabei hatte ich das eigentlich vor, um auf der Weiterfahrt herauszufinden, was bei ihr schiefläuft. Zumal Liv garantiert keinen gesteigerten Wert auf meine unmittelbare Gesellschaft legt. Als ich jedoch sehe, dass Alexander irgendwas zu Nora sagt und sie ihm ein Lächeln schenkt, setze ich mich doch zu Liv. Sie zieht wieder ihr Buch hervor.

»Bist du okay?«, erkundige ich mich bei ihr.

»Mindestens auf dem Level von allen anderen«, entgegnet Liv mit ihrem Lächeln. Fast bringt sie mich mit ihrem entspannten Humor zum Lachen. Fast.

Stattdessen wiederhole ich nur, was ich vorhin schon gedacht habe: »Oh, Merry Christmas.«

Emma

Für den Moment ist Ringo gesättigt. Und da wir von der Tankstelle noch zwei Ersatzflaschen Öl mitgenommen haben, wie Nora es uns aufgetragen hat, schaffen wir es hoffentlich jetzt ohne weitere Pannen in den Arcadia. Mir ist noch immer kalt und daran ändert auch Ringos heißer Atem nichts, den er mir zusammen mit einem undefinierbaren Geruch aus den Lüftungsschlitzen entgegenwirft. Und mir ist schlecht. So richtig schlecht, obwohl ich meine Reisetablette ganz brav genommen habe. So langsam denke ich, die Übelkeit könnte eher von Sams Zurückweisung kommen, nicht von der Fahrt über die kurvenreiche *Scenic Route* an der Küste Maines entlang. Dagegen gibt es nun mal keine Tablette.

Sam sieht mich an mit einer Mischung aus Besorgnis und … keine Ahnung was. Unter anderen Voraussetzungen würde ich behaupten *Verlangen*, aber das kann ich wohl ausschließen, nachdem er mich so abgewiesen hat. Ich fokussiere mich auf den albernen Tannenbaum auf dem Armaturenbrett, spüre Sams Blick aber noch immer auf meiner Haut kribbeln. Ich hätte ihn nie küssen dürfen. Ganz generell nicht und schon gar nicht, wenn ich danach noch stundenlang mit ihm in einem Auto eingesperrt bin. Das ist die absolute Katastrophe. Und genauso fühlt sich alles in mir an – als hätte eine Naturkatastrophe in meiner Brust gewütet.

Aus den Lautsprechern dudelt diese ätzende Weihnachtslieder-Kassette in Dauerschleife. Das Autoradio hat einfach kein Erbarmen mit mir. Trotzdem drücke ich erneut auf dem Knopf herum, der die Kassette auswerfen sollte. Natürlich ohne Erfolg.

Ein Blick zur Seite. Sam beobachtet mich.

»Bin ich Kino, oder was?«

»Nein, aber ich denke, ich muss mich bei dir entschuldigen.« Er zögert, wirft einen kurzen Blick in den Rückspiegel und als ich mich umdrehe, weiß ich, warum er nicht weiterspricht: Wir haben Publikum. Gebannt sitzen die anderen vier da und gucken uns an, als böten wir die perfekte Ablenkung von ihren eigenen Problemen.

»Aber vielleicht heben wir uns das Gespräch besser für später auf«, seufzt Sam und sieht mich mit einem Lächeln an, das Wärme in meine Brust pflanzt. Und Hoffnung und Herzflattern. Einfach so.

»Vorsicht!«, brüllt Liv plötzlich.

Mein Blick ruckt hoch zur Windschutzscheibe. Ich sehe Fell, sehr viel Fell und jede Menge, was sonst noch zu einem Elch gehört. Dann werde ich in den Anschnallgurt gepresst, weil Sam hart auf die Bremse tritt. Aber Ringo hält nicht, sondern schleudert an dem Elch vorbei und schlittert schräg zur Fahrbahn auf den vereisten Straßengraben zu.

Hinter mir schreit Nora.

»Fuck!« Das ist Alexander.

»Scheiße, nein!« Owen. Er knallt seine Hand gegen das Wagendach, mit der anderen hält er Liv fest, die sich bleich und stumm in den Sitz presst.

Ich klammere mich ans Armaturenbrett, mache mich innerlich für den Aufprall bereit und sehe dabei Sam an. Weil das besser ist, als in den Abgrund zu gucken, der sich scheinbar in Zeitlupe vor uns auftut. Ich sehe Sam an, der mich ansieht, das Lenkrad fest umklammert, den Fuß auf der Bremse, aber er kann nicht verhindern, dass es im nächsten Moment knallt.

Ringos Schnauze bohrt sich in gefrorene Erde. Mein Kopf prallt gegen den Türholm. Die Luft wird aus meiner Lunge gepresst. Irgendwas fliegt von hinten gegen meinen Kopf. Ich schreie, aber kein Laut dringt aus meinem Mund.

In meinen Ohren klingelt es, mein Kopf brummt, aber der Schmerz kommt erst, als auch die Außengeräusche in meine Wahrnehmung zurückkehren.

Nora keucht, schreit, schreit lauter. Owen redet hinter mir auf sie ein. Oder auf Liv, ich weiß es nicht. Es stinkt leicht verbrannt und Ringos Kühlerhaube raucht. Nur die Weihnachtsmusik läuft noch immer. Weiter und weiter. Das muss ein schlechter Scherz sein. Genau wie die Tatsache, dass wir ausgerechnet von Maines Staatstier von der Straße abgedrängt wurden.

»Em, bist du okay?« Das ist Sams Stimme. Mein Blick irrt ziellos durch Ringos Innenraum. Bleibt an Chaos hängen, an umgekippten Kaffeebechern, einer Landkarte. Stifte, eine Haarbürste, Livs Buch. Ein Pullover hat den Weihnachtsbaum vom Armaturenbrett abgerissen und klebt jetzt an der von Rissen durchzogenen Frontscheibe.

»Em?«

Hände, die mein Gesicht umfassen. Warme Hände, an die sich meine Haut erinnert. Sam. Mein Herzschlag beruhigt sich etwas. Die Konturen vor meinen Augen werden schärfer, das Klingeln im Kopf leiser.

»Das war ein El-Elch«, stammele ich überflüssigerweise, weil jeder diese fellige Wand vor uns gesehen haben dürfte.

Sam dreht ganz vorsichtig mein Gesicht zu sich. »Jepp, ein Riesenvieh. Aber wir haben ihn nicht erwischt.« Er weiß, dass es schlimm für mich wäre, wenn wir ein Lebewesen angefahren hätten.

»Du blutest«, sagt er und berührt mit den Fingerspitzen sanft meine Stirn zu den Klängen von ›Thank God It's Christmas«. Sam ist blass und sieht so besorgt aus, dass ich lachen will, aber es kommt nur ein kläglicher Laut über meine Lippen. Er schlägt einmal heftig gegen das Radio, das beleidigt ächzt, aber stoisch weiterdudelt.

»Ist nur ein Kratzer«, sagt er dann wieder an mich gewandt. Klingt, als müsste er sich selbst überzeugen. »Bist du ansonsten okay?« Er wartet, bis ich nicke. Erst dann dreht er sich zu den anderen um. »Alle okay?«

»Definiere okay. Wir wurden gerade von Santas Rentier gerammt.« Owen reibt sich über den Nacken, als könnte er das Schleudertrauma bereits fühlen, das uns morgen alle quälen wird.

»Das war ein Elch«, berichtigt ihn Alexander.

Nora zerrt panisch an ihrem Gurt herum. Ich glaube, sie hyperventiliert. »Ich muss …« Sie schlägt gegen Ringos Seitentür, reißt immer noch an ihrem Gurt. »Ich muss hier raus.«

»Beruhige dich, Nora«, nuschele ich und will zu ihr, aber ich kann mich nicht bewegen. Ich betaste die Wunde, die Sam als Kratzer definiert hat. Ein Kratzer auf einer verdammt dicken Beule. Dann versuche ich meine anderen Gliedmaßen zu bewegen, brauche einen Moment, bis ich kapiere, dass mich nur der Gurt fesselt und keine gravierende Verletzung.

Alexander schafft es jetzt, Noras Gurt zu lösen und ehe er noch etwas sagen kann, drückt Nora die Tür auf und springt schluchzend nach draußen. Sie kämpft sich keuchend die Böschung des Grabens hinauf und rennt ein Stück, bis sie stehen bleibt. Sekundenlang legt sie den Kopf in den Nacken, lässt sich dann auf die Knie sinken. Sie weint so herzergreifend, dass ich es bis in meine Knochen, bis in mein Herz fühlen kann.

»Ich muss …« Ich stemme mich gegen meine Tür, die verzogen zu sein scheint und knackt, als würde ich Ringo wie einer Blechdose mit einem Dosenöffner zu Leibe rücken. Bewegen tut sie sich aber nicht. »Ich muss zu ihr«, murmele ich und mache Anstalten, über Sam zu klettern, aber er hält mich zurück.

»Du bist verletzt. Du solltest nicht … Ich gehe«, sagt er bestimmt und schiebt mich zurück auf meinen Sitz.

Alexander rutscht jetzt auch aus dem Auto und landet im Schnee. »Ich kann gehen. Sie … Wir …« Er zuckt die Schultern, als wüsste er nicht genau, wie er das zwischen sich und Nora in Worte fassen soll. Sie verstehen sich irgendwie und vielleicht ist er tatsächlich gerade, was sie braucht. Jemanden, der nicht selbst betroffen ist. Vom Unfall zwar schon, aber nicht von den Erinnerungen und der Trauer, die für Owen, Nora und mich darin mitknallen. Mitten in die Emotionszentren von uns dreien. Ich will gerade nicken, als Owen mir zuvorkommt.

»Nein, sie ist meine Schwester. Ich mache das.« Er beugt sich zu Liv, die noch genauso steif dasitzt wie direkt vor dem Aufprall. Tief in den Sitz gepresst. Blass, regungslos. »Ich sehe eben nach meiner Schwester. Kommst du klar?«

Sie nickt, befeuchtet ihre Lippen, nickt wieder. Owen zögert, weil er sieht, dass es ihr alles andere als gut geht, wägt ab und entscheidet sich dann offenbar dazu, das Ganze emotionale-Triage-mäßig anzugehen: erst Nora, die zusammengebrochen im Schnee hockt, dann Liv, die wenigstens im warmen Auto sitzt und den Schock ein wenig besser zu verarbeiten scheint. Weil sie durch den Unfall immerhin nicht an das Ende ihrer Eltern erinnert wird.

Als Owen aussteigt, schlägt er auch fast hin, schafft es aber ohne Sturz zur Straße zurück. Langsam geht er mit erhobenen Armen auf Nora zu und redet beschwörend auf sie ein.

»Warum verhält er sich, als wäre sie ein verdammtes Wildpferd?« Ich schüttele mich und stöhne sofort auf, weil das echt wehtut. Mein Kopf dröhnt und mir ist sehr schlecht. Und kalt.

Richtig kalt. »Ich hätte gehen sollen.« Das hätte mir auch erspart, heute zum vierten Mal ›Last Christmas‹ zu hören, das unerbittlich aus Ringos Lautsprechern plärrt.

»Owen macht das schon.« Sam berührt erneut meinen Kopf. »Gib ihm eine Chance. Und lass mich das ansehen.«

Owen kennt Nora ja kaum noch, aber wenn ich ehrlich bin, sind meine Knie zu zittrig, um Nora hinterherzurennen, und mein Herz klopft viel zu schnell und viel zu hart in meiner Brust. Ich hoffe echt für meinen Körper, dass er sich nicht so scheiße schwach verhält, weil Sam mir in diesem Moment ganz nah kommt und die Wunde vorsichtig mit einem Taschentuch abtupft, sondern dass es der Schock ist oder sogar eine Gehirnerschütterung.

Liv klettert jetzt auch aus dem Wagen und lehnt sich von außen gegen die Karosserie. »Ich hatte keine Ahnung, wie groß Elche sind.«

Alexander nickt. »Vergleichbar mit einem kleinen Elefanten. Sam hat genau richtig reagiert.«

»Wir hängen in einem Graben fest«, stoße ich hervor und verdrehe die Augen.

»Hätte ich ihn getroffen, wäre Ringo jetzt ein Blechknäuel und wir alle nicht so glimpflich davongekommen«, sagt Sam leise. »Außerdem wissen wir beide, dass du es mir nie verziehen hättest, wenn ich das Vieh auf die Kühlerhaube genommen hätte.«

Und es hätte Sam anscheinend etwas ausgemacht, wenn ich es ihm nicht verziehen hätte. In meinem Magen kribbelt es, als Sam und ich uns für einen Moment tief in die Augen sehen, während er meinen Kopf verarztet. Ich schlucke und nehme ihm das Taschentuch ab, presse es selbst gegen die Wunde an meiner Stirn und erreiche genau, was ich erreichen wollte: Sam geht wieder auf Abstand und ich sehe mich zu den anderen um, damit ich ihn nicht weiter anstarre.

Liv lehnt noch immer am Auto und atmet ein paar Sonnenstrahlen ein, die von der eisigen Luft gefiltert auf ihr Gesicht treffen. Sie hat wieder etwas mehr Farbe im Gesicht. Alexander hat sich inzwischen die Böschung zu Nora und Owen hinaufgekämpft. Nora scheint sich etwas beruhigt zu haben. Owen hingegen sieht aus wie die Landschaft um uns herum: weiß. Mit Abstufungen in Grau.

Als er sich jetzt von Alexander und Nora entfernt, die Hände im Nacken verschränkt, kann ich selbst auf die Entfernung erkennen, wie angestrengt sein Atem geht. Wie kurz davor seine unerschütterliche Fassade ist zu bröckeln. Weil ihn das hier genauso mitnimmt wie Nora und mich. Ich wünschte, er würde es zulassen, wieder etwas mehr *Owen* zu sein, weniger fremd. Aber das wird vermutlich nicht passieren.

Liv geht ihm nach und alles, was ich denke, ist: *Gut, jemand kümmert sich um ihn. Jemand, dem gegenüber er seine wahren Gefühle vielleicht eher zeigen kann als Nora und mir.*

Sam wendet sich wieder mir zu, lenkt meinen Blick von meinem Bruder weg. »Du solltest was trinken.« Er hält mir eine Wasserflasche hin. »Das hilft hoffentlich ein bisschen.«

Er hilft. Dass er neben mir sitzt und immer noch nicht ausgestiegen ist, um sich um irgendjemand anderen zu kümmern als mich, hilft so sehr, dass es mir fast albern vorkommt.

»Wir leben noch«, flüstere ich und meine Stimme zittert. Eigentlich nicht nur meine Stimme. Mein ganzer Körper. Und ich kann absolut nichts dagegen tun. Und jetzt beginnen auch noch total dämliche Tränen über meine Wangen zu rinnen. Verdammter Schock.

»Schsch.« Sam streicht mir über den Arm, über das Haar. »Das Taschentuch ist durch«, stellt er fest. Er zieht ein neues aus der Tasche und drückt es wieder gegen die Stelle an meinem Kopf, von der sich ein pulsierender Schmerz ausbreitet. »Lass mich das machen, okay?«

Ich nicke, schließe die Augen, während wir eine ganze Weile stumm so dasitzen. Wir sind einander so nah, dass ich seinen Atem auf meinem Gesicht spüre, während das Radio die Stille weihnachtlich zerfetzt. Ich will mich an Sam schmiegen, so verdammt dringend, aber das ist die weltschlechteste Idee. Noch so eine Abfuhr von ihm stecke ich in meiner jetzigen Verfassung nicht weg.

Sam lüftet das Taschentuch etwas, betrachtet das darunterliegende Gewebe eingehend und sieht zufrieden aus. »Hat aufgehört zu bluten. Und ich denke auch nicht, dass es genäht werden muss. Ein Pflaster und du bist so gut wie neu.« Er sieht sich ratlos um. »Wenn ich nur wüsste, wo in diesem Chaos der Verbandkasten ist.«

Nichts im Auto ist noch an seinem Platz.

»Ich kann das später selbst machen.«

Er schnaubt. »Dann fängt es nur wieder an zu bluten.« Er streicht mit dem Finger an der Beule entlang. Ganz zart, sodass es nicht wehtut, nur kribbelt. »Außerdem kannst du die Schwellung erst kühlen, wenn wir die Wunde abgedeckt haben.«

Sam angelt nach einer Box, die im Fußraum bis nach vorn gerutscht ist. »Ha! Da ist er ja.« Er öffnet den Kasten und darin befindet sich die Hausapotheke eines Junggesellen: Kopfschmerztabletten, Kondome, ein Mittel gegen Erbrechen, das vermutlich eher gegen einen Kater als gegen Reiseübelkeit helfen muss, und Pflaster. Sam zieht eines heraus und will es auf meiner Stirn anbringen, aber ich ziehe meinen Kopf zurück.

»Warum bist du jetzt auf einmal so verdammt fürsorglich?«, frage ich verwirrt.

Er zuckt die Schultern, streicht mir eine Haarsträhne hinters Ohr und hält meinen Kopf sekundenlang fest, indem er seine Hand wie bei unserem Kuss an meine Wange legt.

»Halt still«, flüstert er rau. »Sonst klebe ich dir das Ding noch versehentlich auf den Mund.«

»Ich meine es ernst.« Ich halte zwar still, lasse aber nicht locker. »Warum kümmerst du dich so um mich?«

»Weil du verletzt bist.«

»Und was schert es dich?«

Sam hat das Pflaster fertig aufgeklebt und lässt seine Hand sinken, bringt aber keinen Abstand zwischen uns. »Ich habe Ringo in den Straßengraben gelenkt. Das da ist meine Schuld.«

Seine Kiefer mahlen, als würde er sich wirklich dafür verantwortlich fühlen. Dabei ist es, wie er gesagt hat: Wäre er nicht ausgewichen, wären wir mit achthundert Kilo Lebendgewicht zusammengeprallt und dann hätte ich sicher nicht nur eine Beule.

»Du hast genau richtig gehandelt. Das hast du selbst gesagt. Also, was soll das hier? Du hast ja vorhin mehr als deutlich gemacht, dass du kein Interesse an mir hast.« Ich schlucke die zerbrochenen Gefühle hinunter, die ich ihm nicht zeigen will, nicht zeigen kann.

Sam lächelt. Er lächelt und rückt kein Stück von mir ab. »Ich habe nur aufgehört, dich auf dieser verdammten Landstraße zu küssen, weil ich dachte, du tust es aus Mitleid. Nicht, weil ich dich nicht wollte.«

Und dann öffnet er die Tür und steigt aus. Lässt Kälte und diese Worte zurück, die alles in mir zum Glühen bringen.

Nora

Ich sterbe.

Der Gurt presst mich fest in den Sitz, schnürt mir die Luft ab. In meinen Ohren kreischt ein lautes Piepen. Meine Hände zittern, als ich versuche, den Gurt zu lösen.

Luft. Ich brauche Luft. Der Gurt zieht sich immer fester. Fesselt mich an den Sitz.

Beruhig. Dich. Die Worte wiederholen sich immer wieder in meinen Kopf. *Beruhig dich. Beruhig! Dich!*

Ich kriege keine Luft mehr.

Plötzlich löst sich der Gurt. Ich schiebe die Tür auf. Meine Kehle ist eng. Dennoch drängt sich ein Schluchzen zwischen meine angestrengten Atemzüge.

Ich sterbe.

Mein Herz rast, pumpt viel zu schnell, brennt so fest in meiner Brust, dass es jeden Moment implodieren wird.

Ich stolpere. Über vereistes Gras. Über weiße Erde. Raus aus dem Graben. Rutsche auf den Scheißsneakern aus. Lande auf den Knien. Erschüttere. Rappele mich wieder hoch. Raus hier. Ich muss raus. Ich muss weg.

Ich schlucke. Mein Mund ist trocken. Keine Luft. Ich bekomme keine Luft. Mein Magen krampft. Ich würge. Huste. Da sind so viele Tränen, die rauswollen. Aber sie kommen nicht. *Luft. Ich brauche Luft!*

Mein Herz zieht sich krampfhaft zusammen. Immer wieder. So fest. Zu fest. Ich habe einen Herzinfarkt.

Ich sterbe.

Ich erstarre vor Panik. Mitten auf der Straße. Hyperventiliere. Strecke mein Gesicht dem Himmel entgegen. Ich muss atmen!

Mein Brustkorb verengt sich. Ich ringe nach Luft. Sinke in die Knie. Starre meine Hände an. Blutig. Zerkratzt und voller Erde. Von Frost überzogener Asphalt unter mir.

Mein ganzer Körper zittert. Schluchzer würgen sich meine Kehle hoch. Heiß. Mir ist so heiß. Ich zerre meine Kapuzenjacke von mir. Meine Kehle ist voller Scherben.

»Nora, ich bin hier.«

Keine Ahnung, wer das sagt. Ich ersticke. Greife an meine Brust. Japse nach Luft.

Aber … *Ich sterbe nicht.*

Doch sie sind gestorben. *Mom. Dad.*

Ein Schrei rollt sich meine Kehle hoch. Er fühlt sich an, als müsste er die Welt zum Beben bringen. Jedoch kommt er nur als ein jämmerliches Schluchzen heraus.

Mom … Dad …

Wieder ertönt eine Stimme neben mir. Jemand kommt auf mich zu. Die Arme ausgestreckt. Doch ich kann nicht klar sehen. Meine Augen sind voller Tränen und Schmerz.

Plötzlich kniet Owen vor mir. Ich schaffe es nicht, zu ihm hochzusehen. Aber ich erkenne seine Stiefel. Wir haben uns so lange nicht gesehen. Und jetzt könnten wir tot sein.

»Nora, hey.« Seine Stimme dringt durch die Glocke über meinem Kopf und mein Schluchzen. »Ich nehme dich in den Arm, okay? Ist das okay?«

Eine Umarmung. Ja. Das wird helfen. Das *muss* helfen. Sonst falle ich. Falle und stehe nie wieder auf. Ich schaffe es irgendwie zu nicken.

Vorsichtig legt Owen seine Arme um mich, hilft mir aufzustehen. »Alles wird gut.«

»Wird es nicht«, stoße ich aus. »Sie sind so gestorben.«

»Sag das nicht.« Seine Stimme ist flehend. Er drückt mich an sich. Fest. So fest.

»Sie sind tot.«

Ein ersticktes Geräusch löst sich aus Owens Kehle.

Etwas in mir erstarrt. Ich bemerke sein kalkweißes Gesicht. Und dann fühle ich auf einmal gar nichts mehr. Als würde etwas all meine Gefühle ersticken. Weil Owen kurz davor ist zu brechen, obwohl er so hart dagegen ankämpft. Ich sehe es. Weil wir trotz aller Distanz zwischen uns Geschwister sind. Ich kenne Owen. Und er macht dasselbe Gesicht wie damals, als sein Kater starb und er versucht hat nicht auszuflippen.

Owen denkt, er könne die ganze Welt täuschen, könne all seinen Schmerz unter einer Maske aus Stärke verstecken. Doch damit betrügt er nur sich selbst. Er denkt, er müsste stark sein. Genau jetzt, wegen mir. Aber ich kann ihn diese Last nicht tragen lassen. Egal wie sehr ich innerlich ausflippe.

Ich bin jetzt ganz ruhig, obwohl noch immer alles in mir schreit. Ich löse mich von all dem Schmerz, bis ich ganz taub bin. Bis ich neben Owen und mir stehe und von außen zusche, wie wir uns aneinander festklammern.

Owen spürt meine Veränderung, löst sich von mir, sieht mich mit diesem verdrängten Schmerz in den Augen an. »Wir schaffen das.«

Es gibt keine Worte mehr in mir, also nicke ich bloß mit enger Kehle.

Plötzlich steht Alexander neben uns.

»Soll ich übernehmen?« Er fragt ganz vorsichtig, blickt zwischen uns hin und her, als wäre er unsicher, wer von uns die größere Bombe ist, kurz davor zu explodieren. Er entscheidet sich für mich. Dabei ist es doch Owen, der so offensichtlich Hilfe braucht. »Ist das okay, Nora?«

Ich nicke, als Owen es tut. Er lässt mich los, noch immer so weiß. »Wenn ihr kurz klarkommt. Ich brauche einen Moment.« Owen entfernt sich von uns.

Ich sollte ihn aufhalten. Ich sollte mit ihm reden. Aber ich bin gefangen in einer eisigen Taubheit, die mich voll und ganz eingeschlossen hat.

Alexander steht vor mir, beugt sich ein Stückchen runter, sodass wir auf Augenhöhe sind.

»Du solltest nach Owen sehen«, höre ich mich wie von weit weg sagen.

»Ich sehe aber gerade nach *dir*«, antwortet er mit sanftem Gesichtsausdruck.

Plötzlich geht mein Atem, der sich gerade erst beruhigt hat, wieder schneller und die Panik, der Schmerz in meiner Brust und das Brennen in meiner Kehle kommen mit voller Wucht zurück. Als hätten sie nur darauf gewartet, dass ich nicht mehr stark sein muss, dass ich mich in Sicherheit wiegen und zusammenbrechen kann. Vor diesem Fremden, der gar nicht mehr fremd ist.

»Sag mir fünf Dinge, die du sehen kannst.« Alexander steht ganz nah vor mir, besonnen und ruhig. Wie kann er nur ruhig sein? Mom und Dad sind bei einem Autounfall gestorben!

Meine Unterlippe zittert. Ich verstehe nicht, was er von mir will. »Was?«

»Fünf Dinge.« Er hebt eine Hand mit fünf ausgestreckten Fingern.

»Deine Hand«, stoße ich aus und ringe nach Luft.

Er nickt mit einem Lächeln im Gesicht.

»Deine Augen.« Ich blinzele viel zu schnell. Mir ist schwindelig. »Deine Mütze.«

Wieder nickt er, lächelt noch breiter, nimmt immer einen Finger mehr runter.

»Deine Jacke. Deinen Mund.« Meine Kehle brennt und ich schlucke gegen das bittere Gefühl von Galle an.

»Fantastisch. Jetzt nenne mir vier Dinge, die du gerade anfassen kannst.«

Mein Blick schweift ziellos umher, doch Alexander greift nach meiner Hand, zwingt mich, mich wieder zu fokussieren. »Vier Dinge, die du berühren kannst.«

Ich umfasse fest seine Hand, diesen Rettungsanker, und zwinge mich zu atmen. »Dich. Ich kann dich berühren.«

»Sehr gut. Was noch?«

Meine Finger streifen Stoff. »Deine Jacke.« Meine andere Hand krallt sich an meiner Brust fest. »Meinen Pullover.« Ich berühre eiskaltes Metall. »Meine Kette.«

Alexander lächelt und nickt weiterhin. »Nenne mir drei Dinge, die du hören kannst.«

Die Hitze in mir verfliegt langsam. Ich spüre meine kalten, nassgeweinten Wangen und wische mit meinem Ärmel darüber. Dabei schniefe ich.

»Mich selbst. Dich.« Ich zögere, horche und merke, dass es auch in mir ganz ruhig wird. Ich höre Liv, Owen, Emma und Sam. Ihre Stimmen sind weit weg, leise, angespannt ... aber da. Es geht ihnen gut. Zumindest so gut, wie es ihnen halt gehen kann. »Die anderen.«

Alexander nickt und steht immer noch so nah bei mir, hält meine Hand. Ich sollte einen Schritt zurück machen. Aber ich will nicht loslassen, wird mir klar. Also tue ich es auch nicht. Was auch immer er hier gerade macht, es hilft. Und ich will nicht, dass es aufhört. Ich will diese Panik nie wieder spüren.

»Jetzt nenne mir zwei Dinge, die du riechen kannst.«

Ich schniefe. »Dich. Also, dein Duschgel. Ich rieche dein Duschgel.«

Alexander lacht leise. »Gut. Was noch?«

Langsam atme ich ein, sauge die Kälte in mir auf, den Wind, das Eis, die frische Luft, die mich immer klarer im Kopf werden lässt. »Den Winter.«

»Großartig.« Alexanders Blick huscht ganz kurz zu meinen Lippen. »Und zum Schluss: Nenne mir eine Sache, die du schmecken kannst.«

Mein Mund ist trocken. Ich fahre mir mit der Zunge über die Lippen und schmecke die Reste meiner Tränen. »Salz.«

Ich atme erneut tief ein, ganz langsam, bis mein Bauch sich voll anfühlt und ich wieder ausatme, genauso langsam. Ich bin jetzt ganz ruhig. Die Panik ist weg. Zurück bleibt nur dieses tiefe, schwere Gefühl von Trauer.

»Danke«, krächze ich und muss mich räuspern. Noch immer liegt meine Hand zwischen Alexanders Fingern. Überall, wo wir uns berühren, ist mir warm, auch wenn mir langsam wieder bewusst wird, dass ich nur einen Pullover trage, dass die Tränen auf meinen Wangen zu Eis werden, dass diese verdammten Schuhe viel zu dünn sind und meine Zehen halb erfroren. »Das hat geholfen.«

»Meine Schwester hat häufiger Panikattacken.« Alexander ist derjenige, der unseren Körperkontakt löst, indem er zurücktritt. Doch er bleibt bei mir. Mitten auf der Straße.

Einige Schritte weiter weg steht Owen neben Liv, schwer atmend und sieht aus, als würden jeden Moment all seine aufgestauten Gefühle aus ihm herausbrechen. *Ich will zu ihm.* Der Gedanke formt sich, und schon mache ich eine Bewegung in seine Richtung, doch Alexander tritt vor mich. »Er kommt klar.«

»Das glaube ich nicht«, erwidere ich.

»Nora. Du hattest gerade eine Panikattacke, die du unterdrückt hast, als du gemerkt hast, dass es deinem Bruder schlecht geht. Du wirst jetzt hierbleiben. Weil Owen selbst klarkommen wird. Besser sogar, wenn du nicht erneut zusammenbrichst.«

Alexander hebt meinen pinken Pullover, den ich in meiner Panik loswerden musste, von der Straße auf und verzieht den

Mund, als er die von Eis feuchten Flecken sieht. Dann zieht er kurzerhand seine eigene Jacke aus. »Zieh die an.«

Meine Kehle wird eng. Vor Schuld und Schmerz. Mein Blick fliegt zum Auto. »Vielleicht sollte ich-«

»Du wirst dich jetzt nicht in den verunglückten Wagen setzen.« Alexander ist unerbittlich. Und etwas daran, wie er die Zügel in die Hand nimmt und mir einen Moment lang keine Wahl lässt, als einfach nur diese Jacke anzuziehen, fühlt sich gut an. Behütet.

Dennoch zögere ich. »Es ist eiskalt. Du wirst erfrieren«, versuche ich ihn zur Vernunft zu bringen.

»Ich komm klar. Lass zu, dass ausnahmsweise mal jemand anderes etwas für dich tut.«

Damit hat er mich überzeugt. Ich schiebe meine Arme in die Ärmel, sauge Alexanders Duft ein und spüre den Nachhall seiner Wärme darin.

»Danke.« Schweigen. Dann nicke ich in Richtung Auto, wo Emma und Sam noch sind. Emma blutet am Kopf, wie es aussieht, und ein Teil von mir will zu ihr rennen, aber es wirkt, als hätte Sam alles im Griff. »Das ist genau das, wovor ich immer Angst habe. Sobald du dein Haus verlässt, passieren solche Sachen.«

Alexander verschränkt die Arme vor der Brust und ich sehe Gänsehaut an seinem Handgelenk, als die Ärmel seines Pullovers hochrutschen. »Es ist viel wahrscheinlicher, dass du zu Hause eine Treppe runterfällst, als dass dir unterwegs was passiert.«

Ich schnaube. »Wahrscheinlichkeiten sind mir egal. Schließlich stehen wir hier auf der Straße, weil wir gerade fast gestorben sind.« Mein Atem wird wieder zittrig und mein Herz pumpt ein wenig schneller.

Alexander tritt näher an mich heran. Sein Arm streift meinen, doch er lässt mir Raum. »Es geht aber allen gut. Wir sind ein bisschen von der Straße abgekommen. Das Auto ist nicht mal doll kaputt. Wir haben alle einen Schock.« Sein Blick findet meinen, als würde er sichergehen wollen, dass ich die nächsten Worte auch wirklich verstehe. »Aber mehr ist nicht passiert. Uns allen geht es gut.«

Meine Unterlippe zittert und plötzlich sind Tränen da, die das Bild von ihm verzerren. »Meine Eltern sind so gestorben.«

»Ich weiß«, flüstert Alexander und zieht mich in seine Arme, fest und warm. Weil jetzt nichts anderes mehr hilft.

Meine Eltern sind tot. Sie sind gestorben, in einem Wagen, der von der Straße abkam. Gegen diese Tatsache gibt es keinen zauberhaften Fünf-Punkte-Plan. Sie ist unumstößlich und schrecklich.

Alexanders Umarmung hüllt mich ein, in einen Kokon aus Sicherheit. Er lässt nicht nach wenigen Sekunden wieder los. Er murmelt keine Worte. Er schweigt und hält mich einfach nur fest. Und ich lasse es zu, lasse zu, dass er mir für einen Moment all den Schmerz abnimmt, der mich gerade fast in einen Abgrund gerissen hat. Lasse alles los.

Überraschenderweise fühle ich mich sicher in den Armen eines Mannes, dessen Leben von Unsicherheiten und Planlosigkeit bestimmt ist und der sich allein deswegen nicht sicher für mich anfühlen dürfte.

»Aber du lebst«, flüstert Alexander.

Drei Worte, die mich dazu bringen, mein Gesicht an seiner Brust zu vergraben.

Meine Eltern sind tot. Aber ich lebe.

Das weiß ich. Weil ich hier stehe und beinahe gestorben wäre. Doch lebe ich *wirklich*? So richtig, mit Herzstolpermomenten, Lachweinen, Glücküberflutungen? Oder lebe ich nur noch in Erinnerungen?

Meine Kehle wird eng und ich hasse es, dass diese Frage plötzlich so unendlich laut in meinem Kopf pocht.

Owen

Obwohl die Landschaft um mich herum so weiß ist, sehe ich schwarz. Schwarz und schwefelgelb. Ich kneife die Augen zusammen und öffne sie wieder, um die Welt auf diese Weise zurück in den Fokus zu blinzeln, aber sie entgleist mir immer wieder.

Vollkatastrophe! Das ist das einzige Wort in meinem Kopf.

Ich hatte gewusst, dieses Weihnachten würde eine Vollkatastrophe werden. Aber ich hatte nicht erwartet, dass es so schnell passieren und dass die Katastrophe so gravierend ausfallen würde.

Als wir mit Sams Bus im verdammten Straßengraben gelandet sind, waren wir einen Moment lang alle Mom und Dad. Einen Moment lang dachten wir alle, wir würden sterben. Einen Moment lang war für uns Geschwister die Verzweiflung wieder da, der Schock, die Unbegreiflichkeit. Denn wenn wir alle überlebt haben, wieso konnten Mom und Dad das nicht auch?

Warum, verflucht noch mal?

Dann würde Emma sich jetzt nicht so von mir im Stich gelassen fühlen. Nora hätte nicht so viel Panik vor der Welt draußen. Und ich ... Ich würde vielleicht nicht auf Leben und Tod gegen meine Gefühle kämpfen.

Eben, als ich Nora im Arm hielt, habe ich auch noch ihre Gefühle absorbiert. Ich habe jeden Funken ihrer Angst, ihres Kummers, ihres Schmerzes wahrgenommen. Aber ich bin nicht bereit, mich von einem Haufen Hormone in meinem Hirn tyrannisieren zu lassen.

Fuck! Ich bin. Nicht. Bereit dazu.

Mit langen Schritten laufe ich die Straße entlang, meine Hände in meinem Nacken verschränkt, versuche meinen Brustkorb zu dehnen, weil ich das Gefühl habe, keine Luft zu kriegen.

Ich kann nachvollziehen, wieso Nora durchdreht. Seit einem halben Jahr hat sie kaum einen Weg zurückgelegt, außer den zur Arbeit, manchmal zum Supermarkt und zurück nach Hause. Dieses kleine Dreieck war für die letzten Monate ihr ganzes Leben. Klar verliert sie den Kopf, wenn sie ausgerechnet jetzt – nachdem sie es gewagt hat, wenigstens in unser zweites Zuhause im Arcadia aufzubrechen – genau so einen Unfall erlebt wie Mom und Dad. Nora hat jedes Recht durchzudrehen.

Aber ich nicht.

Ich muss mich zusammenreißen. Ich bin der Älteste. Nur ... Verdammte Scheiße, warum haben Mom und Dad nicht überlebt?

Ich bleibe stehen, lasse die Arme sinken. Ich habe überhaupt nichts im Griff. Die schwarzen Wolken strömen nahezu ungebremst in meinen Kopf. Alles in mir fühlt sich wund an, während sich meine Überzeugungen gegen die aufbrausenden Emotionen stemmen. *Sie sind nicht real*, sage ich mir. *Sie sind. Nicht. Real.* Aber gleichzeitig wird immer klarer, dass sie nicht standhalten werden. Diesmal nicht. Ich habe ein halbes Jahr lang so getan, als sei alles okay, obwohl nichts okay ist. Und jetzt kann ich nicht mehr atmen vor Schmerz. Weil die Scheißhormone mich eben doch tyrannisieren.

»Owen?«

Ich wirbele herum, atme schwer, als wäre ich gerannt. Dabei habe ich nur dumm hier rumgestanden. Die ganze Landschaft versinkt in Schattierungen von Grau. Nur Liv – direkt vor mir – sticht fast grell daraus hervor.

»Owen«, wiederholt sie leiser. Ihre Stimme lässt mein Herz fast explodieren. Gerade ertrage ich das nicht – jede Form von Mitgefühl, von Verständnis, von Nähe zersprengt die letzten Reste meiner Selbstbeherrschung.

»Bist du okay?«, will sie wissen.

»Ja«, bringe ich hervor. Meine Stimme klingt rau, aber immerhin bebt sie nicht. Nur der Rest von mir. Ich hoffe, Liv sieht es nicht. Ich hoffe, Liv sieht nicht, wie viel Kraft es mich kostet, nicht einfach hier vor ihr auf der Straße zusammenzubrechen. »Und du?«

»Mir fehlt nichts«, gibt sie zurück. »Ich bin nur etwas zittrig nach dem Schock.«

Ich nicke. Sie mustert mich – abwartend, forschend.

Ich wünschte, sie würde gehen. Weil ich spüre, wie ein Teil von mir zu ihr will. Um gehalten zu werden. Aber das geht nicht. Ich kann nicht auch noch die Fassung verlieren.

Ich deute an ihr vorbei in Richtung der Unfallstelle, obwohl ich sie nicht klar ausmachen kann, weil in der Peripherie meiner Wahrnehmung dunkler Nebel wallt. »Scheint, als bräuchten wir einen Abschleppwagen. Und eine Unterkunft.«

Jemand muss Tante Caroline anrufen und ihr sagen … Scheiße! Wir werden Weihnachten nicht im Arcadia verbringen. Nicht in unserer Hütte. Wie soll Nora verkraften, dass ihre Pläne jetzt endgültig in sich zusammenfallen? Wie soll Emma dieses Weihnachten überstehen, wenn wir irgendwo im Nirgendwo gestrandet sind?

»Owen.« Liv macht noch einen Schritt auf mich zu, aber ihre schimmernden dunklen Augen sind gerade zu viel für mich. Ich weiche zurück. »Deine Schwestern kommen überhaupt nicht klar. Und du doch auch nicht.«

»Wenn es dir darum geht, wer klarkommt und wer nicht,

frag lieber Sam, wie es ihm geht. Der hing echt an Ringo.« Wieder deute ich in die vage Richtung der Unfallstelle. »Ich hingegen bin wie alle anderen durchgeschüttelt worden, ausgestiegen und habe festgestellt, dass mir nichts wehtut, was nicht mit ein paar Ibus zu regeln ist. Also alles fein.«

Liv erwidert nur stumm meinen Blick. Und ihre Augen ziehen mich aus – nicht meine Klamotten, sondern meine Selbstbeherrschung. Sie trägt sie Schicht um Schicht ab und ich kann das nicht zulassen.

»Sieh mich nicht an wie einen armen kleinen Waisenjungen.«

»Vielleicht solltest du dir eingestehen, dass du genau das bist, Owen.« Ihre sanfte Stimme macht mich kaputt, reißt meine Mauern ein, aber ich kämpfe noch. »Tu nicht immer so, als würdest du nichts empfinden. Gib doch einfach mal zu, dass du Angst hattest, dass du trauerst. Und dass du Gefühle für mich hast.«

Ich fahre mir mit der Hand durch die Haare. So wie Liv sich in ihrem Parker verkriecht, ahne ich, dass mir eigentlich kalt sein müsste, aber ich spüre nichts.

»Gefühle haben noch nie irgendwen wirklich weitergebracht«, erwidere ich dumpf.

»Warum gibt es sie dann?«

Ungeduldig schüttele ich den Kopf. »Evolutionär sind sie nützlich, aber dass wir sie zu solchen Monstern aufblasen, ist reine Fantasie. Das ist ein Nebenprodukt unserer Neokortexe.«

»Jedes Gefühl ist wichtig«, beharrt Liv. »Emotionen helfen uns, diese Tausenden kleinen Entscheidungen zu treffen, die täglich anfallen, ohne lang abwägen zu müssen. Und sie geben uns eine Richtung vor für die großen Entscheidungen. Fantasie oder nicht … Sie sind nun mal ein Teil von uns.«

»Es ist ein Unterschied, ob sie ein Teil von uns sind oder ob wir zulassen, dass sie unser Leben bestimmen.« Ich merke selbst, dass ich bockig klinge. Aber ich kann nichts dagegen tun. Noch immer fällt mir jeder Atemzug schwer. Gewitterwolken drohen mich zu verschlingen – tiefschwarz und schwefelgelb. »Und können wir dieses Gespräch vielleicht nicht jetzt führen?« Ich sehe an Liv vorbei. Denn ich ahne, dass ihr ein Blick in meine Augen genügen würde, um zu sehen, wie sehr ich uns beiden gerade was vorlüge. »Ich rufe jetzt den Abschleppdienst und organisiere uns eine Unterkunft. Und ich muss unsere Tante anrufen. Insofern ist nicht der richtige Zeitpunkt, um das alles hier zu einem Thema über dich zu machen oder wie ich zu dir stehe.«

Okay, das klang hart. Ich nehme wahr, wie Liv blinzelt, wie ihre Wangen sich röten. Sie sagt jedoch nichts, wirft mir nicht an den Kopf, dass ich ein Arsch bin. Sie sieht mich einfach nur schweigend an. Und das macht meine Worte noch im Nachhinein unerträglich laut, unerträglich gemein, unerträglich unerträglich.

»Sorry«, stoße ich hervor. »Aber können wir jetzt erst mal unsere akuten Probleme lösen? Sag am besten den anderen Bescheid. Ich kümmere mich darum, dass wir abgeholt werden.«

Liv rührt sich noch immer nicht. Ich ziehe mein Telefon aus meiner Hosentasche, damit sie kapiert, wie ernst es mir ist.

»Weißt du überhaupt, welche deiner Probleme die akuten sind?«, fragt sie dann. »Wenn du jeden Tag deine ganze Energie darauf verwendest, deine Gefühle zu unterdrücken, bestimmen sie doch erst recht dein Leben.«

Ihre Worte treffen mich mindestens so hart wie meine eben sie. Ihre sind nur nicht gemein, sondern schlicht und ergreifend wahr.

Einen Moment lang halte ich wie erstarrt inne und dann ... Liv wendet sich ab, entfernt sich von mir. Gewitterwolken rasen erbarmungslos auf mich zu. Ich kann nur versuchen, mich zu verstecken, indem ich mich mit Problemen ablenke, die ich lösen kann.

Auf meinem Smartphone suche ich die nächste Ortschaft raus – ein winziges Städtchen namens Rockport –, dann eine Autowerkstatt und lasse mir von dem Mann, der meinen Anruf annimmt, die Nummer von einem Typen namens Doug geben, der verspricht, Ringo aus dem Graben zu ziehen. Dann suche ich irgendeine Unterkunft. Wie zu erwarten ist so kurz vor Weihnachten so gut wie alles ausgebucht. Meine Auswahl beschränkt sich auf ein villenartiges Ferienhaus, das ein Vermögen kostet, eine halbwegs bezahlbare Airbnb-Wohnung und ein einziges Zimmer im *Harbor Hotel*. Ich entscheide mich für die Wohnung.

Sieht aus, als werden wir Weihnachten in Rockport verbringen. Ob das besser ist als der Boston Airport? Fuck!

Tante Caroline ist gerade zwar nicht diejenige, mit der ich gern reden möchte, aber auch sie ist eine Ablenkung, daher wähle ich ihre Nummer.

»May peace be with you, Smartie!«, begrüßt sie mich mit ihrer fröhlichen Stimme und leicht singenden Tonlage, die sie sogar auf der Beerdigung angeschlagen hat und die zwischen all den bedrückten Gesichtern nicht unpassender hätte wirken können. Tante Caroline aka Sundance war allerdings der Meinung, man müsse den aufsteigenden Seelen das Gefühl geben, sie ließen ihre Angehörigen in einer Wolke aus Geborgenheit und Liebe zurück. Nur das gäbe ihnen genug Leichtigkeit, um zu fliegen. »Wo seid ihr gerade?«

»In einem Straßengraben irgendwo auf halber Strecke.« Mein dumpfer Ton lässt Caroline für einen Moment verstummen.

»Was?«, fragt sie dann. »Warum das?«

»Da war ein Elch.«

»Ist irgendjemand verletzt?«

»Nicht wirklich. Höchstens ein paar Kratzer.«

»Und der Elch?«

»Der ist weg.«

»Ein Glück! Elche haben einen hohen Symbolwert. Sie stehen für Kraft, innere Stärke und Freiheit. Es wäre schrecklich gewesen, wenn ihr ihn überfahren hättet.«

»Carol- Sundance!«, unterbreche ich sie ungeduldig. »Hast du eine Vorstellung, wie groß so ein Elch ist? Wären wir in den reingerauscht, wären jetzt wahrscheinlich *wir* platt und nicht er.«

»Umso besser, dass ihr alle unbeschadet davongekommen seid«, stellt Tante Caroline ungewöhnlich pragmatisch fest.

»Aber Ringo ist total zerknautscht.« Ich habe keine Ahnung, warum ich das sage, warum ich Tante Caroline den Ernst der Lage unbedingt vor Augen führen will. Denn eigentlich will ich ihn ja selbst nicht wahrhaben. Aber irgendetwas in mir arbeitet gegen die Überzeugung, dass im Grunde alles gar nicht so schlimm ist. Irgendetwas, das gern gehalten werden würde – am besten von Liv.

»Ich dachte, euch geht's allen gut!«, ruft Caroline alarmiert. »Wer ist noch mal Ringo? Dein Freund? Dieser Tramper? Ich zünde gleich Kerzen für ein Heilungsritual an.«

»Ringo ist Sams Auto.«

»Ach so. Und wer ist noch mal Sam? Himmel, solange ihr alle mit diesen austauschbaren Namen herumlauft, kann man ja nur durcheinanderkommen. Wenn ihr hier seid, schicken wir euch auf Traumreise, damit ihr euren wahren Namen erfühlen könnt – so wie ich.«

»Wir werden nicht kommen, Sundance. Deshalb rufe ich ja an.« Das Druckgefühl hinter meiner Stirn steigt. Vielleicht sind mir doch ein paar Blutgefäße geplatzt. Vielleicht kippe ich gleich einfach um.

»Wie? Erst kommt ihr ohne Bild, dann wird es immer später und jetzt kommt ihr gar nicht?«

»Hast du mir nicht zugehört? Ringo liegt im Graben und muss abgeschleppt werden. Wir haben kein Auto mehr.«

»Ach, Smartie, das geht doch nicht.« Caroline seufzt tief. Im Hintergrund klirrt es leise. Ich wette, das sind die zahlreichen Armreife, die sie so gern trägt.

»Was sollen wir machen?« Ich höre, dass ich fast so verzweifelt klinge, wie ich mich fühle. *Reiß. Dich. Zusammen. Mann!* »Hier ist weit und breit nichts außer Wald, Meer und ein paar kleinen Ortschaften mit ein bisschen Industrie. Ohne Auto kommen wir hier nicht weg.«

»Hmmm …« Caroline zieht den Laut in die Länge. »Dann fliege ich nach den Feiertagen eben runter zu euch und wir treffen uns in Manchester. Da haben wir dann auch das Gemälde und wir können raus in den Wald fahren und gemeinsam chanten, um eure Eltern zu verabschieden.«

»Das ist doch Quatsch!«, bricht es aus mir heraus. Ich habe keine Ahnung, warum ich plötzlich so wütend bin, warum all die Gewitterwolken sich zu Zorn formieren und warum er sich ausgerechnet gegen meine Tante richtet. »Ich will nicht chanten. Mom und Dad hören uns nicht mehr.«

»Genau das müssen wir alle akzeptieren«, pflichtet Caroline mir bei. »Und das gelingt uns am besten, indem wir sie würdig und in Liebe verabschieden. Nicht in Form einer Trauerveranstaltung, die so bedrückend ist, dass man fast mit stirbt. Wir vereinen uns noch einmal mit ihnen. Wir sagen ihnen, was wir ihnen noch sagen möchten. Und dann lassen wir sie gehen. Dann sind sie frei. Und wir auch. Oh«, haucht sie. »Was für eine wundervolle Fügung. Der Elch ist eine Vorausdeutung auf unser Ritual.«

»Was?!«

»Elche!«, ruft Sundance und klingt unangemessen glücklich. Ich glaube, ich will auch was von den Kräutern, die sie raucht.« »Ich sagte doch gerade: Sie stehen für Freiheit!«

»Musste sich dieses Vieh uns zum Vorausdeuten mitten in den Weg stellen?« Meine Stimme ist ein kaum beherrschtes Knurren. Ich hätte wissen müssen, dass meine verrückte Tante gerade zu viel für meine Nerven ist. »Und es geht mir auch nicht nur um das verdammte Ritual. Es geht um Weihnachten, Sundance. Darum, dass Nora irgendwie ein schönes Fest für uns alle wollte. Dass Emma das dringend gebraucht hätte. Dass wir dich besuchen und zusammen mit dir feiern wollten. Und all diese Pläne liegen jetzt im Straßengraben. Wie soll ich das in Ordnung bringen?«

»Du musst überhaupt nichts in Ordnung bringen, Smartie.« Tante Carolines melodische Stimme wird so sanft, dass sie sich anfühlt wie ein Streicheln. Zur Hölle! Wieder beginnt mein Körper zu beben. Jeder Muskel spannt sich in dem Versuch an, irgendwie die Beherrschung zu wahren. »Es ist doch niemand verletzt. Und ihr seid zusammen. Das ist das Wichtigste«, sagt Caroline.

»Und was ist mit dir? Du bist Weihnachten nun ganz allein.«

»Ach, Smartie, mach dir um mich keine Sorgen! Du weißt doch, ich habe hier meine Leute. Wir feiern alle gemeinsam ein spirituelles Fest. Und dank der Kraft unserer Gedanken werden wir vier ohnehin ganz nah beieinander sein. Und, Smartie?«

»Ja?«

»Dir ist klar, dass du einiges nachzuholen hast, oder? Deine Schwestern arbeiten bereits seit einem halben Jahr an ihrer Trauer. Du hingegen läufst davor weg. Du bist nach London verschwunden und wenn wir telefonieren, weigerst du dich, auch nur ein Wort über deine Eltern zu verlieren.«

Ein Schnauben entweicht mir – wie von einem zornigen

Elch, der gleich jemanden mit seinem gigantischen Schädel rammen wird. »Das ist eben meine Art, damit umzugehen. Und Nora und Em arbeiten auch nicht an ihrer Trauer. Sie kämpfen damit – indem sie um sich schlagen oder sich verkriechen.«

»Aber du kannst erst *mit* deiner Trauer kämpfen, wenn du aufgehört hast, *dagegen* zu kämpfen. Du musst sie erst an dich ranlassen. Du musst sie aushalten. Und dann kannst du sie auch loslassen. Tu es, Smartie. Lieber früher als später. Sie wird nur stärker. Und wenn du ihr den Rücken zukehrst, statt ihr in die Augen zu sehen, dann verschlingt sie dich von hinten.«

Ich kann nichts mehr sagen. In mir platzt gerade alles: mein Kopf, mein Herz, meine Selbstbeherrschung. So verrückt und abgespaced und wahrscheinlich bekifft das klingt, hat Caroline auch irgendwie recht. Die schwarzen Gewitterwolken mit ihren schwefelgelben Rändern, meine Trauer gesäumt von Wut, Verzweiflung und unfassbarer Hilflosigkeit verschlingen mich von allen Seiten gleichzeitig.

»Du bist großartig darin, Umarmungen zu verteilen, wenn andere sie benötigen, mein wunderbarer Junge. Du merkst nur nicht, wenn du selbst eine brauchst. Aber ich sage dir was: Deine Gefühle müssen fließen. Du musst sie reinlassen und wieder rauslassen. Und wenn du sie allein nicht aushältst, dann such dir jemanden, der es mit dir zusammen tut. Es gibt genug Menschen, die dich lieben, Smartie. Du musst es nur zulassen.«

Es ist zu viel.

»Okay«, würge ich hervor. »Danke. Wir melden uns später wieder.« Ich lege auf.

Mein Herz donnert gegen meine Rippen. Mir ist kotzübel. Ich beuge mich vornüber, kneife die Augen zusammen. Öffne sie wieder. Um mich dreht sich alles. Der zerbeulte Ringo, die verschneite Wiese, die wie zu Eis erstarrten Bäume des Waldes dahinter. Es ist, als hätten sich sämtliche Organe, sämtliche Prozesse in meinem Körper, sämtliche Nerven und Zellen in mir zusammengetan, damit ich endlich zerbreche.

Und dann tue ich genau das.

Mir entfährt eine Art Schrei – irgendwas zwischen Wut und Schmerz und ich weiß nicht was. Ich schleudere mein Telefon von mir, als könne ich Tante Carolines Stimme noch immer daraus hören. *Sie verschlingt dich von hinten.*

Ich taumele an den Straßenrand, stütze mich an einem Baumstamm ab. Er ist von Eis überzogen, aber ich spüre die Kälte nicht – nur die Trauer, die alles in mir zerstört. Ich lasse mich am Stamm hinabgleiten, sinke auf die dünne Schneedecke. Mein Kopf fällt auf meine Knie. Ich verschränke meine Hände erneut im Nacken – als wäre das der Körperteil von mir, den ich schützen muss, als würden die Gefühle genau dort zuerst zubeißen. Aber sie beißen längst von überall, zerfetzen mich wie ein Rudel hungriger Wölfe.

Ich kneife die Augen zusammen, aber dann … dann lasse ich tatsächlich los. Und es ist eine Erleichterung. Es ist eine fucking Erleichterung, als meine Muskeln aufhören zu zittern und die Tränen endlich laufen.

Das Erste, was ich irgendwann wieder wahrnehme, ist doch die Kälte. Mein Hintern ist taub, meine Zehen schmerzen. Ich reibe mir übers Gesicht, als würde das irgendwie verbergen, dass ich geheult habe wie ein Baby, dass ich in genau das Loch gestürzt bin, in das Emma und Nora schon vor Monaten gefallen sind und aus dem sie sich längst wieder hervorarbeiten. Plötzlich begreife ich, was Caroline meinte: Die beiden haben mir wirklich etwas voraus. Und wenn ich ehrlich bin …

Ich lege den Kopf in den Nacken, starre in das kahle Gewirr von Ästen über mir. Pastelliges Wintersonnenlicht lässt das Eis an den Zweigen blitzen. Eigentlich ist das verdammt schön.

… Wenn ich ehrlich bin, hatte ich die ganze Zeit ein schlechtes Gewissen, weil mir zwar klar war, dass Emma und Nora mich vermissen und ich sie trotzdem alleingelassen habe. Aber was ich mir bis jetzt nie eingestanden habe, ist, dass sie mir genauso fehlen wie ich ihnen. Dass ich ihre Nähe und ihre Umarmungen genauso nötig habe wie sie meine. Dass London toll ist, die Uni, die Freundschaften, die ich geknüpft habe, aber dass ich manchmal Heimweh habe. Heimweh nach zu Hause. Heimweh nach früher. Heimweh nach der heilen Welt, die wir mal hatten. Heimweh nach meinen Schwestern, die – so kaputt wir uns gerade fühlen mögen – immer noch meine Familie sind.

Mühsam richte ich mich auf. Ein tiefer Atemzug malt meine ganze Schwermut in Form eines langen Gespinstes in die frostige Luft. Dann trete ich hinter dem Baum hervor, zurück auf die Straße. Die anderen stehen dort, wo Ringo mit der Nase im Graben steckt. Sam kraxelt um seinen Bus herum – wohl um den Schaden zu begutachten.

Nora sitzt auf einem Baumstumpf, Alexander dicht bei ihr. Emma und Liv stehen beide mit um ihre Taillen geschlungenen Armen ein paar Meter weiter. Liv sticht mit ihrem gelben Parker ziemlich aus der weißen Umgebung hervor. Irgendwo in mir fühlt es sich an, als gehe die Sonne auf, wenn ich sie ansehe. Ich glaube, es sind Myriaden von Nervenzellen, die auf ihre Anwesenheit reagieren. Und nachdem die Gewitterwolken über mich hereingebrochen sind und meinen Panzer eingerissen haben, braucht es plötzlich nicht mehr viel Fantasie, um mir vorzustellen …

Es gibt so viele Menschen, die dich lieben. Du musst sie nur lassen.

… dass Liv irgendwann auch so ein Mensch sein könnte. Und dass ich … Na gut, vielleicht sollte ich erst mal versuchen endlich ihre Nummer zu bekommen, ehe meine Fantasie vollends mit mir durchgeht. Und nach allem, was ich heute zu ihr gesagt habe, wird sie nicht leicht davon zu überzeugen sein, die rauszurücken.

Unwillkürlich greife ich in meine Hosentasche und stelle fest, dass mein Handy weg ist. Shit! Dunkel erinnere ich mich, dass ich das Teil auf die Wiese neben der Straße geschleudert habe. Das war womöglich nicht so schlau.

Ich rutsche in den Graben, klettere auf der anderen Seite wieder hoch, um mich auf eine *Save-and-Rescue*-Mission zu begeben. So hoch liegt der Schnee ja nicht. Ein Telefon muss doch zu finden sein.

»Owen, was machst du da? Suchst du Elchspuren?« Sam kommt auf mich zugestapft, die Hände in den Taschen seiner Jacke vergraben. »Falls du den Kerl finden und zur Rede stellen willst, der ist doch längst weg.«

»Mein Telefon.« Ich hebe die Schultern. »Das liegt hier irgendwo.«

»Wieso?« Verständnislos sieht Sam mir ins Gesicht und hält inne. Wahrscheinlich bemerkt er, dass ich geflennt habe. Und wahrscheinlich hat er keine Ahnung, ob er was dazu sagen oder es ignorieren soll. Ich will mich schon abwenden, um weiterzusuchen, aber Sam hält mich am Arm fest. »Kommst du klar?«

»Nicht so richtig«, gebe ich zu. Und es fühlt sich merkwürdig an, das zuzugeben. Nicht gut, aber auch nicht so sehr nach Weltuntergang, wie ich immer dachte. Es fühlt sich ehrlich an. Weniger anstrengend.

»Hey, Mann.« Einen Moment steht Sam nur da, aber dann macht er einen Schritt auf mich zu, hebt die Arme. Er zieht mich an sich. »Sorry, dass ich dich nicht gefragt habe, wie es dir geht«, sagt er leise. »Ich hatte selbst so viele Probleme in den letzten Wochen … Ich wollte nicht anrufen und dich damit volljammern, weil du genug eigene Sorgen hast. Aber irgendwie dachte ich, mit denen kommst du schon klar. Wir alle dachten das.«

»Dachte ich ja auch.« Es fühlt sich wirklich gut an, umarmt zu werden. Wieder muss ich an Tante Carolines Worte denken: *Es gibt genug Menschen, die dich lieben.* Sam ist einer von ihnen. »Und ich habe dich ja auch nicht gefragt, oder?« Ich klopfe ihm auf die Schulter, dann lasse ich ihn los. »Danke!«

Sam hebt die Augenbrauen. »Dafür, dass ich ein mieser Freund war?«

»Dafür, dass wir es in Zukunft besser machen. Dafür, dass du mir hilfst, mein Handy wiederzufinden.«

Sam lacht auf. »Na ja, ist wohl das Mindeste, was ich tun kann.« Er wendet sich zu den anderen um, schiebt sich zwei Finger in den Mund und stößt einen schrillen Pfiff aus. »Hey!«, ruft er ihnen zu. »Kommt mal rüber. Owens Telefon liegt irgendwo auf der Wiese.«

Die anderen stapfen eher widerwillig durch die frostigen Halme. »Was genau macht dein Handy im Gras?«, will Emma wissen.

»Ich habe mit Sundance telefoniert«, sage ich nur.

»Ah, okay. Verstehe«, meint Emma, als bedürfe es keiner weiteren Erklärung. Sie beugt sich vor, um den Boden vor sich abzusuchen.

»Was hat Sundance denn gesagt?«, will Nora wissen. Sie ist noch immer blass, ihre Augen gerötet. Ob ich genauso aussehe? »War sie sehr geschockt?«

»Du kennst doch Sundance«, erwidere ich. »Sie will uns nach Weihnachten zu Hause besuchen und dort ihr Ritual mit dem Gemälde nachholen.«

Nora starrt mich an und mir wird zu spät klar, dass es nicht am geschilderten Vorhaben von Tante Caroline liegt.

»Hast du geweint, Owen?« Sie fragt mich ganz ruhig, als brauche sie die Bestätigung gar nicht. »Geht's dir besser?«

Sofort starren alle mich an. Ich starre zurück. »Schon gut«, brumme ich schließlich. »Ich habe nur kurz die Fassung verloren. Alles okay.«

Unwillkürlich fliegt mein Blick zu Liv. Ich würde gern etwas zu ihr sagen. Keine Ahnung was. Dass sie recht hatte, vielleicht. Aber sie wendet sich ab, um sich nach meinem Telefon umzusehen. Sam läuft ebenfalls über die Wiese. Nur Emma und Nora beobachten mich noch immer.

»Ruft doch Owens Smartphone an«, schlägt Alexander vor. »Dann hören wir es klingeln.«

»Gute Idee!«, stimmt Sam zu. »Verteilt euch mal alle und sperrt die Ohren auf.«

Statt seinen Anweisungen zu folgen, fliegt Emma mir um den Hals. Nora folgt nur einen Augenblick später. Automatisch halte ich sie beide fest. Und sie ... halten mich.

»Tut mir leid, dass ich so fies zu dir war«, murmelt Emma irgendwo an meinem Ohr. »Ich war so verdammt wütend, dass du weggegangen bist.«

»Sie meint traurig«, korrigiert Nora sie.

»Ich weiß«, sage ich. »Ich auch.«

»Hey, Westmores!«, ruft Sam zu uns rüber. »Das, was ihr da macht, ist das Gegenteil von euch verteilen.«

»Hier klingelt es irgendwo«, vermeldet Alexander. Er steht ein paar Meter weiter Richtung Straße, bückt sich und fischt mein Handy zwischen den vereisten Halmen hervor.

Abschätzig blickt Sam zur Fahrbahn. »Was war das denn für ein luschiger Wurf?«

Zu meiner eigenen Überraschung muss ich plötzlich lachen. Wir alle. Zumindest einen Moment lang erleichtert, dass keinem von uns was passiert ist. Trotzdem boxe ich Sam gegen die Schulter. Er weicht grinsend aus.

Nur Nora blickt sich immer noch suchend um. »Wo bleibt denn dieser Abschleppdienst? Vielleicht fährt Ringo ja noch.«

Wir schauen zu dem hellblauen, in den Graben gekippten Bus. Die eingedrückte Motorhaube ist definitiv ein Fall für die Werkstatt. Heute zumindest wird niemand von uns weiter in den Arcadia fahren.

Ich lege Nora einen Arm um die Schultern. »Ich habe uns erst mal ein Airbnb reserviert.«

»Scheiße«, murmelt sie unterdrückt und legt ihren Kopf an meine Schulter.

»Irgendwie wird alles gut«, verspreche ich ihr leise. Obwohl ich weiß, dass es ein verdammt gewagtes Versprechen ist. Denn für Nora ist gerade Weihnachten gestorben.

Emma

Eine halbe Stunde Autofahrt im warmen Abschleppwagen später setzt uns der Kerl – Doug heißt er, glaube ich – vor dem Airbnb ab. Es befindet sich in einem schlichten Haus mit zwei Wohneinheiten und Oceanfront, aber der Ozean ist wütend und trostlos zu dieser Jahreszeit.

»Sie kriegen ihn aber wieder hin?«, fragt Sam gerade unseren Retter und wirkt dabei mindestens so zerstört wie Ringos Front.

Doug lächelt. »Ja, aber durch die Feiertage wird es sicher etwas dauern. Ich meine, ihr habt den ganz schön zusammengefaltet.«

»Bis bald, Kumpel«, murmelt Sam, fügt noch ein Beatles-Zitat hinzu, das den Wagen wohl aufmuntern soll, und klopft gegen Ringos Seite, der auf dem Schlepper aufgebockt ist. Fehlt nur noch, dass er ihm einen Kuss gibt. Meine Mundwinkel zucken, weil die Vorstellung irgendwie so absurd wie komisch ist.

Wir holen unser Gepäck aus Ringos breitem hellblauem Hintern, der jetzt eis- und schlammbespritzt ist, und verabschieden Doug, nachdem Sam ihm seine Nummer gegeben hat, damit Doug ihn erreichen kann, sobald er den Wagen wiederbelebt bekommt.

Und dann stehen wir da. Eine unfreiwillige Schicksalsgemeinschaft auf einer Auffahrt irgendwo in Maine. Vor uns das zweistöckige Haus, ein dunkler und sehr unweihnachtlicher Klotz, der das Meer verdeckt. Keiner von uns sagt etwas. Ich glaube, wir fühlen uns in diesem Moment alle echt verloren.

Ich spähe zu Owen herüber, dem man nicht mehr ansieht, dass er geheult hat, aber habe irgendwie Angst, er könnte noch mal so zusammenbrechen wie vorhin. Es ist ganz natürlich, nachdem er seine Gefühle so lange unterdrückt hat, dass sie irgendwann einfach ausbrechen mussten. Es ist wichtig, damit er klarkommt, irgendwann. Aber es ist eben auch ein bisschen Furcht einflößend, wenn der Mensch, der immer die Fassung wahrt, immer der Fels ist, plötzlich nicht mehr stark ist. Es hat mir Angst gemacht. Und gleichzeitig habe ich mich meinem Bruder lange nicht mehr so nah gefühlt wie in dem Moment, als er zugelassen hat, dass wir ihn halten und nicht nur *er uns*. Es ist bittersüß, ein bisschen schrecklich und ein bisschen schön.

So wie das mit Sam. Der hat jetzt einen grimmigen Zug um den Mund, weil er Ringo in fremde Hände geben musste – und damit alles, was ihm gehört und ihm etwas bedeutet. Ich erinnere mich an seine Worte: *Ich habe nur aufgehört, dich auf dieser verdammten Landstraße zu küssen, weil ich dachte, du tust es aus Mitleid. Nicht, weil ich dich nicht wollte.* Ein heißes Ziehen schießt durch meinen Körper.

»Gehen wir jetzt rein oder wollt ihr hier festfrieren?« Owen hebt eine Augenbraue und Sam ist der Erste, der die Stufen der Außentreppe nach oben stapft. Wir anderen folgen ihm über die leicht verwitterte Holztreppe in den ersten Stock. Der Seewind und das Salz haben an der Fassade genagt, sodass sie ein bisschen schäbig wirkt.

Sam und Owen betreten die Wohnung als Erste, Nora folgt und schiebt ihren Rollkoffer vor mir her in den Hausflur. Ein schmaler, beeindruckend kahler Schlauch, dessen Beleuchtung in etwa so gemütlich ist wie die Neonlichter einer Bahnhofshalle. Davon gehen vier Türen ab. Wir lassen unsere Koffer erst mal stehen und folgen Sam, der sie eine nach der anderen öffnet. Die Räume dahinter sind so minimalistisch eingerichtet wie der Flur. Drei Schlafzimmer und ein Bad mit weißen Kacheln bis zur Decke. Die Neonröhre über dem Waschtisch flackert.

»Der Traum eines jeden Serienmörders«, brumme ich. Gut abwaschbar und einfach mit Chlorbleiche zu behandeln.

Owen wirft mir einen warnenden Blick zu, als Nora sich die Hände vor das Gesicht schlägt und zu weinen beginnt. »Reiß dich etwas zusammen, okay?«, flüstert er mir zu, bevor er die schluchzende Nora in seine Arme schließt.

Wir sind inzwischen im Wohnzimmer am Ende des Flurs angekommen und ich verstehe, wieso Nora weint. Nicht mal ein winziger Weihnachtsstern, ein fucking Tannenzweig oder auch nur eine einzige Weihnachtskugel haben sich in diese Bleibe verirrt. Draußen schlägt der Wind hart gegen die Fenster und der Blick auf den wütenden Ozean verstärkt nicht unbedingt das Gefühl, sich hier geborgen zu fühlen. Und erst recht nicht weihnachtsgeborgen.

Ich gehe an Sam vorbei, der das hier alles ganz okay zu finden scheint, aber – so traurig das ist – sein Vergleichswert ist eben nur Ringos Rückbank. Gegen die schneidet vermutlich selbst die Wartehalle des Flughafens gut ab, weil sie nicht so kalt ist wie das Wageninnere bei Nacht.

»Es ist zumindest sauber«, sage ich leise und umarme Nora jetzt auch und damit gleichzeitig auch Owen. Wir drei bilden eine Einheit, driften nicht mehr auseinander und das macht diesen sterilen Albtraum für mich zu dem schönsten Ort der Welt. An der Außenwirkung lässt sich arbeiten. »Wir können es schmücken.«

Nora gibt einen Schluchz-Lach-Laut von sich und wischt sich die Tränen vom Gesicht. »Wir bräuchten drei Walmart-

Weihnachtsabteilungen, um hieraus etwas zu zaubern, das halbwegs nach Weihnachten aussieht.«

Alexander hat inzwischen seinen Rucksack auf dem Sofa abgeladen. Offensichtlich hat er diesen Schlafplatz für sich auserkoren. Was Sinn ergibt, wenn wir die Aufteilung beibehalten wollen, dass Sam und Owen zusammen ein Zimmer nehmen, Nora und ich eins und er Liv gentlemanlike das letzte überlässt. Außerdem kann er da schon mal für die Couchcrash-Sache in New York üben.

»Ich hab mal gegoogelt. Es gibt nur ein paar Straßen weiter einen Walmart. Mit drei Weihnachtsabteilungen kann der zwar nicht dienen, aber das wäre ein Anfang, oder? Und wir könnten auch gleich Vorräte einkaufen, denn wenn wir das nicht tun, müssen wir leider verhungern. Die haben nicht mal Salz hier«, ergänzt Alexander, nachdem er die Schränke durchsucht hat.

Nora legt den Kopf schief und schnauft.

»Wir könnten zusammen gehen und du suchst einfach alles aus, was du brauchst, um es hier nicht mehr schrecklich zu finden, sondern so weihnachtlich, wie du es brauchst.« Er lächelt sie an. »Das geht auf mich. Lass mich das für dich tun.«

»Es wird nie das Weihnachten werden, das ich geplant habe.« Nora blinzelt schon wieder gegen die Tränen an. »Egal wie viel Deko wir kaufen.«

»Wer sagt, dass es das sein muss?« Owen reibt ihr über die Oberarme.

»Genau.« Alexander grinst. »Pläne sind dafür da, umgeschmissen zu werden, und wer weiß, vielleicht überrascht dich dieses Weihnachten dafür mit Originalität.«

Nora sieht die Jungs immer noch skeptisch an.

»Na los, komm mit.« Alexander lässt nicht locker. Und er hat Sam auf seiner Seite.

»Du hast gesagt, niemand soll allein gehen.« Sam zwinkert ihr zu.

»In Rockport gibt es keine Bären«, kontert Nora.

»Man kann nie wissen.«

Owen lehnt sich mit der Hüfte gegen den Küchentresen. »Ich finde, das ist eine hervorragende Idee. Und ihr solltet nicht nur zu zweit gehen. Bären hin oder her. Wenn wir Lebensmittel plus Dekokram kaufen, brauchen wir mehr Hände zum Tragen. Wir haben schließlich kein Auto mehr.«

Das wäre normalerweise der Moment, in dem Sam grinsend seine Hilfe anbietet, weil er im Gegensatz zu jedem anderen da draußen nicht frieren wird. Aber er bleibt stumm und starrt auf seine Füße, dann schaut er zu mir hoch und ich weiß nicht, was ich davon halten soll, dass allein dieser kurze Blick Feuerameisen durch meinen Bauch schickt.

»Für Liv ist auch kein Tee da, den müssten wir auch besorgen, und ich fürchte, das ist eine Wissenschaft für sich. Sie sollte also auf jeden Fall mit. Und ich begleite euch auch.« Owen sieht mich an. »Emma? Sam?«

Sam lässt sich auf das Sofa fallen und stöhnt. »Ich bin echt fertig. Wenn es okay ist, bleibe ich.«

»Äh, klar.« Owen sieht so irritiert aus, wie ich mich fühle. Es passt null zu Sam, dass er sich nicht als Erster freiwillig meldet, um Owen maximal auf die Nerven zu fallen, ihm den Einkaufswagen in die Hacken zu schieben, bis er reinfällt, und dann mit ihm durch die Gänge zu stürmen und die Deko auf seinem besten Freund aufzutürmen.

»Emma?«

Ich sehe Sam an und er mich und plötzlich verstehe ich, warum er den sterbenden Schwan auf dem Sofa mimt. Wenn die anderen gehen und nur er und ich hierbleiben, können wir reden. Über die Dinge, über die wir dringend reden sollten, wie zum Beispiel meinen Kuss und seine Abfuhr, die alte

Wunden aufgerissen hat und nach der ich mich klein und schäbig fühle. Und wir sollten dringend über das reden, was er hinterher im Auto gesagt hat und ob er das nur getan hat, damit es mir in diesem Moment besser ging, oder ob es ihm ernst damit war. Denn das wäre, na ja ... Ich stoße die Luft aus. Das wäre definitiv etwas, was wir ganz dringend besprechen sollten.

»Hey, Erde an Kampfkeks.« Owen schnippt mir gegen die Haarsträhne, die sich in meinen Pony gemogelt hat und vor meinen Augen tanzt.

»Ich würde auch gern bleiben und mich einen Augenblick hinlegen. Mir ist ganz schön schlecht von der Fahrt in Dougs Kiste.« Das wird er mir abkaufen, denn der Abschlepptruck hat gewippt wie ein Kanu auf dem offenen Ozean. Allerdings steckt meine Reiseübelkeit noch im Unfallschock fest und hat null reagiert. Vielleicht hat Ringo mich geheilt.

»Okay, dann gehen wir übrigen vier.« Owen wirft Sam einen Blick zu. »Kümmer dich ein bisschen um Emma. Und Sam, *kümmern* bedeutet nicht, sie so wütend zu machen, dass sie vergisst, wie schlecht ihr ist, und sie dich umbringt, okay? Ich sage dir, in der Küche gibt es scharfe Messer, also reiß dich zusammen«, warnt er.

Sam hebt nur die Hand und zeigt ihm grinsend den Mittelfinger. »Bieg nicht falsch ab, Idiot.«

»Habe ich etwa deinen Orientierungssinn?« Owen dreht sich um und beendet damit das liebevolle Gefrotzel der beiden, scheucht Alexander, Nora und Liv vor sich her, dann schließt sich die Tür und lässt nur Stille in der Wohnung zurück. Stille, Sam und mich.

Sam ist plötzlich wieder sehr munter und schwingt sich in einer lässigen Bewegung vom Sofa hoch. »Wir sollten dringend lüften. Hier drinnen stinkt es, als hätte jemand einen Cheeseburger in der Sofaritze verwesen lassen.«

Eher nach nassem Tier und ekliger Möbelpolitur, wenn man mich fragt, aber er hat recht – obwohl es hier total sauber ist, riecht es echt unangenehm. Aber ob die Fenster aufzureißen so eine gute ... Bevor ich das Wort *Idee* auch nur denken kann, schockgefriert der eisige Wind, den Sam in die Wohnung lässt, indem er die Terrassentür aufreißt, mein Hirn. Sam geht auch in die einzelnen Schlafzimmer rüber und der Durchzug, den ich spüre, legt nahe, dass er auch dort Fenster öffnet.

»Besser«, befindet er, als er wieder ins Wohnzimmer zurückkommt.

Ich zittere. »Kann ich nicht behaupten.« Meine Zähne klappern aufeinander, während Sam trotz der Temperaturen nur im Shirt auf den Balkon tritt. »Die Aussicht ist der Hammer. Komm mal her!«

»Danke, nein, ich bin schon ein Eiszapfen.«

Aber er geht gar nicht darauf ein, sondern streckt die Hand nach mir aus und irgendwie ist es unmöglich, sie nicht zu ergreifen. Selbst wenn ich dadurch als tiefgefrorene Emma ende.

Der Wind nimmt mir den Atem. Oder vielleicht ist es doch der Ausblick, der tatsächlich schöner ist, als ich es bei unserer Ankunft wahrgenommen habe. Da kam mir alles hier nur grau und sehr abweisend vor. Aber jetzt nehme ich alles genau in mich auf: die Marina, den Strand, den Ozean, die frische Salzbrise in der Luft und irgendwie ist sogar die Kälte sehr stimmig.

»Ich muss rein, das halte ich nicht aus«, sage ich trotzdem und flitze wieder ins Wohnzimmer. Drinnen ist es besser, aber auch nicht warm genug. Ich schlüpfe unter eine der Decken, die auf dem Sofa liegen, und schiebe Alexanders Backpack von der Sitzfläche.

Jetzt kommt auch Sam rein und anstatt sich einen Platz in

ausreichendem Abstand zu mir zu suchen, drängelt er sich zu mir unter die Decke.

»Fünf Minuten halten wir das aus«, sagt er und rückt noch näher, während er die Decke bis zu unseren Hälsen hochzieht. »Dann sollte es nicht mehr stinken.«

Ich spüre seinen warmen Körper direkt neben mir, die Hitze, die sich unter der Decke sammelt und all die angefrorenen Zellen in meinem Leib kribbeln lässt, weil sie wieder auftauen und zum Leben erwachen. Und *wie* sie erwachen. Verdammt.

»Dir ist schon klar, dass das eine ziemlich platte Anmache ist, oder?«

Sam zieht eine Augenbraue hoch. »Du glaubst, ich grabe dich an?«

Mist. Ich beiße mir auf die Lippen und er lacht. So tief aus dem Bauch heraus, dass mir Hitze in die Wangen schießt.

»Du hast gesagt, du wolltest mich küssen«, erwidere ich. »Ich finde es also nicht *so* weit hergeholt, zu denken, du würdest nicht ohne Absichten mit unter meiner Decke hocken. Aber wenn ich das alles so schrecklich fehlinterpretiere, sollten wir darüber reden, was passiert ist.« Ich gestikuliere unter der Decke und hebe sie dadurch ein Stück an. »Ich meine, auf dieser Straße und dann im Auto und …« Ich verstumme, weil Sam mich aus sehr direkter Nähe ansieht und mich der Blick aus seinen dunklen Augen irgendwie zum Schweigen bringt. Dabei schafft das eigentlich niemand. Nicht mal Nora oder Owen.

»Ich will nicht reden, Kampfkeks«, sagt er rau.

»Wir müssen aber. So kann das nicht bleiben.« Dieses Minenfeld zwischen uns, das mich echt komplett aus der Fassung bringt, weil meine Gefühle ständig kurz davor sind, zu detonieren. Seine offenbar nicht.

»Wer sagt, dass ich will, dass es so zwischen uns bleibt?«, fragt Sam und klingt ein bisschen atemlos und definitiv heiß.

»Ich komme nicht mehr mit«, flüstere ich.

»Ich auch nicht.« Er lächelt und streicht mir eine Haarsträhne aus dem Gesicht, lässt seine Hand an meiner Wange liegen. »Ich komme schon eine ganze Weile nicht mehr mit, aber ich weiß, was ich will, und ich habe viel zu lange nicht gemacht, was ich wollte.«

»Reden wir noch über uns oder über deine Musik?«

»Ich rede über dich, Emma Westmore.«

Verdammt, ich liebe es, wenn er meinen Namen ausspricht. Es ist, als hätte der Klang meines vollen Namens aus seinem Mund eine direkte Verbindung zwischen meine Schenkel.

»Sam«, sage ich warnend, aber er nähert sich meinem Gesicht, als wäre ihm egal, dass wir beide wahrscheinlich die größte Katastrophe sind, die Maine je gesehen hat.

»Emma«, sagt er und ich spüre das Vibrieren seiner Stimme auf meinen Lippen, so nah ist er mir.

»Was tun wir hier?«

»Nichts – wenn es das ist, was du willst.« Er gibt einen Laut von sich, der halb gequält und halb sehnsuchtsvoll klingt, während sein Blick auf meinen Lippen ruht. »Wenn es nach mir geht: alles.«

Und verdammt, ja, wir müssen über alles reden, wir müssen klären, was das für ihn ist – wahrscheinlich zu wenig –, was es für mich ist – wahrscheinlich zu viel –, aber er will mich. Er will mich küssen und ich will das auch. So sehr, dass ich noch etwas näher zu ihm rutsche, unter dieser Wolldecke, die uns nicht richtig warm hält, während arktische Luft die Wohnung erfüllt. Und dennoch ist mir, der immer kalt ist, warm. Vielleicht ist das einfach so, wenn man ein Wärmekraftwerk küsst. Denn genau das tue ich. Ich lege meine Lippen auf Sams, drücke sie ganz fest auf seinen Mund, spüre, wie gut sich das anfühlt, stupse seine Lippen mit meiner Zunge an, streiche über die weichen und gleichzeitig festen Konturen, dringe mit ihr in seinen warmen Mund ein und entlocke ihm ein Stöhnen.

Der Griff seiner Hand an meiner Wange wird fester, sein Kuss drängender. Eben habe *ich ihn* geküsst und das war gut. Richtig gut. Aber jetzt küsst Sam mich und das ist körperentflammend, aufregend, zu viel und niemals genug.

Er erobert meinen Mund, reibt seine Zunge an meiner und irgendwie rutsche ich auf seinen Schoß, spüre, wie sehr ihn das anmacht. Nein, wie sehr *ich* ihn anmache. Er ist hart und das macht mich irgendwie stolz. Obwohl es vielleicht einfach eine ganz normale Reaktion auf das hier ist und gar nichts speziell mit mir zu tun hat. Vielleicht würde er bei jeder anderen Frau genauso reagieren. Vielleicht – aber er stöhnt *meinen* Namen. In mein Ohr, zusammen mit heißem, schwerem Atem. Die Decke rutscht von unseren Körpern, aber das ist mir egal. Ich spüre die Kälte nicht mehr. Nicht, solange Sams warmer Körper sich an mich presst. Nicht, wenn er seine Hände an meinen Seiten unter das Shirt schiebt und über meine Rippen wandern lässt. Ich ziehe zischend die Luft ein, als er meine Brüste erreicht.

»Okay?«, fragt er atemlos und verharrt knapp unterhalb davon.

Ich nicke. »Mehr als okay.«

Er küsst mich so tief und wild, dass mir schwindelig wird, berauscht von zu viel Sam und zu viel Küssen und zu viel Fühlen. Sanft reiben seine Finger über meine harten Brustwarzen. Nicht ganz so sanft reibe ich mich an ihm und wir beide stöhnen, werden immer hitziger, immer fahriger in dem, was wir tun. Wie wir atmen, wie unsere Herzen schlagen.

Sam schüttelt den Kopf und schiebt mich ein wenig auf Abstand. »Wenn ich nicht gleich in meiner Hose kommen will wie ein Zwölfjähriger, musst du von mir runter«, sagt er und seine Stimme ist brüchig und dunkel.

Ich stehe etwas verdattert auf, will mich entfernen, aber er hakt seine Hand in meine Kniekehle.

»Wo willst du hin, Emma Westmore?«

»Dir den nötigen Abstand geben, damit du nicht in der Hose kommst wie ein Zwölfjähriger?« Ich grinse, weil ich nicht gedacht hätte, dass Sam mich so heiß finden könnte, dass er komplett außer Fassung gerät.

»Ich habe gesagt, du musst von mir runter«, knurrt er. »Nicht, dass du verschwinden sollst.«

Er zieht an meinem Bein und bringt mich zu Fall. Ich quietsche, lache, bin etwas von der Rolle, weil das hier, Sam und ich, ich und Sam, das ist … na ja … ziemlich episch. Und es würde passen, wenn unser erstes Rummachen darin endet, dass ich ein gebrochenes Bein habe oder so was, aber Sam schafft es irgendwie, meinen Fall so zu koordinieren, dass ich mit dem Rücken auf dem Sofa lande und er über mir ist.

»Besser«, sagt er leise. Er hebt sein Becken an, sodass seine Härte nicht mehr an mir reibt. Das ist sehr bedauerlich, weil das Gefühl echt unglaublich ist, aber ich kann verstehen, dass er kein Risiko eingehen will. Ich war in den letzten Jahren schließlich echt kratzbürstig zu ihm und er muss fürchten, dass ich ihn bis an sein Lebensende aufziehen würde, wenn er jetzt zu früh kommt. Bevor wir Sex hatten.

Denn genau das will ich. Ich will Sex mit Sam haben. Egal wo das mit uns hinführt, ich will mehr von dem hier. Mehr Küsse, mehr Hände überall, mehr Herzflattern und Prickeln bis in den kleinen Zeh. Mehr Feuchtigkeit zwischen meinen Schenkeln und Ziehen in meinem Unterleib. Ich will alles.

Sam stöhnt, als ich seinen Gürtel öffne und an dem obersten Knopf seiner Hose herumzerre, weil ich dabei natürlich unweigerlich auch seine Härte berühre.

Er hält mich auf, indem er meine Hände über dem Kopf zusammenführt und mich tief und sehnsuchtsvoll küsst, leckt, knabbert und an mir saugt. Er küsst sich meinen Hals hinab und über mein Dekolleté bis zu meinen Brüsten, stößt heißen Atem gegen meine aufgerichteten Brustwarzen und ich biege mich seinem Mund entgegen, stöhne, als er meine Spitzen durch den Stoff umschließt. Ich glaube, ich zerspringe. Ich halte es nicht länger aus, so zu verharren, ohne ihn ebenso zu berühren. Ihn genauso verrückt zu machen. Ihn zu schmecken, zu reizen, zu fühlen. Ich mache meine Hände von seinen los und kralle sie in Sams muskulösen Rücken, presse ihn an mich. Ihn und seine Erregung, die mich dazu bringt, auch meine Beine um ihn zu schlingen, damit das Gefühl von ihm an mir noch intensiver wird.

Ich will das hier ohne Klamotten zwischen uns, also zerre ich ihm das Shirt über den Kopf. Ich will ihn nicht nur an mir, sondern auch *in* mir spüren. Ich will, dass er kommt wie ein Zwölfjähriger, der sich absolut nicht unter Kontrolle hat. Weil ich meine Kontrolle schon vor geraumer Zeit vollständig verloren habe. Wir sind nicht mehr als Hitze, zuckende Muskeln, Stöhnen, Wollen, unbedingtes Wollen, und ich wusste nicht, dass das so schön sein kann, so unverhohlen erwidert werden könnte. Dass es so sein würde.

Aber dann lässt mich plötzlich ein Knall zusammenzucken. Sam fährt ebenfalls hoch. Seine Lippen lösen sich von meinen, hinterlassen Kälte, wo eben noch Hitze war. Er springt auf, wischt sich die Haare aus dem Gesicht und tastet nach seinem Shirt, während er meinen Bruder anstarrt, der aussieht, als komme wegen dem, was er gerade gesehen hat, jetzt doch der Serienkiller in ihm durch.

»Bist du wahnsinnig, mich so zu erschrecken?«

Ich frage mich echt, ob Sam Todessehnsucht hat, Owen so eine Frage zu stellen. Jetzt. Hier. In diesem Augenblick.

Nora

Dieses Weihnachten ist eine einzige Katastrophe.

Es fühlt sich an, als würde irgendeine höhere Macht da draußen ihr Bestes geben, damit alles schiefgeht, was nur schiefgehen kann. Erst die gecancelten Flüge und dann ein verdammter Elch mitten auf der Fahrbahn? Sobald wir Sundance wiedersehen, kann sie mir gern erklären, was für ein kosmischer Plan dahintersteckt. Ich für meinen Teil finde diesen Plan jedenfalls ziemlich scheiße.

Owen hat mir erzählt, dass Sundance meinte, der Elch sei eine Vorausdeutung für unser Ritual und stehe für Freiheit. Doch was genau soll es mit Freiheit zu tun haben, wenn wir jetzt in einem Airbnb an der Küste feststecken, statt in den verschneiten Wäldern des Arcadia Nationalparks?

Dank dieses Elchs ist unser Weihnachten endgültig gestorben. Zerdrückt und zusammengeknautscht, so wie Ringos Schnauze. Auch wenn wir jetzt noch irgendwelche Deko kaufen, wird es nicht dasselbe sein. Es wird nicht das Weihnachten, das wir immer mit unseren Eltern gefeiert haben, und daran ist allein dieser Elch schuld. Und dieser blöde Eisregen. Ohne den Eisregen wären die Flüge nicht gecancelt worden und wir würden längst mit selbst gebackenen Plätzchen vorm Kamin sitzen.

»Nora.« Owens leises Raunen reißt mich aus meinen Gedanken. »Du knurrst vor dich hin.«

»Gar nicht«, erwidere ich sofort reflexartig, worauf Owen

seine Augenbrauen hochzieht, Liv schief lächelt und Alexander leise lacht.

Mit warmen Wangen deute ich auf den vor uns aufragenden Walmart. »Die Aufgabeneinteilung ist klar? Alexander hilft mir mit der Deko und Liv und Owen kümmern sich um das Essen. Vergesst bloß nicht die –«

»Die Preiselbeersoße«, unterbricht Owen mich mit einem Augenrollen, weil ich das eventuell bereits zweimal auf dem Weg hierher erwähnt und ihm zusätzlich eine vorab zusammengestellte Liste aufs Handy geschickt habe. Aber ernsthaft: Wie will er sich das sonst alles merken?

»Und?«

»Der Backkäse steht ganz oben auf meiner Liste. Damit unsere Wohnung nicht noch als Tatort in den Sechs-Uhr-Nachrichten landet.« Er grinst, was beweist, dass er mich überhaupt nicht für voll nimmt.

Nun rolle ich mit den Augen. »Owen, ernsthaft–«

»Nora, möchtest du dich um das Essen kümmern?«, unterbricht er mich erneut halb genervt, halb belustigt und schnappt sich einen Einkaufswagen, während ich dasselbe tue.

»Nein«, antwortet Alexander an meiner Stelle und nimmt mir den Wagen ab. »Wir kümmern uns wie geplant um die Deko. Dein Bruder und Liv bekommen das hin.«

Ich funkele ihn an, weil er es wagt, die Zügel an sich zu reißen. Wer hat ihm das erlaubt?

Alexander zuckt angesichts meines eisigen Blickes nicht einmal zusammen. Stattdessen hebt er seine Augenbrauen mit stoischer Miene. »Oder willst du mit Liv einen Tee trinken und wir kümmern uns um alles?«

»Nein!«, rufe ich sofort und werfe Liv ein entschuldigendes Lächeln zu, während meine Finger immer wieder nach dem Einkaufswagen greifen wollen. »Ansonsten wirklich gern, aber das geht jetzt nicht. Nachher kauft Owen noch einen singenden Elch, der uns die ganze Nacht wach hält.«

»Wäre total mein Humor, aber Sam würde uns umbringen. So weit ist er nach Ringos Fast-Ableben durch Elchkontakt noch nicht.« Owen lacht, hält dann aber schlagartig inne. »Wobei …«

»Kein singender Elch«, stelle ich klar und scheuche die beiden Männer voraus in Richtung Eingang, bevor ich mich zu Liv rüberlehne. »Verhindere das mit deinem Leben.«

Sie lacht erstickt und nickt pflichtbewusst. »Geht klar.«

Weihnachtsmusik und der Geruch nach Reinigungsmitteln schlagen uns entgegen, als wir in den Laden eintreten. Wir trennen uns am ersten Gang von Owen und Liv und plötzlich bin ich wieder mit Alexander allein. Mit dem Mann, der so selbstverständlich die ganze Welt bereist und der mich aus einer Panikattacke geholt hat, während ich noch dachte, ich würde sterben. Mit dem Mann, der mich plötzlich alles infrage stellen lässt.

Mein Handy vibriert. Ich erwarte, dass es Emma ist, der plötzlich noch etwas eingefallen ist, was wir unbedingt mitbringen sollen, doch als ich auf den Bildschirm schaue, entdecke ich eine neue Nachricht von Mark. Oh Mann. Ich schulde ihm noch immer eine Antwort.

Mein Blick fliegt wie von selbst zu Alexander, der jedoch gar nicht mitbekommt, wie mein Magen sich mit tausend Steinen füllt.

Mark ist nett. Er ist bodenständig. Gebildet. Gut aussehend. Und dennoch … Mit einem Mal wird mir bewusst, wie fürchterlich ich mich ihm gegenüber verhalte, indem ich ihn so lang auf eine Antwort warten lasse. Also schreibe ich ihm, dass ich ihn nett finde, aber nur als Freund.

Mein schlechtes Gewissen ist bodenlos, aber dafür sind die Steine in meinem Magen weg.

Alexander dreht sich zu mir um, lächelt offen, ohne zu ahnen, was für ein Sturm in mir tobt. »Alles okay?«

»Sicher.« Ich stecke das Handy weg und lotse Alexander in die Abteilung für Autozubehör, wo wir ein Radio für Ringo aussuchen, wobei ich Alexander schwören lasse, dass er Sam nichts davon erzählt.

Sam wirkte, als bereite es ihm körperliche Schmerzen, von Ringo getrennt zu werden, was ich ihm nicht verübeln kann. Für uns ist das ein Wagen. Für ihn sein Zuhause. Ich hätte ihn am liebsten ganz fest in den Arm genommen, aber habe es dann gelassen. Vielleicht, weil Emma ihm immer wieder diesen Blick zugeworfen hat. Nicht mehr auf diese verliebte Weise wie früher – anders. Reifer. Mit ganz vielen Gefühlen, gegen die sie vermutlich selbst ankämpft. Vielleicht sollte ich mal mit ihr sprechen, ich bin schließlich ihre große Schwester. Aber was, wenn sie das als zu viel Einmischung versteht? Emma hasst es, wenn ich mich zu sehr in ihre Angelegenheiten dränge. Sollte ich besser mit Sam sprechen?

»Deine Gedanken müssen eine Achterbahnfahrt machen, so wie du die Augenbrauen zusammenkneifst.«

Ich reiße den Kopf hoch. Alexanders Blick trifft mich warm und sanft und irgendwie fasziniert.

»Was?«

Er lächelt und tippt gegen meine Stirn, schickt tausend Stromstöße durch mich hindurch. »Deine Gedanken scheinen zu rasen.«

»Ich denke an Emma und Sam.« Ich zögere. Will ich wirklich mit ihm darüber sprechen? Diesen gar nicht mehr so fremden Fremden, über den ich all diese Brotkrumen in meinem Kopf sammele und dem ich mich so nah fühle wie lange keinem Mann?

Er hebt eine Augenbraue. »Ob da was zwischen ihnen läuft? Wenn nicht längst, dann sicher bald.«

»Owen und Liv scheinen auch was am Laufen zu haben. Wobei das klar war, so wie Owen sie anhimmelt«, murmele ich und schaue mich in dem Geschäft um. Mein Blick streift Toilettenpapier und sofort frage ich mich, ob Owen wohl daran denkt, sicherheitshalber ein Paket mitzunehmen.

»Also denkst du gerade lieber an deine Geschwister als an das eigentliche Problem?«, fragt Alexander.

Ich hasse es, dass er seinen Finger immer direkt in meine Wunden legen muss.

»Welches Problem genau? Dass wir in einem Walmart stehen und hässliche Weihnachtsdeko shoppen müssen, nachdem Sams Wagen von einem Elch geschrottet wurde und deswegen unser Weihnachten ausfällt?«

Wir betreten die ersten Reihen mit Weihnachtsdeko und sofort empfinde ich stechende Enttäuschung und Trauer. Weil Mom all diese Dinge geliebt hätte. Sie hätte dieses total kitschige »Believe in the Magic of Christmas«-Schild gekauft, auf dem rechts der Weihnachtsmann und links ein Elf sitzen. Dann hätte Dad gemeckert, aber trotzdem einen Platz dafür gefunden. Einfach, weil er sie so gern glücklich gesehen hat.

Ich fahre mit dem Zeigefinger über die erhabene Schrift und ein Teil des roten Glitzers bleibt an meiner Fingerspitze haften. Magie von Weihnachten – wie ironisch. Ich habe früher immer daran geglaubt, aber hier und jetzt fühlt es sich nicht sehr magisch an.

»Lass die Gedanken zu alldem hier raus. Wie fühlst du dich damit, dass wir jetzt hier in Rockport feiern müssen?« Alexander schnappt das Schild unter meinen Fingern weg und legt es in unseren Einkaufswagen.

Kurz überlege ich, es wieder zurückzulegen, lasse es dann aber bleiben.

Ein Teil von mir will lügen und behaupten, dass ich klarkomme, dass wir es trotzdem schön haben werden. Aber

Alexander würde es durchschauen. Weil er meine Lügen immer durchschaut, diese kleinen Lügen, mit denen ich am Ende sowieso nur mich selbst täusche.

»Leer«, antworte ich daher wahrheitsgemäß. »Als hätte ein Teil von mir noch nicht begriffen, dass wir es wirklich nicht in den Arcadia schaffen. Dass wir es wirklich nicht schaffen, unsere Tradition aufrechtzuerhalten.«

»Denkst du nicht, wir können auch so ein schönes Weihnachtsfest feiern?« Nichts an seinen Worten klingt wertend, nur neugierig. Er gibt mir das Gefühl, dass all meine Pläne niemals bescheuert waren. Anders als Emma und Owen, denen ich sofort angemerkt habe, wie sehr sie zweifeln. An meinen Plänen eines Weihnachtsfests, das perfekt hätte werden sollen, nachdem wir so viel verloren haben. Und jetzt haben wir es dieses Jahr tatsächlich nicht geschafft. Aber vielleicht ist das auch ein Zeichen – dafür, dass wir noch nicht bereit sind. Dass all unsere Trauer nicht zulässt, ein perfektes, fröhliches Weihnachten zu haben. Dass wir erst einmal loslassen müssen.

Oh mein Gott, ich klinge wie Sundance. Vielleicht war der Elch ja wirklich ein Zeichen. Nur nicht für Freiheit, sondern dafür, dass wir unsere Gefühle erst einmal zulassen müssen, die wir alle offenbar so fest in uns einschließen. Dass das Jahr beschissen enden muss, bevor es im neuen Jahr wieder besser werden kann.

»In der kleinen hässlichen Airbnb-Wohnung? Niemals.« Ich betaste einen Schneemann aus Plastik, dessen Körper voller Federn ist. »Es wird vermutlich das traurigste Weihnachten unseres Lebens. Aber nächstes Jahr – nächstes Jahr werden wir es schaffen.«

Alexander stellt den Schneemann in den Wagen. »Denkst du das wirklich?«

»Natürlich«, erwidere ich und nehme nun eine knallrote

Tischdecke und einen dazu passenden weißen Läufer hoch, die ich Alexander reiche. »Wenn wir es nächstes Jahr richtig machen, werden wir so früh losfahren, dass selbst eine Panne und ein Elch uns nicht aufhalten können. Wir werden Weihnachten mit Sundance in unserer Hütte im Arcadia verbringen und dann wird es sich so anfühlen wie früher.«

Alexanders Schweigen wiegt tonnenschwer. Ich spüre, wie er mich anstarrt. Sein Blick ist wie ein juckender Mückenstich, den man einfach nicht ignorieren kann.

»Du weißt schon, dass das verdächtig nach Selbstbetrug klingt, oder?«, sagt er schließlich.

Meine Wangen blähen sich auf. Ich will erwidern, dass er keine Ahnung hat, dass es klappen wird – nein, sogar klappen *muss*. Ich will ihm alles Mögliche an den Kopf werfen, doch als sich unsere Blicke treffen, verpufft mein Kampfgeist. Weil ich weiß, dass er recht hat. Weil ich weiß, dass es auch nächstes Jahr schiefgehen kann. Weil ich weiß, dass nichts mehr so werden kann wie früher. Denn Mom und Dad sind tot und können nie wieder mit uns Plätzchen backen, die Fassade der Hütte mit Lichterketten verzieren und den Rest des Hauses dekorieren. Sie sind nicht mehr da.

»Vielleicht. Aber wir können es doch versuchen, oder?«, erwidere ich.

»Natürlich«, antwortet Alexander leise, fast sanft, und nimmt mir einen kleinen blinkenden Tannenbaum ab, den ich unbewusst zwischen meinen Händen zerdrückt habe, und fragt dann: »Wann hast du das letzte Mal etwas Verrücktes getan?« Herausforderung und Abenteuerlust glitzern in seinen Augen.

Ich schaue ihn skeptisch an und sage trocken: »Meinst du so was, wie einen Tramper an einer Raststätte aufzusammeln und ihn zum Weihnachtsfest einzuladen?«

Sein Lachen ist dunkel und doch herzlich. Ein Lachen, das

jeden mitreißen könnte und etwas mit mir anstellt. Mit meinem Bauch, in dem es plötzlich kribbelt.

»Ich meine, wann warst du das letzte Mal albern?«

Alexander schnappt sich zwei blinkende Geweihe aus einem nahen Regal und setzt sie uns auf. Als seine Finger dabei meine Schläfen berühren, ist da wieder dieses Prickeln, das durch mich hindurchrast und meinen ganzen Körper unter Strom setzt.

»Keine Ahnung. Ich bin einfach kein alberner Typ«, erwidere ich.

Er streckt mir seine Hand entgegen. »Vertraust du mir?«

Mein Mund wird trocken und einen Augenblick lang starre ich ihn nur an. Vor zwei Tagen hätte ich sofort Nein gesagt. Bevor ich all die Brotkrumen aus Infos über ihn gesammelt habe. Bevor er mich dazu brachte, meine alten Träume noch einmal offenzulegen, die nun wie funkelnde Glühwürmchen am Horizont schweben und mich dazu bringen, *mehr* zu wollen. Bevor er mich aus einer Panikattacke holte. Doch jetzt ergreife ich seine Hand, als wäre ich aus Metall und er ein Magnet. Er ist mir nicht mehr fremd. Nicht sein Geruch oder seine Finger, die sich um meine schließen.

Und dann sage ich, obwohl es so verflucht beängstigend ist, wie schnell wir von völlig Fremden zu gemeinsam Weihnachten-Feiernden wurden: »Ja, ich vertraue dir.«

Kaum ist meine Antwort raus, stoße ich ein Quieken aus, weil Alexander mich mit einem Satz hochgehoben und in den Einkaufswagen gesetzt hat. Anschließend wirft er eine Ladung blinkende Kopfbedeckungen hinterher und drückt mir ein singendes Rentier in die Hand. »Dann starten wir jetzt eine Runde mit dem Weihnachtsexpress.«

Meine Finger können sich gerade so am Rand des Wagens festhalten, da sausen wir schon los. Lachend schiebt Alexander mich durch die Gänge. Und ich? Ich müsste mir Sorgen machen – darüber, dass wir Ärger bekommen, dass wir mit dem Wagen irgendwen rammen, dass wir selbst in ein Regal fahren ...

Stattdessen klammere ich mich an dem singenden Rentier fest, lasse mich durchschütteln und lache aus vollem Hals. Ich lache so laut, dass ich wie eine andere Nora klinge oder vielleicht wie die alte Nora, bevor sie schlagartig erwachsen werden musste, als ihre Eltern starben. Ich lache und kreische, als wir dann doch beinahe jemanden in der Waschmittelabteilung umfahren, und dann lache ich wieder. Weil sich irgendetwas in mir zu lösen scheint.

Alexander hält ruckartig an, reißt etwas aus dem Regal und dann knallt es. Konfetti regnet in allen Farben auf uns herunter. Er legt seine Arme um mich und zieht mich mit Leichtigkeit einfach wieder aus dem Wagen.

»Bereit für die schönsten Schnee-Engel der Welt?« Er deutet auf den mit Konfetti übersäten Boden.

Ein Teil von mir will protestieren. Weil er so ein Chaos verursacht hat. Weil wir erwachsen sind. Weil ich nicht mehr so bin. Doch das ist Unsinn. Denn ich will genau so jetzt sein. Ich will mit ihm durch die Supermarktgänge sausen und mich auf den Boden legen und mitten in diesem Haufen aus Konfetti einen Schnee-Engel machen. Also schubse ich ihn von mir. »Meiner wird besser!«

Alexanders Lachen ist berauschend. Einen Moment später liegen wir auf dem Boden des Walmart und machen Konfetti-Schnee-Engel.

Etwas in mir will in seine alte, beherrschte Form zurückspringen. Doch ich lasse es nicht zu, sondern starre weiter an die weiße Decke und sauge die Weihnachtsmusik in mich auf, die aus den Lautsprechern dröhnt.

»Ich wünschte, wir hätten echten Schnee«, sage ich.

Alexander richtet sich auf und stemmt sich auf seine Ellenbogen. Konfetti rieselt aus seinen Haaren auf den Boden. »Wir könnten irgendwo hinfahren, wo es mehr schneit.«

»Wir schaffen es ja nicht mal in den Arcadia«, erwidere ich lachend und stehe auf, um unsere Konfetti-Schnee-Engel zu betrachten. »Deiner ist viel besser geworden als meiner«, stelle ich fest.

»Weil du das gesamte Konfetti in deinen Klamotten hast.« Alexander grinst und deutet auf meinen Kapuzenpullover, der über und über mit bunten Schnipseln bedeckt ist.

Wir stehen ganz nah beieinander und plötzlich knistert die Luft zwischen uns. Meine Finger zucken, wollen nach ihm greifen, doch ich halte mich zurück.

»Komm, wir müssen jemandem Bescheid geben. Oder meinst du, wir finden Besen, mit denen wir das Chaos schnell selbst wegmachen können?«

Alexanders Blick ist ganz sanft, beinahe liebevoll, während er mich ansieht, als wäre ich das bezauberndste Geschöpf auf Erden. Dann nickt er mit dem Kopf hinter mich. »Ich denke, wir wurden bereits erwischt.«

Tatsächlich kommt gerade ein gelangweilt aussehender Angestellter mit einem kabellosen Staubsauger den Gang entlang geschlurft. Schlagartig werde ich rot. Ich bemerke, wie Alexander schnell noch ein Selfie von uns und den Schnee-Engeln schießt.

»Ist für mich, ganz privat.« Er zwinkert mir zu.

Dann klettere ich einfach erneut in den Wagen und wir sausen an dem Angestellten vorbei. »Entschuldigung«, rufe ich und Alexander schiebt ein »Und frohe Weihnachten« hinterher.

»Wir brauchen noch einen Baum«, bemerke ich auf einmal.

»Aye, aye, Captain«, ruft Alexander und ich werde ein bisschen hin und her geworfen, als er ruckartig abbiegt und auf einen kleinen Plastiktannenwald zufährt. Dabei lache ich ununterbrochen so sehr, dass mir mein Bauch bereits wehtut.

Alexander stoppt direkt vor den Plastiktannen und zieht mich wieder wie selbstverständlich aus dem Einkaufswagen, wobei wir uns erneut an unzähligen Stellen berühren. Mein ganzer Körper kribbelt und plötzlich ist da eine Hitze in meinem Bauch, die ich schon lange nicht mehr gespürt habe. Mein Hals wird trocken, unsere Blicke verweben sich ineinander. Mir wird klar: Ich will ihn küssen.

Ein Lachen ertönt von irgendwo hinter uns, reißt mich aus dem Moment und ich trete einen Schritt zurück. Meine Wangen glühen, als ich mich den Bäumen zuwende. Sie sind alle absolut gerade und so viel perfekter als die Bäume, die unser Dad uns jedes Jahr selbst geschlagen hat. Sie riechen nicht mal nach Tanne, nur nach Plastik und Walmart.

»Welcher darf es sein?« Alexander deutet auf den ersten. »Eine Tanne mit einer Tonne Kunstschnee darauf?« Er schiebt mich weiter in den Kunsttannenwald hinein. »Oder lieber einen mit pinken Federn?«

Ich lache, fahre mit den Fingern über die Tanne und berühre dabei auch Alexanders Hand. Ein kleiner Stromstoß durchzuckt mich, doch dieses Mal ziehe ich mich nicht zurück. Stattdessen lasse ich die Wärme zu, spüre ganz bewusst das Kribbeln, das sich in mir aufbaut, und sehe Alexander an. Diesen Mann, der gerade alles dafür tut, damit ich lache.

Meine Hände sind plötzlich an seiner Jacke, greifen den Stoff und ziehen ihn zu mir herunter. Und Alexander lässt es zu. Lässt zu, dass ich meinen Mund auf seinen presse. Wir stöhnen gleichzeitig, als er seine Lippen auf meinen bewegt. Alles in mir vibriert und eine Welle aus Glück fährt durch meinen Körper, während ich mich an Alexander lehne. Unser Kuss ist sanft und doch fest. Ich will ihn vertiefen, will Alexander näher an mich heranziehen, da ertönt eine Stimme neben uns.

»Nora?«

Schlagartig verpufft das Kribbeln, als ich Owens Stimme erkenne. Ich mache einen Schritt zurück und stoße dabei gegen eine Tanne. Ich will sie festhalten, doch sie fällt gegen die nächste und löst eine Kettenreaktion aus. Alexander versucht lachend das Schlimmste zu verhindern, doch auch er hat keinen Erfolg und nur einen Moment später stehen wir in einem Haufen aus umgestürzten Plastiktannen.

»Was macht ihr da?«, fragt Owen verwirrt. »Und warum seid ihr voller Konfetti?«

Ich packe eine Tannenspitze neben mir und richte den Plastikbaum umständlich auf. »Natürlich einen Baum aussuchen. Hilf mal bitte mit, bevor wir wieder erwischt werden.«

Er hat schon einen Baum gepackt, doch hält inne. »Wieder?«

Meine Wangen glühen und meine Lippen pochen sehnsüchtig, weshalb ich jetzt gerade wirklich nicht mit meinem Bruder diskutieren will. »Mach einfach.«

Liv steht lächelnd im Gang und ich trete zu ihr.

»Wir suchen schnell ein paar Kugeln aus. Nehmt einfach eine Tanne, die ihr schön findet«, sage ich an Owen und Alexander gerichtet.

Obwohl mein Bruder protestiert, verschwinden Liv und ich schnell. Erst bei den Kugeln werden wir langsamer.

»Was machst du, wenn sie den Baum mit den Federn nehmen?«, fragt Liv und betrachtet skeptisch eine Packung schwarzer Kugeln mit gelben Punkten. Ihre Nase kräuselt sich und sie nimmt stattdessen ein Paket mit roten Kugeln in die Hand, die zufällig gut zu der Tischdecke passen, die ich gerade eingepackt habe.

Allein bei der Vorstellung an eine gefederte Tanne erschaudere ich. »Sie umbringen natürlich.«

Liv lacht auf. »Dabei sahst du gerade aus, als wäre dir so

weihnachtlich zumute …« Ihre Augenbrauen springen hoch, bevor sie die Lippen zusammenpresst. »Sorry, falls das zu viel war. Ich meinte nur –« Sie unterbricht sich und verzieht gequält den Mund. »Bin ich wieder in ein Fettnäpfchen getreten?«

Sofort werden meine Wangen warm. »Oh. Nein. Also wir … Wir haben uns geküsst. Es war ziemlich offensichtlich, nicht?« Es wäre weniger auffällig gewesen, wenn ein riesiger Lebkuchenmann durch den Laden stampfen würde.

Sie grinst. »Ja, würde ich so sagen. Sah … besinnlich aus.«

»Oh, das war …« Ich verstumme, denn ich habe keine Ahnung, was ich sagen soll.

Livs Mund weitet sich zu einem breiten Lächeln. »Tut mir leid. Ich wollte nicht zu neugierig sein. Also, wie stehst du zu Lametta?«

Dankbar für diesen Themenwechsel folge ich ihr zu der Lamettawand, die am Ende des Ganges vor uns aufragt. Dennoch rast mein Herz. Auf eine gute Weise.

Mir wird bewusst, dass ich noch mehr von diesem berauschenden Gefühl in meiner Brust will, das Alexander mit so viel Leichtigkeit in mir auslöst.

Owen

Als wir die Einkäufe in die Wohnung schleppen, stinkt es nicht mehr – weder nach muffigem Teppich noch nach diesem undefinierbaren Gemisch, das mich an irgendwas zwischen nassem Tierfell und abgestandenem Bohnerwachs erinnert. Stattdessen riecht es nach frischer, salziger Meeresluft und stechendem Winterfrost. Es ist arschkalt hier drinnen. Kein Wunder! Kaum biege ich im Flur um die Ecke, sehe ich, dass die Fenster in sämtlichen Zimmern sperrangelweit offen stehen. Wow! Damit erreicht sogar Sams Frische-Bedürfnis ein neues Level. Warum Emma diesem Lüft-Exzess noch nicht im wahrsten Sinne des Wortes einen Riegel vorgeschoben hat, ist mir ein Rätsel.

Kurz lausche ich. Sind die überhaupt da? Ich höre nur Liv und Nora unter mir auf der Treppe poltern und Alexander fluchen, der mit dem Weihnachtsbaum hantiert. Das Ding ist mit Sicherheit komplett unhandlich, aber immerhin nicht so tonnenschwer wie die Kiste mit Lebensmitteln in meinen Armen. Vorhin im Walmart habe ich einfach alles in den Einkaufswagen geworfen, was wir früher zu Weihnachten gern gegessen haben und woraus wir auch dieses Jahr hoffentlich ein einigermaßen genießbares Festmahl hinbekommen werden. Dazu alles an Obst, Müsli, Süßkram und Snacks, von dem ich weiß, dass Emma, Nora oder Sam es besonders mögen. Oder ich. Einfach als Trost für uns alle. Ich sagte Liv, sie solle sich auch was aussuchen, und sie kam mit einem Arm voll

Teepackungen zurück. Was mich zum Lächeln brachte. Das sie allerdings nicht erwiderte. Sonst wollte sie nichts.

Kurz überlege ich, an der Treppe auf Liv zu warten, sie zu fragen, ob wir ein paar Schritte zusammen spazieren gehen wollen. Aber da ich noch immer nicht weiß, was ich sagen soll, um die Situation zwischen uns zu klären, wäre das wenig sinnvoll. Sie hat beschlossen, dass ich für sie nicht infrage komme, weil ich mit Gefühlen nichts anfangen kann. Mit dieser Entscheidung muss ich klarkommen. Tue ich aber nicht. Und genau das macht mir Angst: Denn der Unfall hat mir gezeigt, was passiert, wenn sich die Gefühle Bahn brechen. Das tut verdammt weh. Trotzdem hätte ich Liv nicht so brüsk von mir stoßen dürfen.

Der Boden meiner vollen Einkaufskiste wölbt sich gefährlich nach unten durch und ich fürchte, das Ding wird bald aufgeben und einfach bersten. Also laufe ich schnell durch den Flur zur offenen Küche, die nach rechts ins Wohnzimmer übergeht.

Auch hier steht die Balkontür weit offen. Das fällt mir als Erstes auf. Und dann rutscht mir vor Schreck fast die Einkaufskiste aus der Hand. Sam. Auf dem Sofa. Er trägt nicht mal ein Shirt, obwohl Eiswind durchs Zimmer fegt und die hellen Vorhänge an der Terrassentür bläht. Und unter ihm … Emma. Meine kleine unschuldige Schwester … die wahrscheinlich nie wirklich unschuldig war, aber trotzdem!

Ich blinzele. Ist das echt? Oder geht meine Fantasie vollends mit mir durch? Vielleicht habe ich Halluzinationen, weil beim Unfall doch irgendwas in meinem Kopf kaputtgegangen ist. Oder der Anblick von Nora mit Alexander eben im Walmart hat einen Kurzschluss zwischen meinen Synapsen ausgelöst. Oder mein Neokortex läuft durch die ständige Überstimulation in Livs Nähe Fantasie-Amok. Oder … oder das Ganze hier ist echt.

Emma hat ihre Hände in Sams Rücken gekrallt, er seine in ihren langen rotbraunen Haaren vergraben. Sam hat sich in einen Kuss versenkt, der mir sehr nach Todessehnsucht aussieht. Denn ganz im Ernst: Wenn er gerade die Gefühle meiner kleinen Schwester für ihn ausnutzt, wird nicht Emma es sein, die ihn umbringt, sondern ich!

Mit einem gewaltigen *rums!* knalle ich die Einkäufe auf die Kücheninsel. Emma stößt einen spitzen Schrei aus und Sam fährt zurück.

»Was ist hier eigentlich los?«, verlange ich zu wissen. »Ist hier irgendwas im Grundwasser?«

»Bist du wahnsinnig, mich so zu erschrecken?« Sam sieht so geschockt aus, dass ich lachen würde, wenn die Situation eine andere wäre.

»Owen! Spinnst du?« Emma richtet sich eilig auf. Ihre Haare stehen gerade aus völlig anderen Gründen als sonst so dramatisch ab.

»Spinnt *ihr*?«, frage ich zurück und verschränke die Arme vor der Brust. »Was genau macht ihr hier?«

»Wonach sah es denn aus?« Sam langt nach seinem Shirt.

»Ich meine nicht hier auf dem Sofa«, behaupte ich schnell, da meine Frage wirklich vor allem eins war: ziemlich dumm. »Ich meine die Tiefkühltruhe, in die ihr die Wohnung verwandelt habt.«

»Sorry.« Emma kommt auf die Füße und wirkt ziemlich verlegen. Wenigstens ist sie noch vollständig bekleidet. »Wir haben vergessen die Fenster zuzumachen.«

Ich hebe die Augenbrauen. »Vergessen?«

»Oh, ist das kalt hier.« Liv kommt ebenfalls in die Küche und stellt die riesigen Tüten mit Dekokram neben der Anrichte ab. Dann stellt sie sich auf Zehenspitzen, um in meine Einkaufskiste zu spähen. »Hast du eine Ahnung, wo meine Teebeutel sind, Owen? Ich brüh schnell eine Kanne auf.«

»Warte damit lieber«, meint Sam. »Owen sagt, irgendwas stimme mit dem Grundwasser nicht.«

Liv sieht sich erschrocken um und ihr Blick fällt auf Emma und Sam neben dem Sofa. Glücklicherweise trägt auch Sam mittlerweile wieder sein Oberteil. Trotzdem genügt Liv anscheinend ein Blick auf die glänzenden Augen der beiden, die geröteten Wangen, auf Emmas zerwühlte Haare und Sams halb geöffnete Gürtelschnalle, um die Lage zu durchschauen.

»Ups«, kommentiert sie mit ihrem bezaubernden Lächeln, das mich gerade allerdings nicht so ganz erreichen kann. »Sind wir zum falschen Zeitpunkt zurückgekommen?«

»Genau zum richtigen«, korrigiere ich sie düster.

Liv beißt sich auf die Unterlippe, um wohl ein Lachen zu unterdrücken, aber ich sehe einfach gar nicht, was an dieser Situation witzig sein soll.

»Reg dich jetzt bloß nicht auf, Owen.« Emma verdreht entnervt die Augen. »Wenn du Sex auf diesem Trip haben darfst, darf ich das ja wohl auch.«

»Warst du nicht diejenige, die es völlig daneben fand, es auf einem Sofa zu treiben, auf dem andere noch sitzen wollen?«

Emma wird knallrot. »Wir waren ja noch gar nicht so weit.«

Ich gebe ein Schnauben von mir. »Viel gefehlt hat offensichtlich nicht.« Mein demonstrativer Blick auf Sams Hose bringt ihn dazu, hastig seinen Gürtel zu schließen.

»Ich räume wohl lieber mal mein Gepäck weg«, beschließt Emma. »Wo schlafen Nora und ich?« Suchend blickt sie in den Flur. »Und wo ist Nora überhaupt?«

»Alexander ist mit dem Baum auf der Treppe stecken geblieben«, erklärt Liv. »Sie hilft ihm.«

Emma runzelt die Stirn. »Was für ein Baum?«

»Na, ein Weihnachtsbaum, Keks.«

»Ihr habt für die beengte Bude einen Weihnachtsbaum gekauft?« Emma schüttelt den Kopf. »Euch ist auch nicht mehr zu helfen. Na gut, dann suche ich unser Zimmer allein aus.«

»Und was ist jetzt mit dem Grundwasser?«, will Liv wissen. »Kann ich Tee damit kochen oder nicht?«

»Ich würde es nicht darauf ankommen lassen«, gebe ich zurück.

Sam mustert mich aufmerksam, seufzt dann tief und meint: »Ich gehe wohl mal lieber auf den Balkon.«

»Wieso, ist dir noch nicht kalt genug?«

Er hebt die Augenbrauen. »Doch, ehrlich gesagt schon. Aber du scheinst Redebedarf zu haben.«

So was von! Ich will Sam auf den Balkon folgen, aber Liv hat inzwischen eine ihrer Teepackungen aus der Einkaufskiste befreit. »Muss ich den Tee mit Wasser aus dem Kanister kochen?«, hakt sie nach. »Oder reicht gründlich abkochen?«

»Ach.« Ich winke ab. »Das war nur ein Spruch. Schließlich hat Nora eben komplett unvorhergesehen mit Alexander geknutscht, den sie vor Kurzem noch als *Tramp* bezeichnet hat. Und jetzt waren Sam und Emma miteinander zugange, als hätten sie seit Jahren nur auf so eine Gelegenheit gewartet. Sorry, aber ich wäre vorsichtig mit dem Wasser hier.«

Liv schüttelt den Kopf und lächelt mich schief an. »Da mache ich mir keine Sorgen. Das Thema dürfte für mich erst mal durch sein.«

Ihre Worte machen mich krank. Und erfüllen mich gleichzeitig mit Sehnsucht. Weil ich Liv … Ich will sie wieder fühlen. Aber dazu gehören nun mal zwei. Und Liv will mich nicht. Oder besser gesagt, sie will zu viel. Etwas, das ich ihr nicht bieten kann. Oder will. Oder … Oh fuck!

Widerwillig wende ich mich von ihr ab und trete zu Sam auf den Balkon. Die Tür ziehe ich hinter mir zu, damit die Heizungen eine Chance haben, die Bude wieder warm zu kriegen.

Sofort kriecht mir nasskalter Wind unter die Jacke. Die Aussicht ist allerdings mega: Sie öffnet sich auf die tiefer liegende, von zwei Landzungen eingefasste Bucht mit der Marina, in der jetzt im Winter kaum Boote liegen. Eisblaues Wasser schwappt gegen die Kaimauern. Weit draußen ist ein Leuchtturm zu sehen. Die untergehende Sonne taucht die dünne Wolkendecke in kräftiges orangefarbenes Licht.

»Also?« Sam sieht mich fragend an. »Du hast offensichtlich eine Meinung zu Emma und mir. Wird das jetzt ernsthaft so ein Großer-Bruder-Beschützerding?«

»Klar wird es das«, bestätige ich. »Ich meine … Ich stecke dir, dass Emma in dich verliebt ist, und bei nächster Gelegenheit fällst du über sie her?«

»So war das nicht.« Beschwörend schaut Sam mich an. »Ich kann mir vorstellen, dass es für dich so aussieht. Aber so war es nicht.«

»Wie dann?«

Er zieht die Schultern hoch. »Gerade kann ich dir nicht sagen, was genau das zwischen uns ist. Aber ich schwöre dir, dass ich nie bewusst irgendwas tun würde, um sie zu verletzen. Dass unter Emmas ganzer Kampfkeks-Mentalität ein wunderbarer Mensch steckt, weiß ich schon lange. Ich wäre nur nie … Ich dachte immer, sie hasst mich.«

Ich verschränke die Arme vor der Brust und lehne mich rücklings gegen die Balkonbrüstung. Ein Teil von mir ist sogar geneigt, ihm zu glauben. Immerhin ist er Sam – mein bester Kumpel, der Emma nie etwas übel genommen hat, egal wie hart sie ihn angegangen ist. Vielleicht … Wenn irgendjemand Emma verdient hat, ist das vielleicht er, weil er loyal und zielstrebig ist und an seine Träume glaubt.

Aber fuck, die Vorstellung ist einfach … sehr merkwürdig. Ich meine, er ist mein bester Freund und sie meine kleine Schwester. Wenn Sam auf einmal *mir* seine Liebe gestanden hätte, wäre das kaum weniger schräg. Ich kenne die beiden einfach zu lange, um sie jetzt auf einmal zusammen zu sehen.

»Wehe, du fängst an, ihr meine Geheimnisse weiterzuerzählen.«

»Du behältst doch deine Geheimnisse grundsätzlich für dich, Owen«, gibt Sam zurück. »Was sollte ich weitererzählen?«

Ich zucke mit den Schultern. »Genau wie du, oder?«

Sam nickt ergeben, stößt in einem Schwall seinen in der Luft gefrierenden Atem aus. »Genau wie ich. Sorry, ehrlich! Es war irgendwie leichter, mit Nora zu reden. Sie hat mitgekriegt, was los war, und sie … Sie ist halt echt einfühlsam und sagt immer genau die richtigen Sachen. Aber es war scheiße von mir, dir nichts zu erzählen. Wie ich schon meinte: Deine Situation ist so abgefuckt. Und meine auch. Früher sind wir zusammen zum Sport und da unseren Frust losgeworden. So übers Telefon … Es hat sich nicht richtig angefühlt, dich anzurufen und vollzujammern. Dumm war es trotzdem von mir. Ich kann mir ja denken, dass es dir nicht gut geht. Und wenn ich dir in Zukunft von meinen Problemen erzähle, sprichst du ja vielleicht irgendwann auch mal über deine.«

Ich gebe ein Brummen von mir. »Darüber, dass ich meine Eltern vermisse? Das will doch niemand hören.«

»Ich schon. Ich meine …« Hilflos hebt Sam beide Hände. »An der Sache mit deinen Eltern kann ich nichts ändern. Und, Scheiße, ich weiß auch nicht, wie ich sie besser machen soll. Aber wenigstens zuhören kann ich.«

Der Meereswind pfeift uns eisig um die Ohren. Ich würde eigentlich lieber reingehen. Aber zu meiner eigenen Überraschung stelle ich fest, dass ich plötzlich aussprechen kann, was im letzten halben Jahr am schwersten für mich zu ertragen war, dass ich mich stark genug dafür fühle.

»Meine Mom wollte mich besuchen kommen in London.

Und ich fühle mich wie ein Achtjähriger im Internat, aber es macht mich todunglücklich, dass sie das nie tun wird.«

Sams Hand auf meiner Schulter fühlt sich tröstlich an. Sie erdet mich irgendwie.

Such dir jemanden, der die Gefühle mit dir zusammen aushält. Manchmal ist Tante Caroline gar nicht so abgespaced wie ihr Hippie-Name vermuten ließe.

»Ich weiß, deine Mom und du, ihr hattet eine besondere Beziehung«, sagt Sam. »Ich war immer neidisch darauf. Aber wer weiß ... Wenn ich ein bisschen mehr wäre wie du, hätten meine Eltern vielleicht auch nicht so viel gegen mich.«

Mit einem Grinsen sehe ich ihn an. »Du bist schon ganz okay.«

Er lacht auf. »Dann kann ich dich ja vielleicht mal drüben besuchen. Oder wir treffen uns in Hamburg. Da wollte ich immer schon mal hin, schließlich sind die Beatles da groß geworden.«

Ich nicke. »Klingt nach einem Plan.«

»Stichwort *Plan*.« Sam lehnt sich neben mich gegen die Balkonbrüstung, woraufhin das Ding so knarzt, dass ich uns schon rücklings vom Dach stürzen sehe. »Was genau ist dein Plan in Bezug auf Liv?«

»Wieso?« Damn it! Meine Frage kam eindeutig zu schnell und nicht unschuldig genug.

Sam wirft mir einen bezeichnenden Blick zu. »Sorry, aber ich kenne dich zu gut. Du stehst hart auf sie. Also, was willst du unternehmen?«

Ich gebe ein Stöhnen von mir. »Frag mich lieber, was ich noch nicht unternommen habe. Ich versuche, seit wir in Heathrow zusammengestoßen sind, ihre Nummer zu kriegen.«

»Aber?«

»Sie ...« Keine Ahnung, wie ich die Misere zusammenfassen soll.

Vorhin im Walmart während meiner Ich-nehme-alles-und-werfe-es-in-den-Wagen-bis-er-zusammenbricht-Tour habe ich mehrfach versucht meine verworrenen Gefühle in Worte zu fassen. Zum Beispiel, dass ich ihr gern mehr von mir zeigen würde, aber dass ich ihr das gleichzeitig nicht antun kann. Wegen der fucking Gewitterwolken. Dass ich sie zwar in meinem Leben will, aber nicht genau weiß, wie, und dass sie sich deshalb angesichts ihrer Prinzipien wahrscheinlich wirklich nicht auf mich einlassen sollte.

»Tut mir leid«, habe ich letztendlich nur hervorgebracht – irgendwo im Gang mit den Milchprodukten. »Was ich dir vorhin an den Kopf geworfen habe, war nicht okay.« Liv hat sich umgedreht, mich fragend angesehen. »Auf der Straße. Als ich meinte, du wolltest das Ganze zu einer Sache über dich machen. Ich war ein Arsch. Tut mir leid.«

»Schon gut«, erwiderte sie nur, schenkte mir ein halbes Lächeln und suchte weiter nach der Butter.

»Wie? Einfach so?«

»Möchtest du, dass ich sauer auf dich bin?«

»Nee. Ich bin nur überrascht. Schließlich habe ich dich weggebissen wie ein echter Kampfkeks.«

Sie schloss die Tür zum Kühlregal und sah mich an. »Na ja, die Kampfkeks-Gene liegen bei euch in der Familie, oder? Und es war nicht zu übersehen, dass du dir in dem Moment selbst am meisten wehgetan hast.«

Ich senkte den Blick, konnte ihr plötzlich nicht mehr ins Gesicht sehen. »Ich war nicht gerade Mr Darcy, oder?«

»Nein«, gab sie zu. »Nicht wirklich. Aber ich dachte, das wolltest du auch gar nicht sein. Oder?«

Vorsichtig sah ich sie wieder an. Sie hatte den Kopf leicht schief gelegt und ehrlich gesagt … In dem Moment hätte ich alles dafür getan, dieser Mr Darcy zu sein. Aber der bin ich nun mal nicht. Ich bin kein Typ aus einem Buch, der mit

Leichtigkeit sämtliche Dating-Hürden meistert. Ich bin ein Typ aus New Hampshire, der miese Cocktails mixt und einfach nur ihre Handynummer will.

»Sie *was*?«, reißt Sam mich aus meinen Gedanken.

»Sie ist wie ein verdammter Komet in mein Leben gekracht, aber sie will mich nicht. Und ich habe keinen Plan für eine solche Situation, weil ich nun mal nicht Nora bin.«

»Das ist mies. Tut mir leid.« Sam runzelt die Stirn. »Dabei wirkt sie ziemlich verknallt in dich. Du musst sie ja nur ansehen und sie wird rot.«

»Mag sein«, brumme ich. Voller Hormonrausch eben. Der stellt unsere Wahrnehmung aufeinander scharf und öffnet sämtliche unserer Poren füreinander. »Aber … Für sie funktioniert das alles nicht ohne Gefühle.«

»Ohne Gefühle?« Sam lacht auf. »Was soll das zwischen euch denn deiner Meinung nach sein – ohne Gefühle?«

»Gute Chemie«, gebe ich zurück. »Unsere Körper reagieren aufeinander. Unsere Amygdalas haben in der ersten Zehntelsekunde entschieden, dass wir einander sympathisch sind. Alles Weitere ist bloß die Bestätigung davon. Sympathie und sexuelle Anziehung – so einfach.«

Sam schüttelt den Kopf. »Und du machst dir Sorgen, wie ich deine Schwester behandle? Du klingst wie ein Arsch, Mann! An Livs Stelle würde ich dir auch nicht meine Nummer geben.«

Ich schweige verblüfft. Der Wind um uns herum nimmt noch zu. Ich will echt nach drinnen. »Ich kapiere nicht mal, wie sie sich so schnell sicher sein kann, was sie fühlt. Wir kennen uns doch kaum.«

»Wahrscheinlich, indem sie es einfach zulässt. Vielleicht solltest du das auch mal versuchen.«

»Ich kann nicht«, sage ich dumpf.

»Wieso nicht?«

Ich presse die Lippen zusammen, drehe mich um und stütze mich mit den Unterarmen auf dem Balkongeländer ab. Schatten steigen auf. Aber diesmal sind sie real, nicht nur in meinem Gehirn, sondern um uns herum. Es wird eben Abend. Trotzdem ... Die Gewitterwolken lauern ebenfalls in meinem Hinterkopf.

»Wenn ich meine Gefühle für sie zulasse, rückt sofort eine ganze Armee von weiteren an und dann verliere ich die Kontrolle.«

»Und wäre das so schlimm?« Forschend sieht Sam mich an. Blöde Frage! Solche stellen eigentlich nur Psychologen.

Ja, wäre es. Einfach, weil ich nie die Kontrolle verliere. Nach dem Unfall, ja! Aber das war eine Ausnahmesituation. Normalerweise ... Ich bin einfach nicht der Typ dafür. Ich bin immer rational. Und das fühlt sich gut an.

Nur vielleicht nicht gut genug.

Sam stößt mich mit dem Ellenbogen an. »Wenn es schiefgeht und du fällst, dann gibt es genug Leute, die dich auffangen. Deine Schwestern zum Beispiel. Und ich verspreche, ich werde auch da sein.«

Es gibt genug Menschen, die dich lieben. Du musst es nur zulassen. Fuck, ich fange gleich an zu heulen.

Schnell nicke ich Sam zu. »Lass uns endlich reingehen. Es ist schweinekalt.«

Emma

Es besteht definitiv die Gefahr, dass Owen Sam über die Balkonbrüstung schmeißen könnte. Deswegen sitze ich, seitdem die beiden rausgegangen sind, in Sichtweite auf dem Sofa, kaue an meinem Fingernagel herum und beobachte sie. Als könnte ich jetzt noch verhindern, wenn durch unser Rumgeknutsche mehr zwischen den beiden kaputtgeht. Weil Sam einfach nicht der Typ ist, der sich für uns entschuldigen wird. Was immer das auch ist. Und weil Owen anscheinend der Meinung ist, meine Ehre retten zu müssen. Als wäre ich ein schwaches, kleines Mädchen und wir beide aus dem vorigen Jahrhundert.

Bisher reden die beiden nur. Vielleicht ist das Owens ganz eigene subtile Art von Mord: Er wartet in seiner dicken Jacke einfach so lange, bis Sam, der nur das Shirt trägt, das er sich eben schnell wieder übergestreift hat, erfroren ist.

»Ich würde da gerade echt gern Mäuschen spielen.« Nora setzt sich neben mich und sieht unserem Bruder und Sam ebenfalls zu, die Seite an Seite mit dem Rücken zu uns und dem Blick aufs Meer auf das Balkongeländer gestützt dastehen. »Aber da ich den Bro-Moment nicht stören will, quetsche ich eben zuerst dich aus: Was genau geht da zwischen Sam und dir? Und seit wann?«

»Wir haben uns geküsst«, gebe ich zu. Das war anscheinend ja eh für alle offensichtlich. »Habt ihr Weihnachtsdeko gefunden?«

Mit der Weihnachtsthematik kriegt man Nora immer abgelenkt. Normalerweise. Aber wenn es um Sam und ihre kleine Schwester geht, zieht nicht mal Santa, wie es scheint, denn sie runzelt die Stirn und erwidert: »Ich denke, ihr habt euch nicht nur geküsst.« Sie stößt geräuschvoll die Luft aus. »Eher fast bis zur Kernschmelze rumgemacht, sonst hättet ihr mitgekriegt, dass Owen reingekommen ist oder die Wohnung ein Gefrierschrank war.« Nora trägt immer noch ihre Kapuzenjacke und zieht den Reißverschluss bis zum Anschlag hoch, um ihre Worte zu untermalen. »Also, seit wann geht das schon so und wieso weiß ich nichts davon?«

Ich stütze das Gesicht in die Hände. »Du weißt nichts davon, weil es gerade zum ersten Mal passiert ist.« Ich lege den Kopf schief. »Also, zum zweiten Mal. Aber das erste Mal ist genau genommen noch keine zwölf Stunden her, also zählt das als eins, finde ich.«

»Emma«, mahnt Nora, damit ich mich wieder auf die eigentlichen Antworten konzentriere.

»Ich weiß nicht, was das ist«, sage ich etwas hilflos. Vielleicht passiert so was einfach, wenn man mit Sam in einer Schicksalsgemeinschaft feststeckt. »Keine Ahnung. Es ist total doof. Wahrscheinlich der weltschlechteste Zeitpunkt überhaupt, weil alles so verdammt abgefuckt ist und ich mich auf dich, Owen und mich konzentrieren sollte, und vielleicht mache ich das alles nur, weil er eine verdammt heiße Ablenkung ist, aber es fühlt sich nicht so an. Eher wie etwas, das genau richtig ist.« Ich zucke mit den Schultern. »Wie etwas, das ich echt dringend brauche. Also bitte sei nicht sauer auf mich.« Ich blinzele Nora vorsichtig von unten an, hoffe, dass sie mich versteht und nicht verurteilt.

»Sauer?« Sie grinst breit. »Du denkst, ich wäre sauer? Ich denke, wir sollten einen Nationalfeiertag für den heutigen Tag ausrufen. Den Tag, an dem Sam und Emma nach Jahren des Zankens endlich begriffen haben, dass sie das nur tun, weil sie eigentlich zusammengehören.«

»Wir gehören nicht –«

Owen schiebt die Balkontür auf und tritt bibbernd ins Wohnzimmer, bevor ich den Satz beenden kann. Und wenn ich ehrlich bin, wüsste ich auch gar nicht wie. Denn ganz tief in mir drinnen wünsche ich mir, dass Nora recht hat. An dem Ort in mir, an dem nichts anderes zählt als das flirrende Gefühl, das mich erfasst, als Sam hinter meinem Bruder ins Wohnzimmer kommt. Nicht die Angst, enttäuscht zu werden oder verletzt. Nicht die Vernunft, die sagt, dass es vollkommen irre sei und wahrscheinlich nirgendwo hinführt. Ich kenne schließlich die Halbwertzeit von Sams Beziehungen.

»Ihr habt euch nicht gegenseitig umgebracht«, versuche ich zu scherzen.

Sam nickt und grinst dabei so, dass ich für mindestens drei Herzschläge vergesse zu atmen, was ich so dämlich finde, dass ich ihn fast schon wieder ein bisschen dafür hasse …

»Wir haben es wie Männer geklärt und einen fairen Preis für dich ausgehandelt.«

… aber nur fast, denn er bringt mich zum Lachen. In dieser vertrackten Situation bringt er mich dazu, mich hoffnungsvoll zu fühlen und irgendwie weniger verloren, und ich frage mich, wie blöd ich eigentlich bin, all diese Gefühle an ihn zu hängen. An einen Typen, der zwar heiß aussieht, gut küssen kann und mich auf noch tausendundeiner Ebene mehr berührt, aber eben nie, aber auch wirklich nie verbindlich ist, und ich bin nicht so naiv anzunehmen, dass das mit mir die romantisierte rühmliche Ausnahme ist. »Und was ist eurer Meinung nach ein fairer Preis für mich?«

Sam zuckt lässig die Schultern. »Spüldienst für die gesamten Ferien, die rechte Bettseite und ein Dodo-Ei.«

Owen schlägt ihm gegen den Hinterkopf. »Idiot.«

Gemeinsam beginnen die Jungs die Einkäufe in die Schränke zu räumen, während Liv den Tisch deckt und Nora und ich die Tacos aufteilen, die die vier aus dem Walmart mitgebracht haben, damit wir heute Abend nicht mehr kochen müssen.

Sam schaltet ein virtuelles Kaminfeuer auf dem überdimensional großen Flachbildschirm an, das gemütlich knistert und die hässliche Tanne, die Alexander schlussendlich doch noch in die Wohnung gewuchtet bekommen hat, in warmes Licht taucht. Dann setzen wir uns gemeinsam zum Essen an den Tisch. Sam wählt den Platz mir gegenüber und während uns die anderen von ihrem Deko-Shopping-Abenteuer erzählen, wirft er mir immer wieder Blicke über seinen Taco zu, die mein Herz stolpern lassen. Ich versuche es zu verbergen, weil ich spüre, dass sowohl Owen als auch Nora uns beobachten.

Nach dem Essen und Abspülen machen wir alle es uns auf dem Sofa und auf dem Teppich rund um den flachen Couchtisch gemütlich. Sam holt seine Gitarre und klimpert ein wenig darauf herum, spielt erst ein paar Evergreens, die wir anderen lauthals mitsingen. Dazwischen streut Sam Songs, die außer ihm keiner kennt, und ich frage mich, ob sie von ihm selbst stammen oder ob er da einfach nur extrem unbekannte Sänger covert. Aber dann wechselt er zu Noras Weihnachtslieblingsliedern, singt jedoch gegen ihre Originalversionen an.

Aus ›Frosty the jolly happy soul snowman‹ wird: *The slightly neurotic snowman, who panics as the sun comes up.* Aus ›All I Want For Christmas Is You‹ wird: *All I want is wifi for my own and a strong signal all along.* Und aus ›Santa Is Coming To Town‹ wird: *He's making a list, checking it twice, gonna find out who's Instagram-worthy and who needs to add more spice.*

Liv ist die Erste, die sich schließlich ins Bett verabschiedet. Sie ist hundemüde und ihr fallen immer wieder die Augen zu, was sicher am Jetlag liegt, der kicken dürfte. Alexander steht auch irgendwann auf und entschuldigt sich, um noch eine Runde spazieren zu gehen und etwas mehr von dem Ort zu sehen. Owen schließt sich ihm an. Wahrscheinlich ist er auf den zweiten Große-Bruder-Talk des Tages aus und will rausfinden, was da zwischen Alexander und Nora abgeht.

»Wenn gerade keiner ins Bad will, würde ich die Gunst der Stunde ergreifen und duschen gehen.« Nora hockt in ihrer Kapuzenjacke neben mir und wirkt immer noch verfroren. »Vielleicht wird mir dann endlich wieder warm. Gute Nacht, ihr zwei.« Wie sie mir zweideutig zuzwinkert ist einfach nur daneben.

»Vielleicht sollten wir auch schlafen gehen.« Sam hat aufgehört, an den Saiten herumzuzupfen und eine sanfte Melodie unter die Verabschiedung zu legen.

»Willst du schon ins Bett? Die Jungs werden wohl noch eine Weile unterwegs sein.« Ich zucke mit den Schultern. »Dann macht Owen dich später wieder wach.«

Er lacht leise. »Machst du dir wirklich Sorgen um meinen Schlaf, Kampfkeks?«

Ich schüttele den Kopf und beschließe ehrlich zu sein, auch wenn es mich den Hals kosten könnte und wir an dem Punkt schließlich schon mal waren. Auch wenn ich mir vorgenommen habe, mich nie wieder so angreifbar für ihn zu machen. Dieses Mal ist es anders. Hoffe ich zumindest.

»Ich würde einfach gern noch etwas Zeit mit dir allein verbringen.« Ich fühle mich wie im freien Fall, streiche mir nervös die Haare hinter die Ohren.

Sams Gitarre liegt noch immer auf seinem Schoß und er stützt sich locker darauf und sieht mich eindringlich an. »Warum? Was ist das hier? Für dich?«

Es wäre so viel einfacher, wenn er nicht so verdammt geheimnisvoll wäre. Wenn er den ersten Schritt machen und mir sagen würde, was er empfindet, aber okay. Ich atme durch und halte seinem Blick stand.

»Ich war in dich verliebt. Früher. So richtig schlimm verliebt. Aber du hast meine Gefühle nicht erwidert. Ich wollte dich echt hassen, aber ich habe es sechs Jahre lang nicht hinbekommen.« Ich knabbere auf meiner Unterlippe herum, gebe mir einen Ruck. »Ich kriege es nicht hin, dich nicht zu lieben.« Ich verziehe das Gesicht. Es fühlt sich echt krass an, das zuzugeben. Ich habe so etwas noch nie gemacht. Jemandem einfach so meine Gefühle offenbart.

Sam sieht mich noch immer mit derselben Intensität an, sagt aber nichts und verzieht auch keine Miene. Mein Herz pocht zu laut in meinen Ohren. Ich hatte mir etwas mehr Happy-End-Vibes versprochen, die das hier leichter machen würden.

»Könntest du bitte etwas sagen? Ich meine … Ich will keinen Druck aufbauen. Wenn du anders empfindest, werde ich klarkommen.« *Wer's glaubt, wird selig.* Dann ende ich wahrscheinlich als einer dieser tragischen Menschen, die sich ihr Leben lang an der unerwiderten Jugendliebe festklammern und jeden Mann an dem Typen messen, der sie damals nicht wollte. Die letzten sechs Jahre waren schon ein nicht besonders angenehmer Vorgeschmack darauf. »Alles, was ich will, ist, dass du mir offen sagst, wie du zu uns stehst.«

Aber Sam antwortet nicht sofort, sondern beginnt stattdessen wieder eine sanfte Melodie auf seiner Gitarre zu zupfen. Seine Haare fallen ihm in die Stirn, als er auf seine Hand runterschaut, die die Saiten berührt, und mein Herz wird erneut zum Sam-Green-Groupie.

»Paul McCartney hat mal gesagt, Musik sei wie ein Psychologe. Du kannst deiner Gitarre Dinge erzählen, die du keinem Menschen anvertrauen kannst, und sie wird dir auf eine Weise antworten, wie Menschen es nicht könnten.«

Okay, wow. Ein Beatles-Zitat. Ich ziehe meine Hände in die

Ärmel meines Pullis zurück und versuche die aufkommende Angst abzuschütteln, weil sich das hier so absolut gar nicht in die Richtung entwickelt, die ich mir erhofft habe. In meiner Vorstellung hätte er mir seine ewige Liebe gestanden, anstatt mich wie sein Auto zu behandeln, das er immer mit Beatles-Zitaten beruhigt.

Wir hätten uns definitiv nicht in dieser angespannten Stille gegenübergesessen, die nur von den leisen Klängen der Gitarre zerteilt wird. Und dann auch von Sams Stimme, als er zu singen beginnt, und die sofort eine Gänsehaut über meine Haut schickt. Weil sie das schon immer getan hat. Aber ganz besonders, weil ich höre, was er da singt:

You are a warrior, my battle cookie, one piece of a triangle.
And I want to be the one you turn to when the world's too much to strangle.
But I never was your hero, just your brother's friend,
So I watched you from afar, my heart in my throat
I can't tell the truth, can only let feels float
In this song or deep within my soul.

Sam verstummt und sieht mich wieder an.

»Der Song ist wunderschön.« Das ist er wirklich und er handelt von einem Kampfkeks. Von mir.

»Ich habe ihn vor drei Jahren geschrieben.«

»Vor drei Jahren«, wiederhole ich leise. Mein Hirn hat irgendwie Probleme damit, zu begreifen, was er da andeutet, und hängt fest.

»Vor drei Jahren.« Sam nickt und legt die Gitarre weg. »Dieses Lied markiert hochoffiziell den Zeitpunkt, an dem ich mich in dich verliebt habe, Emma Westmore.«

Er hat sich in mich verliebt? Vor drei Jahren? Einen Moment sehe ich ihn einfach nur an, schlucke, versuche mich zu sortieren. »Du hast nie was gesagt«, flüstere ich dann brüchig. Wieso hat er nie was gesagt?

Er lacht sanft. »Ich war ehrlich gesagt zu sehr damit beschäftigt, dich davon abzuhalten, mich umzubringen.« Er streckt seufzend eine Hand nach mir aus. Prickeln, Hitze, Gänsehaut, Herzpoltern, das alles löst seine winzige Berührung aus. »Ich hatte zu viel Schiss, dass du mich abweisen würdest«, raunt er und zieht mich näher zu sich heran. »Ich war ein Idiot.«

Ich nicke. »Vielleicht waren wir beide Idioten.«

Sam zwickt mich in die Seite. »Mich darfst du so bezeichnen, aber bei dir …« Er schüttelt den Kopf. Dann zieht er mich ganz auf seinen Schoß und kitzelt mich in den Seiten, sodass ich mich winde. Wir kämpfen ein wenig miteinander, lachen und lösen damit die Anspannung auf, die seit dem Sofa-Gate vorhin zwischen uns herrschte. Plötzlich hält Sam inne, seine Hand in meinem Nacken, warm und stark, sein Gesicht nur Zentimeter von meinem entfernt. Sein Atem streift schwer und heiß meine Haut.

»Wie geht es deinem Kopf?« Er berührt mit seinem Daumen die Beule, die ich vor lauter Wollen und Sehnen nach ihm gar nicht mehr spüre.

»Alles gut«, erwidere ich bloß.

»Alles gut«, wiederholt er und zieht seine Unterlippe zwischen die Zähne. Sein Blick fixiert meinen Mund.

»Was ist mit Owen?«, wispere ich.

Seine Kiefer mahlen. »Muss nur noch das Dodo-Ei beschaffen. Er sollte also kein Problem darstellen.« Sam grinst schief. »Willst du dich jetzt ernsthaft über deinen Bruder unterhalten?«

Nein. Nein, will ich nicht. Ich will das sehnsüchtige Ziehen in mir befriedigen, will Sam küssen und am besten nie wieder aufhören, will ihm nah sein, will sein Stöhnen hören, seine Muskeln fühlen, alles von ihm spüren. Aber ich muss …

»Ich will nur nicht, dass er dich vom Balkon stürzt, wenn

wir … also, hier …« Ich mache eine Handbewegung, die uns und das Wohnzimmer umfasst, wo Owen uns jederzeit wieder überraschen kann, und die Sam schwer schlucken lässt, weil dadurch klar wird, dass ich Sex mit ihm will.

»Ich besorg ihm zwei Dodo-Eier«, murmelt er und im nächsten Moment liegt sein Mund auf meinem und seine Zunge drängt zwischen meine Lippen. Ich schlinge die Arme um seinen Nacken und rutsche noch näher, presse mich an ihn und spüre im nächsten Moment Sams Hände unter meinem Pullover, lege den Kopf in den Nacken, weil sich das einfach zu gut anfühlt und keuche leise, als er meinen Hals liebkost.

Ich fahre durch seine Haare, bewege mich auf seinem Schoß. Wir küssen uns immer gieriger, berühren uns überall, werden immer hitziger, wollen immer mehr. Sam ist hart. Und ich feucht.

»Fuck«, stößt Sam hervor. »Zimmer. Abschließbare Tür. Jetzt sofort.« Er schiebt seine Hände unter meinen Po und steht mit mir auf, gerät ein wenig ins Wanken, stolpert gegen die Wand und es fühlt sich einfach so unglaublich an, wie er mich mit seinem Gewicht gegen die Wohnzimmertapete presst. Er küsst mich hungrig und tief und ich küsse ihn noch hungriger und noch tiefer zurück, schiebe meine Hand hinten in seine Hose und dränge ihn gegen meine Mitte. Er reibt sich an mir und ich stöhne tief. Zu laut, denn Sam legt mir die Hand auf den Mund.

»Sch, Nora ist im Bad«, flüstert er und verharrt für einen Moment atemlos in derselben Position. Seine Wange an meiner horcht er, ob wir Nora bei ihrer Me-Time aufgeschreckt haben. So mit ihm dazustehen ist unerträglich quälend. Seinen harten Schwanz an meiner Mitte zu fühlen, mich aber nicht rühren zu dürfen. Meine Nervenenden pulsieren, schreien nach mehr, aber ich darf kein Geräusch von mir geben.

»Sam«, flüstere ich warnend, sehnsüchtig und er dreht endlich, endlich wieder den Kopf zu mir und küsst meinen Mundwinkel auf eine Weise, wie ganz sicher noch nie ein Mundwinkel geküsst wurde, erobert meinen Mund dann ganz und ich wimmere an seinen Lippen.

Er stößt sich von der Wand ab und trägt mich so leise wie möglich in das Schlafzimmer, das er sich mit Owen teilt. In dem Raum ist es kühler als im Wohnzimmer, aber nicht kühl genug, um auch unser Verlangen herunterzukühlen. Sam schließt die Tür mit seinem Fuß und presst mich von innen dagegen, tastet nach dem Schlüssel.

»Verdammt, das darf ja wohl nicht wahr sein.« Er setzt mich ab und schaltet das Licht an. Da ist kein Schlüssel. Es ist, als hätte sich das Universum gegen uns verschworen.

Ich schnaube frustriert und lehne meine Stirn gegen seine Brust. »Also warten wir?« *Bis wir wieder in Manchester sind?* Wie auch immer das funktionieren soll.

»Ich glaube nicht, dass ich das schaffe.« Sam klingt ebenso verzweifelt wie ich und zerzaust sich auf seine typische Art die Haare, die mich völlig schwach macht.

»Warte kurz.« Er geht zu seinem Nachttisch rüber, wo sein Songbook liegt, schlägt die letzte Seite auf und reißt sie unordentlich heraus. Dann kritzelt er hastig etwas darauf und nimmt sich ein Kaugummi aus der danebenliegenden Packung. Mit Zimtgeschmack. Da hat er schon immer drauf gestanden und ich habe es noch nie kapiert. Dass er jetzt Lust auf Zimtkaugummis hat, irritiert mich erst recht. Denn ich habe definitiv Lust auf *ihn* und es wäre echt schmeichelhaft, wenn es ihm ähnlich ginge.

Mit wenigen Schritten ist er wieder bei mir, gibt mir einen echt heißen Kuss, der zeigt, yes, er will mich mehr als dieses blöde Kaugummi, und reißt im selben Moment, in dem er mich wieder freigibt, die Tür auf und stopft sich das Kaugummi in den Mund. Drei schnelle Kaubewegungen, dann nutzt er es als Kleber, um den Zettel von außen an der Tür zu befestigen.

Netter Versuch, den Schlüssel einzusacken, Owen, aber vergeblich. Also bleib besser draußen.

»Sehr McGyver-mäßig«, ziehe ich ihn auf.

»Dann solltest du erst mal sehen, was ich mit einem Minzbonbon und einer Büroklammer mit auf dem Rücken verschränkten Händen anstellen kann.«

Wie Sam mich dabei ansieht, schickt ein Ziehen bis zwischen meine Beine. »Ich möchte eigentlich nur wissen, was du anstellst, wenn deine Hände nicht auf den Rücken gebunden sind«, flüstere ich.

Er lacht leise, umfasst mein Gesicht und schiebt mich langsam bis zum Bett, ohne noch etwas zu sagen. Er sieht mich einfach nur an, atmet schwer und seufzt, als ich mir mein Oberteil ausziehe und mich rücklings auf die Matratze sinken lasse.

Sein Blick stolpert zu meinem BH und er zerfurcht sich die Haare. »Das hier habe ich mir verdammt oft vorgestellt.«

Und mir auszumalen, wie genau das ausgesehen haben könnte, dass er sich in den letzten Jahren selbst berührt und dabei an mich gedacht hat, schickt noch stärkere Hitze zwischen meine Beine. Ich ziehe Sam am Bund seiner Jeans zu mir aufs Bett hinunter, bis ich seine Lippen erreiche, fange sie mit meinen eigenen ein, sauge daran, knabbere, stöhne, als er mehr und immer mehr Gewicht auf mich bringt und mich zurück küsst, ich Zimt schmecke und Sam.

Ich zerre an seinem Shirt, bis er es sich mit einem Griff zwischen die Schulterblätter über den Kopf zieht und es neben meinem auf dem Boden landet. Dann richtet er sich kurz auf, um mir meine Jeans auszuziehen. Sie erleidet das gleiche Schicksal wie unsere Oberteile. Ich nestele als Nächstes an seinem Gürtel herum, er hilft mir mit dem Knopf, an dem ich vorhin schon gescheitert bin, und im nächsten Moment tragen wir beide nur noch Unterwäsche.

»Du bist so unfassbar wunderschön«, seufzt Sam und beugt sich zu einem fast schon unschuldigen Kuss hinab.

Keine Ahnung, wieso er plötzlich einen Gang zurückschaltet, aber ich kann das nicht. Ich schlinge meine Arme um seinen Nacken, ziehe ihn tiefer, näher an mich heran, mache den Kuss atemlos, wild. Heiße Haut berührt noch heißere Haut, rasende Herzschläge zwischen uns. Sam ist zwischen meinen Beinen, schiebt sie sanft mit dem Knie auseinander und ich stöhne, weil ich seine Härte jetzt fast ungefiltert an meiner Mitte spüre.

Das reicht nicht. Dass er sich an mir bewegt und unsere Körper einen gemeinsamen Rhythmus finden, der mich fast schon kommen lässt, reicht mir einfach nicht. Ich will ihn ganz spüren. Will, dass er an meinem Hals stöhnt, weil er in mir ist, nicht an mir.

Ich schiebe ihn etwas auf Abstand, sodass ich meine Hand in seine Boxershorts schieben kann, berühre samtige Hitze, die in meine Hand stößt.

»Oh fuck, Em.« Sam verkrallt sich in meinem Haar. Seine Bewegungen werden zügelloser und er stöhnt rau bei jeder Bewegung.

»Hast du etwas da?«, frage ich leise.

Er nickt, lässt mich nicht aus den Augen, während er aufsteht und zu seinem Rucksack geht. Er fischt ein Kondom heraus, zieht es aber nicht über, sondern legt es lediglich neben mich auf die Matratze. Dann kniet er sich am Fußende des Bettes auf den Boden und zieht mich am Becken bis an die Kante. Seine Hand wandert hoch zu meinen Brüsten, streichelt sie, während sein Atem mein Höschen streift und mich erzittern lässt. Er küsst meine Schenkelinnenseiten. Reibt mit seinen Bartstoppeln über meinen Slip, küsst den anderen Schenkel und dann saugt er durch den Stoff an mir, leckt mich durch den Stoff und ich bin mir sicher, jeden Moment zu zerspringen.

»Sam«, wimmere ich.

»Sag mir, wie du es magst, Em.« Er zieht mir ganz langsam meinen Slip aus. »Sag mir, was du willst.«

Ich will *ihn*, aber ich kriege einfach nicht über die Lippen, wie sehr. Stattdessen vergrabe ich meine Hand in seinen Haaren und drücke ihn zwischen meine Beine, stöhne brüchig, als er mich dort küsst, reizt, saugt, mich seine Finger streicheln, bis ich total heiß bin, total bereit, bis alles in mir pulsiert und brennt und ich einfach nur mehr will. Ich ziehe ihn am Arm über mich, aber er lässt es nicht zu, sieht mich nur an. Die Lippen glänzend, der Blick dunkel.

»Sag mir, was du willst, Em.«

»Ich will dich«, stöhne ich, weil ich an einem Punkt bin, an dem ich es nicht mehr länger nicht sagen kann. »Jetzt sofort.«

Er lächelt, nimmt das Kondom, reißt es auf, streift es sich über und im nächsten Moment ist er über mir, küsst mich und dann ist er endlich in mir.

Ich stöhne laut auf, umfasse seinen Hintern, schlinge meine Beine um ihn und komme seinen Bewegungen entgegen. Wir treiben uns in den Wahnsinn. Überall Lippen, Berührungen, Küsse. Wir bewegen uns, drängen, finden schließlich einen gemeinsamen Rhythmus, schneller und immer schneller, unkontrolliert und so gut. Es ist, als hätten unsere Körper all die Jahre auf das hier gewartet. Meine Hände an seinem Rücken. Seine in meinem Haar. Unsere Zungen, die aneinander reiben. Seine Stöße, die einen Punkt in mir treffen, der mich ins Chaos stürzt. Das hier ist Perfektion. Das ist Kontrollverlust. Das ist alles, was ich will. Das ist Liebe.

Sam stöhnt und stößt noch etwas härter zu, mitten hinein

in meine aufbrechende Lust und dann kommen wir. Gemeinsam fliegen, versinken, beben, klammern wir uns aneinander und jedes brüchige Stöhnen von Sam glimmt in mir nach, kribbelt durch meinen Unterleib, zuckt von meinem Schoß bis zu meinem Herzen.

Reglos, überwältigt und erschöpft bleiben wir liegen. Er presst sein Gesicht an meinen Hals, die Lippen an meine Haut. »Ich liebe dich, Emma Westmore.«

Und ich liebe es, dass er das einfach so sagt. Nicht zurückrudert. Ich liebe, wie mein voller Name aus seinem Mund klingt. Wie er sich mit vom Sex belegter Stimme anhört. Dass sein Daumen kleine Kreise auf mein Schlüsselbein malt. Wie sein Atem Gänsehaut über meinen Körper schickt und dass er zwar von mir runterrutscht, um mich nicht zu zerquetschen, aber keinen Millimeter von mir ab. »Es ist, wie die Beatles behauptet haben: Liebe ist nicht nur alt, neu, einfach alles, sondern vor allem du«, murmele ich.

Er stützt sich auf seinen Unterarm. »Seit wann zitierst du die Beatles?«

»Seit du für mich Liebe bist.«

Ich halte mir die Augen zu, aber er zieht meine Hände fort, sieht mich fest an. »Versteck dich bitte nie vor mir. Nie. Aber vor allem nicht, wenn du solche Sachen sagst«, raunt er.

Ich lächele, halte seinem Blick stand. »Okay. Du bist für mich Liebe, Sam Green. Ich liebe dich. Schon immer.«

Nora

Als ich nach der Dusche aus dem Bad trete, ist niemand der anderen mehr da. Ich husche in mein Zimmer und stoppe im Türrahmen, als ich Owen auf meinem Bett liegen sehe. Er hat sein Handy in der Hand und scrollt gelangweilt darauf herum.

Irritiert stopfe ich meine alte Wäsche in den Beutel, der oben auf meinem Koffer liegt. »Du bist aber nicht Emma. Was machst du in unserem Zimmer?«

Owen schnaubt, lässt das Handy sinken und hebt seine Augenbrauen. Er ist noch immer in seinen Straßenklamotten. »Ich werde ganz sicher nicht in dem Bett schlafen, in dem unsere kleine Schwester gerade mit Sam ...« Er verstummt und verzieht übertrieben gequält den Mund.

Aus mir bricht ein Lachen heraus und ich setze mich auf die andere Seite des Bettes. »Na, Halleluja, er hat es ihr endlich gesagt.«

Owen richtet sich ein wenig auf. »Wieso endlich?«

»Redet ihr eigentlich überhaupt nicht miteinander? Sam ist seit einer Ewigkeit in unsere Schwester verknallt, aber er hatte zu große Angst, dass sie ihm an die Gurgel geht, wenn er auch nur etwas in die Richtung andeutet.«

»Ernsthaft?« Owen starrt an die Decke. »Ernsthaft?«, fragt er dann noch mal.

Lachend nicke ich. »Ernsthaft.«

»Der Kerl ist so ein Trottel. Warum hat er denn nichts gesagt?« Er schüttelt den Kopf und steht dann auf. »Ich mache mich mal im Badezimmer fertig, bevor die beiden als Nächstes auch noch die Dusche blockieren.«

Owen lässt meine Zimmertür einen Spaltbreit offen und ich kann von hier aus einen Teil der Küche sehen. Alexander steht dort in Shorts und einem T-Shirt und trinkt gerade ein Glas Wasser. Mein Herzschlag beschleunigt sich, während ich ihn beobachte, und mit einem Mal ist die Erinnerung an seine Lippen auf meinen wieder ganz da. Wie er mich geküsst hat ... Als hätte er das schon tun wollen, seit wir uns das erste Mal begegnet sind.

Ich lächele, als er aus meinem Blickfeld verschwindet und mich nicht einmal bemerkt hat. Ein Teil von mir will zu ihm, doch ich halte mich zurück, weil ich unsicher bin, ob das zu viel wäre. Der Nachhall seines Kusses brennt noch immer auf meinen Lippen und wenn ich jetzt zu ihm in das dunkle Wohnzimmer gehen würde, in meinen Schlafklamotten, unter denen ich nichts anderes trage ... Mein Hals wird trocken und ich setze mich ruckartig auf und schüttele den Kopf, um mich von all diesen Gedanken abzulenken.

Ich meine, wir sind ... Er ist ... Ich bin ... Keine Ahnung, *was* wir sind, aber ich werde sicher nicht das Risiko eingehen, mit ihm im Wohnzimmer rumzumachen und mich schon wieder von Owen erwischen zu lassen.

Also schnappe ich mir die Geschenke, die Emma und ich hier heimlich deponiert haben, und packe schnell alles ein. Währenddessen versuche ich, nicht daran zu denken, dass Weihnachten jetzt doch ins Wasser fällt, da wir nicht zur Hütte können. Aber nächstes Jahr, nächstes Jahr werden wir es schaffen.

Owen kehrt in mein Zimmer zurück, nur in Boxershorts und Shirt, kurz nachdem ich die fertigen Geschenke aufs Fensterbrett gelegt habe und unter meine Bettdecke geschlüpft bin.

»Mann, Owen!«, jammere ich und kneife demonstrativ meine Augen zu. »Warn mich doch wenigstens vor!«

Er lacht, legt sich auf die andere Bettseite und zieht die Decke bis ganz hoch unter sein Kinn. »Kommt nicht wieder vor.«

Es fühlt sich nur einen Moment lang seltsam an, neben meinem erwachsenen Bruder im Bett zu liegen. Aber dann ist es wie früher, als wir noch klein waren und uns regelmäßig zu Mom und Dad ins Bett geschlichen haben. Fehlt nur noch Emma, aber die werde ich jetzt sicher nicht für eine Runde Nostalgie mit Tränengarantie herholen, wenn sie gerade mit Sam beschäftigt ist.

Ich lösche das Licht auf meiner Seite. »Eins sage ich dir aber: Wenn du wie früher durch das Bett propellerst oder schnarchst, schmeiße ich dich raus.«

»Ich bin artig, versprochen«, sagt Owen mit ernstem Klang in seiner Stimme. Er schweigt kurz, aber es ist, als würde ich es in seinem Kopf arbeiten hören. Dann seufzt er, ringt sich offenbar durch, endlich zu sagen, was er auf dem Herzen hat. »Alexander ... Was ist er für dich?«

Mein Hals wird ganz trocken. Bilder von Alexander und mir schießen durch meinen Kopf. Wir im eiskalten Wasser. Wir allein auf der Salzmarsch. Wir im Konfettischnee. Wir im Plastiktannenwald. »Wieso?«

»Weil ich euch vorhin knutschend im Walmart erwischt habe und bis dahin dachte, du hättest ein Problem mit ihm«, erwidert Owen trocken und ein bisschen irritiert. »Bin ich so blind? Oder wann ist das passiert?«

Keine Ahnung, will ich sagen, aber stattdessen lache ich leise, weil es sich so seltsam anfühlt, mit ihm dieses Gespräch zu führen. »Machst du schon wieder einen auf großen Bruder?«

»Ich will nur nicht, dass dir jemand wehtut«, spricht Owen

in die Dunkelheit des Zimmers hinein, die nur durch den schmalen Lichtschein aus dem Flur durchbrochen wird. »Ich weiß, dass ich in letzter Zeit nicht so für euch da war, wie ich es hätte sein müssen, aber-« Er stockt, seine Stimme wird leiser. »Ich möchte es jetzt sein.«

»Du warst so für uns da, wie du es konntest«, erwidere ich streng, weil ich nicht will, dass er sich Vorwürfe macht. »Wir kommen klar. Und ich habe das Gefühl, dass wir uns in den letzten zwei Tagen schon wieder ein bisschen nähergekommen sind. Außerdem hätte ich es furchtbar gefunden, wenn du hiergeblieben wärst und dein Traum von London geplatzt wäre.«

»Dafür ist deiner geplatzt.« Er spuckt die Worte aus, als wären sie Scherben in seinem Mund. »Du wolltest reisen. Aber du bist geblieben und hast einen Job angenommen, den du hasst.«

»Ich hasse ihn nicht«, sage ich sofort und frage mich kurz, wie er jetzt darauf kommt. Ich habe ihm gegenüber nie behauptet, dass ich meinen Job nicht mögen würde. Dann wird es mir klar: Er muss mit Alexander gesprochen haben, als sie vorhin ihren Spaziergang gemacht haben. Wieso hat Alexander Owen das gesagt? Wut pulsiert ganz kurz durch mich hindurch, bevor sie schlagartig wieder verpufft. Weil ich nicht wütend sein darf, nur weil Alexander die Wahrheit ausgesprochen hat. Auch wenn ich diese Wahrheit lieber für mich behalten hätte. Genau aus diesem Grund – weil Owen sich jetzt schlecht fühlt.

»Ich mache diesen Job, weil er unsere Rechnungen bezahlt. Und meine Kolleginnen und Kollegen sind großartig. Das sind sie wirklich. Ich hätte es so viel schlechter treffen können.«

»Aber das ist nicht das, was du dir für dein Leben gewünscht hast«, sagt Owen leise und mit einem so schweren Seufzen, als wäre er für all das verantwortlich, was dieses Jahr schiefgelaufen ist. Doch dafür kann er nichts. Weil Unfälle passieren. Egal wie schrecklich sie sind und wie große Löcher sie in den Herzen von Menschen hinterlassen – Unfälle passieren und wir müssen damit klarkommen. Und wir kommen klar.

»Ich habe mir immer gewünscht, dass Dad mich irgendwann zum Altar führt. Ich habe mir gewünscht, dass Mom mir beibringt, wie man es schafft, mit kleinen Kindern klarzukommen. Ich habe mir viele Dinge gewünscht, die niemals in Erfüllung gehen werden«, sage ich leise. Owen schluckt schwer. Ich fühle mich sofort schrecklich. »Tut mir leid«, schiebe ich hinterher.

»Nein. Du sagst, was du fühlst, und das ist richtig. Wir sind eine Familie. Wir sollten uns nicht voreinander verstellen.« Er seufzt. »Aber ich sollte nicht meinen Traum leben, während du –« Wieder stockt er, weiß offenbar nicht, was er sagen soll, und ist erfüllt von schlechtem Gewissen, das er nicht haben sollte.

»Was genau hat Alexander dir gesagt?« Ich drehe mich zu Owen, kann aber nur seine Umrisse in der Dunkelheit erkennen.

Er zuckt anscheinend mit den Schultern, das Gesicht zur Decke gerichtet. »Nicht viel. Nur dass du es verdient hättest, dein Leben zu leben. Dass Emma und ich vielleicht genauer hinsehen sollten, weil du wie ein Uhrwerk funktionierst, aber man viel zu leicht übersieht, dass auch deine Batterien irgendwann leer gehen werden.«

Alexander hat wohl einen kleinen Ritterkomplex und bekommt definitiv noch Ärger.

»Mir geht es gut«, versuche ich Owen zu versichern.

»Keinem von uns geht es gut. Das ist wohl das Erste, was wir uns eingestehen sollten.«

Ich will etwas erwidern, stattdessen schweige ich und lasse

seine Worte in mich einsinken. Weil sie wahr sind. Uns geht es nicht gut. Wie sollte es auch?

»Ich denke, niemand erwartet, dass es uns gut geht, oder? Außer uns selbst, meine ich und das ist ganz schön dämlich«, wispere ich schließlich und schlucke gegen die plötzliche Enge in meiner Kehle an. »Ich bin froh, dass du hier bist, Owen. Aber ich bin noch froher, dass du tust, was du immer tun wolltest und in London zufrieden bist. Es wäre eine Schande, wenn du diese Chance vergeudet hättest. Emma und ich würden nichts anderes für dich wollen.«

»Vielleicht sollte ich …«

»Lass uns keine Pläne machen. Nicht jetzt. Ich bin nicht unglücklich mit meinem Leben.« Das bin ich wirklich nicht. »Aber ich denke, ich beginne, die Dinge wieder anders zu sehen.«

»Wegen Alexander?«

Ich atme tief ein und drehe mich auch auf den Rücken. »Ja.«

»Also magst du ihn?«, hakt Owen nach.

»Ich kenne ihn – wie lange? Definitiv zu kurz.«

»Laut einer Studie im *Journal of Sexual Medicine* braucht das Gehirn eine Fünftelsekunde, um zu entscheiden, ob es jemanden anziehend findet. Mir ist das mit Liv passiert und ich kann absolut nichts dagegen machen.« Er sagt das so trocken, dass ich lächeln muss.

»Liv ist toll.«

»Ist sie. Aber hör auf, von dir abzulenken. Also?«

»Keine Ahnung, was das zwischen Alexander und mir ist. Aber er tut mir gut.« Die Erkenntnis trifft mich in dem Moment, in dem ich es ausspreche: Alexander tut mir gut. »Er ist vielleicht doch nicht so ein Nichtsnutz wie ich zuvor glaubte.«

Owen lacht, dann gähnt er. »Ja, er scheint echt in Ordnung zu sein.«

»Ja«, flüstere ich und lächele in die Dunkelheit hinein, während mein Herz ein klein wenig schneller schlägt. Alexander ist mehr als nur in Ordnung.

Owen gähnt erneut und steckt mich damit an. »Gute Nacht, Nora.«

»Gute Nacht, Owen.«

24. DEZEMBER

Nora

Ein Fuß bohrt sich in meinen Rücken und ich bin kurz davor, frustriert zu schreien, als ich aufwache.

Owen hat mich die ganze verdammte Nacht über entweder getreten oder gehauen. Auch jetzt liegt er quer im Bett, Arme und Beine weit von sich gestreckt und atmet dabei so leise wie ein unschuldiger Engel. Wenigstens hat er nicht geschnarcht.

Als ich aufstehe, tut mir alles weh und mir ist außerdem heiß, weil Owen mich heute Nacht offenbar grillen wollte und zusätzlich zu meiner auch noch seine Decke auf mich draufgelegt hat. Meine Haare kleben mir im Nacken. Jetzt muss ich schon wieder duschen gehen, wenn ich nicht nach Nachtschweiß riechen will.

Aber erst mal brauche ich einen Kaffee. Ein Blick auf mein Handy sagt mir, dass es schon nach zehn Uhr ist. Ich kann nicht fassen, wie lange ich geschlafen habe. Ich muss echt fertig gewesen sein. Das passiert mir so gut wie nie.

Alle anderen scheinen noch im Bett zu liegen. Was wiederum keine so große Überraschung ist.

Doch ich habe mich geirrt – nicht *alle* schlafen.

Als ich in die Küche komme, steht Alexander schon am Herd, in der einen Hand einen Pfannenwender, in der anderen sein Handy. Die Luft ist erfüllt vom süßen Duft nach Pancakes, der meinen Magen zu einem winzig kleinen Klumpen schrumpft, weil er ganz plötzlich so unfassbar viele Erinnerungen in mir auslöst. Weil es nach Weihnachtsmorgen riecht.

Weil ich für einen kurzen Augenblick nicht Alexander am Herd stehen sehe, sondern meinen Dad.

»Und jetzt musst du sie wenden«, höre ich eine bekannte Stimme aus dem Handy. Telefoniert er mit seiner Mutter?

»Mist.« Alexander versucht ihrer Anweisung zu folgen, doch der halbe Teig hängt in der Pfanne fest, die andere Hälfte klappt zu und mit einem Mal riecht es leicht verbrannt. »Ich glaube, das wird nichts mehr.« Er hält sein Handy in Richtung Pfanne und ich höre seine Mutter lachen. »Die ersten werden immer schlecht.«

»Das ist mein zwölfter«, erwidert Alexander frustriert, während er das Handy wieder zu sich dreht. Nun ist das Bild seiner Mutter auf dem Display zu sehen und natürlich entdeckt sie mich sofort über Alexanders Schulter hinweg. »Nora, Liebes! Wie schön, dich zu sehen.«

»Guten Morgen.« Meine Stimme ist rau und ich muss mich räuspern, während ich nähertrete. Ich werde rot, weil ich bestimmt noch total verschlafen und zerknittert aussehe. »Ich hoffe, ich störe nicht.«

»Natürlich nicht«, sagt Alexanders Mutter sofort und strahlt über das ganze Gesicht. »Ich muss sowieso wieder los. Habt einen wunderschönen Morgen, Kinder.« Sie lässt Alexander nicht einmal mehr antworten, sondern legt einfach auf.

Und er steht da und kratzt die Reste des angebrannten Pancakes aus der Pfanne. »Guten Morgen.« Mit kraus gezogener Nase dreht er sich zu mir um. »Hast du gut geschlafen?«

Meine Antwort bleibt mir in der Kehle stecken, als ich die Pancakes sehe. Mit Gesichtern. So wie die von Dad. Nur total krumm und schief und ein bisschen zu dunkel. Sie erinnern mich an meine eigenen missglückten Versuche, als Dad versucht hat, mir beizubringen, wie man erst die Einzelteile des Gesichts in der Pfanne formt und nach kurzer Zeit den Rest des Teigs zu einem Kopf hineingibt. Sofort schießen mir Tränen in die Augen.

»Hast du die für mich gemacht?«, frage ich mit erstickter Stimme.

Alexander hebt die Schultern, Pfanne und Wender noch immer in den Händen. »Ich habe es zumindest versucht.«

Ich beiße mir auf die Unterlippe und blinzele die Tränen zurück, bevor ich einen von den zerfledderten Pancakes vom Teller nehme, der neben dem Herd steht. Ich beiße ein Stück ab, das nicht angebrannt ist, und seufze, als der Geschmack sich in meinem Mund ausbreitet.

»Wow, die schmecken großartig.« Dann kaue ich weiter und verziehe doch den Mund, weil sie unfassbar zäh sind und ein Nachgeschmack von Seife sich in meinem Mund ausbreitet. Tapfer schlucke ich den Bissen herunter. »Okay, wir arbeiten daran. Der Geschmack ist ausbaufähig.«

»Du schmeckst besser«, sagt Alexander leise und legt endlich die Kochutensilien aus den Händen. Sein Blick ist sengend heiß. Obwohl ich völlig zerknittert aussehe, sieht er mich an, als wäre ich die schönste Frau auf der Welt. Mein Herz wimmert in meiner Brust, während ich seinen Blick erwidere und mir klar wird, dass ich nicht davor weglaufen kann. Vor uns. Vor dem, was sich langsam zwischen uns aufgebaut hat.

Ich habe so viele von den Brotkrumen über Alexander gesammelt, dass ich inzwischen fast das Gefühl habe, ihn zu kennen. Ich weiß nicht, was seine Lieblingsfarbe oder sein Lieblingsessen ist, wie sonst nach den Dates, die ich bisher hatte. Aber dafür weiß ich, dass er ein guter Mensch ist. Jemand, der Dinge aus vollem Herzen tut, niemals halbherzig und immer positiv ist. Er ist so ganz anders als ich und vielleicht ist genau das das Tolle. Unsere Unterschiede bringen uns näher zusammen, als irgendeine abgehakte Liste an Gemeinsamkeiten es je könnte. Ich mache einen Schritt auf ihn zu, meine Finger zucken, beinahe als könnten sie den Stoff seines Shirts bereits unter sich spüren.

Ich will ihn küssen. So verdammt dringend. Doch dann fällt mir wieder ein, dass ich nach Nachtschweiß rieche, und trete einen Schritt zurück, während ich eine hilflose Geste zu meinem zerknitterten Schlafanzug mache. »Ich muss duschen.«

Alexanders Mundwinkel hebt sich, sein Lächeln wird schief, wölfisch, heiß. »Ich zufällig auch.«

Sein Tonfall ist rau und ich habe am ganzen Körper Gänsehaut, als er meine Hand nimmt, mich an sich zieht und küsst. Nur ganz kurz, aber so fest, dass ich weiche Knie bekomme. Einfach so. Mitten in dieser Küche, in der es nach verbrannten Pancakes riecht. Er küsst mich und ich bereue so sehr, dass ich gestern Abend nicht doch noch einmal aufgestanden und ins Wohnzimmer gegangen bin.

»Dann solltest du mitkommen«, stoße ich aus, bevor ich es zerdenken kann. Denn hier und jetzt fühlt es sich wie eine absolut richtige Entscheidung an, ihn hinter mir her ins Bad zu ziehen und die Tür hinter uns abzuschließen. Ich will ihn küssen. Überall. Ohne Plan.

Doch ich lasse ihn wieder los, als wir im Badezimmer stehen, und deute verlegen auf meinen Kosmetikbeutel, der auf der Ablage steht. »Ich putze mir nur eben schnell die Zähne.«

Alexander lächelt mich an, auf diese ganz spezielle Weise, als wäre ich die absolut umwerfendste Frau auf der Welt. Ich mag das. Sehr. »Dann gehe ich schon mal vor«, sagt er bloß.

Ich nicke, plötzlich schüchtern, drehe mich um und drücke Zahnpasta auf meine Zahnbürste. Dann tue ich so, als würde ich Alexander nicht durch den Spiegel hindurch dabei anstarren, wie er zuerst das Wasser aufdreht und sich dann Schicht um Schicht auszieht. Er macht daraus keine Show, aber – verdammt! – mein Herz rast plötzlich vor Aufregung.

Ich starre so lange, bis der Spiegel beschlagen ist und ich meine Zähne eindeutig lange genug geputzt habe. Dann drehe ich mich langsam und zögerlich um und schaue Alexander in die Augen. Er hat die Duschtür offen gelassen und steht in seiner gesamten braun gebrannten Pracht unter dem heißen Wasserstrahl.

Das Kribbeln auf meiner Haut ist plötzlich so stark, dass ich ein wohliges Erschaudern nicht unterdrücken kann.

Ich will ihn nicht anstarren, kann aber nicht anders, als seine Muskeln zu bewundern. Sein ganzer Körper ist sehr definiert, sportlich, straff. Mein Blick wandert tiefer und ich schlucke, als ich seine Reaktion auf mich erkenne.

Alexander grinst ein bisschen schief, kein bisschen verlegen. »Kommst du jetzt? Oder soll ich dir beim Ausziehen helfen?«

Ich greife nach dem Saum meines Schlafshirts und ziehe es mir über den Kopf. Seine Augen weiten sich, als er sieht, dass ich darunter keine Wäsche trage, und er saugt meinen Anblick förmlich in sich auf. Ich schiebe meine Hose, samt Slip, ebenfalls runter und dann stehe ich nackt mitten im Badezimmer.

Es ist eine gefühlte Ewigkeit her, seit ich das letzte Mal mit einem Mann zusammen war. Über ein Jahr. Ich dachte, das nächste Mal würde peinlich oder unangenehm sein. Aber so, wie Alexander mich gerade ansieht, so voller Bewunderung und Lust, fühle ich mich gut – und wunderschön.

Ich trete zu ihm in die Dusche und schließe die Tür hinter mir. Dann überwinde ich auch die letzte Distanz zwischen uns.

Wasser benetzt unsere Küsse und kühlt unsere erhitzte Haut ab, als wir aufeinandertreffen. Mein ganzer Körper steht unter Spannung und ich seufze an Alexanders Lippen, als seine Zunge in mich eindringt. Spannung baut sich in mir auf und ich drücke mich fester an ihn. Alles in mir pulsiert und ich stöhne auf, als er mit einem Mal sein Bein zwischen meine schiebt und meine Mitte über seinen Oberschenkel reibt.

Ich schnappe heftig nach Luft, löse unsere Lippen voneinander, beuge mich stattdessen vor und verteile Küsse auf seiner Brust. Alexander knurrt leise, als ich sanft in seine Brustwarze beiße. Seine Hände fahren kurz über meine Brüste, bevor eine von ihnen meinen Po fester an ihn drückt und die Reibung verstärkt. Gleichzeitig schiebt er seine andere Hand in meinen Nacken, zwingt mich, zu ihm hochzublicken, und dann küsst er mich wieder. Tief und mit noch größerem Verlangen. Ich greife zwischen uns und umfasse seine gesamte Länge mit meiner Hand.

Sein Stöhnen bringt alles in mir zum Singen und ich bewege meine Hand, während ich im gleichen Rhythmus meine Hüfte vor- und zurückschiebe. Die Hitze zwischen uns wird immer stärker, das Pulsieren geht durch meinen gesamten Körper, meine Bewegungen werden fahrig. Alexander drängt mich gegen die Duschwand und ich keuche angesichts der kalten Fliesen unter meiner Haut, während er meinen Po fester drückt, seinen Oberschenkel weiter sanft zwischen meinen Beinen bewegt – und plötzlich falle ich.

Mein Stöhnen übertönt das Rauschen des Wassers und Alexander erstickt es schnell mit einem Kuss, während er sich in meiner Hand bewegt, zuckt und sich dann ergießt. Unser Kuss wird noch mal tiefer, während das Pulsieren in mir ganz langsam abflaut und zu einem sanften Pochen zwischen meinen Schenkeln wird.

Als wir unsere Münder voneinander lösen, stehen wir immer noch eng umschlungen unter dem Wasserstrahl.

»Wow«, stoße ich aus und atme tief den Duft von Alexanders Haut ein, während ich seine Wärme an meinem ganzen Körper spüren kann.

»Oh ja«, erwidert er und lacht, weil es so perfekt zu ihm passt, nach einem Orgasmus zu lachen.

Schmetterlinge wirbeln in meinem Bauch umher und ich lasse es zu, dieses Kribbeln, das mir bis vor Kurzem Angst gemacht hat. Aber hier, in Alexanders Armen unter dem heißen Wasser, in dieser Blase aus Glück, ist gerade kein Platz für Zweifel. Kein Platz für Pläne. Kein Platz für Gedanken. Nur noch Platz für ihn und mich.

Seine Finger streicheln sanft über meine Schulter, verbinden meine Muttermale wie ein Punkt-zu-Punkt-Gemälde. Und ich lächele, bevor ich nach dem Duschgel greife, das ich gestern Abend in der Dusche habe stehen lassen.

Alexander nimmt es mir ab, drückt einen Klecks davon auf seine Hand und grinst. »Lass mich das machen.« Ohne seinen Blick von meinen Augen zu lösen, reibt er das Duschgel zwischen seinen Händen, bis es schaumig wird.

Und dann seift er mich ein. Überall.

Owen

Ich wache auf und habe erst mal keine Ahnung, wo ich bin. Aber egal wo, Liv ist nicht hier und das ist das Erste, was mein Gehirn mir mitteilt. Verdammt! Ich bin verloren.

Ich wühle mich aus den Kissen. Ein fremdes Schlafzimmer, wintergraues Licht, das durch dünne hellblaue Vorhänge fällt. Schlagartig fällt mir das Airbnb wieder ein und damit leider auch der Unfall gestern – unsere Weihnachtsvollkatastrophe. Und dann auch noch … Mit einem Stöhnen vergrabe ich mich wieder in den Kissen.

Emma und Sam. Anscheinend sind die beiden jetzt ein Ding. Denn nachdem ich sie dabei erwischt hatte, wie sie weiter gingen, als man auf einem Sofa in einem frei zugänglichen Raum gehen sollte, war gestern Abend auch noch mein Platz im Bett belegt und ich musste zu Nora umziehen. Emma und Sam. Ich meine, von ihrer Schwärmerei für ihn wusste ich ja, aber dass die beiden irgendwann mal miteinander … Oh fuck! Ich will nicht darüber nachdenken. Es ist einfach … zu gewöhnungsbedürftig.

Wieder tauche ich aus den Kissen auf und stelle fest, dass ich irgendwie falsch herum im Bett liege. Quer. Wo genau ist dann Nora? Ich richte mich auf. Nicht hier jedenfalls. Wahrscheinlich sitzt sie schlecht gelaunt in der Küche, trinkt Kaffee und beschwert sich, wie mies sie geschlafen hat, falls ihr schon jemand Gesellschaft leistet. Und dann werde ich mich fragen müssen, wo ich heute Abend stattdessen unterkommen soll, denn ich werde definitiv nicht bei Emma und Sam auf dem Fußboden campen.

Stöhnend rolle ich mich von der Matratze und ziehe die Vorhänge auf. Blasses Sonnenlicht kämpft sich durch den Hochnebel und glänzt silberhell auf den Wellen, die unten gegen die Kaimauern der Marina fluten.

Mit einem Seufzen wende ich mich ab. Ich brauche erst mal eine Dusche. Ich tappe aus dem Zimmer, überquere den Flur und pralle gegen die verschlossene Badtür. Seufzend lasse ich mich gegen das Holz fallen. Der Tag fängt ja super an.

Das können eigentlich nur Nora oder Alexander sein. Die Türen zu den Zimmern der anderen sind nämlich noch geschlossen. Ich höre die Dusche rauschen und will gerade in die Küche gehen, um mir erst mal einen Kaffee zu organisieren, als ich hinter der Tür ein Geräusch höre, das mich erstarren lässt.

Ein Stöhnen. Nicht, als hätte jemand Schmerzen. Eher … lustvoll. Als würde jemand … Es wiederholt sich. *Oh fuck!* Das kann ja wohl nicht wahr sein! Emma und Sam haben doch schon mein Bett übernommen. Jetzt auch noch die Dusche? Ich höre ein kehliges Keuchen und bin mir ganz sicher, was da gerade abgeht. Ärgerlich schlage ich mit der flachen Hand gegen die Tür.

»Muss das da drinnen sein? Andere wollen auch noch das Bad benutzen. Und nicht jeder will mitkriegen, was ihr gerade macht«, rufe ich ärgerlich.

Das ist dann wohl der richtige Moment, um mir frische Klamotten aus meinem bisher von Emma und Sam belegten Zimmer zu holen. Entschlossen öffne ich deren Tür und sehe mich nach meinem Koffer um.

»Whoa, Mann! Kannst du nicht anklopfen?« Sam fährt im Bett herum.

Vor Schreck schreie ich auf und Emma schreit mit. Reflexartig verschwindet sie tiefer unter der Decke.

»Warum zum Teufel seid ihr hier?« Fassungslos starre ich die beiden an.

Verständnislos starrt Sam zurück. »Wo sollen wir sonst sein?«

»Ich dachte ...« Ich verstumme. Aus meiner Vorstellung von Sam und Emma im Badezimmer werden Alexander und Nora.

»Was?« Emma blitzt mich ärgerlich an. »Ich will dir ja nicht zu nahe treten, Owen, aber ... Du störst!«

»Jemand hat Sex in der Dusche«, gebe ich dumpf von mir. »Und ihr seid es nicht.«

»Und du leider auch nicht«, stellt Sam trocken fest. »Dann wärst du nämlich dort und nicht hier. Was genau willst du?«

»WER hat Sex unter der Dusche?« Emma reißt die Augen auf. »Liv?«

»Natürlich nicht Liv!« Wütend schüttele ich den Kopf.

»Nora?« Emma will aus dem Bett klettern, aber ich halte mir mit einer Hand die Augen zu und strecke ihr die andere mit der Stopp-Geste entgegen, die man schon im Kindergarten lernt.

»Du bleibst da drin, bis ich mir Klamotten geholt und das Zimmer verlassen habe. Ich wette nämlich, du hast nichts an.«

»*Nichts* ist übertrieben«, meint Emma und ich sehe ihr Augenrollen zwar nicht, höre es aber umso deutlicher in ihrer Stimme.

»Es wird so oder so für meinen Geschmack zu wenig sein«, halte ich dagegen. »Außerdem ist mir nicht klar, wo du überhaupt hinwillst. Das Bad ist wie gesagt belegt und ich denke nicht, dass Nora Hilfe braucht.«

Emma kichert los. »Wer weiß.«

Mit einer Hand noch immer über meinen Augen, weil Emmas Decke ziemlich tief gerutscht ist, taste ich nach meinem Koffer. Dann trifft mich ein Kissen am Kopf.

»Hey!«, protestiere ich und schleudere es in die ungefähre Richtung des Bettes zurück.

»Alter!«, beschwert Sam sich. »Kannst du aufhören, dich so unfassbar anzustellen? Wir machen doch gar nichts. Wir liegen einfach nur im Bett.«

»Das ist schräg genug«, brumme ich, schnappe mir einen Pulli, ein Shirt, Socken und Boxershorts und flüchte schnell wieder aus dem Raum. Als ich die Tür hinter mir schließe, kommt Liv gerade aus ihrem Zimmer.

»Hi.« Sie lächelt mich an – zurückhaltend. Aber ... zur Hölle! Ein halbes Lächeln von ihr reicht bereits, um sämtliche Nervenzellen in meinem Körper explodieren zu lassen.

»Guten Morgen. Willst du ...« *Spazieren gehen?*, wollte ich vollkommen sinnlos fragen. Ich trage nichts als Boxershorts und mein T-Shirt von gestern, Liv ist zwar komplett angezogen, hat aber beide Arme um ihren Oberkörper geschlungen, als würde der dünne violette Pulli, den sie trägt, einen miesen Job machen, sie zu wärmen. Ich will ihn feuern und das an seiner Stelle übernehmen.

»Willst du frühstücken?«, schlage ich stattdessen vor. Solange Nora und Alexander duschen und Emma und Sam das Bett hüten, bietet sich vielleicht auch beim Frühstück Gelegenheit, mit Liv allein zu sein.

»Klar«, stimmt sie zu. »Fragst du die anderen, ob sie auch kommen?«

»Die sind wahrscheinlich gerade dabei«, brumme ich.

»Hm?«

Ich weiche Livs fragendem Blick aus. »Bei Emma und Sam gehe ich nicht noch mal rein«, verkünde ich. »Und Nora und Alexander sind auch anderweitig beschäftigt.« Liv hebt die Augenbrauen, aber ich zucke nur mit den Schultern. »Ich sagte doch, es ist was im Grundwasser. Ich ziehe mir nur kurz was an.«

Ich will zurück in Noras Zimmer gehen, bleibe jedoch besorgt stehen. Die Tür ist zu. Stattdessen dringt feuchte Luft aus dem offenen Bad in den Flur.

»Was ist?« Liv mustert mich ratlos. »Gehst du nicht rein?«

»Nee.« Entschieden wende ich mich ab. »Ich öffne hier keine verschlossenen Türen mehr.«

Wahrscheinlich hält Liv mich für komplett unzurechnungsfähig, aber … What the fuck, ich glaube, ich bin verflucht. In meiner Gegenwart scheinen alle durchzudrehen und sich aufeinander zu stürzen.

»Ich ziehe mich im Bad um«, beschließe ich. »Du kannst ja schon mal Tee kochen.«

»Und Kaffee für dich?«

»Wäre nett. Dafür bekommst du auch meinen Pulli.« Ich halte den hoch, den ich gerade aus meinem Koffer genommen habe. »Willst du?«

Sie zögert, beißt sich auf die Unterlippe, kann aber angesichts ihrer hochgezogenen Schultern schlecht leugnen, dass sie friert.

»Gern«, sagt sie schließlich.

Ich werfe ihr meinen Pullover zu und sie fängt ihn aus der Luft. »Danke«, murmelt sie, während sie sich bereits der Küche zuwendet.

Ich brauche nur fünf Minuten, um mich umzuziehen und mir die Zähne zu putzen. Als ich mich dann wieder zu Liv geselle, brodelt bereits der Wasserkocher. Sie hat sich offenbar am Spülbecken frisch gemacht, denn sie verstaut mit dem Rücken zu mir gerade ihre Zahnbürste in ihrem Kulturbeutel und bemerkt mich nicht sofort.

Ich lehne mich in den Türrahmen und beobachte sie kurz. Sie sieht bezaubernd aus – in meinem hellgrauen Pullover mit Zopfmuster, in dem sie völlig versinkt und deshalb ein bisschen verletzlich wirkt. Ich kann mich nur gerade so beherrschen, ihr das Ding nicht sofort wieder auszuziehen, ebenso wie ihre restlichen Klamotten, sie irgendwo in ein freies Bett mitzunehmen und alles zu vergessen, was nicht Liv ist. Stattdessen stehe ich hier wie der letzte Idiot und starre sie meinen Hormonen hilflos ausgeliefert an, während sie das Wasser aus dem Kocher in eine Kanne gießt. Dann hält sie inne.

Sie greift nach dem Saum am Ausschnitt des Pullovers, zieht ihn höher, senkt ihr Gesicht und ... Mein Herz setzt aus. Sie atmet den Geruch ein. Meinen Geruch. Und irgendwie hat das etwas unfassbar Erregendes.

»Der ist frisch gewaschen«, sage ich. Liv wirbelt herum und kann nur gerade so verhindern, dass der Wasserkocher auf die Küchenfliesen stürzt. »Allerdings habe ich den mit dem Waschpulver aus dem Wohnheim gewaschen«, fahre ich belustigt fort. »Und das riecht etwas merkwürdig. Auf der Packung steht *blumig*, aber ich glaube, die Blumen waren schon ein paar Tage alt.«

»Er riecht nicht nach Waschpulver«, erwidert Liv. Sie wirft mir nur einen kurzen Blick zu, ehe sie den Wasserkocher wieder auf die Station stellt. »Er riecht nach dir.«

Ohne mich bewusst dafür zu entscheiden, gehe ich zu ihr. Dicht vor ihr bleibe ich stehen – zu dicht. Ich sollte das nicht tun. Ich sollte ihr nicht so nahe kommen. Sie hat gesagt, sie kann das nicht. Und ich ... Ich weiß nicht, ob ich das kann. Aber ich will es. Immerhin dabei bin ich mir mittlerweile sicher: Ich will das. Das mit ihr. Dass Empfindungen da sind, die ich nicht immer werde kontrollieren können. Ich will einfach loslassen. Einfach mit Liv zusammen sein.

Sie sieht zu mir auf und ich bringe nichts heraus. Uns trennt kaum eine Handbreit Luft. Sie lehnt mit dem Rücken an der Anrichte, ich stütze mich mit einer Hand daran ab.

»Und wonach genau rieche ich?«, bringe ich hervor.

»Nach …« Sie beißt sich auf die Unterlippe und irgendwo zu tief in meinem Unterleib setzt das Kribbeln wieder ein. »Nach Bergamotte und Kamille«, sagt sie leise.

»Das ist mein Shampoo«, erkläre ich.

»Und nach Wassermelone.« Livs Augen sind dunkel, ihre Wangen tiefrot. »Nach einem Sommertag – sogar jetzt, mitten im Winter.«

Mein Duschgel, aber das sage ich ihr nicht. Weil sie mich ansieht, als wäre das ein Wunder, und ich mit Liv lieber an Wunder glaube als an profane Erklärungen.

»Und du riechst nach Kakao«, murmele ich stattdessen. »Warm und süß und unwiderstehlich.«

»Das wiederum ist mein Shampoo.«

»Nein«, flüstere ich – atemlos. »*Du* riechst so. Deine Haut. Überall.«

Liv schluckt und ich hebe unwillkürlich die Hand, um ihre Wange zu berühren. Es fehlen nur wenige Zentimeter zwischen ihren Lippen und meinen. Wenige Zentimeter bis zu diesem winzigen Muttermal direkt unter ihrem Mundwinkel.

»Owen …« Ihre Augen schimmern. Sie senkt den Kopf, weicht mir aus. »Tu mir das nicht an. Bitte.«

»Liv.« Ich versuche sie festzuhalten, aber sie dreht sich weg.

»Du wolltest frühstücken, oder? Irgendwer hat Pancakes gemacht. Und ich habe den Tisch gedeckt.« Liv greift nach der Teekanne und sucht sich einen Platz. »Sie sehen zwar ein bisschen schräg aus, aber immerhin … Es sind Pancakes.«

Ich folge ihr. Ich würde sagen: Irgendjemand hat *irgendwas* gemacht, was wahrscheinlich Pancakes werden sollten. Und zwar welche mit Gesicht. Nora hat die Dinger geliebt, die Dad uns früher gebacken hat. Sie hat dann immer am meisten von uns allen verdrückt. Und Dad hat jedes Mal versucht noch aufwendigere Gesichter zu kreieren. Aber diese Pancakes hier – die sehen aus wie für Halloween. Die Augen sind verlaufen, die Münder unregelmäßig aufgerissen, Nasen irgendwo zwischen Augen- und Mundpartie gequetscht.

»Du findest, sie sehen *schräg* aus?« Ich setze mich Liv gegenüber an den Tisch und starre skeptisch auf den Pancake-Stapel. »Die sind das Horror-Kabinett unter den Mehlspeisen.«

Liv lacht und dieses anbetungswürdige Glucksen lässt aus dem Kribbeln in meinem Bauch ein Brennen werden.

»Du musst sie ja nicht essen. Dann sind mehr für uns andere da.« Sie nimmt sich einen mit ihrer Gabel und deutet dann auf eine große silberne Kanne mitten auf dem Tisch. »Jemand hat auch schon Kaffee gekocht. Das war nicht ich, aber ich hoffe, deinen Pullover darf ich trotzdem behalten. Der ist schön warm.«

»Und anscheinend riecht er gut.« Ich grinse sie an, beobachte, wie ihre Wangen sich erneut röten, und spüre, wie sich diese Regung auf mein Gesicht spiegelt, als auch mir Hitze zu Kopf steigt.

»Stimmt«, sagt sie, ohne meinen Blick zu erwidern, sie schaut nur auf ihren Pfannkuchen. »Das tut er.«

Ich räuspere mich, angele mir einen Pancake vom Stapel und runzele dann die Stirn, als mir plötzlich alles klar wird. »Alexander hat die gebacken. Für Nora.«

»Meinst du?«

Ich nicke düster. »Er muss versucht haben, die Pancakes unseres Dads für Nora nachzumachen. Um sie aufzumuntern.«

»Oh.« Wieder dieses Schimmern in Livs Augen. »Das ist megasüß von ihm!«

Ich müsste eigentlich Hunger haben, bringe aber kaum Appetit auf. Was daran liegen könnte, dass mein erstes Stück Pancake schmeckt, als würde ich in ein Stück Seife beißen. »Boah, was ist das denn?«

»Ich glaube, Alexander hat es mit dem Backpulver übertrieben«, erklärt Liv, die ihren Pfannkuchen ungeachtet dieser Tatsache schon fast vollständig verspeist hat. »Du musst eine dicke Schicht von der Erdbeermarmelade draufstreichen und einen Schuss Ahornsirup drübergießen, dann sind sie ganz lecker.«

Ungläubig sehe ich sie an, muss dann aber grinsen. »Ihr Britinnen wisst echt, wie mit ungenießbaren Speisen umzugehen ist, oder?«

Sie lacht ungezwungen. »Das ist zwar eine Frechheit, aber trotzdem kann ich das nicht abstreiten.«

Sie schließt ihre Hände um die dampfende Teetasse und nippt an ihrem Getränk. Wie kann ich jede ihrer vollkommen alltäglichen Bewegungen bloß so verdammt zauberhaft finden? Wie übertrieben ist es, aus jedem ihrer Moves eine große Sache zu machen? Und wie creepy bin ich eigentlich auf einer Skala von eins bis zehn? Zur Hölle, so kann das nicht weitergehen!

»Liv?«

Sie sieht mich über den Rand ihrer Teetasse an. »Hm?«

»Ich frage mich die ganze Zeit, wie ich dir sagen soll, dass ich …« Und ich habe noch immer keine Ahnung. »Ich glaube …« In meinem Kopf herrscht ein Chaos sinnloser Satzanfänge. »Mir ist in den letzten Tagen klar geworden, dass zwischen zwei Menschen so einiges möglich ist, was sich durch Biochemie nicht erklären lässt. Oder … Keine Ahnung. Vielleicht ist die Fantasie manchmal stärker als die Biochemie. Oder beides in Kombination macht einen high und man weiß gar nicht mehr, was los ist – nur dass man … Keine Ahnung. Es ist halt wie im Drogenrausch. Alles, woran ich denken kann, bist du.«

Überrascht starrt sie mich an. »Was … Was willst du mir damit sagen?«

Das weiß ich selbst nicht. »Ich will dir sagen … Ich habe meine Gefühle bisher komplett wegrationalisiert, aber … Das ist jetzt vorbei.« Ich stehe von meinem Platz auf, gehe um den Tisch herum und setze mich auf den Stuhl neben ihr. »Ich will Gefühle nicht mehr nur erforschen, ich will sie erleben. Die guten und die schmerzhaften. Die, die mich runterziehen, und die, die mich high sein lassen.« Liv sieht mich weiter wortlos an – ohne jede Regung. Sachte greife ich nach ihrer freien Hand ohne Teetasse. »Mit dir«, beende ich meinen Monolog und warte auf ihre Reaktion.

Sie hat mir doch gesagt, dass sie Gefühle für mich hat, oder? Als wir draußen im Marschland bei Ringo auf die anderen gewartet haben. Sie hat sich doch gewünscht, dass ich etwas für sie empfinde, oder nicht? Und jetzt sage ich ihr genau das und sie ... sie erwidert einfach nichts darauf? »Ich will meine Gefühle mit dir verstehen lernen, Liv«, füge ich hinzu. Nur für den Fall, dass sie es noch nicht kapiert hat.

Und dann – zu meiner Überraschung, meiner grenzenlosen Verwirrung – rinnt eine Träne über ihre Wange. Rasch entzieht sie mir ihre Hand, um sie wegzuwischen. Die Teetasse stellt sie mit einem Knall auf dem Tisch ab.

»Du begreifst es nicht, Owen, oder?« Ihre Stimme klingt erstickt. Ihr ganzer Körper reagiert auf eine Emotion, die ich so gar nicht durchschaue. Sie blinzelt, als müsse sie noch mehr Tränen verscheuchen. »Ich habe mich in dich verliebt. Und ich weiß, das ist nur Fantasie für dich. Aber für mich ist das real. Mir war von Anfang an klar, dass du nicht der Richtige für mich bist. Trotzdem konnte ich nichts dagegen tun, dass in mir alles *Ja* gerufen hat. Und ich ...« Sie kommt auf die Füße, während ich nur versteinert dasitze und sie schockiert ansehe. »Ich gebe mir echt Mühe, normal mit dir umzugehen. Es ist nur ...« Bebend ringt sie nach Luft. »Es ist so verdammt schwer. Und du machst es mir nicht gerade leicht.«

»Liv ...« Ich stehe jetzt ebenfalls auf, doch sie weicht Richtung Tür zurück. »Ich habe doch gerade zugegeben, dass ich mich geirrt habe. Dass sich zwischen zwei Menschen offensichtlich doch mehr abspielen kann, als die Biochemie erklärt. Ich habe dir doch gerade gesagt, dass ich auch Gefühle für dich habe.«

»Nein.« Vehement schüttelt sie den Kopf. »Du weißt überhaupt nicht, was du fühlst. Du willst nur verstehen lernen, was du fühlst. Und dafür mich benutzen. Ich kapiere, wie das für dich ist – auf irgendeiner Ebene zumindest. Aber meine Gefühle für dich sind echt. Verstehst du? Und ich will … Ich kann kein verdammtes Experiment für dich sein, Owen.«

Noch eine Träne tropft aus ihrem Augenwinkel und Liv wendet sich ab. Sie verschwindet im Flur. Ich höre ihre raschen Schritte, dann das Klappen der Wohnungstür.

Ich weiß, ich sollte ihr folgen, aber ich stehe vollkommen erschüttert da und lasse mich schließlich wieder auf den Stuhl sinken. Im Flur sind jetzt die Stimmen der anderen zu hören, aber ich bekomme nicht mit, was sie sagen. *Ein Experiment.* Liv denkt, sie wäre nur ein Experiment für mich. Und in gewisser Weise … Ist nicht das ganze Leben ein Experiment?

»Ja, das sind so was von gute Nachrichten«, sagt Sam, als er mit Alexander in die Küche kommt.

Alexander hat noch feuchte Haare, ist aber immerhin vollständig bekleidet. Sam hat sich hingegen wahrscheinlich gerade erst aus dem Bett bequemt und trägt noch seine Schlafklamotten. Heute Nacht haben die sich garantiert nicht lange an seinem Körper befunden. Mit einem gequälten Laut wende ich mich vom Anblick der beiden ab.

»Was ist los, Owen?« Sam schlägt mir auf die Schulter. »Brauchst du einen Stimmungsboost? Wenn alles gut läuft, ist Ringo übermorgen wieder flott. Der Typ von der Werkstatt hat mich angerufen. Er wartet nur noch auf ein Ersatzteil.«

»Super«, bringe ich hervor. Natürlich sollte ich mich für Sam freuen, aber gerade könnte mir fast nichts egaler sein.

»Oh, es gibt Pancakes.« Sam lässt sich auf den Stuhl am Kopfende des Tisches fallen und belädt sich seinen Teller.

»Die schmecken so gruselig, wie sie aussehen«, warne ich ihn und blicke zu Alexander. »Nichts für ungut«, sage ich in seine Richtung. »Die Pancakes sind dein Werk, oder?«

Alexander lacht. »Ich gebe zu, die sind mehr Kunst als Werk und leider nur halb genießbar. Aber ja, ich wollte Nora eine Freude machen.«

»Das scheint dir ja gelungen zu sein«, gebe ich brummend zurück. »Wenn auch vielleicht nicht mit dem Frühstück.«

Alexander setzt sich mit ernstem Gesichtsausdruck mir gegenüber an den Tisch. »Ich mag Nora wirklich. Nicht, dass du denkst, ich würde ihre Situation irgendwie ausnutzen.«

»Ja, meine Schwestern scheinen sich plötzlich unglaublicher Beliebtheit zu erfreuen«, bemerke ich trocken.

Sam wirft mir einen Blick unter erhobenen Augenbrauen zu. »Warum hast du denn so schlechte Laune?«

»Und warum habt ihr so gute?«

Sams Grinsen lässt meinen Launepegel ins Bodenlose fallen. »Willst du wirklich, dass ich dir die Frage beantworte?«

»Nein.« Düster ziehe ich mir meine Kaffeetasse heran und nehme einen Schluck.

»Ich weiß nicht, was du hast.« Sam schluckt ein erstes Stück seines Pancakes herunter. »Die sind doch voll okay.«

»Das liegt daran, dass du verliebt bist«, erkläre ich ihm. »Oxytocin und Testosteron verändern das Geschmacksempfinden. Für Salz ist das nachgewiesen. Vielleicht gilt das auch für Backpulver.«

Wieder Sams erhobene Augenbrauen. »Du bist doch selbst verliebt.«

Ich gebe nur ein Brummen von mir.

»Was ist das denn?« Sam hat sich aus Livs Kanne eingeschenkt und beäugt misstrauisch den Inhalt seiner Tasse.

»Livs Tee«, erkläre ich.

»Oh fuck. Kann ich das zurückschütten?«

Ich zucke mit den Schultern. »Sie kommt eh nicht wieder.«

»Wieso, was ist denn mit ihr?«, will Alexander wissen.

Ich starre auf meinen Teller. »Ich hab's versaut mit ihr.«

»Ach, deshalb deine miese Laune.« Sam lässt seine Tasse sinken. »Was genau hast du gemacht, Owen?«

»Keine Ahnung!« Ich hebe die Schultern. »Ich habe ihr gesagt, dass ich Gefühle für sie habe, dass ich mich auf sie einlassen will, also auf uns. Und dann …«

»Was dann?«

»Sie meinte, sie wolle kein Experiment für mich sein, und ist gegangen.«

»Und du sitzt einfach hier?« Jetzt wandern auch Alexanders Augenbrauen nach oben.

»Was soll ich denn machen?«, verteidige ich mich und komme mir vor wie das größte Arschloch der Welt, ohne zu wissen, was ich verbrochen habe. »Ich kann nun mal keine Liebeslieder schreiben. Solche Pancakes würde ich vermutlich noch hinkriegen, aber das würde jetzt abgeguckt aussehen, oder?«

»So was von«, gibt Sam grinsend zurück. »Sei einfach einmal vollkommen ehrlich zu dir selbst – keine Ausflüchte! Mach dir klar, was du *wirklich* empfindest. Und dann sagst du ihr genau das.«

»Das habe ich doch gerade versucht.«

»Sicher?« Zweifelnd erwidert Sam meinen Blick. »Ich kenne dich doch, Owen. Und Liv hat es dir offensichtlich nicht abgekauft. Also …« Er zuckt mit den Schultern. »Ehrlichkeit mit dir selbst – das ist das ganze Liebeslied, das du brauchst.«

Ich starre ihn an. »Und wenn es nicht reicht?«

»Mein Gott, dann nimmt dich irgendwer in den Arm. Oder

wir gehen eine Runde laufen und machen Liegestütze, bis wir ohnmächtig werden. Wir können uns auch in einer Kneipe volllaufen lassen. Was immer du willst.«

Ich seufze tief. »Ich sollte sie suchen gehen, oder?«

Sam wendet sich wieder dem Pancake auf seinem Teller zu. Er schafft es, ihn zu essen, ohne ihn in Marmelade und Sirup zu ertränken. »Solltest du«, nuschelt er mit vollem Mund.

»Gerade scheinst du davon auszugehen, du hättest sie schon verloren«, bemerkt Alexander. »Es dürfte nicht schwer sein, ihr zu beschreiben, wie sich das anfühlt.«

Scheiße! Es fühlt sich scheiße an. Genug, dass ich mir im Flur meine Jacke schnappe, in meine Stiefel steige und in die Kälte rausrenne, um Liv zu suchen, ohne die geringste Ahnung, wo sie hingegangen sein könnte.

Der Wind beißt mich mit eisiger Entschlossenheit ins Gesicht. Am Himmel ballen sich dicke Wolken zusammen. Der Geruch nach Schnee vermischt sich mit der Salzluft. Vielleicht wird bald doch noch richtig Winter.

Zuerst laufe ich sinnlos über die Main Street, an der sich die bunten, leicht verwitterten Holzgebäude dicht aneinanderdrängen. Dann erreiche ich die Brücke über einen Fluss, der hier ins Meer strömt. Unten an seiner Mündung bei der Marina steht auf einem leeren Kiesparkplatz eine junge Frau in sonnengelbem Parka. Erleichtert renne ich los.

Statt der geschwungenen Straße zu folgen, schlittere ich direkt die vereiste Böschung zu ihr hinab. Ein ganzer Regen aus Erde, Eis und Gestein geht mit mir zusammen nieder, aber ich schaffe es irgendwie, mich halbwegs auf den Füßen zu halten.

Liv, die von der Kaimauer übers Meer blickt, dreht sich erschrocken um. »Owen?«

»Liv.« Ich laufe auf sie zu. »Es fühlt sich scheiße an.«

»Was?« Verständnislos sieht sie mich an.

»Es fühlt sich scheiße an, wenn du nicht da bist. Alles. Ich habe keine Ahnung, wie das nach so kurzer Zeit möglich ist, aber es ist so.«

Sie hebt die Augenbrauen. »Das ist der Hormonrausch.«

»Ja.« Ich nicke ungeduldig. »Aber nicht nur. Du warst von der ersten Sekunde an gut gegen meine Gewitterwolken, Liv. Ich kann mir nicht vorstellen, nach London zurückzufliegen und zu vergessen, wie es sich anfühlt, von einer kleinen Sonne getroffen zu werden, die in mich reinstürmt.«

»Bin ich vom Kometen zur Sonne aufgestiegen?«

»Komet, Sonne – Es ist mir egal, was du bist, Liv. Biologie, Chemie, Psychologie, die ganze verdammte Wissenschaft ist mir egal, solange du da bist. Es ist mir egal, okay? Ich will das zwischen uns fühlen. Ich will dich fühlen. Nicht nur ... Ich meine ...« Oh shit, gibt es einen Menschen auf der Welt, der noch mieser darin ist, einer Frau eine Liebeserklärung zu machen, als ich? »Das klang jetzt körperlich, oder? Aber so meine ich das nicht – zumindest nicht nur. Meine Streichelfasern sagen *richtig*, wenn du mich berührst. Alles in mir sagt *richtig*, wenn du da bist, und *falsch*, wenn du es nicht bist. Ich weiß, ich werde jetzt wahrscheinlich auch den ganzen Mist fühlen, der sich nach dem Tod meiner Eltern angestaut hat. Und das macht mir eine Scheißangst. Aber ich will das trotzdem. Weil ich gleichzeitig high von dir bin. Und ich glaube ... Ich glaube, dass ich auf diese Weise damit klarkommen kann – mit allem. Und das klang jetzt gerade wieder total eigennützig, oder?«

Ich stocke, ringe nach Worten, während Liv vor mir steht und mich fassungslos ansieht. Ihre Wangen sind gerötet, ihre Mütze ist tief über ihre Ohren gezogen. Sie schnieft. Alles an ihr ist einfach perfekt. Wie um Himmels willen soll ich sie bloß dazu bringen, mir eine Chance zu geben?

»Ich weiß, ich bin nicht dein Plan A«, stoße ich hervor. »Ich werde nie Mr Darcy sein. Du hast von Anfang an gewusst, dass ich ein Fehler bin. Aber bitte, Liv, gib mir die Chance, keiner zu sein.« Sie schluckt. »Ich kann dir nichts versprechen. Du und ich, wir sind nun mal neu füreinander. Und in gewisser Weise … Ja, für mich ist das hier ein Experiment. Aber eins, an das ich mein ganzes Herz hänge. Langzeitstudie. Wenn es nach mir geht, bis ans Ende unseres Lebens.«

»Owen.« Liv legt eine Hand auf meine Brust, als wolle sie mich bremsen. »Wenn du gerade versuchst, mir auf deine verkorkste Art zu sagen, dass du dich in mich verliebt hast und ich mehr für dich bin als ein paar in Aufruhr geratene Hormone, dann reicht mir das. Dann bin ich all-in, was dich angeht. Uns.«

Ich blinzele überrascht. »Das ist alles? Das reicht dir?«

»Ja, natürlich, du Idiot.« Sie lächelt mit Tränen in den Augen. Und das ist gut, oder?

Das ist verdammt gut. Gut gegen Wolken jeder Art – Gewitterwolken, Schneewolken und Was-weiß-ich-für-Wolken. In meinem Hirn ist alles von ihrer Sonne geblendet.

»Ich habe mich doch schon längst vollkommen hoffnungslos in dich verliebt«, redet Liv weiter. »Dabei passen wir eigentlich überhaupt nicht zusammen. Und du mixt grauenhafte Cocktails. Du bist nicht, was ich mir vorgestellt habe. Aber genau das ist Schicksal, oder? Genau das macht uns aus.«

Ich lege meine Hand auf ihre. Sie ist so kalt unter meiner, dass es sich nach Instant-Gefrierbrand anfühlt. Aber das ist auch egal.

»Ich habe mich in dich verliebt«, sage ich mit fester Stimme. »Und ich sehe mehr in dir als nur einen Hormonrausch. Ich will, dass du in meinem Bett schläfst, damit ich dich im Arm halten kann, während unsere Körper Unmengen Oxytocin ausschütten.« Ihre dunklen Augen schimmern. »Ich will morgens neben dir aufwachen, weil sich das für mich anfühlen wird wie Sonnenschein – auch an Regentagen. Und wenn es mir scheiße geht, will ich, dass du das mit mir zusammen aushältst. Und ich will es mit dir aushalten, wenn es dir scheiße geht. Und …« Eine Träne läuft aus Livs Augenwinkel. Ich rede weiter: »Und wenn es sein muss, werde ich dem Schicksal jeden Tag danken, dass es dich in mich hat reinrennen lassen, Comet. Und außerdem …« Ich hole tief Luft.

»Was denn noch?« Liv wischt sich mit der freien Hand über die Augen. Die andere halte ich noch immer an meiner Brust fest.

»Außerdem will ich endlich deine Nummer.«

Sie lacht ein bisschen, wischt sich noch mal über die Augen und aus meinem Bauch steigen Schauer von Nervenimpulsen auf.

»Zwei Anmerkungen.« Sie hebt einen Finger. »Erstens: *Du* bist in *mich* reingerannt, Owen.«

Ich wiege den Kopf. »Können wir das zur Diskussion offenlassen?«

Sie zuckt mit den Schultern. »Du kannst dir die Geschichte ja gern anders erzählen, aber in meiner Welt bist du der Komet. Und zweitens …« Sie hebt den zweiten Finger. »Hast du überhaupt ein Bett?«

»Was?«

»Du hast gesagt, ich soll in deinem Bett schlafen, aber wie ich das sehe, hast du gerade gar keins zur Verfügung. Emma hat dich aus deinem vertrieben und als ich gerade ging, kam Alexander aus Noras Zimmer. Da wirst du heute Nacht also womöglich auch nicht mehr unterkommen.« Das neckische Blitzen in ihren Augen löst erneut ein Kribbeln in mir aus, das meinen ganzen Körper überschwemmt. »Was bei mir die Frage aufwirft, ob du dir mit dieser ganzen Ansprache vielleicht nur einen Platz in meinem Bett sichern willst.«

»Liv.« Mit einem halb belustigten, halb gequälten Laut schlinge ich meine Arme um ihre Taille und ziehe sie an mich. »Ich will in dein Bett. Unbedingt und am liebsten sofort.« Ich lege eine Hand an ihre Wange, fahre mit meinen Daumen über ihre eiskalte Haut. »Aber ich will auch in dein Leben.«

Ihre Augen verschwimmen vor meinen zu einem wilden, süßen Kakao-Espresso-Mix. Ihr Atem berührt meinen Mund in zarten Wölkchen.

»Herzlich willkommen, Owen«, flüstert sie.

Und dann küsse ich sie, schließe die Augen, lasse mich ganz in den Geschmack ihrer Lippen fallen, spüre ihre Kälte, die sich innerhalb von Sekunden in Hitze verwandelt – schneller, als jeder Induktionsherd das hinkriegen würde.

Liv drängt sich gegen mich. Und ich küsse sie, schmecke sie, fühle sie, bis sie diesen leisen Laut hören lässt, der mich um Sinn und Verstand bringt. Fantasie hin oder her – noch nie hat mich etwas glücklicher gemacht als sie. Und ich wünschte, es wäre endlich Abend, damit ich nicht nur ihre Lippen, sondern ihren ganzen Körper unter meinen Berührungen aufheizen kann.

Ich küsse Liv. Deren Lachen ich vom ersten Moment an mochte. Die sich als beste Reisebegleiterin der Welt herausstellte. Mit der ich die drei besten Dates meines Lebens hatte. Die nach Kakao duftet. Die mir mit jedem Blick einen Koffein-Shot durch den Körper jagt und die einfach gut gegen Gewitterwolken ist. Ich küsse Liv. Heute Abend werde ich sie endlich wieder ganz haben. Und so ungeduldig ich bis dahin sein werde – ich werde mir verdammt viel Zeit lassen, sie zu lieben.

Emma

Als ich in Yogahose und einem weiten Wollpullover in die Küche stolpere, schauen mir Nora und Alexander entgegen. Sie sehen mich an, als wüssten sie bereits, dass da etwas zwischen mir und Sam passiert ist. Mir und Sam, der am Herd steht und Rührei macht, sich aber umdreht, als ich Nora und Alexander einen guten Morgen wünsche. Sam, der mich anlächelt, sobald er mich erblickt. Aber die Kücheninsel trennt uns und ich bin unsicher, ob ich einfach zu ihm rübergehen und ihn küssen kann. Er liebt mich, das hat er gesagt, aber das muss nicht heißen, dass er es gleich an die große Glocke hängen will. Das heißt nicht, dass es ihm recht ist, vor Nora von mir geküsst oder berührt zu werden.

»Du bist noch mal eingeschlafen«, sagt er und schiebt das Rührei auf einen Teller, der schon bereitsteht. Mit zwei gebutterten Toastbrotscheiben darauf und etwas Obst. »Ich wollte dich nicht wecken.«

Nora sieht von ihm zu mir und grinst.

»Aber perfektes Timing. Frühstück ist gerade fertig. Die Pfannkuchen hast du verpasst, aber ich dachte, ich mache dir was Kleines, auch wenn es schon Nachmittag ist, Sleepyhead.« Und dann umrundet Sam einfach den Tresen, nimmt mich in den Arm und gibt mir einen sanften Kuss.

»Na, Halleluja.« Nora lacht. »Ich hatte schon Sorge, ihr könntet euch einreden, es wäre bloß eine einmalige Sache.«

Ich drehe mich in Sams Armen um und spüre jetzt seine

warme Brust an meinem Rücken, seine Arme, die mich sicher umschließen. »Wieso sollten wir so was tun?«

Nora verdreht die Augen. »Das habe ich schon die letzten sechs Jahre über nicht verstanden.«

»Und ich seit dem Moment, als ich euch auf der Raststätte kennengelernt habe«, sagt Alexander nickend. »Das war so offensichtlich.«

»Ich hab nicht ... Ich meine, das waren nicht ...« Ich beende den Satz nicht, weil sie beide recht haben. Ich habe mir sechs Jahre lang versucht einzureden, dass wir nichts waren, dass meine Gefühle nicht existieren. Und Sam hat dasselbe getan, mindestens drei Jahre lang.

»Wir standen ganz schön auf dem Schlauch«, gibt Sam zu und lässt mich los, um den Teller für mich zum Tisch zu tragen. »Aber wir haben es ja doch noch kapiert.«

»Was habt ihr kapiert?«, hören wir einen Ruf aus dem Flur. Owen und Liv betreten die Wohnung und schälen sich mit rot gefrorenen Gesichtern aus ihren Jacken und Boots und es dauert drei Sekunden zu lang, bis Owen seinen Blick von Liv losreißt und zu uns in die Küche kommt.

Sam begrüßt ihn, indem er ihn in den Schwitzkasten nimmt und verschwörerisch flüstert: »Dass Em und ich uns lieben und die Finger nicht voneinander lassen können. Wir werden von jetzt an durchgehend aneinanderkleben. Vielleicht legen wir uns sogar einen Shipnamen zu. *Westgreen* wäre doch hübsch.«

Owen zappelt und versucht sich zu befreien, wobei er Würgegeräusche von sich gibt, was Sam nur noch mehr anspornt.

»Und wir könnten Partnerlook tragen, was meinst du, Em? Ach, und wir schicken dir jeden Tag zuckersüße, romantische Pärchenfotos.«

Owen stöhnt und tut so, als würde er ohnmächtig werden. Sam lässt ihn jedoch erst los, als das Telefon meines Bruders klingelt. Sam setzt sich lachend neben mich auf einen Küchenstuhl, legt mir seine Hand in den Nacken und lässt seinen Daumen über meine Haut kreisen. Schmetterlinge, Herzflattern, Ihn-unbedingt-küssen-Wollen wallen in mir auf, aber ich schiebe mir stattdessen etwas Rührei in den Mund, weil ich Owen nicht quälen will. Er braucht sicher etwas Zeit, um mit dem Gedanken von uns als Paar klarzukommen. Ich brauche sie auf jeden Fall, um mich an dieses irre Gefühl zu gewöhnen.

»Das ist echt gut«, murmele ich. »Danke.«

Owen stöhnt erneut und als er sein Telefon auf den Tisch legt, sehe ich, dass Sundance' Name darauf aufleuchtet.

Mit einem Wisch über das Display nimmt Owen den Anruf entgegen.

»Hallo, Sundance«, sagt er und ergreift Livs Hand auf eine Weise, als bräuchte er sie als Stütze. Und anscheinend ist er endlich bereit, sich das auch einzugestehen und zu zeigen. »Du bist auf Lautsprecher.«

»Hi, Smartie. Gut, dass du rangehst. Zuallererst: Grüß mir alle.«

Owen fährt sich mit der flachen Hand übers Gesicht. »Sie können dich hören, Sundance. Du bist auf Lautsprecher.«

»Hi, Sundance«, ruft Nora ins Telefon und beugt sich etwas vor, damit sie gut zu hören ist. Dann wirft sie mir einen strengen Blick zu.

»Hallo, Sundance«, sagt auch Sam fröhlich.

»Wer war das jetzt? Dieser Ringo?«

Sam lacht. »Nein, Ringo ist noch in der Werkstatt und er ist auch nicht besonders gesprächig. Der singt nur Weihnachtslieder. In Dauerschleife. Ich bin Sam.« Er sieht mich an und ergreift ebenfalls meine Hand. »Emmas Freund.«

Wow. Nicht *Owens bester Freund*. Oder *Noras Unterstützer*. *Mein fester Freund*, der mit mir Händchen hält.

»Hi, Tante Caroline«, sage ich mit einem leisen Lächeln und alles in mir fühlt sich gut an. Warm, unwütend. »Was gibt's?«

»Ach ja«, erinnert sie sich daran, dass nicht *wir sie*, sondern sie uns angerufen hat. »Ich melde mich, weil ich mit der Gemeinschaft gesprochen habe.«

Das heißt im Klartext: Sie hat unsere Wir-sind-in-einem-winzigen-Ort-an-der-Küste-gestrandet-Situation, unsere Trauer, das Chaos-Weihnachten, einfach alles mit Wildfremden geteilt. Ich stoße angespannt die Luft aus und allein Sams Hand in meiner verhindert, dass ich sie durch das Telefon erwürge.

»Wir sind uns einig, dass ihr so gar nicht geerdet genug sein könnt, um Weihnachten so zu feiern, wie ihr es euch wünscht.«

»Das könnte vor allem daran liegen, dass wir im Nirgendwo gestrandet sind«, murmelt Nora.

»Wir haben uns Gedanken gemacht und sind zu dem Schluss gekommen, dass wir vier das Ritual mit dem Bild unbedingt nachholen sollten, wenn ich das nächste Mal nach Manchester komme. Das ist unabdingbar, aber vorerst könnten wir eure Seelen reinigen, indem ihr ein eigenes kleineres Ritual abhaltet.«

»Sundance-«, bringt Owen gequält hervor, aber sie schneidet ihm das Wort ab.

»Es ist gar nicht schwer. Das bekommt ihr ganz einfach ohne mich hin. Alles, was ihr braucht, ist ein kleines Feuer an einem friedlichen Ort. Ihr sagtet, ihr wärt an einem Strand? Das ist super. Da treffen die Erdkräfte und die des Wassers zusammen. Das sind energetisch sehr reine Orte.«

Wenn man die Verschmutzung der Ozeane betrachtet, bin ich gewillt, ihr zu widersprechen.

»Also, ihr müsst nur Blumen besorgen. Ich schicke dir nachher eine Liste. Die kriegt ihr in jedem gut sortierten Blumenladen. Die zermörsert ihr dann zusammen mit reinem Olivenöl und reibt euch damit ein. Ach, das habe ich ganz vergessen: Es funktioniert nur, wenn ihr euch eurer irdischen Güter entledigt.«

»Du meinst, wir sollen …« Owen sieht sein Handy mit großen Augen an.

»Ja, Smartie, ich will, dass ihr dafür nackt seid. Also, ihr reibt euch mit dem Pflanzensud ein und dann müsst ihr chanten. So lange, bis ihr das Gefühl habt, Frieden zu finden.«

Bevor ich Frieden beim Chanten finde, bin ich schon erfroren. Ich beiße mir auf die Lippen, weil diese Idee so grotesk wie lustig ist.

»Dann spült ihr alles im Ozean ab, gebt Mutter Erde all eure negativen Gefühle zusammen mit den Pflanzen wieder und dann schreibt ihr gereinigt auf, was euch bis jetzt auf der Seele lag, und verbrennt es im Feuer. Eure Gefühle, was ihr euren Eltern noch sagen wolltet … verabschiedet euch.« Sie beendet ihren enthusiastisch vorgetragenen Plan und für einen Moment herrscht Stille.

Owen ist der Erste, der sich wieder fängt. Er fährt sich durch die Haare. »Danke, Sundance. Das machen wir. Und wir rufen dich am Weihnachtsmorgen an, okay?«

»Okay, Smartie. Seid offen für die Heilung durch Mutter Erde.«

»Wir sind offen. Bye.« Er legt auf und kratzt sich am Kinn.

»Du hast ihr gerade gesagt, dass wir bei minus acht Grad mit Pflanzenpaste beschmiert im Ozean baden gehen, um unsere Eltern zu verabschieden«, sage ich leise. »Warum, Owen?«

Nora scheint ausnahmsweise mal auf meiner Seite zu sein. »Du hättest das nicht sagen dürfen. Jetzt müssen wir das entweder machen …« Ihr Tonfall lässt keinen Zweifel zu, dass das nicht passieren wird.«Oder wir müssen sie erneut enttäuschen, denn anlügen werde ich sie sicher nicht.«

»Du solltest echt daran arbeiten, Nein zu deiner Tante zu sagen«, mischt sich jetzt auch Sam ein und gibt Owen einen freundschaftlichen Schubs gegen den Oberarm.

»Ich habe nicht zugestimmt, weil ich nicht Nein sagen kann.« Owen verlagert sein Gewicht. »Ich habe in letzter Zeit einfach gemerkt, dass Sundance oft recht hat. Ich meine, nicht mit dem Chanten und dem Hokuspokus, aber unter dem ganzen seltsamen Kram sagt sie im Kern oft sinnvolle und ziemlich schlaue Sachen.«

Ich halte Owen meine Hand gegen die Stirn. »Kein Fieber«, konstatiere ich. »Sonst hätte ich dir was von Livs Tee eingeflößt.« Liv prostet mir mit ihrem Becher zu, aus dem Dampf aufsteigt.

»Nein, kein Fieber und ich bin auch nicht durchgedreht. Was ich sage, ist: Ich denke nicht, dass wir uns mit Pflanzen beschmieren oder eisbaden gehen sollten, aber ...«

Ich atme tief durch und beende an Owens Stelle seinen Satz: »... aber wir sollten vielleicht wirklich Mom und Dad verabschieden. Auf unsere Weise. Denn diese Trauerfeier damals war einfach nur furchtbar und für alle anderen gedacht, aber ganz sicher nicht für uns.«

»Du bist dafür?« Owen hat wohl eher mit Noras Verständnis gerechnet als mit meinem.

»Wieso denn nicht?«

»Weil du nie für *irgendwas* bist.« Er beugt sich zur Seite, sodass er Sams und meine miteinander verschränkten Hände sehen kann. »Aber jetzt anscheinend schon und du bist heute irgendwie auch total sanftmütig und friedfertig. Du hast nicht mal Sundance durchs Telefon gezogen, als sie das Wort *Chanten* benutzt hat, und du stimmst für ein Verabschiedungsritual. Das ist ... Also wenn du das bewirkst, Kumpel«, er grinst Sam an, »dann bin ich ab sofort offizieller Fan eurer Beziehung. Her mit Shipnames und den supersüßen Pärchenfotos.«

Ich schlage ihm halbherzig gegen die Brust. »Ich zeig dir gleich friedfertig.«

»Was meinst du, Nora?« Alexander sieht sie fürsorglich an. »Klingt dieses Ritual wie etwas, das dir helfen könnte?«

Sie beißt sich auf die Lippe. »Wenn wir das machen wollen, brauchen wir einen Plan.« Sie verstummt, weil wir sie alle ungläubig und kopfschüttelnd anstarren.

»Es geht ums *Loslassen*, Nora«, sagt Alexander sanft.

Nora nickt und lacht nervös. »Verstehe, kein Plan. Wir lassen es einfach auf uns zukommen.« Bei ihr klingt das wie eine moderne Form von Folter. »Aber eins sage ich euch gleich: Ich verabschiede Mom und Dad auf keinen Fall in dieser Wohnung. Die hat bestimmt kein passendes Chakra.« Sie lacht Alexander an, der ihr zärtlich die Haare aus dem Gesicht streicht.

War das gerade ein Witz? Von Nora? In dieser Situation? Offenbar bin ich nicht die Einzige, die dieser Trip und die Liebe verändert hat.

»Wir waren vorhin am Strand und es ist wunderschön da draußen, weit und frei«, sagt Liv. »Irgendwie hat das schon eine spezielle Energie. Vielleicht könnt ihr die auch spüren. Auf jeden Fall ist es dort besser als in dieser Wohnung.« Sie lächelt zögerlich.

Anscheinend ist Liv unsicher, ob es ihr zusteht, sich in unser Trauerritual einzumischen, aber sie gehört ja jetzt zu Owen. Sie macht ihn glücklich und sie nimmt ihn mir auch nicht weg. Ehrlicherweise muss ich zugeben, dass sie mir meinen alten Owen eher zurückgebracht hat. Und dadurch hat sie jedes Mitspracherecht der Welt gewonnen.

»Das ist eine tolle Idee«, stimme ich ihr zu. »Solange du

nicht von mir erwartest, dass ich baden gehe.« Ich zwinkere ihr zu und Liv lächelt zurück.

Es ist also beschlossen und ich gehe als Erste in den Flur, wo ich mir meine Jacke überziehe. »Kommt ihr jetzt, oder was? Es wird bald dunkel und noch kälter.« Es geht mir nicht wirklich um die Temperaturen oder die schwindende Helligkeit, sondern mehr darum, es hinter mich zu bringen.

Alle setzen sich in Bewegung, verpacken sich in Jacken, Schals, Mützen und Handschuhe. In Livs Fall sogar in drei Owen-Pullover, die sie unter ihrer Jacke übereinander zieht. Und ich mag, wie verliebt er sie anschaut, während er ihr dabei hilft, sich in den Zwiebellook aus seinen Klamotten zu zwängen. Dann machen wir uns auf den Weg zum Strand. Drei Pärchen, die Händchen haltend und schweigend durch die einsetzende schweinekalte Dämmerung stapfen. Sam zieht meine Hand vor seinen Mund und bläst seinen warmen Atem gegen meinen Handschuh.

»Geht's dir gut?«, fragt er leise.

Ich will sagen, was ich seit Moms und Dads Tod immer sage: *Es geht mir gut. Alles okay. Kein Problem. Voll lässig.* Aber stattdessen entscheide ich mich, dieses Mal ehrlich zu sein. Denn es ist schließlich Sam, der mich fragt, verdammt. *Mein* Sam.

»Nein«, flüstere ich also und von ihm kommt kein leeres *Das wird schon* oder *Jetzt reiß dich mal zusammen, sei stark* oder *Die Zeit heilt alle Wunden* zurück. Er tut das, wofür ich ihn liebe: Er zieht mich einfach an seine Brust und presst mich eng an sich. Das macht das Gehen schwerer und wir fallen etwas hinter den anderen zurück, aber das ist mir egal. Es fühlt sich gut an und ich bin irgendwie ganzer.

Als wir die anderen wieder einholen, sind Owen und Alexander schon dabei, an den Strand geschwemmte Baumstümpfe in einem Rechteck anzuordnen. Sam hilft ihnen und ich trage mit Liv und Nora Holz für das Lagerfeuer zusammen.

»Hat eigentlich irgendwer an ein Feuerzeug gedacht?« Owen sieht mich an, dann Sam und Nora. Zuletzt Liv, die den Kopf ebenso schüttelt. Wir alle gucken betreten zu Boden. Vielleicht hätten wir Nora doch einen ihrer Pläne machen lassen sollen.

Alexander lacht. »Und jetzt kommt der Moment, in dem ihr euch dazu gratulieren dürft, den random Serienmörder am Rastplatz eingesammelt zu haben.« Er zieht ein Taschenmesser aus der Hosentasche.

Das sieht nicht sehr bedrohlich aus. Die Serienkillernummer muss er noch mal üben. Ich glaube, damit bringt er nicht mal das Holz dazu, sich vor Angst selbst zu entzünden.

Alexander wackelt mit den Augenbrauen und klappt einen kleinen Feuerstein an der Stelle aus, wo andere Taschenmesser eine nicht funktionierende Nagelfeile oder eine stumpfe Minischere haben. Sein Teil ist ganz offensichtlich der *real shit*. Er braucht drei Anläufe, aber dann entzündet er ganz ausgesetzt-in-der-Wildnis-mäßig das Feuer. Nora findet das total sexy, wenn ich die Herzchen in ihren Augen richtig deute. Und auch ich muss zugeben, es ist schon echt cool, wenn man so was kann.

Schweigend setzen wir uns um das immer größer werdende Feuer. Der Ozean schwappt wütend gegen den steif gefrorenen Strand. Funken steigen in den Abendhimmel auf und verglimmen.

»Und was jetzt?«, fragt Nora.

Owen zuckt die Schultern und wirkt hilflos. »Sollen wir vielleicht etwas sagen?«

Ich nicke und schüttele dann den Kopf. »Ich rede nicht über …« Ich schlucke. »Dann heule ich am Ende nur.«

»Vielleicht ist genau das der Sinn und Zweck dieser Sache.

Alles mal rauszulassen, was hier drin feststeckt.« Nora fasst sich mit zittrigen Händen an die Kehle.

Sam starrt in die Flammen. Wahrscheinlich denkt er an seine eigene Familie und dass er sie genauso verloren hat wie wir Mom und Dad. Okay, nicht ganz genauso, aber auf jeden Fall könnte er es nachempfinden. Vor ihm wäre es nicht komisch, darüber zu sprechen. Vor Liv und Alexander hingegen schon. Ich kenne die beiden einfach nicht gut genug.

»Ich kann das nicht«, flüstere ich.

»Und wenn wir es aufschreiben?« Owen schiebt etwas Kies mit seinem Schuh beiseite. »Das ist ziemlich nah an Sundance' Vorschlag dran, aber mir würde es so, glaube ich, auch leichter fallen, als meine Gedanken und Gefühle laut auszusprechen.«

»Wir haben keinen Zettel, keinen Stift. Gar nichts.« Und genau so fühlt sich das in meiner Brust an – als wäre da gar nichts mehr, seitdem Mom und Dad weg sind.

Sam steht auf und nimmt die Wärme mit, die er an meine Seite gelegt hat. »Damit kann ich helfen.« Umständlich zieht er sein zerdrücktes Songbook aus der Gesäßtasche und reißt für jeden von uns eine Seite heraus. Ganz vorsichtig und so sorgfältig, als würde das zum Erfolg des Rituals beitragen. Das letzte Blatt reicht er Owen zusammen mit dem Stift, der in dem Notizbuch steckte. »Aber ich denke, das ist eine Sache, die ihr Westmores allein machen solltet.«

Ich will widersprechen, aber bevor ich dazu komme, nimmt Sam bereits mein Gesicht in seine Hände und küsst mich sanft. »Das ist wichtig für euch«, murmelt er an meinen Lippen. »Und wenn ihr fertig seid, warte ich oben in der Wohnung auf dich.« Er sieht mich fest an. »Ich bin da, Em.«

Ich weiß, dass er recht hat, aber es fällt mir unfassbar schwer, ihn loszulassen, ihn gehen zu lassen, mich während dieser Sache nicht an ihm festhalten zu können. Aber mir ist auch klar, dass es genau darum geht: mich nicht abzulenken, mich an Nora und Owen festzuhalten, damit wir nicht länger auseinanderdriften, und den Schmerz zu fühlen, den in der Gänze eben nur wir drei ganz ähnlich empfinden.

Nora

Ich zittere am ganzen Körper, während ich erst Owen und dann Emma dabei zusehe, wie sie ihre Zettel vollschreiben, und das liegt nicht nur am eiskalten Wind. Es liegt an all den Worten, die in meinem Kopf herumschwirren und von denen ich nicht weiß, welche ich zu Papier bringen soll.

Wir sitzen nebeneinander auf den Baumstümpfen, meine Sneaker graben sich in den Kies, der sich rau und doch locker unter meinen Sohlen anfühlt. Das Meeresrauschen wirkt unendlich laut. Als wäre das Meer ein Spiegel unserer aufgewühlten Emotionen. Das Feuer ist mittlerweile so stark, dass es mein Gesicht wärmt, während knisternde Funken gen Himmel fliegen. Eiskalter Wind zerrt meine Haare aus dem Schal hervor. Das gefrorene Holz unter meinem Hintern knirscht, wenn ich mich bewege.

Das letzte Mal, als ich vor einem Lagerfeuer saß, waren wir mit Dad campen. Mom war übers Wochenende mit einer Freundin weggefahren und Dad glaubte, ein Abenteuer zu viert würde uns allen guttun. Zumindest hatten die Campingausflüge mit Grandpa in seiner eigenen Kindheit die zwei noch mehr zusammengeschweißt. Und genau das wollte er uns auch bieten. Am Ende haben wir alle im Auto statt im Zelt geschlafen, weil ich Angst vor Bären hatte, Emma wegen der Mücken irre geworden ist und Owen in seinem Übermut das Zelt zerstört hat, indem er eine Wand mit einer Stange eingerissen hat. Nach nur einer Nacht sind wir wieder nach

Hause gefahren und konnten Dad dazu überreden, stattdessen mit uns ins Kino zu gehen.

Ich lächele die Flammen an, sauge ihre Wärme in mich auf und habe mit einem Mal das Gefühl, nicht mehr ganz so allein zu sein. Ich habe Owen und ich habe Emma an meiner Seite. Sie sind meine Familie. Ich habe uns im letzten halben Jahr immer nur als kläglichen Rest gesehen, aber das ist falsch. Wir bleiben eine Familie, selbst wenn unsere Eltern nicht mehr bei uns sind. Wir sind Geschwister und das kann uns niemand nehmen.

Tränen brennen in meinen Augen und ich blinzele sie schnell weg, als Emma mir den Stift reicht. Sie knetet ihren Zettel nervös zwischen den Händen. Ihre Wangen sind von der Kälte gerötet und ihre Lippen schon ein bisschen blau.

Owen starrt in den Himmel, den Funken hinterher, und atmet schwer ein und aus.

Und ich? Ich starre den Zettel an und habe mit einem Mal gar keine Worte mehr. Weil es sich anfühlt, als würden Mom und Dad mir genau jetzt über die Schulter schauen. Weil ich mich fühle, als wäre ich ein anderer Mensch geworden, seit wir auf diesen Trip losgefahren sind. Weil ich mit Owen und Emma zusammen bin und sich diese unendliche Trauer nicht mehr ganz so schwer anfühlt.

Ich habe mich ein halbes Jahr lang mit meiner Trauer verkrochen, habe der Welt zugesehen, wie sie sich weiterdrehte, und konnte nicht verstehen, wieso es allen anderen so leichtfiel weiterzumachen. Wieso nur ich mich von meiner Traurigkeit derart lähmen lasse, dass ich mein Leben nur noch zur Hälfte leben kann.

Aber jetzt, da ich meine Geschwister sehe, die so sehr kämpfen und denen es kein bisschen besser geht als mir, wird mir etwas klar: Wir sitzen alle im selben Boot. Keinem von uns geht es besser als den anderen, auch wenn wir uns mit unterschiedlichen Mitteln von unserem Schmerz ablenken. Ich, indem ich keine Risiken eingehe. Emma, indem sie ihre Wut als Schutzschild benutzt. Owen, indem er seine Gefühle verdrängt.

Aber so funktioniert das Leben nicht. Wir werden immer Gefangene unserer Trauer sein, wenn wir nicht an uns arbeiten.

Ich setze den Stift an und schreibe los, ohne Plan und einfach aus dem Bauch heraus.

Lieber Dad, liebe Mom,
wir werden so viele Dinge nicht mehr miteinander erleben. Wegen eines Unfalls, der mir euch weggenommen hat. Eines Unfalls, den niemand hätte verhindern können. Wir hatten gestern auch einen Unfall und er hat mir so viel Angst eingejagt, aber er hat mir auch klargemacht, wie viel Angst ich bereits mit mir herumtrage. Jeden Tag. Ich habe mich vor der Welt versteckt. Aber das hat jetzt ein Ende. Ab heute will ich mutig sein. Weil ihr auch mutig gewesen seid.
Ich liebe euch,
eure Nora

Ich atme langsam aus und es fühlt sich an, als hätte ich ewig lang die Luft angehalten. Als hätte ich die ganze Zeit nur flach geatmet und niemals wirklich Luft geholt.

Was Mom und Dad passiert ist, war ein Unfall. Nicht mehr und nicht weniger. Dass sie gestorben sind, ist schrecklich. Aber wir drei leben. Ich lebe. Ich werde mich nicht mehr vor der Welt verstecken und diese Reise ist der Anfang davon.

Ich schiebe den Stift in meine Manteltasche und halte den Brief fest, sodass der Wind ihn nicht davontragen und meine Worte einfach wegnehmen kann.

»Und jetzt?«, fragt Emma in das Knistern des Feuers hinein. Ihr Brief hat ein Muster aus Knittern und sie glättet ihn auf ihrer Hose. »Sollen wir sie ... verbrennen?«

»Hmm«, mache ich nachdenklich und betrachte meinen Brief, in dem so viel mehr steckt als nur eine Nachricht an meine Eltern. Es ist eine Erkenntnis und ich würde sie gern mit Owen und Emma teilen. Mit meiner Familie, die mir so viel bedeutet. »Oder sollen wir sie vorlesen?«, frage ich.

Emma zieht die Nase kraus, zuckt mit den Schultern und sieht zu Owen herüber. »Was meinst du?«

Er atmet laut aus und erhebt sich von seinem Baumstamm. »Lasst sie uns vorlesen und dann gemeinsam verbrennen.«

Wir stehen ebenfalls auf und meine Füße sind so unfassbar kalt, dass ich meine Zehen kaum noch spüre. Wir treten näher ans Feuer, das Meer im Blick, während tanzende Funken über uns gen Himmel streben.

»Ich fang an.« Owen räuspert sich und scheint ein wenig zu wachsen, als er sich auf seinen Brief konzentriert. »Werde –« Er stockt und schluckt hörbar. »Das ist schwerer als gedacht.« Seine Stimme ist belegt. »Wisst ihr, ich … Ich habe mir bisher immer verboten zu trauern.«

»Warum?«, frage ich leise.

»Ich hatte das Gefühl, wenn ich mir diese Trauer einmal erlaube, dann wird sie mich nie wieder loslassen.« Er räuspert sich. »Aber ich glaube, Tante Caroline hat recht: Man muss sie reinbitten und dann wieder raus. Und anscheinend ist es Zeit dafür.«

»Wir drei schaffen das«, beteuert Emma leise und lächelt ihm aufmunternd zu. »Aber du musst nicht vorlesen, wenn du es dir anders überlegt hast.«

»Doch. Ich will das.« Owen richtet sich erneut auf, räuspert sich und dann liest er seinen Brief vor:

Werde ich irgendwann aufwachen, ohne dass es scheiße wehtut, weil du nie erfahren wirst, dass du zu Recht an mich geglaubt hast, Mom? Du warst immer stolz auf mich, das weiß ich. Du hast mich immer geliebt. Irgendwie wird es für den Rest meines Lebens reichen müssen.

Und, Dad, du hast gesagt, wenn ich ein Mädchen zum Lachen bringe, kann ich sie auch dazu bringen, mich zu mögen. Du hast nicht erwähnt, dass ich mich bei jedem Lachen mehr in sie verlieben würde. Ich würde dich gern fragen, wie du Mom so glücklich gemacht hast. Du warst ein gutes Vorbild. Daran werde ich mich immer erinnern. An euch. An uns. Wie wir waren.
Danke für jede Minute dieses unglaublichen Vierteljahrhunderts, in dem ihr unsere Eltern wart.
Euer Owen

Das Vierteljahrhundert bricht mich. Ich lache und weine gleichzeitig, während Owen einen Schritt vom Feuer weg macht, als wäre er bei einer Beerdigung. Er lächelt ebenfalls, auch wenn seine Augen nun voller Tränen sind, und ich schluchze einmal leise.

Emma schnieft ebenfalls und ihre Augen glitzern verdächtig, obwohl sie sich viel besser im Griff hat als ich. Sie schluckt mehrmals und glättet ihren Brief immer wieder. »Okay, bringen wir es hinter uns.« Sie macht einen Schritt zum Feuer und ihr Gesicht leuchtet orange, als sie zu lesen beginnt:

Ich vermisse euch. So sehr, dass mein Herz manchmal nicht richtig schlagen will. So sehr, dass meine Brust brennt und ich weinen will. Einfach nur weinen. Aber das geht nicht. Weil ich Owen zeigen muss, dass ich es schaffe. Weil ich Nora nicht das Gefühl geben kann, sie müsste auch noch für mich stark sein. Und dann bin ich stattdessen wütend, weil es nun mal das einzige Gefühl ist, das ich zeigen kann, ohne zusammenzubrechen. Aber es tut mir leid, so unendlich leid, weil es nicht zeigt, wie lieb ich euch habe oder wie sehr ich euch vermisse. Ich habe euch so verdammt lieb, Mom und Dad. Und das ist etwas, an das ich mich erinnern will. Mich immer erinnern werde.
Ever Keks, Em

Wieder schnieft sie, presst ihre Lippen aufeinander und knüllt den Brief in ihrer Faust zusammen. Dann nickt sie mir zu. Ich wische mir mit dem Ärmel meines Mantels über die Augen. Und dann lese auch ich vor.

Der Wind trägt meine Worte davon, mit den Funken des Feuers, über das tosende Meer. Und als ich ende, habe ich das Gefühl, unsere Eltern in der Nähe zu spüren. Als wären sie immer bei uns, direkt in unseren Herzen.

Wir werfen unsere Briefe gleichzeitig ins Feuer und schauen dabei zu, wie die Flammen das Papier fressen, bis nichts mehr von unseren Worten übrig ist.

Emma atmet zittrig ein und als ich zu ihr herüberschaue, rinnt eine Träne über ihre Wange. Sie hat so lange versucht stark zu sein. Genauso wie Owen. Es ist irgendwie tröstlich zu sehen, wie sie ihre Trauer rauslassen. Owen legt seine Arme um uns und zieht uns fest an sich, so fest, dass mir beinahe nicht aufgefallen wäre, dass seine Hände zittern.

Gemeinsam starren wir in das Feuer, mit all diesen rohen, endlich ausgesprochenen Wahrheiten zwischen uns, die wir viel zu lange voreinander verborgen haben.

»Könnt ihr euch noch an das letzte Mal erinnern, als Dad ein Lagerfeuer gemacht hat? Das in der Feuerschale vom Baumarkt?«, fragt Owen und seine Stimme ist voll Schmerz, auch wenn ein Hauch Belustigung mitschwingt.

»Mom ist so ausgeflippt, als sie die schwarzen Rußspuren an der Hausfassade gesehen hat«, schnaubt Emma und wischt sich über die Augen.

»Das habe ich ganz vergessen«, murmele ich lächelnd.

»Diese Mücken.« Emma schüttelt sich und obwohl sie so unfassbar traurig klingt, wirkt sie mit einem Mal gelöst. Weniger wütend auf die Welt. Als wäre sie damit fertig zu kämpfen und könne endlich loslassen. »Also fangen wir jetzt ernsthaft mit diesem Erinnerungsding an?«, fragt sie.

Ich zucke mit den Schultern. »Wir reden nie über sie. Vielleicht ist es an der Zeit, uns auf die schönen Dinge zu konzentrieren. An die Erinnerungen, die Mom und Dad wirklich gerecht werden.«

»Ich finde, das ist eine gute Idee. Wenn ich an die beiden denke, fühle ich mich nur … irgendwie leer. Sie fehlen mir so unfassbar«, gesteht Owen leise und zieht die Nase ein wenig hoch. »Aber dann fange ich einfach mal an … Meine liebste Erinnerung ist die ans Schachspiel von Mom und mir.«

Mir entfährt ein erstickter, trauriger Laut, als ich an dieses verdammte Schachspiel denke, das niemand außer den beiden auch nur berühren durfte. Sie eröffneten in einer Tour neue Partien, die sie teils über Wochen oder Monate hinweg spielten, weil sie immer dann weitermachten, wenn Owen vom College zu Besuch war. Das Schachbrett steht noch immer im Flur oben im Haus, unter dem Fenster, das auf unseren Garten hinaus zeigt.

Emma schnieft leise, während Owen sich räuspern muss, bevor er weitersprechen kann. »Und meine beste Erinnerung an Dad ist, wenn wir gemeinsam sein Auto gewaschen haben.«

Emma und ich starren ihn an. »Auto waschen?« Ich kann die Überraschung nicht aus meiner Stimme heraushalten.

Owen nickt und ein Lächeln schleicht sich auf sein vor Kälte gerötetes Gesicht. »Wir sind danach immer ein Eis essen gegangen.« Stille. Dann: »Es war unser Geheimnis.«

»Mit mir war er immer Eis essen, wenn wir zusammen Getränke eingekauft haben«, gestehe ich leise, worauf Emma in schallendes Lachen ausbricht.

»Und mit mir war er Eis essen, wenn er mich vom Lauftraining abgeholt hat«, sagt sie.

Owen schaut uns an, als wären uns Hörner gewachsen. »Ich fühle mich gerade ein bisschen betrogen.«

»Und ich muss gestehen, dass ich ihn dafür noch mehr liebe.« Mit beiden Händen wische ich mir die Tränen von den eiskalten Wangen und kann nicht aufhören zu lächeln. »Meine liebste Erinnerung an Mom und Dad ist, wie sie ständig zusammen in der Küche getanzt haben.«

Emma und Owen singen sofort unisono den Refrain von ›Total Eclipse of the Heart‹, dem Lieblingslied unserer Eltern, und mit einem Mal fühlt es sich an, als würde sich etwas in mir verändern. Als würde sich dieses große schmerzhafte Loch in mir langsam schließen. Es ist noch lange nicht so weit, vollständig zu heilen. Aber ein Teil von mir spürt, dass ich – wir – einen Schritt in die richtige Richtung gemacht haben.

Plötzlich schweben dicke weiße Flocken vom Himmel. Wir heben gleichzeitig die Köpfe. Sofort durchfährt mich dieses warme, wohlige Gefühl, das ich immer um die Weihnachtszeit verspürt habe. Und mit einem Mal ist es ein kleines bisschen so wie früher. Auch wenn nun alles anders ist. Es kommt mir so vor, als würden Mom und Dad uns mit den Schneeflocken ein Zeichen geben wollen, dass alles okay ist.

»Ich denke am liebsten an die Schneeballschlachten zurück«, gesteht Emma leise, das Gesicht dem Feuer entgegengestreckt, doch die Augen zum Himmel gerichtet.

»Weil du und Dad immer geschummelt und euch gegenseitig gedeckt habt.« Owen lacht leise, wehmütig.

Wir sehen den Flocken beim Fallen zu und vermutlich bemerke gerade nicht nur ich, was wir diesen Winter alles nicht gemacht haben: keine Schnee-Engel im Vorgarten. Keine Schneeballschlachten. Keine heiße Schokolade …

»Und erinnert ihr euch an die Familien-Spieleabende?«

Pflicht an jedem Donnerstag. Und bei Nichterscheinen wurde man mit Putzdienst bestraft. Da waren meine Eltern superstreng, aber bis auf ein paar Ausnahmen während der Pubertät haben wir alle immer gern daran teilgenommen.

Vor allem, weil es eine Rangliste gab, die leider dauerhaft von Owen angeführt wurde, und gegen dessen Vorherrschaft Emma und ich entschlossen vorgegangen sind. Die Liste hängt immer noch in unserer Küche, aber ich habe sie mir seit einem halben Jahr nicht mehr angesehen.

Emma räuspert sich. »Ich wette, heute würde ich dich schlagen.«

Owen schnaubt. »Im Leben nicht.«

»Bring mir ein Brettspiel und ich beweise es dir.« Kampfeslust funkelt in Emmas Augen, genauso wie Übermut, der den traurigen Glanz fast vollkommen überdeckt.

»Wir könnten jetzt noch zum Walmart gehen«, erwidert Owen halb neckend, halb herausfordernd.

»Keiner geht jetzt noch zum Walmart«, entscheide ich lachend und kuschele mich ein wenig mehr in Owens Umarmung, weil mir so langsam richtig, richtig kalt wird. »Aber bei *Guess Who* mache ich euch fertig.«

Sofort protestieren die beiden lachend, bevor sich wieder Stille zwischen uns ausbreitet. Keine drückende Stille, eher friedlich, ruhig, ohne wilde Gedanken, die mich wieder in meine Trauer hinabziehen wollen.

»Ich denke, sie wären stolz auf uns«, sagt Owen leise und wischt sich eine Schneeflocke von der Nasenspitze.

Emma nickt und greift hinter Owens Rücken nach meiner Hand, um sie fest zu drücken. »Ja, das denke ich auch.«

»Selbst wenn wir es nicht geschafft haben, unsere Weihnachtstradition aufrechtzuerhalten?«

Wir haben es so sehr versucht und sind doch gescheitert. Ich hasse das. Dieses Weihnachten hätte am richtigen Ort so viel schöner werden können. In unserer Hütte mit dem großen Kamin, der alten Dekoration, all den wunderschönen Erinnerungen … In meinem Magen drückt es, weil ich mir zugleich eingestehen muss, dass ich dann jedoch Alexander niemals so kennengelernt hätte. Wären die Flüge nicht ausgefallen, wäre er in meiner Erinnerung nur ein Tramper gewesen, den wir unverantwortlicherweise mitgenommen haben. Jetzt ist er ... Keine Ahnung, was er für mich ist. Er ist jedoch so viel mehr als nur irgendjemand, den wir ein Stück mitgenommen haben.

»Selbst dann«, versichert mir Emma ungewohnt sanft und umschließt mit eiskalten Fingern meine Hand. »Ich weiß, wie sehr du dir das gewünscht hast.«

»Aber vielleicht kriegen wir mit Alexanders Monster-Pancakes und Sams Gesangskünsten ja doch noch ein bisschen Weihnachtsstimmung hin«, sagt Owen.

Ein Lachen sprudelt aus mir heraus beim Gedanken an die missglückten Pancakes. Dabei landen Schneeflocken auf meiner Zunge, weil das Schneetreiben immer stärker wird.

»Die waren wirklich gruselig«, gebe ich zu. Aber Alexander hat sie mithilfe seiner Mutter gemacht. Für mich. Trotz der Kälte wird mir ganz warm im Bauch. Weil Alexander kein Landstreicher oder Serienmörder ist. Er ist so ein verdammt guter Kerl, der es geschafft hat, dass ich ab jetzt jedes Mal, wenn ich in einem Walmart bin, wie blöde lächeln werde. Er hat es geschafft, meine Lust aufs Reisen wiederaufleben zu lassen. Er hat es geschafft, dass ich mich auf ihn eingelassen habe, ganz ohne einen Plan.

Oh mein Gott. Mir wird plötzlich klar, dass ich keine Ahnung habe, wie das ab jetzt zwischen uns weitergehen soll. Auf einmal flattert es in meinem Bauch. Aber nicht auf die gute Weise. Nein, ich darf jetzt nicht durchdrehen. Was heute Morgen zwischen uns passiert ist, war wunderbar. Es war viel zu schön, um es jetzt zu zerdenken. Nur ein einziges Mal in meinem Leben will ich nicht an morgen oder übermorgen denken. Ich will nicht darüber nachdenken, dass sich unsere Wege in nur wenigen Tagen trennen werden. Vor allem in diesem wichtigen Moment nicht. Denn jetzt geht es um meine Familie.

Ich lege mit einem leisen Seufzen meinen Kopf in den Nacken und starre in den wolkenverhangenen Himmel, den Schneeflocken entgegen. »Ich gebe es nur ungern zu, aber vielleicht hatte Sundance hiermit gar keine so schlechte Idee.«

»Du vergisst den Teil, in dem wir uns nackt mit Blumenöl einreiben und dann im tiefsten Winter im Ozean baden gehen sollten.« Owen lacht und zieht seine Schultern gegen die Kälte hoch. »Aber ja, das hat irgendwie gutgetan. Ich bin froh, dass wir das zusammen gemacht haben.«

»Ich auch«, sagt Emma und stößt dann ein bibberndes Schnauben aus. »Leute, ich erfriere. Ich muss dringend rein.«

Owen stöhnt vor Erleichterung, löst unsere Umarmung und reibt sich Arme und Beine. »Gut, dass du es sagst. Ich kann auch nicht mehr.«

Gemeinsam schaufeln wir fluchend und zitternd Kies auf die Flammen, bis sie vollkommen erstickt sind. Mittlerweile ist der Schneefall so dicht, dass sich bereits eine dünne Schneedecke am Strand gebildet hat, die auch vor uns nicht haltmacht. Meine Füße sind so kalt, dass meine Zehen vor Schmerzen brennen.

Anklagend nicke ich zu Emma. »Ich will meine Moonboots ersetzt haben, sobald wir wieder zu Hause sind.«

Emma nickt lachend. »Klar. Ist wohl nur fair.«

»Wieso?«, fragt Owen, während wir nebeneinander den Strand hochlaufen.

»Weil ich sie beim letzten Lagerfeuer im Frühjahr geschmolzen habe«, gibt sie kleinlaut zu.

Ich schnappe nach Luft, weil ich bisher immer glaubte, sie wären einfach so kaputtgegangen. »*Geschmolzen?* Mein Gott, hast du einen Feuertanz aufgeführt oder wie konnte das passieren?«

Emma lacht und reibt sich verlegen den Nacken. »Sagen wir so ... Ich war damit beschäftigt, mich von Sam abzulenken, und war wohl ein wenig *zu sehr* abgelenkt.«

»Offensichtlich!«, rufe ich entsetzt.

Owen und Emma lachen aufgrund meines Tonfalls los und ich brauche einen Moment, bevor ich einstimme. Und plötzlich sind wir drei wie früher: sorglos, frei, zusammen.

Auch wenn wir die Lücken in unserer Mitte niemals vergessen werden, haben wir zum Glück trotzdem noch uns.

Owen

Bibbernd drängen sich Emma und Nora vor mir in den Flur des Appartements. Ich fahre mir mit der Hand mehrmals durch die Haare, um den Schnee loszuwerden, schüttele ihn auch aus meiner Jacke. Noch einmal drehe ich mich kurz um und blicke von der Außentreppe in den dunklen Himmel, aus dem die dicken Flocken herabgeschwebt kommen und sich Schicht um Schicht auf der vor Kälte erstarrten Welt ausbreiten. Sie lassen alles ein bisschen märchenhaft erscheinen, nur durchnässen sie einem dabei dummerweise die Socken.

Ich ziehe die Tür hinter mir zu und trete mir die Stiefel von den Füßen. Im Flur drängen sich nicht nur meine Schwestern, sondern sämtliche Mitglieder unserer Schicksalsgemeinschaft. Damit ist die Engstelle der Wohnung komplett overcrowded. Im Chaos aus an die Seite gepfefferten Schuhen, von den Füßen gezerrten Wollsocken, aufgehängten Jacken und Emmas und Noras Gejammer über abgefrorene Zehen suche ich Liv.

Ihr Blick durchspült meine Adern mit Hitze. Sie hebt leicht die Augenbrauen. Eine stumme Frage, wie es mir geht. Ich zucke kurz mit den Schultern, schenke ihr aber ein halbes Lächeln.

»Ich werde nie wieder auftauen«, bringt Emma zwischen klappernden Zähnen hervor.

»Ich sorge schon dafür, dass dir wieder warm wird.« Mit einem Grinsen zieht Sam sie in seine Arme.

»Ernsthaft?« Ich verdrehe die Augen.

»Ich rede von einem Berg Decken und einer festen Umarmung, Owen.« Er zwinkert mir zu, was es mir nicht unbedingt leichter macht, ihm zu glauben. Andererseits kenne ich ihn gut genug, um zu wissen, dass er jetzt tun wird, was gut für Emma ist – und sonst nichts.

Sam greift hinter sich, um die Tür zu seinem Zimmer zu öffnen und Emma folgt ihm bereitwillig.

»Hey!«, rufe ich den beiden nach, dringe jedoch nicht zu ihnen durch, weil Nora, Liv und Alexander den Weg versperren. »Ich wollte noch frische Klamotten für morgen aus meinem Koffer holen.«

Aber Sam hat bereits die Tür geschlossen und ich werde da jetzt ganz sicher nicht reingehen, während er meine kleine Schwester mit seinem Körper wärmt.

»Na toll!«

Nora legt mir eine Hand auf den Arm. »Lass sie einfach. Emma braucht Sam jetzt.« Sie reibt sich mit beiden Händen über ihre Oberarme. »Boah, ich bin halb zu Eis erstarrt.«

»Heißt das, du brauchst mich auch zum Aufwärmen?« Alexander sieht sie fragend an – nicht aufdringlich, eher zurückhaltend. Als wäre er sofort dazu bereit, wieder aufs Sofa zu verschwinden, wenn Nora einfach Zeit für sich will.

Sie zögert und ihr Blick fliegt kurz zu mir. Es würde zu Nora passen, sich Sorgen zu machen, wo ich dann schlafen soll, wenn sie mich auch noch aus dem Zimmer wirft.

»Schon gut«, versichere ich ihr. »Auf noch eine Nacht neben mir legst du ja garantiert keinen gesteigerten Wert.«

Nora lacht erleichtert auf. »Nee, kann ich nicht behaupten.« Sie wird jedoch wieder ernst, als sie Alexander einen verlegenen Blick zuwirft.

»Wir können einfach reden, wenn du willst«, bietet er an. »Und du bekommst eine Fußmassage gegen die eingefrorenen Zehen.«

Jetzt schenkt Nora ihm ein dankbares Lächeln. »Das wäre tatsächlich genau das Richtige.« Sie öffnet die Tür zu ihrem Zimmer und Alexander haucht ihr im Vorbeigehen einen Kuss auf die Schläfe.

Ich seufze tief. »Ich tu einfach mal so, als hätte ich das nicht gesehen.«

Nora wirft mir nur einen vielsagenden Blick zu. »Wer hat denn auf diesem Trip mit der Flirterei und dem Rumgemache angefangen, Owen?« Und dann schließt sie einfach so die Tür hinter sich.

»Oh, zur Hölle«, brumme ich. »Die Sache mit dem Grundwasser stimmt aber trotzdem.«

Liv – noch immer in zumindest einem meiner für sie zu großen Pullover – beobachtet mich amüsiert. »Stimmt aber, oder?« Sie legt den Kopf schief. »Du hast angefangen. Und ich frage mich, warum ausgerechnet wir jetzt noch hier im Flur stehen.«

»Oder hast eigentlich *du* angefangen? Du bist doch in mich reingerannt.« Ich trete auf Liv zu, komme ihr so nah, dass wir uns fast berühren – fast! –, beuge mich zu ihr hinab und atme tief ihren Kakaoduft ein. »Warum stehen wir noch im Flur«, flüstere ich, »Wenn wir eigentlich …« Ganz zart schiebe ich mit dem Zeigefinger ihren Pulloverärmel hoch, streichele die zarte Haut an ihrem Handgelenk – wie im Flugzeug. Ich streichele Liv, bis sie bebend Luft holt, weil ihre Streichelfasern *richtig* sagen. »… um uns aufzuwärmen …«, wispere ich. Sie befeuchtet ihre Lippen. Dann schiebe ich mich plötzlich an ihr vorbei. » … in der Küche sein und Tee kochen sollten.«

Überrascht lacht Liv auf und kommt mir nach. Kurz vor der dunklen Küche schlingt sie von hinten ihre Arme um meine Taille und bremst mich aus. »Tee wird komplett überbewertet.«

Lachend drehe ich mich in ihrem Arm um. »Und das von dir?«

Himmel und Hölle! Sie flasht mich jedes Mal, wenn ich sie ansehe. Ich gebe sämtliche Selbstbeherrschung auf und presse meine Lippen auf das winzige Muttermal unter ihrem Mundwinkel, drücke Liv gegen die nächste Wand, halte sie zwischen mir und der fledderigen Tapete fest. Ihr Atem wird laut unter meinen Küssen. Und ich habe keine Ahnung, wie ich jemals glauben konnte, körperliche Anziehung funktioniere ohne Fantasie genauso wie mit. Das hier ist nur so gut, nur so existenziell, nur so notwendig, nur so vollkommen, weil ich weiß, dass Liv Liv ist, weil jede einzelne Streichelfaser in meinem Körper *richtig* sagt.

»Owen.« Atemlos schiebt Liv mich ein Stück von sich, ringt nach Luft. »Wir sind immer noch im Flur.« Sie huscht unter meinem Arm hindurch, bleibt in ihrer Zimmertür stehen. Dann hält sie mir eine Hand hin. »Du scheinst kein Glück mit Reservierungen zu haben. Im Flugzeug die Mittelreihe und hier bleibt nur das Sofa. Aber du kannst bei mir schlafen. Der Platz neben mir bleibt leer.«

Sie bringt mich zum Lächeln. Ich lege meine Hand in ihre und sie zieht mich mit sich ins Zimmer. Abgesehen von dem Kingsize-Bett stehen nur ein Nachttisch und ein Holzkleiderschrank im Raum. Da die Vorhänge vorm Fenster offen sind, spiegeln wir uns vor dem Hintergrund der schwarzen Nacht. Ich sehe Liv von vorne und hinten gleichzeitig. Und obwohl sie einfach nur dasteht, in meinem Pullover versinkt und es nicht darauf anlegt, mich anzumachen, stockt mir der Atem. Ich will wieder nach ihr greifen, sie an mich ziehen. Aber Liv hält mich mit einer Hand an meinem Brustkorb auf.

»Ich habe mir was überlegt.«

Ich hebe die Augenbrauen. »Und zwar?«

»Wir sollten keinen Sex haben.«

»Was?«

Sie lacht auf. »Owen, guck nicht, als hättest du gerade erfahren, dass es keinen Weihnachtsmann gibt.«

»An den glaube ich nicht mehr, seit ich fünf bin«, stoße ich hervor. »Aber bis eben ... Bis eben war ich überzeugt, dass wir jetzt nachholen, was wir heute Mittag nicht tun konnten.«

Sie zieht die Schultern hoch. »Du hast keine Ahnung, wie sehr ich das will, aber ich denke, wir sollten es genau deshalb auf morgen verschieben.«

»Wieso?«

»Weil ... Das zwischen uns soll mehr werden als bloße Lust aufeinander. Und ich dachte ... Vielleicht willst du darüber reden, wie es war? Euer Abschiedsritual. Was du dabei gefühlt hast?«

What the fuck! Die Gefühle zuzulassen ist wichtig und darüber reden auch – so viel habe ich jetzt kapiert. Aber in diesem Moment? Ernsthaft?

»Klar will ich darüber reden«, stimme ich zu. »Aber gerade will ich dich noch mehr.«

»Sicher?« Sie lässt sich küssen, aber irgendwo in meinem Kopf wird mir bewusst, dass ich womöglich gerade dabei bin, in ein Muster zu fallen.

Ich löse meine Lippen von ihren. »Na gut. Vielleicht sollte ich was Verrücktes probieren. Lass uns erst reden. Und morgen früh Sex haben – gleich nach dem Aufwachen. Ich stelle mir einen Wecker, damit wir ein paar Stunden Zeit haben, bevor die anderen anfangen zu nerven.«

Liv hebt die Augenbrauen. »Ein paar Stunden?«

»Auf jeden Fall. Von mir aus reden wir jetzt, aber morgen früh kriege ich ein paar Stunden.«

Sie lacht, ihre Augen so dunkel, dass ich mich darin versenken möchte. »Deal.«

Ich stelle meinen Alarm auf sechs Uhr, lege mein Handy

auf den Nachtschrank und blicke wieder auf. Liv will sich gerade ausziehen.

»Warte.«

»Was ist?« Sie hält inne.

»Lass mich dir wenigstens diesen Pulli ausziehen.« Meine Stimme wird rau, während ich zu ihr gehe. »Ich habe mich den ganzen Tag mit der Aussicht darauf zurückgehalten, das jetzt endlich tun zu können.«

Ihre Augenbrauen wandern nach oben. »Ernsthaft?«

»So was von ernsthaft«, murmele ich mit meinen Lippen schon wieder ganz nah an ihren. Ich schiebe meine Hände unter den Pulloversaum an ihren Oberschenkeln. »Darf ich?«

Mit einem schiefen Lächeln zuckt sie die Schultern. »Ist deiner, oder?«

Ich lasse meine Hände zu ihren Hüften wandern, ziehe sie dicht an mich, streiche an ihren Seiten aufwärts und nehme dabei den Pullover mit. Liv hebt die Arme über den Kopf, ich schiebe den Stoff noch höher. Ihre Haare verfangen sich im Halsausschnitt, fallen ihr dann wieder über die Schultern herab, sobald ich sie befreit habe.

Ich werfe das Kleidungsstück achtlos zur Seite, weiche keinen Millimeter zurück, schaue Liv unentwegt in die Augen. Und sie mir, ihre Lippen leicht geöffnet. Darunter trägt sie ein weißes T-Shirt mit dem sommerlichen Schriftzug *La Jolla Shores* – eindeutig für den Strand in San Diego bestimmt.

»Was ist damit?« Ich zupfe am Saum. »Das ist deins. Darf ich trotzdem?«

Sie nickt. Als sie diesmal die Arme hebt und ich den Stoff hochziehe, lasse ich meine Daumen auf dem Weg über ihre Brüste reiben. Ihr langer Atemzug trifft mein Gesicht. Sie beißt sich auf die Unterlippe.

Vielleicht ist das hier nur so erregend, weil wir beide wissen, dass nichts weiter zwischen uns passieren wird. Aber da mir klar ist, dass ich gerade nicht mehr haben kann, koste ich jeden Moment aus, dehne ihn in die Länge. Jeden Mehr-bloße-Liv-Haut-Moment, jeden Kakaoduft-Augenblick, jede Ich-komme-dir-Stück-für-Stück-näher-Minute, jede Ich-fühle-dich-und-will-dich-Sekunde, bis sie nur in Slip und BH vor mir steht – ihre Augen tiefschwarz, der Geschmack ihres Atems auf meinen Lippen.

»Darf ich auch?« Sie fährt mit beiden Händen unter mein Shirt, elektrisiert jeden Millimeter Haut, den sie berührt. Da ich jedoch nicht halb so viel Kleidung trage wie sie, ist sie schnell damit fertig, mich auszuziehen. Wie erregt ich bin, kann meine Boxershorts in keiner Weise verbergen.

Einen Augenblick lang sieht Liv mir atemlos in die Augen. Dann sind ihre Hände in meinem Nacken, sie zieht mich an sich, küsst mich – so tief, dass ich nach Luft ringen muss.

»Hey.« Herausfordernd grinsend schiebe ich sie von mir. »Überlegst du es dir gerade anders?«

»Ich glaube schon.«

»Nein, nein.« Ich lasse sie stehen, springe ins Bett und ziehe die Decke über mich. »Wir reden jetzt über meine Gefühle.« Oh, zur Hölle, als mir heute Vormittag durch den Kopf schoss, dass ich mir verdammt lange Zeit dabei lassen würde, Liv zu lieben, hatte ich nicht gedacht, dass es so viel sein würde.

»Na gut.« Liv seufzt tief. »Das habe ich mir selbst zuzu-schreiben.« Sie dreht mir den Rücken zu, während sie ihren BH auszieht und sich ein Schlafshirt überwirft, das ihr über eine Schulter rutscht – eine perfekt geformte, von weicher Haut ... *Oh, verdammt!* Ich drehe mich von ihr weg auf die Seite. Solange ich Liv ansehe, kann ich mich auf nichts ande-res konzentrieren als sie. Und dann kann ich auch nichts anderes fühlen.

Liv schlüpft hinter mir unter die Decken, rückt ganz nah an mich heran, schlingt ihren Arm um meine Taille.

»Dann erzähl mal, Owen.« Sie presst ihre Lippen in meine Halsbeuge. »Wie war das Ritual? Wie hat sich das angefühlt?«

»Wenn du mich weiter küsst«, bringe ich rau hervor, »kann ich nicht reden. Dann kann ich nur Dinge tun, die wir auf morgen früh verschieben wollten.«

»Tut mir leid.« Sie löst ihre Lippen von meiner Haut, kuschelt sich stattdessen eng an mich. »Erzähl bitte.«

Und dann fange ich stockend an zu erzählen – vor allem davon, dass ich einerseits überhaupt nicht an dieses Ritual glaubte, es sich aber andererseits unerklärbar wichtig anfühlte. Und ich mir jetzt wie befreit vorkomme. Nicht von der Trauer, nicht vom Schmerz, aber von der Angst davor, an meine Eltern zu denken und die Kontrolle über die Gewitterwolken zu verlieren. Liv hört mir zu, hält mich, nimmt ganz still Anteil an allem, was ich sage.

Ich gebe ihr sogar meinen Brief wieder – fast Wort für Wort, weil das im Kern ist, was mich so unfassbar traurig macht: all die Dinge, die Mom und Dad nie über mich wissen werden. Ich spüre, wie sich Livs schmaler Körper an mich presst, wie sie ihr Gesicht in meinem Nacken vergräbt.

»Ich wünschte so sehr …« Ich habe Angst, meine Stimme könnte brechen, bin in der nächsten Sekunde entschlossen, meinen Satz trotzdem zu Ende zu sprechen. »… ich hätte dich ihnen vorstellen können.« Meine Stimme bricht tatsächlich und Liv küsst mich auf die Schläfe.

»Das wünschte ich auch«, sagt sie leise.

Eine Träne tropft auf meine Wange. Ich bin mir nicht sicher, ob es meine ist oder Livs. Längst fühlt sich ihre Nähe nicht mehr erregend an, sondern tröstlich. Viel tröstlicher als ich mir jemals hätte vorstellen können. Ich entspanne mich in ihren Armen, merke, wie mein Atem ruhiger wird. Ich bin so verdammt erschöpft – von diesem Tag, vom Ritual, von meinen Gefühlen.

Und froh. Wegen derselben Dinge. Und wegen Liv.

Halb bin ich schon eingeschlafen, als mich das Klingeln meines Handys auf dem Nachtschrank aufschrecken lässt. Hastig taste ich nach dem Telefon.

»Was ist denn jetzt schon wieder los?« Mit gerunzelter Stirn betrachte ich das Display, auf dem eine unbekannte Nummer angezeigt wird – mit englischer Vorwahl.

Ich drehe mich zu Liv um.

Sie hält ihr eigenes Smartphone hoch. Auf dem Display lese ich: *Calling Owen*.

»Meine Nummer«, sagt sie. »Die wolltest du doch haben, oder?«

Ich muss über ihren beiläufigen Ton lachen, fahre mit einer Hand in ihren Nacken und küsse sie. »Ich habe das Gefühl, noch nie so hart für etwas gekämpft zu haben.«

»Dabei hättest du sie früher oder später eh bekommen«, erwidert sie. »Schließlich war es Schicksal, dass wir ineinandergerannt sind.«

»Zufall«, kontere ich. »Aber der beste meines Lebens.«

Dann speichere ich ihre Nummer in mein Telefon ein. Es fühlt sich an, wie einen Schatz in einem Tresor zu deponieren. Und in das Feld *Name* tippe ich: *Comet*.

Und damit meine ich nicht Santas Rentier, sondern Liv. Die gut gegen Gewitterwolken ist.

25. DEZEMBER

Emma

Ich wache auf und blinzele in die Sonne, die durch das Fenster fällt. Neben mir ist das Bett leer und ich streiche enttäuscht über das Laken. Es ist kalt, was bedeutet, Sam muss schon vor einer Weile aufgestanden sein. Als ich mich aufrichte und aus dem Fenster sehe, ist draußen alles unter einer Schneedecke verborgen, die den Ort in ein echtes Winterwonderland verwandelt hat. Es glitzert magisch und noch immer fallen einzelne Schneeflocken vom Himmel.

Das Abschiedsritual von Mom und Dad war gut. Es hat etwas in mir verändert. Es geht mir jetzt besser, aber ich fühle mich auch wund und emotional anfällig. Als könnte eine Winzigkeit ausreichen, um mich zum Weinen zu bringen. So etwas, wie das kahle Wohnzimmer der noch viel kahleren Wohnung, die so gar nicht weihnachtlich ist. Null. Deswegen war mein Plan eigentlich, diesen Weihnachtstag weitestgehend mit Sam in diesem Bett zu verbringen. Denn er ist eh viel besser für meine Seele als Goldglitter, Weihnachtslieder und Engel. Aber er hatte wohl andere Pläne.

Seufzend drehe ich mich auf den Rücken, höre Stimmen aus der Küche, Lachen und rappele mich auf. Ich schlüpfe in einen weiten Zopfmuster-Wollpulli und meine Yogahose, binde mir die Haare zu einem wirren Knoten auf dem Kopf zusammen, gehe mir im Bad die Zähne putzen und atme drei Sekunden lang tief durch. Erst dann bin ich bereit, es mit dem Grinch-Wohnzimmer aufzunehmen.

Aber das Zimmer ist … nicht wiederzuerkennen. Der Fernsehkamin flackert und darunter hat jemand sechs Weihnachtsstrümpfe an der Kommode befestigt. Tannengirlanden zieren sämtliche Oberflächen. In der Ecke vor dem Balkonfenster steht der Weihnachtsbaum, der gestern noch einfach nur grün und trostlos war, weil keiner sich die Mühe gemacht hatte, ihn zu schmücken. Als wäre uns allen, nachdem wir ihn besorgt hatten, klar geworden, dass er dieses Weihnachten nicht retten würde. Aber, verdammt, er tut es. Mit leuchtenden Lichterketten, Lametta und Kunstschnee auf den Zweigen steht er bunt da und lässt mein Herz hüpfen. Ich spüre in mir diese losgelöste Freude, die Begeisterung, den Zauber von Weihnachten wie damals, als ich noch ein kleines Mädchen war und Mom und Dad heimlich alles für uns geschmückt haben.

Mir treten Tränen in die Augen. Ich sag's ja: emotional so leicht umzupusten, dass sogar eine kleine Plastiktanne mit Kunstschnee auf den Zweigen es schafft, mich zum Heulen zu bringen. Aber tief in mir drinnen weiß ich, dass es nicht der Baum ist, nicht die Deko, mit der das Wohnzimmer in einen Charles-Dickens-Traum verwandelt wurde. Es sind Sam, Liv und Alexander, die am Küchentresen stehen und Frühstück machen, inklusive Pancakes mit Gesicht. Sam, Liv und Alexander, die all das hier getan haben, damit unser erstes Weihnachten ohne Mom und Dad kein Tag sein wird, den wir lieber im Bett verbringen wollen.

»Sam«, flüstere ich erstickt und presse mir die Hand auf den Mund.

Sam lässt den Pancake zurück in die Pfanne rutschen, um zu mir zu eilen, und überlässt das arme Teil Alexander, der es bestimmt töten wird. »Du bist wach«, sagt er leise, überwindet mit zwei langen Schritten die Distanz zwischen uns und küsst mich. »Gefällt's dir?«

»Es ist …« Ich wische mir die Tränen weg.

»Zu viel?« Sam runzelt die Stirn. »Ich hab ja gesagt, wir hätten die hässliche Tanne weglassen sollen, Alexander.«

»… perfekt«, beende ich meinen Satz. »Es ist perfekt.«

»Das ist aber ein sehr krasses Wort.«

Ein sehr passendes. Nicht nur für diesen Weihnachtsmorgen. Sondern vor allem für das, was Sam in mir auslöst.

»Wann habt ihr das alles gemacht?« Und warum bin ich nicht davon wach geworden, wie sie der kompletten Wohnung ein X-mas-Makeover verpasst haben?

»Es hatte Gründe, warum wir euch gestern Abend im Flur abgepasst und direkt in die Zimmer gelotst haben. Wir haben das weitestgehend gestern gemacht, während ihr am Strand wart, und wollten, dass es eine Überraschung bleibt.«

Sam küsst mich noch einmal, länger und ein wenig fester. »Merry Christmas«, flüstert er dann und drückt mich an sich. Und mir wird wie in der Flughafenhalle, als ich das erste Mal eine Sam-Green-Bärenumarmung bekommen habe, ganz warm ums Herz. Nur dass es jetzt noch viel härter für ihn schlägt.

»Was ist denn hier los?«, fragt Nora schlaftrunken hinter mir und schlurft zur Kaffeemaschine, ohne die Augen richtig zu öffnen. Aber dann starrt sie auf den Einschaltknopf, der chromglänzend mittig von der Maschine hervorsteht und mit einem kleinen Mistelzweig behängt ist. Sie blinzelt, als könne sie es nicht glauben, wird von Sekunde zu Sekunde wacher und wacher, dreht sich um und schlägt sich die Hand vor den Mund.

»Guten Morgen. Ich hoffe, du hast noch keine anderen Pläne, die Weihnachten ausschließen. Wir dachten, wenn ihr nicht zu eurem Weihnachtsfest im Arcadia kommt, dann bringen wir es euch so gut es geht hierher.« Alexander hält den Mistelzweig jetzt über Noras Kopf und gibt ihr einen vorsichtigen Kuss. »Sam hat mir außerdem bei den Pfannkuchen geholfen. Ich verspreche, dieses Mal sind sie essbar.«

»Das ist unglaublich. Ihr habt Weihnachten gerettet!«, ruft Nora.

Liv grinst breit, während sie auf der Kante des Sofas herumturnt, um den Weihnachtsstern wieder an der Spitze der Tanne zu befestigen, der sich gelöst hat. »Wir sind so richtige Weihnachtselfen.«

»Weihnachtselfen?« Owen kommt als Letzter in den Wohnraum und sieht ähnlich geplättet aus wie wir. Sein Blick irrt zu Liv. »Hab ich was verpasst? Wieso mutierst du zur Weihnachtselfe, sobald ich kurz mal im Bad verschwinde? Ich dachte, du kannst mit Weihnachten nichts anfangen.«

Liv lässt sich von ihm vom Sofa helfen und gibt ihm einen übermütigen Kuss. »Aber du.«

Und so einfach ist das für sie. Wenn es Owen glücklich macht, arrangiert sie sich auch mit einem völlig überladen dekorierten Weihnachtsmorgen an der verschneiten Küste Maines, anstatt ganz unweihnachtlich im Bikini am Strand von San Diego zu liegen. Die beiden sehen sich total verliebt an und irgendwie so, als hätten sie letzte Nacht doch nicht nur geredet, wie Liv es gerade Alexander erzählte, als ich die Küche betreten hatte.

»Okay.« Sam stößt Owen an. »Könntest du mit deinen Blicken vielleicht nicht die arme Plastiktanne zum Schmelzen bringen? Hilf mir lieber mal, die Sachen auf den Tisch zu tragen.«

Owen seufzt zwar theatralisch, löst sich aber widerstrebend von Liv und murmelt Sam ein *Danke* zu, während er ihm sanft gegen die Brust schlägt. Und ich nutze den Moment, um mich an den Jungs vorbei zu Liv zu schieben.

»Ich habe Weihnachten gerettet, du darfst mich nicht umbringen«, sagt sie sofort.

Ich kneife die Augen zusammen, runzele die Stirn und sehe sie streng an. Voll psychokillermäßig. Aber das halte ich nicht lange durch. Ich lache gegen meinen Handrücken und schließe Liv dann in meine Arme.

»Frohe Weihnachten«, sage ich und füge flüsternd hinzu: »Danke, dass du ihn wieder glücklich gemacht hast.«

»Em, sei nett«, ermahnt Owen mich, während er eine Schale mit frischem Obst auf dem tiefen Couchtisch absetzt. Neben all den anderen Leckereien, die die Jungs dorthin getragen haben, damit wir unter dem Weihnachtsbaum frühstücken können, der ein Verwandter der riesigen Flughafentannen sein muss.

»Ich *bin* nett.« Ich puste mir eine Haarsträhne aus dem Gesicht. »Du hättest auch einfach gleich sagen können, dass sie nicht Fräulein Niemand ist, sondern Mrs Right. Dann wären wir vielleicht schneller Freundinnen geworden.«

»Oder du hättest Owen die Augen ausgekratzt, mit einem zerfetzten Deko-Lebkuchenmännchen.« Sam grinst und wuschelt mir durch die Haare. Dann lässt er sich neben der Couch auf den Boden plumpsen und zieht mich zwischen seine Beine. Mein Rücken liegt an seiner Brust und ich angele mir ein Plätzchen vom Tisch. »Wer fängt mit Auspacken an?«, nuschele ich an dem süßen Keksteig vorbei.

»Niemand, der den Mund beim Reden voll Weihnachtsplätzchen hat«, sagt Nora und ihre Augen leuchten vor Schmerz auf. Owen hält sekundenlang die Luft an.

»Das hat Mom immer gesagt.« Ich blinzele gegen die Tränen an, schäme mich aber nicht mehr dafür.

Ich darf meine Eltern vermissen. Ich darf traurig sein. Das ist nichts Schlimmes, nichts, was ich ablegen muss, damit andere Menschen sich nicht davon gestört fühlen. Denn es zeigt, wie sehr ich Mom und Dad geliebt habe.

Sam drückt meinen Arm und verschränkt seine Hand mit

meiner. Er war jedes Weihnachten nach dem Fest in seinem Zuhause bei uns und hat es immer mehr geliebt als die Feier bei seinen Eltern.

»Deswegen durfte ich jedes Jahr erst als Letzte auspacken«, sage ich halb lachend, halb schluchzend.

Owen grinst. Ein bisschen schief, aber bereit, endlich wieder die guten Erinnerungen zuzulassen und sie nicht von den schlechten wegspülen zu lassen. »Das war ein verkappter Versuch, dir Geduld und Zurückhaltung beim Thema Geschenke auspacken beizubringen.«

Ich will gerade Luft holen und widersprechen, als ich Sam hinter mir nicken spüre. »Du packst Geschenke aus wie ein T-Rex im Blutrausch.« Er lacht leise und ich mag, wie das Geräusch meinen Körper bewegt. Genug, um mich nicht über die Frotzelei zu ärgern.

»Ich kann wunderbar abwarten und ganz langsam auspacken, ganz gesittet, ihr werdet schon sehen.«

Nora, Owen und Sam gackern sich halbtot, als hätte ich einen spektakulären Witz gemacht. Ich ignoriere sie und reiche Alexander sehr würdevoll als Erstes sein Päckchen.

Er nimmt es in die Hand und betrachtet es von allen Seiten. Dann legt er es in seinen Schoß und sieht uns verblüfft an. »Ihr müsst mir echt nichts schenken. Ich darf hier bei euch sein – das hätte tausendmal gereicht.« Er dreht sich zu Nora und gibt ihr einen Kuss. »Du hättest eine Million Mal gereicht.«

Sam tritt ihn leicht. »Komm mal wieder runter, sonst stehen wir am Ende als die totalen Romantik-Loser da.«

Alexander schüttelt den Kopf. »Ich glaub, ihr seid ganz gut aufgestellt.« Trotzdem beginnt er jetzt im Zeitlupentempo das Geschenk zu öffnen. Klebestreifen für Klebestreifen.

Meine Hände zucken, weil es mich wahnsinnig macht, wie man so langsam auspacken kann. So verdammt langsam. Das ist nicht normal. Aber bevor ich ihm das Päckchen entreißen und kurzen Prozess machen kann, legt Sam seine Arme um mich.

»Ruhig, kleiner Geschenke-T-Rex.« Er gluckst und das ist ein weiteres Geräusch auf meiner Liste der Dinge, die ich an Sam liebe.

Ich entspanne mich etwas, denke aber schon sehr laut »Na Halleluja!«, als Alexander endlich die Powerbank aus dem Geschenkpapier zieht.

Nora sieht ihn liebevoll an. »Damit du immer erreichbar bleibst, wenn du unterwegs bist.«

»Um mit dir Pläne zu machen.« Alexander grinst.

»Er tut es schon wieder.« Owen sieht Sam verzweifelt an, der nickt und Alexander einen weiteren gespielten Tritt versetzt.

Jetzt reiche ich Liv ihr Geschenk. Sie packt schneller aus und presst keine halbe Minute später ein total süßes Wärmekissen in Form eines Schwarzbären gegen ihre Brust.

»Weil dir doch immer kalt ist«, sage ich. »Und weil wir trotz hervorragender Ausrüstung mit Bärenspray nie einen Schwarzbären live gesehen haben.« Ich zucke die Schultern und bin kein Stück darauf vorbereitet, dass Liv mir in der nächsten Sekunde um den Hals fällt. Sie takelt mich weg wie ein Komet und ich muss grinsen, weil ich endlich verstehe, warum mein Bruder sie so nennt.

»Danke.« Sie rutscht weiter zu Nora und wiederholt ihre stürmische Umarmung. Das Dankeschön an Owen fällt nicht ganz so züchtig aus und ich überreiche lieber als Nächstes Sam sein Geschenk, anstatt ihr und Owen weiter beim Knutschen zuzusehen. Außerdem kann ich es nicht erwarten, sein Gesicht zu sehen.

Aber Sam wiegt das Paket erst mal nur bedächtig in seiner Hand. Als könnte er so feststellen, was drin ist. Er soll es endlich auspacken! Das ist doch alles ein ausgeklügelter Plan, mich in den Wahnsinn zu treiben und zu beweisen, dass ich wirklich so ungeduldig bin, wie sie behaupten. Zu ungeduldig und gar nicht gesittet, wenn es um Weihnachtsgeschenke geht. Aber mal ehrlich, macht das nicht den Weihnachtsmorgen aus? Zerfetztes Geschenkpapier, Ausgelassenheit, das warme Gefühl, dass sich jemand Gedanken um einen gemacht und das genau passende Geschenk besorgt hat. Dass man jemandem wichtig genug war, sich Zeit dafür zu nehmen.

Ich drücke Sam einen Kuss auf die Wange, weil ich wünschte, seine Eltern hätten das für ihn getan. Stattdessen sind wir alle jetzt hier. Ich bin hier. Und ich hoffe, das wird reichen.

»Was ist da drin?«, fragt Sam.

»Wenn du es nicht aufmachst, wirst du es nicht rausfinden«, stoße ich hervor und verdrehe die Augen, weil er immer noch keine Anstalten macht, das Papier endlich aufzureißen. »Das bringt dir Spaß, oder?«

»Ein bisschen?«, erwidert Sam, aber dann öffnet er es doch und starrt das günstige, aber funktionierende Autoradio für Ringo an, als wäre es ein Schatz. Als wäre dieser Moment ein Schatz, den er für immer verwahren wird. Egal wo das mit uns hinführt, egal was noch kommt, dieser Moment bedeutet ihm die Welt. Und er bedeutet mir die Welt.

»Das ist …« Er schnieft ergriffen, stützt sein Kinn in die Handfläche, starrt uns mit feuchten Augen an, das Radio und dann lacht er. »Danke.«

»Schon gut.« Owen grinst breit. »Die Aussicht, endlich nicht mehr von Ringo mit den immer selben fünfeinhalb Weihnachtsliedern gequält zu werden, macht mich auch ganz emotional.«

»Arsch.«

»Immer.« Owen gluckst.

»Jetzt du«, sage ich und reiche Owen das Geschenk, das Nora und ich vor ein paar Wochen gekauft haben. Eine schwarz-weiße Landkarte von Manchester mit den Koordinaten unseres Zuhauses.

»Damit ich immer wieder zurückfinde?« Er sieht uns liebevoll an und Nora nickt.

Ich müsste dasselbe tun, denn das war tatsächlich der Gedanke dahinter, aber es ist einfach zu verlockend, ihn zu frotzeln. »Eigentlich nur, damit deine Bude in England endlich nicht mehr aussieht wie ein kahles Loch, in dem man Depressionen bekommt.« Ich tippe auf die Rolle, in die er das Bild zurückgleiten lässt und sage etwas leiser. »Oder damit wir uns dort wohlfühlen können, wenn wir dich besuchen kommen.«

»Ihr besucht mich«, wiederholt Owen leise und nickt. Als könnte er nicht glauben, dass wir es ihm endlich nicht mehr übel nehmen, dass er gegangen ist, und tatsächlich zu ihm fliegen wollen. »Das bedeutet mir viel.« Und dann umarmt er uns. Nora und mich und – weil er schon dabei ist – Alexander, Liv und Sam im Anschluss auch noch. Ich glaube, er weiß gerade nicht, wohin sonst mit all seinen Gefühlen.

Ich bekomme von den beiden einen Hoodie, auf dem *Be careful, I fight back* steht, den ich sofort überziehe und total feiere. Und für Nora habe ich zusammen mit Owen einen Terminplaner gekauft, den sie so verzückt ansieht, dass ich an Alexanders Stelle eifersüchtig werden würde.

»Okay, wer will Eggnog?«, frage ich in die Runde.

»Ist es für Alkohol nicht noch viel zu früh am Morgen?« Nora sieht mich skeptisch an, aber ich bin bereits aufgestanden und gehe zum Kühlschrank.

»Irgendwo auf der Welt ist es schon abends und außerdem ist Weihnachten«, erwidere ich und ziehe die Kühlschranktür auf.

Die anderen reden und lachen durcheinander. Nora ist für

ihre Verhältnisse total aufgekratzt. Ich nenne das ihr alljährliches Weihnachtshigh und ich bin ehrlich so froh, dass sich meine Schwester, die vorgestern noch weinend in dieser Wohnung stand, jetzt so fühlt.

»Hey.« Sam kommt zu mir rüber. Ich platziere, nachdem ich die Flasche Eierlikör endlich gefunden habe, sechs Gläser auf der Küchenzeile und schenke sie voll. Sam umarmt mich von hinten und ich spüre seinen Atem an meinem Ohr. »Bist du okay, Kampfkeks?«

Ich nicke, weil mein Herz hüpft und hüpft und hüpft. »Mehr als okay.«

»Woohoo.«

Er dreht mich in seinem Armen um, sodass er seine Stirn gegen meine lehnen kann. Und seine Brust, seine Hüfte. Hitze brandet durch meine Venen und ich schnappe leise nach Luft.

»Liegt das zufällig an mir?« Er lacht leise und ich schlage ihm gegen die Brust.

»Boah, dein Ego!«, schimpfe ich, muss aber auch lachen. »Das hat echt keinen Eggnog verdient, sonst dreht es noch völlig durch.«

»Dafür braucht es keinen Eierlikör«, raunt er mir zu und küsst mich. Tief und zärtlich. »Dafür braucht es nur dich.«

»Du versuchst echt, mit Alexander gleichzuziehen, oder?«

»Ich bin nur ehrlich.« Er hilft mir, die Gläser zu den anderen hinüberzutragen, nachdem er sich widerstrebend von mir gelöst hat.

Ich reiche mein letztes Glas Nora, die ausgelassen über eine von Alexanders kuriosen Backpacker-Geschichten lacht.

»Es ist schön, dich mal wieder so fröhlich zu sehen«, sage ich und meine damit eigentlich nicht nur sie, sondern uns alle.

»Ja.« Nora nippt an ihrem Drink und stellt ihn dann prustend weg. »Puh! Wie viel Alkohol ist da drin?«

»Könnte sein, dass ich ihn etwas gepimpt habe, weil ich dachte, das Supermarktzeug schafft nichts«, sage ich vorsichtig.

Sam probiert auch und verzieht das Gesicht. »Das ist echt übel. Entweder sind wir gleich alle ganz lustig oder blind.«

»Egal, zum Anstoßen wird es gehen.« Nora räuspert sich. »Ich wollte mich bei euch dreien bedanken. Liv, Sam, Alexander. Für all das hier. Und mich auch entschuldigen, weil ich so schwierig war und so schlecht loslassen konnte. Ich wollte das perfekte Weihnachten für uns und habe mich so sehr darauf versteift, dass ich das einzig Wichtige dabei aus den Augen verloren habe: Es ist total egal, wie man feiert oder wo. Es kommt nur darauf an, mit wem man zusammen ist.«

Ich nicke, kuschele mich enger in Sams Umarmung und sage: »Und ich würde mit niemandem lieber feiern als mit euch fünf.« Und Mom und Dad. Aber die sind auch hier. Irgendwie. In unseren Herzen und jedem Moment, der sich trotz der Umstände nach Kindheit und Weihnachten anfühlt.

»Und ich würde mit niemandem lieber feiern als mit dir«, flüstert Sam mir zu, wehrt Owen mit einer Hand ab, der empört Einspruch erhebt, während er die andere in meinen Nacken legt und mich küsst. So lange und tief, dass ich mich glücklich fühle, angekommen und ein bisschen schwindelig und total weihnachtlich, was wohl das eigentliche Weihnachtswunder ist.

So lange, bis Owen Sam ein Sofakissen an den Kopf wirft und damit eine wilde Kissenschlacht auslöst, die letztlich den Weihnachtsbaum fällt.

27. DEZEMBER

Nora

Weihnachten ist vorbei und obwohl es so ganz anders gewesen ist als erwartet, war es perfekt. Nicht perfekt waren nur die Kopfschmerzen, die Emmas gepimpter Eggnog mir verpasst hat.

Gott sei Dank kennt Alexander die absolut beste Methode gegen Kopfschmerzen, bei der seine Finger ewig lang meine Kopfhaut massieren. Ich wäre auf dem Sofa beinahe vor Wonne geschmolzen, während Owen und Sam fast die Krise bekommen haben und plötzlich darauf bestanden, Livs und Emmas Füße zu massieren. Keine Ahnung, was da los war, aber keine von uns hat sich beschwert.

Dann hat Liv in einem der Schränke ein Kartenspiel gefunden und plötzlich war es, als wäre ein Damm gebrochen. Ein Damm, der uns viel zu lange davon abgehalten hat, uns wieder auf die schönen und lustigen Dinge zu konzentrieren. Wir haben gespielt und den anderen Geschichten aus unserer Kindheit erzählt. Liv, Alexander und Sam haben auch ein paar ihrer eigenen Kindheitserinnerungen mit uns geteilt und plötzlich wurde aus unserer zusammengewürfelten Truppe ein richtig vertrautes Miteinander.

Wir sind nicht einfach nur eine Gruppe von Leuten, die vom Schicksal zufällig zusammengebracht wurden. Es fühlte sich an, als würde sich unsere Familie um drei weitere Personen erweitern. Um Liv, die dieses zauberhafte Funkeln in den Augen hat, wenn sie Owen betrachtet. Um Sam, der eigentlich schon immer dazugehörte, aber nun einen festen Platz bei uns hat. Um Alexander, dem die ganze Welt gehört, doch der unfassbar zufrieden hier zwischen uns wirkt.

Emma und Owen haben um den Sieg gewetteifert, als ginge es um eine Truhe voll Gold. Unnötig zu erwähnen, dass beide eher semibegeistert waren, dass am Ende Sam den Tagessieg davontrug.

Es war das perfekte Weihnachten. Mit all diesen wundervollen Menschen an diesem unmöglichen Ort mit dem Meer vor der Tür und mit einer Plastiktanne in einem fremden Wohnzimmer. Doch auch das ist nun vorbei. Denn jetzt sind wir auf dem Weg zum Flughafen. Ringo ist repariert worden und dank Sams neuem Autoradio hören wir die neuesten Hits. Emma sitzt vorn neben Sam und sie streiten sich wieder mal über die Fahrtgeschwindigkeit.

»Warte«, ruft Emma und deutet lachend aus dem Fenster. »Da ist eine Schnecke, die uns gerade rechts überholt. Lass sie ruhig vorbeikriechen, sie ist sowieso viel schneller als wir.«

»Hast du den Schnee da draußen gesehen?«, erwidert Sam völlig unbeeindruckt. »Wenn das so weitergeht, hole ich gleich meine Schneeketten raus. Außerdem kannst du doch froh sein – so wird dir wenigstens nicht schlecht.«

»Schieb meine Reiseübelkeit bloß nicht vor. Von mir aus können wir auch ein bisschen schneller fahren.«

»Genau deshalb lasse ich dich nicht ans Steuer.« Sam greift nach Emmas Hand, verschränkt seine Finger mit ihren und küsst ihren Handrücken, ohne seinen Blick von der Straße zu nehmen.

Die Scheibenwischer kämpfen auf Hochtouren gegen die Schneeflocken, die seit der Weihnachtsnacht nicht mehr aufhören zu fallen. Der Himmel ist von grauen Wolken bedeckt und die Landschaft hat sich völlig verändert. Wo auf unserem Hinweg nur Frost gewesen ist, liegen nun dicke Schneeschichten. Die Straßen sind komplett weiß und man kann kaum die Fahrbahnbeschränkung erkennen, weshalb ich Sam absolut verstehen kann. Ich hasse Autofahrten bei Schnee, auch wenn es deutlich besser ist, als bei Eisregen unterwegs zu sein.

Es ist das perfekte Winterwetter – um gemütlich zu Hause zu sitzen.

»Argh!«, stößt Emma aus und lacht entzückt.

»Ernsthaft«, raunt Alexander mir zu und sein Atem kitzelt meinen Hals, worauf ich wohlig erschaudere. »Wie konnten die beiden jetzt erst ein Paar werden? Es ist so offensichtlich.«

»Hallo? Das habe ich gehört«, ruft Emma von vorn und dreht sich halb zu uns um, als Sam seine Hand zurückzieht und wieder ans Lenkrad legt. »Offensichtlich waren wir beide Idioten. Zufrieden?«

Ich lache auf. Alexander zuckt lässig mit den Schultern. »Wie gut, dass es nie zu spät für Einsicht ist.«

»Kannst du das vielleicht auch unserer Tante Caroline erklären, die immer noch der Meinung ist, ein Bild verbrennen zu müssen, weil unsere Chakren aus der Ferne noch zu unklar sind?«, bittet Emma ihn und obwohl sie mit den Augen rollt, schwingt Wärme in ihrer Stimme mit.

»Sorry.« Alexander hebt beide Hände. »Ich lege mich definitiv nicht mit spirituellen Leuten an.«

Überrascht hebe ich die Augenbrauen. »Du glaubst an so was?«

»Ich schließe nichts aus. Und wenn wir uns bei etwas einig sein können, ist es, dass euch dieses Ritual offenbar geholfen hat.«

»Da hat er recht«, stimmt Liv von ganz hinten zu.

»Können wir bitte damit aufhören?«, stößt Owen gequält hervor. »Schicksal, Rituale, Spiritualität … Was soll nur aus mir werden?«

Livs glockenhelles Lachen erfüllt den Wagen. »Ein glücklicher Mensch, Owen«, entgegnet sie. »Mit Fantasie.«

»Hm«, gibt Owen brummend zurück. »Genau, was ich befürchtet habe. Aber wenn ich dein Mr Darcy werden soll, muss ich wohl mit diesem Fantasie-Ding klarkommen.«

»Oder wir löschen meine Nummer einfach wieder aus deinem Telefon«, zieht Liv ihn grinsend auf und als ich mich zu ihr umdrehe, blitzt es amüsiert in ihren Augen.

»Himmel! Nein, verdammt!« Owen sieht ernsthaft besorgt aus. »Glaub von mir aus an den Osterhasen, Big Foot und Voodoo-Puppen, aber deine Nummer gebe ich nicht wieder her!«

Wir anderen lachen über ihre Kabbelei – irgendwo zwischen verzückt und ein bisschen schadenfroh. Es sieht so aus, als wäre Liv genau die Richtige für Owen. Sie küsst ihn zur Beruhigung.

»Halleluja, da vorne ist der Flughafen«, ruft Emma. »Da erwischt ihr drei ja doch noch eure Flüge.«

»Sag ich doch.« Sam tätschelt sein Armaturenbrett. »Ringo bringt uns überall hin.«

Emma öffnet den Mund, doch Sam hebt einen Zeigefinger, bevor sie etwas sagen kann. »Der verdammte Elch war schuld.«

Bei der Erinnerung an unseren Unfall und meine Panikattacke wird mir flau im Magen. Das alles ist erst ein paar Tage her und auch wenn ich während der Rückfahrt schon deutlich weniger nervös war, denke ich trotzdem nicht gern daran zurück. Alexander legt eine Hand auf meine und in seinen Augen steht die Frage, ob es mir gut geht. Ich lächele und nicke, obwohl es mir eigentlich überhaupt nicht gut geht.

Er, Owen und Liv werden gleich in ihre Flugzeuge steigen und uns drei anderen zurücklassen. Dann werden wir nach

Hause fahren und plötzlich habe ich Angst, dass unser Leben in Manchester sich dann genau wie vor diesem Trip anfühlen wird: so schmerzhaft verloren.

Klar, Alexander und ich haben unsere Nummern getauscht. Aber was bedeutet das schon? Er bereist die Welt und erlebt ein Abenteuer nach dem anderen. Wie schnell wird er mich da vergessen haben?

Ich jedenfalls werde ihn nicht so schnell vergessen. Ich werde die Erinnerung an diese letzten Tage in meinem Herzen verwahren. Alles, was ich über Alexander weiß, ist ein Sammelsurium aus Brotkrumen, und obwohl wir uns noch nicht lange kennen, weiß ich definitiv genug über ihn, um ihn zu mögen. So richtig zu mögen. Und das macht mir auch ein bisschen Angst, weil ich noch nie jemanden so schnell so sehr gemocht habe. Unsere Beziehung hat nicht einmal eine wirkliche Chance auf die Distanz. Das macht mir auch Angst. Es gibt keinen Drei-Punkte-Plan. Nichts, woran ich mich festhalten kann. Es gibt nur das Wissen, dass er gleich in einen Flieger steigt und dann Silvester auf der Couch seines Freundes in New York verbringt. Und ich? Werde ich für immer so weitermachen wie bisher?

Vielleicht sollte ich mir Katzen zulegen. Dann könnte ich wenigstens eine alte Katzenlady werden.

Je näher wir dem Flughafen kommen, umso ausgelassener wird die Stimmung unter den zwei glücklichen Pärchen, zwischen denen Alexander und ich eingequetscht sind. Owen und Liv planen schon ihr nächstes Date in England – irgendwas mit Cocktails –, während Sam und Emma überlegen, was sie heute Abend essen wollen.

»Natürlich wirst du bei uns wohnen«, sagt Emma.

Sam schüttelt den Kopf, aber ich sehe das Zögern in seiner Bewegung.

»Ich finde auch, dass du bei uns bleiben solltest«, mische

ich mich daher ein. »Wir haben genug Platz. Und du hast doch eh immer noch meinen Hausschlüssel, fällt mir gerade ein. Außerdem, wie sähe es denn aus, wenn ich meiner Schwester erlauben würde, einen Obdachlosen zu daten?«

Emma prustet los und hält mir ihre Hand hin, damit ich einschlagen kann. »Genau, das ist es! Die Leute würden reden.«

Owen platzt fast vor Lachen. »Damit haben sie dich.«

»Du auch noch?«, fragt Sam von vorne und wirft Owen über den Rückspiegel einen finsteren Blick zu. »Dann werde ich wohl dein Zimmer in Beschlag nehmen.«

»Aber Hände weg von meiner Sammlung«, warnt Owen ihn.

»Was denn für eine Sammlung?«, fragt Liv neugierig, während Emma und ich uns vor Lachen wegschmeißen.

Owen zögert ein wenig, bevor er antwortet: »Ich hatte mal so eine Phase.«

»Was für eine Phase?«

Owen windet sich, worauf Emma und ich nur noch lauter lachen. Er wirft uns vernichtende Blicke zu. Als könnte uns das beeindrucken. Wir sind seine Schwestern – dazu geboren, ihm auf den Geist zu gehen.

»Seine komplette Bude ist voll mit kleinen Puppen«, zieht Sam ihn von vorne auf.

»Das sind *Warhammer*-Figuren«, erwidert Owen leicht gereizt, während Liv leise kichert. »Es ist ein Strategiespiel, bei dem man seinen Verstand mit seinen Freunden misst. Es sind natürlich keine kleinen Puppen.«

Liv wirft ihm einen Arm um die Schulter und lehnt ihren Kopf gegen seinen. »Ich finde das ziemlich süß.«

Owen gibt ihr einen Kuss auf den Scheitel.

Ich schmunzele und schaue zu Alexander rüber, der zwar ebenfalls lächelt, aber ungewohnt nachdenklich wirkt. Er hält meine Hand ganz fest und plötzlich kommt mir der Gedanke, dass ihm wie mir der Abschied vielleicht auch nicht so leichtfallen wird.

Wir fahren in das Parkhaus und endlich kann Sam den Scheibenwischer ausstellen. Dieses Mal finden wir viel schneller einen Parkplatz, der breit genug für Ringo ist.

»Wir haben noch zwei Stunden, bis eure Flüge gehen«, stellt Emma fest, als wir aussteigen. Das weiß sie nur so genau, weil Liv vorhin noch ewig lang in der Warteschleife des Dienstleisters hing, bei dem sie ihre Reise gewonnen hat, um ihren Rückflug auf den von Owen umzubuchen. »Wollen wir noch einen Kaffee zusammen trinken? Beziehungsweise Tee«, fügt Emma an Liv gewandt zu und lächelt sie an.

Liv grinst. »Das wäre schön.«

Alle stimmen zu, nur Alexander schweigt. Er schaut mich an und etwas an seinem Blick schnürt mir die Luft ab. Dann wendet er sich den anderen zu. »Würdet ihr schon mal vorgehen? Wir brauchen noch einen Moment.«

Emma drückt meine Hand und lächelt mir aufmunternd zu. »Ich bin nicht weit weg, okay?«

Meine Kehle wird eng, aber ich nicke und schaue zu, wie Alexander sich von Sam Ringos Schlüssel geben lässt. Owen flüstert ihm noch etwas zu. Und kurz darauf sind wir allein. Wir schweigen, bis das Geräusch von Owens und Livs Rollkoffern kaum noch zu hören ist.

»Du willst mit mir sprechen?« Ich würge die Worte hervor. Fast lassen sie mich ersticken.

Hat er vor, mich jetzt abzuservieren? Obwohl wir uns erst ein paar Tage kennen, bin ich mir sicher, dass etwas in mir in tausend Teile zerbrechen würde, wenn er das täte.

Also hebe ich schnell eine Hand, bevor er etwas antworten kann. »Warte. Nein. Sag es nicht. Können wir nicht einfach so tun, als wäre alles okay, und uns dann später verabschieden, als würden wir uns morgen wiedersehen?«

Alexander blinzelt verständnislos. »Was?«

Ich schlucke, starre zu meinen Füßen, weil ich echt nicht gut in so was bin. »Ich mag dich. Sehr. Ich weiß nicht, wohin das mit uns führen könnte, aber du wirst gleich abfliegen. Und ich werde bleiben. Und ich werde mich beschissen fühlen. Also wird ein Gespräch darüber, dass das zwischen uns sowieso niemals ...« Ich stocke und kann die Worte einfach nicht aussprechen. »Können wir das Gespräch nicht einfach überspringen?«

Alexander lacht, laut und wundervoll, und greift nach meinen Händen. »Nora, ich will dich fragen, ob du mit mir kommst.«

»Was?« Meine Überraschung lähmt mich und ich starre ihn an, als wäre er der Elch, der vor unser Auto gelaufen ist. »Warte. Was?«

Lächelnd streicht er mit seinem Daumen über meinen Handrücken. »Ich möchte, dass du mich begleitest.«

»Aber ... Wieso?«

»Ich könnte genauso gut hierbleiben, falls du das willst. Aber ich habe das Gefühl, dass du ein kleines Abenteuer gebrauchen könntest. Ich will dieses Abenteuer sein. Ich weiß, dass es noch zu früh ist, um das zwischen uns zu benennen. Aber ich mag dich auch. Sehr. Sehr. *Sehr*.«

Ich lache erstickt und blinzele, weil meine Augen vor Rührung brennen. »Wirklich?«

Er nickt und sein sanftes Lächeln ist wie eine Umarmung. »Du hast mich in dem Moment verzaubert, in dem du mich für einen Serienmörder gehalten hast.«

»Seitdem?« Mein entsetzter Tonfall macht deutlich, wie sehr ich gerade an seiner Zurechnungsfähigkeit zweifele. »Deine Standards sind nicht gerade hoch, was?«

Alexander lacht so laut, dass das ganze Parkhaus davon erfüllt wird. »Ich sagte doch, ich mag direkte Menschen. Und du bist so klar wie ein Gebirgsfluss und zugleich unergründlich wie das Meer. Ich mag es, wie du Dinge in die Hand nimmst und Sachen aussprichst, die andere zurückhalten würden. Ich mag es, wie sehr du deine Familie liebst. Ich mag *dich*. Also: Willst du mit mir nach New York fliegen und auf der Couch meines Freundes Silvester feiern?«

Ich öffne den Mund und mein Herz klopft ganz schnell.

Alexander verzieht das Gesicht. »Es ist definitiv anders gemeint, als es jetzt gerade rausgekommen ist.«

»Du willst also, dass ich dich nach New York begleite?«, hake ich nach und in meinem Kopf wirbeln alle Gedanken und Ängste gleichzeitig umher, sodass ich mich kaum konzentrieren kann. »Und dann?«

»Wie dringend brauchst du einen Plan?« Seine Lippen verziehen sich zu einem amüsierten Grinsen und ich weiß mit absoluter Gewissheit, dass er sich nicht über mich lustig macht. Er schaut mich an, als würde er mich ganz bezaubernd finden. Noch nie hat jemand meinen Planungsdrang bezaubernd gefunden. Niemand.

»Ich habe noch bis Mitte Januar Urlaub«, stoße ich aus und kann nicht fassen, dass ich das sage. »Und ich denke, dass ich bis dahin auch ohne einen Plan auskomme.«

Alexander lacht und ich ziehe ihn an mich. Unsere Lippen treffen sich, während tausend Schmetterlinge in meinem Bauch umhertanzen.

Ich werde nach New York fliegen.

Meine Hände zittern, doch Alexander hält mich, er hält mich ganz fest. Wir knutschen wie Teenager, bis plötzlich irgendwo im Parkhaus ein Hupen ertönt und uns auseinanderreißt.

Ich atme schnell und lächele. »Ich muss aber mit Emma sprechen. Ob es für sie okay ist.«

»Ich denke, sie wird kein Problem damit haben. Ich habe

vorhin mitbekommen, dass sie Sam bei einer Reihe von Auftritten begleiten will, die zwischen den Feiertagen anliegen.« Alexander öffnet den Kofferraum und zieht unsere Koffer heraus. »Als Roadie, beste Ablenkung gegen Lampenfieber überhaupt und ...« Er sieht sich um, als hätte er Sorge, dass Owen ihn hören könnte, obwohl meine Geschwister längst im Flughafengebäude verschwunden sind. »... und als Groupie«, zitiert er Emma lachend.

»Hoffen wir nur, dass sie seine weiblichen Fans am Leben lässt.« Ich grinse und nehme Alexanders Hand.

Wir laufen durch das Parkhaus und dann in die Abflughalle, die nicht ganz so voll ist wie vor ein paar Tagen, aber doch ziemlich belebt. Überall stehen noch immer diese schrecklichen riesigen Plastiktannen, deren bunte Lichterketten um die Wette blinken. Aber dieses Mal finde ich sie gar nicht mehr so hässlich.

Wir treffen die anderen in dem Starbucks, in dem wir schon vor Weihnachten gestrandet sind. Als Emma meinen Koffer sieht, springt sie auf und ruft: »Oh mein Gott, ich wusste, er würde dich fragen!«

Owen reißt den Kopf herum und starrt mich einen Moment lang an, bevor sich ein stolzes, breites Lächeln auf seinen Lippen bildet. »Ihr reist also zusammen?«

Alexander und ich treten zu ihnen und meine Wangen sind warm vor Glück. »Ja, das ist ziemlich spontan.« Mein Mundwinkel zuckt und mir wird langsam bewusst, was ich im Begriff bin zu tun: Ich werde nach New York fliegen. Mit Alexander. Einfach so. Ohne zusätzliche Klamotten. Ohne Vorbereitungszeit. Mit einem in Folie gewickelten Koffer mit kaputtem Verschluss. Meine Mundwinkel sacken plötzlich wieder herunter.

Wie soll das funktionieren? Habe ich überhaupt genug Unterwäsche dabei? Und was ist mit diesen blöden, scheuernden

Stiefeln? Ich will sie keine Sekunde länger tragen. Soll ich mir dann in New York neue kaufen? Und ich habe gar kein passendes Outfit für eine Silvesterparty in meinem Koffer. *Oh. Mein. Gott.*

Emma lacht noch lauter und stößt Alexander an. »Pass auf, sonst springt sie dir noch später aufs Rollfeld, weil es doch zu spontan ist. Ich glaube, sie checkt gerade, auf was sie sich da eingelassen hat.«

»Ich weiß was.« Owen winkt mich zu sich heran. »Gib mir mal deinen neuen Planer.«

Nervös ziehe ich ihr Weihnachtsgeschenk aus meiner Tasche und sehe zu, wie Owen darin blättert, bis er zum heutigen Datum kommt. Sam reicht ihm einen Kugelschreiber, den er einfach immer in der Hosentasche mit sich rumträgt, und dann schreibt Owen in großen Buchstaben NEW YORK auf die Seite. Das wiederholt er, bis er zu dem Datum kommt, an dem ich bereits meinen ersten Arbeitstag im neuen Jahr eingetragen habe. Dann schiebt er mir den Planer wieder zu. »Bitte.«

Es ist lächerlich. Aber ich fühle mich tatsächlich etwas besser und atme hörbar aus. »Danke.«

Emma und Liv kichern im Hintergrund, während Owen und Sam grinsen.

»Und es ist wirklich okay für dich?«, hake ich bei Emma nach, die ich quasi mit dieser spontanen Planänderung im Stich lasse.

»Mehr als okay. Es gibt definitiv Schlimmeres, als das Haus für mich und Sam allein zu haben.« Ihre Augenbrauen hüpfen auf und ab.

»Hey!«, rufe ich fast ein bisschen beleidigt, muss dann aber doch lachen, als Owen die Augen verdreht und sagt: »Ihr macht mich fertig.«

Sam zupft einen Mistelzweig von der Deko am Fenster und

drückt ihn Owen in die Hand. »Nur für den Fall, dass du noch mal Hilfe brauchst.«

Owen knurrt, reißt ihm das Ding dann aber aus der Hand und schiebt es in seine Hosentasche. »Was?«, fragt er, als wir noch lauter lachen. »Ich gehe kein verdammtes Risiko mehr ein.« Liv verdreht nur gutmütig die Augen.

Und plötzlich fühle ich mich richtig frei. Als wäre ich dieses ganze Gewicht des letzten Jahres losgeworden. Weil ich jetzt mit Sicherheit weiß, dass unsere Familie nicht auseinanderbrechen wird.

Egal wie viele Meilen uns trennen.

DANKSAGUNG

Die Geschichte der drei Westmore-Geschwister enthält so viel Heartbreak, Liebe, Emotionen, Trauer und lustige Momente, dass sie ein paar Seiten länger geworden ist als ursprünglich geplant. Und weil wir unsere Lektorin nicht noch weiter in den Wahnsinn treiben wollen, fassen wir uns an dieser Stelle so kurz wie möglich.

Liebe Svea, wir danken dir sehr für deine Geduld und deinen unermüdlichen Einsatz, mit dem du die Snowflakes so viel besser gemacht hast.

Danke dem dtv Verlag, der uns wieder die wundervolle Möglichkeit gegeben hat, zu dritt ein Buch zu schreiben.

Außerdem danken wir unseren Agentinnen Christine Härle, Leonie Schöbel und Kathrin Nehm, ohne die wir uns nicht auf das wirklich Wichtige konzentrieren könnten – Bücher schreiben.

Aber unser größter Dank gilt euch, unseren Leser*innen. Ihr habt unser erstes Dreier-Projekt mit so viel Begeisterung aufgenommen, dass wir aufgrund des Erfolgs noch mal zusammenarbeiten durften, was uns die Welt bedeutet. Danke, danke, danke.

Eure Valentina, Tonia und Leonie

Eine Winterromanze vor verschneiter Kulisse

ALLE LIEFERBAREN TITEL, INFORMATIONEN UND SPECIALS FINDEN SIE ONLINE

Auch als eBook   www.dtv.de **dtv**

Was, wenn aus Fake ernst wird?

ALLE LIEFERBAREN TITEL, INFORMATIONEN UND SPECIALS FINDEN SIE ONLINE

Auch als eBook

www.dtv.de **dtv**

Es ist nie zu spät für die wahre Liebe

ALLE LIEFERBAREN TITEL, INFORMATIONEN UND SPECIALS FINDEN SIE ONLINE

Auch als eBook   www.dtv.de dtv